Les exagérés

Paris 1986, musée Grévin, salle de la Révolution française : la tête de cire de la princesse de Lamballe a disparu, volée. On est un 3 septembre. Cent quatre-vingt-quatorze ans plus tôt, jour pour jour, heure pour heure, la tête de l'amie de Marie-Antoinette était promenée dans Paris, au bout d'une pique.

Victor B., le photographe du musée, n'y comprend rien. Car, à partir de cette disparition qui pourrait n'être qu'une farce, tout bascule. L'exagération s'installe, comme une sale maladie.

Le cinéma s'en mêle. Pour un dérisoire remake ? Si l'on veut.

N'empêche, Paris est de nouveau hanté par les massacres.

Sans l'avoir vraiment souhaité, pour les besoins d'un film, Victor se retrouve dans le rôle d'un révolutionnaire brisé, Jacques-René Hébert, le "Père Duchesne", chef de file de ceux qu'on a appelés les "Exagérés". Le Paris d'aujourd'hui, qu'arpente Victor, est brouillé par celui de la Terreur, jusqu'à l'obsession, la folie méthodique, et jusqu'au crime. Se définit ainsi un parcours de déglingue flâneuse où se blessent stars déchues et tribuns d'autrefois, night-clubers en perdition, fantômes, figures de cire, faiseurs d'histoires, tous avides de *rassembler leurs morceaux.*

"Action !"

Jean-François Vilar appartient à cette nouvelle génération d'auteurs de romans noirs qui s'est illustrée en France depuis une dizaine d'années. Il est l'auteur de six précédents livres, dont les très remarqués C'est toujours les autres qui meurent *(1982),* Passage des singes *(1984) et* Bastille Tango *(1986).*

Du même auteur

C'est toujours les autres qui meurent
roman, Fayard, 1982

Paris la nuit
en collaboration avec Michel Saloff
éditions ACE, 1983

Passage des singes
roman, Presses de la Renaissance, 1984

État d'urgence
roman, Presses de la Renaissance, 1985

Bastille Tango
roman, Presses de la Renaissance, 1986

Djemila
roman, Calmann-Lévy, 1988

Jean-François Vilar

Les exagérés

roman

Éditions du Seuil

TEXTE INTÉGRAL

EN COUVERTURE :
Dans les coulisses du Musée Grévin
Photo Guy Le Querrec
© Magnum. Collage J. L.

ISBN 2-02-012420-3
(ISBN 2-02-010584-5, 1re publication)

Le vrai héros s'amuse tout seul.

Novalis

Paris, 3 septembre 1986

Un pas, le sol qui se dérobe, comme de plus en plus souvent. Le sol n'était évidemment pas en cause. Seulement le genou. L'articulation défaillante. La fatigue. Quelques mètres plus loin, je m'attardai devant la vitrine du marchand de cannes et d'« objets de curiosité », Abel. Pas trop longtemps. Le passage Jouffroy était quasi désert. Je continuai vers la sortie, le boulevard Montmartre. Au kiosque, j'achetai *Libé*, *Le Soir*. Comme tous les autres journaux, ils titraient sur les otages français, au Liban. Revenant sur mes pas, je fis quelques photos, l'appareil sur le ventre, visant au jugé des passants anonymes. Une manie annexe.

Serge m'ouvrit la porte du musée. Il était précisément neuf heures. Je tenais à me présenter chaque matin comme l'on pointe, sans autre nécessité que mon plan de travail personnel et ses préalables. Les préalables sont décisifs. De la mise en condition et un peu au-delà. Serge installa quelques pochettes de cartes postales sur le guichet près de la sortie, divers souvenirs. Rien de nouveau. Depuis plus de trente ans, je collectionnais tout ce que le musée Grévin avait pu produire comme gadgets pour touristes.

Grande silhouette élégante, Régis Gabriel-Thomas nous salua. Le conservateur du musée grimpa d'un pas vif l'escalier dérobé menant à son bureau.

La première étape était la Grotte des Singes, avec ses miroirs déformants. Serge m'y rejoignit, considéra son reflet, le mien. Nous étions grotesques, aplatis, ramassés en grosses boules. Ou démesurément filiformes dans le reflet d'à côté. Depuis sa création, le succès de cette attraction ne s'est jamais démenti.

– Tu as mauvaise mine.

– Toi aussi, c'est même de pire en pire. Cigarette?

La sympathie passait par là, ces petites phrases qu'on se récitait chaque matin depuis trois mois. Nous nous connaissions à peine. Nous nous aimions bien parce que nous avions la même passion pour les figures de cire.

Des photographes, Serge en avait vu défiler des quantités. Des pros, des amateurs. Les pros ne l'impressionnaient pas. Des voyeurs parmi d'autres. Serge, petit, très rond, moustache fine et costume bleu marine élimé, adorait classer les habitués du musée. Ceux qui n'étaient intéressés que par un seul tableau. *Radeau de la méduse* ou *Assassinat de Marat*. Ludmilla Tchérina assoupie (un ingénieux mécanisme restituant le souffle) avait eu ses adeptes fanatiques. Anna Fried aussi, en son temps. D'autres étaient attirés par la récente mise en place d'une célébrité de l'actualité. Ou par une personnalité historique. Serge se flattait, dès l'entrée, de déceler ceux qui auraient envie de toucher un vêtement, une main, un sein. Ceux qui venaient passer une heure ou deux. Les fidèles du Cabinet fantastique ou du Palais des Mirages. Ça l'amusait.

Il me classait dans la catégorie des amoureux. Ça l'agaçait, un peu. Une sorte de jalousie. Le matin, nous avions coutume de griller une ou deux gauloises, ensemble. Nous parlions peu. Les menus événements de la maison, la préparation de la nouvelle exposition, « L'aventure au cinéma ». Régulièrement, avec une désinvolture tout à fait feinte, Serge me posait une question, une colle.

– Le petit monsieur à chapeau rond, qui somnole sur son banc, qu'est-ce qu'il tient dans ses mains?

– Le Journal officiel.

– Pourquoi?

A l'origine, on lui avait donné *Le Gaulois*. Arthur Meyer, directeur de ce journal et fondateur du musée, n'a pas du tout apprécié : s'endormir sur son journal! On avait essayé d'autres titres, suscitant à chaque fois des protestations indignées. Au final, les vertus soporifiques du *JO* avaient fait l'unanimité.

– Pas mal. Mais c'était une question facile.

Serge savait faire plus compliqué. Tout en époussetant son

homologue en cire (le vieux gardien) ou en faisant une grimace devant le miroir, il me demandait en quelle année Méliès avait présenté son premier spectacle de magie au Cabinet fantastique (1886 et, à l'époque le Cabinet s'appelait le Théâtre-Joli). Quelle personnalité vivante a été le plus longtemps représentée au musée? Il en tenait pour Cécile Sorel, moi pour De Gaulle. Nous en disputions. La plupart du temps, pas toujours, je m'en tirais à mon avantage. Il m'arrivait aussi de tester Serge sur des bricoles. De quand datait le très beau plan de Paris tapissant la chambre de Marat (1791)? Quelle date d'inauguration pour les salles de la Révolution française (1885, trois ans après l'ouverture du musée)? Quand la lumière électrique a-t-elle remplacé l'éclairage au gaz dans le musée (1885, encore)? Des choses comme ça.

– Tu viens ici depuis quand?

– Toujours, je crois bien.

Puis, nous allions chacun à nos travaux.

J'entamai comme chaque matin ma visite personnelle. J'allais entrer dans la salle des Colonnes quand Jérôme me salua. Il arrivait plus tôt que d'habitude. Il était accompagné d'une jeune femme. Il fit les présentations, Julie, un modèle.

– Elle sera le corps de Brigitte Bardot pour la scène des *Gladiateurs*. On commence les séances de pose aujourd'hui.

Julie était sanglée dans un trench un peu informe. Yeux clairs, front net, lèvres minces. Incontestablement belle, une Bardot?

– Elle sera parfaite.

Jérôme était un sculpteur remarquable, un des meilleurs de l'équipe du musée. Le plus jeune aussi. Celui avec qui j'étais le plus à l'aise pour travailler.

– Et vous, vous êtes qui? me demanda la fille.

– Victor, enchaîna précipitamment Jérôme. Victor Blainville. Un photographe. Il réalise une sorte de reportage sur la préparation de la nouvelle exposition.

Jérôme faisait fausse route. Je n'avais pas du tout en tête de faire un reportage. Tout juste une recherche personnelle, sur les cires et quelques autres bricoles. Il était inutile de rectifier.

– Vous me photographierez?

Je considérai Julie un instant. Sa question était plus provocante qu'anodine. Je ne pouvais pas lui répondre, si vite, sur son terrain. Elle n'était pas mon sujet. Elle avait trop de visage, de présence.

J'eus deux certitudes au moment où ils s'éloignèrent vers l'escalier menant aux ateliers. La première était que Jérôme bandait pour Julie. La seconde était que celle-ci était un fauve. Qu'on pût la choisir comme modèle me parut incongru. Une erreur. Elle se retourna.

– J'organise une petite fête, ce soir. Venez, si vous voulez.

– Nous en reparlerons tout à l'heure.

Je ne pouvais jamais monter directement aux ateliers. Jamais. Avant, il fallait que je me promène un peu dans les galeries. Seul. Comme autrefois.

Personne dans la « salle d'actualité », le « journal plastique » voulu par Arthur Meyer. Les grands de ce monde s'y retrouvaient, réunis et figés en un bizarre meeting. De Platini à Mitterrand, en passant par Depardieu (pas très réussi) et Coluche (saisissant).

Coluche mort, il était prévu que son effigie soit recyclée dans l'exposition sur le cinéma, qui m'intéressait. Je m'assis sur le fauteuil, à côté du monsieur somnolant sur son *Journal officiel* jauni, daté du 29 décembre 1968. Comme tout le monde, je suppose, je m'étais laissé prendre, la première fois. J'avais quel âge, au fait, cette fois-là? Six ans, sept ans?

Judith m'avait fait très tôt découvrir le musée. Comme tous les autres musées et monuments de Paris, d'ailleurs. C'était selon elle sa responsabilité de grand-mère. Elle l'avait exercée sans partage.

A quelques mètres, à droite, Julio Iglesias, Montand. Derrière, Ockrent, Rocard, Toubon... J'allumai une cigarette. Ceux-là ne m'intriguaient pas trop. Devant, en retrait, un peu dissimulée dans le recoin de l'escalier menant à la mezzanine, il y avait la demoiselle à la jarretelle et elle, c'était autre chose. Un vieil émoi.

Elle était petite, presque anormalement, retroussant sa robe haut sur la cuisse et retendant son bas. Ce n'était plus celle décrite par André Breton dans *Nadja* (« La seule statue que je sache à avoir des yeux: ceux mêmes de la provocation»). Celle-ci avait disparu dans le temps où le collant avait supplanté le porte-jarretelles. Une petite nouvelle la remplaçait depuis peu. Je l'avais déjà photographiée des dizaines de fois, sous tous les angles. Et aussi en lui levant la robe plus haut que prévu (blanche avec des étoiles noires, une curieuse robe, à vrai dire; une robe de Cendrillon). Je me levai, photographiai à nouveau. Sur le haut de la galerie, vers le Palais des Mirages, une femme de ménage me regarda faire. Je la crus désapprobatrice. J'avais beau me sentir dans ces salles comme chez moi, en connaître le détail mieux que bien des employés, être bardé de toutes les autorisations, dans ce musée j'étais toujours un peu en infraction. Je caressai la très douce nuque froide du mannequin, rectifiai une mèche de cheveux. J'aurais aussi bien pu l'embrasser. Il m'était arrivé de le faire. La veille encore. Ce matin je passai mon chemin.

Le vrai trouble s'installait toujours peu après, en cet endroit précis, la salle de la Coupole, avec ses quatre niches, ornées des figures de la Commedia dell'arte; la danse, le théâtre, la musique et tout un gratin mondain tassé dans une loge de l'Opéra: Dorin, Dutourd, Yourcenar, Pivot, Dali avant les grandes brûlures. Sur scène, loin, en trompe-l'œil, on présentait depuis toujours la même *Giselle* de gala. Un ultime vestibule, cette salle. Les derniers pas dans la frivolité. A gauche, il y a un escalier étroit, sombre, qu'il faut bien prendre.

Enfant, me promenant seul, c'est ici que j'avais à affronter cette chose qui était, somme toute, de la peur. Avant de descendre, je traînais, regardais Colombine, Arlequin, le mime Marceau, Serge Lifar, revenais rôder vers la demoiselle à la jarretelle, m'attardais au moulage des mains de Victor Hugo. Je me décidais soudainement et dévalais l'escalier coudé menant aux scènes de la Révolution française.

La salle est toujours un peu obscure. D'abord, il y a Mirabeau. Imposant, massif, en posture de tribun. Quelques pas, un autre tableau: la dernière entrevue entre Danton, Desmoulins (je l'ai très tôt appelé Camille) et Robespierre (il a toujours été Maximilien), avant leur arrestation. Plus loin, le Temple, la prison. Des scènes tragiques: le petit Capet prisonnier et les rats, les sans-culottes geôliers (leurs gueules de brutes m'impressionnaient, je les aimais bien). Puis Louis XVI, la reine, La Fayette et Bailly. *Le Procès de Madame Rolland, l'Assassinat de Marat*. Lors de mes innombrables visites, j'ai toujours scrupuleusement respecté l'ordre de présentation des scènes. Ce matin encore.

La peur s'évanouissait. Elle n'était sans doute que de l'émotion, une fièvre d'avant le rendez-vous. Gamin, j'ai pris Camille par le bras, été vérifier que les rats du Temple étaient en toc. La poitrine de Madame Rolland m'a longtemps fait rêver ainsi que le visage grimaçant de Marat dans sa baignoire.

Une fois, j'ai été surpris. J'étais en train de toiser Robespierre. Je tâchais de le fixer, droit dans ses yeux de verre, un défi enfantin. Un gardien arriva. Il prenait son service, je ne l'avais pas entendu marcher. Nous nous connaissions, bien sûr. Mes jeux n'étaient un secret pour personne. Il regarda autour de lui, tous ces grands personnages dans ces ambiances de drame, me posa la main sur l'épaule. J'avais quoi? Dix ans à peine. « Drôle d'époque », dit-il. Il ajouta, le souvenir est précis (voix sourde, méridionale) : « J'ai appris tout ça à l'école mais je n'y comprends pas grand-chose. Et toi? » Je ne sus que dire. Il s'avança, fit un pas vers Robespierre, arrangea un peu son col et se retourna vers moi. « L'Incorruptible, marmonna-t-il solennellement. On dira ce qu'on voudra, c'était l'Incorruptible. »

Je refis un tour, sans trop m'attarder aux tableaux, pour le simple plaisir d'être à nouveau dans ce vieux rêve. Pour continuer la visite, il fallait descendre, vers cette zone du musée que les vieux employés appellent encore les « catacombes ». « Les catacombes de Rome » ont autrefois été une des expositions vedettes du musée. Cent vingt personnages, pas moins! Une voûte, une inscription en lettres rouges faiblement lumineuses, « Attention, onze marches à descendre. » Après, on peut admirer le Panorama de l'Histoire de France, de Charlemagne à Napoléon III. Un gouffre.

Je descendis quelques degrés et encore une fois le terrain se déroba. Je faillis tomber, ne me rattrapant qu'in extremis à la mince rampe de fer. Ridicule. Je m'assis. Une canne. Il fallait que j'achète une canne. Parce que c'est un bel objet. Parce que j'en avais besoin. Il faudrait peut-être aussi aller jusqu'à une nouvelle opération. Il faudrait peut-être en venir là. J'allumai une cigarette. J'étais tracassé. Quelque chose n'était pas en place, clochait. Quoi? Je ne pensais pas à ce genou traîtreux. Une anomalie traînait. En fumant, je rassemblais les images enregistrées depuis mon arrivée. J'avais été très peu attentif, tellement m'étaient familières la pose de chaque personnage, la place de chaque objet. Trente ans d'intimité, des centaines de photos. Et même les confidences recueillies, les coulisses, les vieilles archives, les chroniques. Je savais quasi tout du musée Grévin. Un détail venait néanmoins de m'échapper, j'en étais certain, une incongruité. Ou un scandale. Un désordre dans l'imagerie.

J'étais passé devant tous les tableaux, vite. Ne jetant qu'un coup d'œil à ceux qui me fascinent le plus, Marat. Et cet autre dont même l'intitulé me laisse rêveur: *La Famille royale au Temple, le 3 septembre 1792, à 13 heures*, Marie-Antoinette s'y évanouit dans les bras de Madame Royale et de Madame Élisabeth. Cléry s'empresse. Les gardes nationaux sont désemparés. Louis XVI se tient près de la fenêtre grillée de lourds barreaux. Il reste maître de lui, ou bien c'est l'indifférence placide des débiles légers. Il a sous les yeux ce qui a fait défaillir la reine, la tête coupée de la princesse de Lamballe plantée au bout d'une pique. L'amie, la confidente. Exhibition atroce. Tout le tableau est organisé par rapport à cette pauvre tête que les visiteurs du musée doivent faire un effort pour remarquer, qu'ils ne voient que de très loin.

Voilà. La tête n'y était pas! Tout à l'heure, ce recoin de décor était vide.

J'y retournai. Rien.

L'idée d'un retour aux ateliers pour restauration ou maquillage ne m'effleura pas une seconde. La tête avait été volée, j'en avais l'absolue conviction. Ce matin, on était le 3 septembre. Cent quatre-vingt-quatorze ans exactement après l'assassinat de Marie-Thérèse de Savoie-Carignan, princesse de Lamballe.

Chaussée d'Antin

Le matin, d'habitude, il suffit de tendre la main, pas la peine d'ouvrir les yeux. Les gauloises sont là, le paquet ouvert avec, posé dessus, le Zippo. Le cendrier, pas loin, plein. Le geste est machinal, obligatoire. La première bouffée aspirée, je somnole encore, tâchant de sauvegarder les bribes d'un rêve quelconque (j'étais alors dans une période où il me semblait que je rêvais beaucoup, beaucoup plus qu'avant). Fenêtre toujours ouverte.

Les cigarettes familières n'étaient pas là. A tâtons, je trouvai seulement la masse compacte du boîtier de l'appareil photo. J'ouvris les yeux difficilement. Un jour très blanc. Presque une seconde de panique. J'étais où? Devant moi, tout près, un mur. Tapissé de toile de jute sombre. Quelques livres par terre, des revues. Une couverture rejetée, froissée. Une chemise, la mienne. Le soleil froid, dans mon dos. Soit.

Les choses me revenaient par petits blocs disloqués. La fête hier, la musique, du rock beaucoup, très fort, les discussions. Des gens que je ne connaissais pas, ou peu. Julie s'était disputée avec quelqu'un, elle était partie tôt, accompagnée par Jérôme. J'avais trop bu, une fois de plus. Je frissonnai. J'étais nu dans un fouillis de draps.

Souvent, je m'étais dit ça: plus jamais de réveil dans une chambre inconnue, plus ce malaise.

Le lit était un simple matelas, posé sur une moquette pelucheuse bon marché. Je trouvai mes cigarettes cachées dans un repli de couverture. Cette chambre n'était pas hostile. La veille déjà, j'avais remarqué l'affiche de Man Ray (le cul de Kiki, ou *La Prière* comme on veut), épinglée au mur, les rayonnages de polars, l'ameublement sommaire plutôt sympathique, récupéré chez Emmaüs ou dans de quelconques brocs. Mi-camping, mi-nid douillet. Un appartement de jeune femme célibataire sachant recevoir et, le cas échéant, retenir. J'avais été retenu. Par qui?

La veille, tout à l'heure, je n'avais pas remarqué ce petit portrait, une carte postale épinglée sur le mur. Anna Fried.

Je n'avais pas non plus remarqué le départ des uns et des autres. Nous nous étions retrouvés, les choses me revenaient maintenant, assis dans le living, la pièce d'à côté, à écouter des vieux trucs planants des années soixante. Le Pink Floyd, King Crimson, que sais-je? Un brave type avec qui j'avais longtemps parlé sans penser à mal (mais de quoi?) et dont je ne revoyais plus du tout la figure avait roulé un joint. Le jour s'était levé. J'avais bu encore du bourbon, ou il ne restait déjà plus que du gin. Je déteste le gin. Ce petit matin était limpide. On était en septembre. La fille qui était assise à côté de moi hier avait également refusé la petite came. C'était elle la puissance invitante, je crois. Jérôme me l'avait présentée. Je n'avais plus la moindre idée de son nom.

Un front très haut, un nez légèrement busqué, des lèvres plates, une tignasse arrogante rejetée en arrière, teinture jaune et mèches bleues. Les yeux? Je ne savais plus. Je fais dans le noir et blanc. J'ai eu envie de la photographier (ça au moins était un souvenir précis). Puis de la toucher. J'ai dû reprendre un verre de gin et peut-être faire, dans le même mouvement dégoûté, mon numéro de cracheur de feu. Un jeu. Avec le gin, les flammes sont vertes. La fille se laissa prendre la main, serra la mienne très fort. Une sorte d'adolescence.

Tout me revenait. C'était ainsi que les choses s'étaient passées. Ma main ensuite sur sa cuisse, sa hanche, se glissant sous le chemisier. Des gestes bêtes rituels. La chaîne hi-fi beaucoup trop sophistiquée n'épargnait aucun grincement au vieux disque de Ray Charles. Le parfum était du « Paris », de Saint-Laurent. Sous le soutien-gorge, les seins étaient pesants, massifs, très doux. Elle s'était levée, souriante, avait disparu dans une pièce voisine. Peut-être tout bêtement aux chiottes. Autour, les amis de la nuit divaguaient, sommeillaient, à peine distraits par notre petit flirt. Deux hommes s'embrassaient. Elle revint.

Rien sous le pull cette fois. Rien sous le jean. Le jean était humide à l'entrecuisse. Odorant quand j'y frottais mon front. Je ne me souviens pas du reste. L'appareil photo n'était pas loin, j'étais vaguement ivre. Les derniers invités ne partirent pas, pas tout de suite. L'un des hommes amoureux pleurait.

J'avais dû la caresser, ôter son pull, exhiber sa poitrine. Elle avait dû rire, se recouvrir. Ou se remontrer encore. Elle était du genre à faire ça : se montrer! Un type, un seul, nous regardait jouer. La fille voulait baiser. Après, je ne sais plus.

Maintenant, j'étais réveillé. J'allumai une nouvelle cigarette.

– Je parie que tu ne te souviens même pas de mon nom.

La voix était éraillée. Je me retournai. La fille était là, sur le balcon. La terrasse plutôt. Enrobée dans un drap roulé en toge, pudique. Amusée par mon réveil pénible. A peine moqueuse. Derrière? Un ciel bleu pâle teinté de rose. Elle tenait un 357 Magnum à la main. Quelque chose de ce genre. Visant un point anodin sur le matelas, elle tira. Je sursautai. A quelques centimètres de ma cuisse, un petit cratère déchiqueté. Puis, ce fut la photo d'Anna Fried qui servit de cible. Une scène curieuse.

– Je m'appelle Mona, dit la fille.

Mona rajusta le drap autour d'elle, m'observa. Un détail m'avait échappé. Il lui manquait un doigt. L'auriculaire de la main droite était coupé à la deuxième phalange. Elle jeta l'arme sur le matelas. Il y eut, en bas, sur le boulevard, un vacarme de klaxons, une sorte d'embouteillage matinal. Mona s'avança, traversa la chambre, disparut. Sur le matelas, le drap et la toile roussis fumaient un peu. C'était bien un 357, ce flingue de cinéma un peu cliché, trop spectaculaire. Je partis à la recherche de mon jean.

L'appartement était au dernier étage d'un immeuble, à la limite du boulevard des Filles-du-Calvaire et du boulevard Beaumarchais. A gauche le Génie de la Bastille, à droite la massive statue de la République. Un endroit convenable. Mona revint. Elle était vêtue d'un blouson et d'un pantalon de cuir. J'avais du mal à décider si elle était jolie ou non.

– J'ai à faire, dit-elle. Quand tu pars, tu claques la porte derrière toi. Ou pas, je m'en fous.

Elle tourna les talons, se ravisa.

– Le flingue, tu le gardes.

– Pourquoi?

– Pour m'éviter de faire des conneries.

Salut. Avant qu'elle s'esquive, j'eus le temps de saisir ce qui me troublait chez cette fille. Elle était esquintée. La main, la peau, la voix. Mona portait les stigmates de flétrissures prématurées. Quel âge avait-elle, au fait? A peine une trentaine d'années. Quelque part dans cette maison, il devait bien y avoir du café.

Le type dans le couloir ressemblait à ce que j'avais dû être une ou deux fois dans ma vie, pas plus, mais des fois dont le souvenir ne me faisait pas de bien. Tassé, roulé en boule, grognant dans son sommeil comateux. Je lui levai la tête. Blafard, pommettes saillantes, barbe de plusieurs nuits, lèvres molles. Je le giflai doucement, à tout hasard, le secouai. Il ne réagit pas, comme prévu. Il portait une veste d'officier de marine, avec épaulettes, largement ouverte sur une poitrine creuse. Chair blanche et flasque. Je le giflai encore, pourquoi pas? Il se redressa, me regarda, l'air idiot.

– Permets que je me présente, citoyen. Je suis Stanislas. Stan...

Un courant d'air fit battre les fenêtres donnant sur le boulevard. Je laissai l'épave réémerger à sa convenance. Il suffisait de l'enjamber pour accéder à la cuisine.

Nous n'étions plus que deux, Stan et moi. Son portrait était facile à faire : une sale gueule. Des yeux brillants, un long nez, une lippe veule, des dents en très mauvais état. Cheveux gras, raides, avec commencement de calvitie. Teint blême. Il était du genre à avoir l'arcade sourcilière tuméfiée, à prendre trois sucres dans son café froid et à s'enquérir de suite s'il y avait encore du gin, pour après. Il en restait.

– Parfait, dit-il en brandissant la bouteille... Étouffons un enfant de chœur.

– Un quoi?

– Un enfant de chœur! Une vieille expression populaire et parisienne pour dire : rinçons-nous la dalle. A ta santé, citoyen!

Ce gin était immonde! Je refis mon numéro de cracheur de

feu. Stan me servit le même. Basta. Nous n'étions pas tellement fiers de nous. Moi surtout. Je ne sais pas comment c'est parti, nous nous mîmes à rire, de nos gueules, de l'alcool puant, de cette cuisine sinistrée par la fête, maculée de taches, de cette bassine de sangria échouée sur le carrelage collant, des mégots écrasés dans les assiettes à dessert, des multiples bouteilles envahissant l'évier. Nous rîmes longtemps. Stan avait vraiment des dents infectes. On était chez qui, ici?

– Chez Julie, Mona y squatte assez souvent. Les jumelles infernales.

Jumelles? Je n'avais pas remarqué. Pas de ressemblance particulière. Stan en convint. Il ajouta même que les deux filles ne se supportaient pas tellement. La preuve, hier soir, il y avait encore eu un clash. D'où départ de Julie. Je refis du café. Stan se demanda laquelle des deux sœurs était la moins chiante. Je manquais d'éléments pour avoir un avis.

– Tu y crois, toi, à cette histoire de rôle qu'on lui propose?

– Pardon?

– Ce film. Elle ne parle que de ça depuis qu'elle a vu ce mec, ce réalisateur...

Je me souvins de quelques lambeaux de conversation, la veille. Jérôme m'avait parlé de Julie, de cinéma, c'était très confus.

– Je croyais qu'elle était modèle, au musée Grévin, dis-je. C'est là que je l'ai rencontrée.

L'œil de Stan s'alluma.

– Tu travailles au musée?

– J'y fais quelques photos.

– Tu me montreras?

Il allait bien vite en besogne. Il continua son petit topo. Julie était comédienne, de théâtre surtout, courant le cacheton. Les séances de pose, c'était pour payer le téléphone. Elle détestait ces jobs humiliants. Stan prenait un vif plaisir à jouer les commères.

– Paraît-il que tout va changer. Un génie du septième art l'a remarquée. Il attend sa signature au bas d'un contrat mirifique. C'est ce qu'on était censé célébrer cette nuit. Tu y crois, toi?

Comme je m'en fichais, sans plus, j'allai vers la salle de bains.

Au mur, il y avait un poster d'Ava Gardner et des photos d'Helmut Newton découpées dans un magazine. La tablette du lavabo était envahie de produits de beauté haut de gamme. Avec le doigt, j'étalai le dentifrice sur mes dents, frottai. J'eus aussi envie de prendre une douche. Je me déshabillai rapidement. Il était illusoire de prétendre régler le mitigeur. Je grelottai sous le jet froid quand Stan entra, s'adossa au chambranle. Un regard insistant. Il sourit.

– T'inquiète pas, dit-il. T'es pas pédé, je sais...

Il savait quoi? Il m'expliqua qu'il avait l'habitude des rebuffades, que ce n'était pas grave. Puis il pissa assez longuement, agita sa queue circoncise en disant qu'il reprendrait bien un peu de café. Je m'essuyai. Il y avait un pèse-personne dans la salle de bains. Sans trop réfléchir, je montai dessus. Soixante-dix kilos, à peine. Ce n'était pas beaucoup pour un mètre quatre-vingt-dix, mais j'en étais là. J'allumai une gauloise. Ne restait-il vraiment que du gin dans cet appart' à la con?

Le café était prêt. Stan porta le plateau jusque sur le balcon. Un endroit agréable. La balustrade était bordée de canisses. Le boulevard grondait. Ce serait une belle journée.

– Tu fais quoi, dans la vie?

– Photographe.

– Tu photograpies quoi? Le cul? Le sang?

Je n'avais pas exactement envie de discuter de mon job avec Stan. Il n'en demandait d'ailleurs pas tant, partit sur un petit discours au terme duquel il ressortait qu'il adorait le musée Grévin. Comme tout le monde. Il me rappela que j'avais raconté une histoire curieuse, pendant la nuit. Le vol de la tête de la princesse de Lamballe. Encore un trou de mémoire.

– Le jour anniversaire de sa mort, dis-je, oui. C'est curieux.

– Très!

Stan me prit par le bras, m'incita à me lever. Accoudé à la balustrade, il me désigna le trottoir faisant face à l'immeuble, la rue du Pont-aux-Choux. A l'enseigne de « La Petite Chaise », un café-tabac faisait l'angle avec le boulevard. Je fus contrarié.

– Un problème? demanda Stan.

C'était peu de chose, une coïncidence. Mais je la constatai bien tard.

– Ce coin de rue, dis-je, en face, les massacreurs s'y sont arrêtés.

Ils venaient de la prison de la Force, ils allaient vers le Temple. Ils firent halte ici pour boire un coup et laver la tête sanglante dans une bassine ou un puits. La scène précédant celle du musée, si l'on veut. J'aurais pu faire le rapprochement plus tôt. J'avais oublié l'anecdote.

– Tu sais toutes ces choses-là? dit Stan intéressé.

– Je dois partir.

– Attends!

Je ramassai le revolver laissé sur le matelas, le glissai dans ma ceinture. C'était stupide. Un bel objet. Je ramasse souvent les choses qui traînent. Il était neuf heures moins le quart. Je me resservis une dernière lampée de gin et allai me relaver les dents. J'avais besoin d'un coup de lame, mais il n'y avait sur la tablette qu'un rasoir jetable encrassé de mousse séchée et de miniscules bouts de poils. Tant pis. Je m'étais déjà vu avec une plus sale gueule. Je pensai aussi que je n'étais peut-être pas très bon juge.

– Je t'accompagne, décréta Stan.

Merde, pensai-je. Ma veste était accrochée dans le vestibule, sur un portemanteau « perroquet » identique à celui que j'avais acheté moi-même il y a des années chez un grossiste pour bougnats, boulevard Richard-Lenoir. Un truc encombrant.

– Est-ce que tu as ton portefeuille? demanda Stan.

– Pourquoi?

– Vérifie.

Je vérifiai. Poche droite de la veste, plus rien. Stan s'amusait ferme. Je crus à la mauvaise blague et le pris au col. Je le fouillai, il se laissa faire. J'avais l'impression qu'il me soumettait à un cours d'initiation pour débutant.

– C'est sa manière, à Mona. Quand elle tire un coup et qu'elle aime bien, elle fauche le portefeuille du mec pour être certaine qu'il lui donnera signe de vie. Une méthode comme une autre.

Stan ajouta qu'à la réflexion, Mona était moins chiante que Julie. Il la trouvait même séduisante. Propos sans conséquences: il n'aimait pas les femmes.

– Elle te prend tes papiers. Elle te laisse un flingue. A mon avis, tu lui as plu.

J'avais hâte de partir. Moins agacé que gagné par l'ennui.

Au sortir de l'immeuble, Stan me demanda où était ma voiture. Il avait un rendez-vous du côté de la maison de la Radio, à l'autre bout de Paris. Sans doute pouvais-je le déposer. Je n'ai pas de voiture. Je ne conduis pas, je ne conduirai jamais. Une névrose comme une autre. Stan opina, disant que c'était dommage. Nous prîmes l'autobus de la ligne 20. Le 357 m'éraflait les reins. Sur la plate-forme arrière, il faisait frais. Les longues bouffées de gauloise me remettaient dans le vrai cours du monde. J'avais envie d'aller au musée, d'y rôder. De flâner, de faire une pause devant les cannes. Mes routines choisies. Avant, je devais passer chez moi.

C'était bête de prendre le bus pour si peu de distance. Le quai de Jemmapes était si proche.

Stan me regardait de biais. En même temps, il flairait la rue, outrageusement penché au-dessus de la rambarde du bus. Un rien, il tombait. Aucune affectation pourtant dans ce déséquilibre. L'hématome de l'arcade sourcilière prenait une couleur intéressante. Violacée bleuâtre. C'était quoi, au fait, ce coup?

– Une engueulade avec un type, au début de la soirée.

– A propos de quoi?

– Robespierre.

– Robespierre? Comment ça?

– Il s'est mis à dire des conneries sur la Révo. On s'est foutu sur la gueule à cause de Robespierre, c'est tout. Question de principe. Cela dit, moi je suis plutôt du côté de la bande à Jacques Roux, les Enragés, tous ces foudingues.

Puis Stan se renfrogna, regard perdu dans le flot automobile. Le ciel était bleu, il faisait un froid sec, salutaire. Je me souvins brutalement de quelques chroniques que Stan avait écrites dans divers journaux. Dont *Le Soir*. Des papiers désinvoltes, très mode. Trop. On arrivait place de la République. Stan me montra du doigt quelques immeubles de la fin du boulevard du Temple, juste après le décrochement qui témoigne encore de l'ancien alignement du boulevard du Crime. J'enchaînai. Sous réserve d'inventaire, deux ou trois immeubles dataient encore de cette époque-là.

– Belle érudition, ironisa Stan.

Lui-même n'était pas complètement ignorant, c'était intrigant. Le bus vira sèchement. Ma jambe se déroba une fois de plus, je perdis l'équilibre, me retins à la poignée de la porte pour ne pas tomber. Stan, trop penché, bascula. Il était ridicule et en danger, cul par-dessus tête. Je me précipitai vers lui, le pris au col. A l'épaulette plutôt. L'épaulette se déchira. Je réajustai tant bien que mal une autre prise.

Stan avait opéré une espèce de rétablissement. Cramponné à la barre de sécurité de la plate-forme, ses jambes pédalaient dans le vide, effleurant parfois le pavé. Derrière, une voiture se déporta, puis une autre. Il pouvait lâcher prise à n'importe quel moment, tomber, être heurté. Il riait. Il pouvait mourir, peut-être cela ne tenait-il qu'à moi. Le bus freina enfin, s'arrêta, devant les magasins du Printemps. Un automobiliste nous traita de connards. Stan se retrouva debout sur la chaussée. Il s'ébroua hilare. La semelle d'une de ses bottines était complètement arrachée. Sa veste ne ressemblait plus à rien, même pas à un gag mondain. Le moteur du bus ronronna.

– Cigarettes? demanda Stan.

Je lui tendis mon paquet. Il l'empocha. Me salua avec de grands gestes désordonnés. Le bus démarra dans un crissement de pneus. Stan resta planté au milieu des voitures qui le frôlaient, ravi, me saluant et me resaluant. Il y avait sûrement beaucoup à dire sur ses manières de bouffon. Au moins : il savait prendre congé.

Je descendis à l'arrêt suivant, gagnai le canal par la rue Léon-Jouhaux.

Dès le rez-de-chaussée, j'entendis Radek miauler dans ses tons les plus rauques. Des protestations de pure forme. Mon retard restait dans la limite admise de nos accords. Je lui servis sa part de carpe farcie, avec quelques œufs de lump. Il bâfra tandis que je lui nettoyais sa litière. Le chat se comportait comme si chaque service devait être le dernier. C'était ainsi depuis le départ de ses partenaires, Kamenev et Zinoviev. Toutes les deux mortes l'an d'avant , vieillesse, cancer. Aucune consolation. Ni le chat noir ni moi n'avions appris à nous adapter à ces disparitions.

Je racontai sommairement à Radek les événements de la nuit, tout en écoutant les titres des informations, à la radio. Il était question d'attentats manqués dans Paris, de communiqués menaçants. Je repris une douche, tiède, douce, me rasai.

Un peu plus tard, je montai à l'étage, voir les derniers tirages des photos du musée. Des gueules de stars sortant du moule. En l'absence de tout maquillage, elles n'étaient pas très identifiables, Gabin, Mc Queen. Pas la moindre idée de ce que je pourrais faire de ce travail au long cours. Je m'y sentais bien. J'entendais le mener jusqu'au bout. La fatigue tomba brutalement. Je m'allongeai. J'avais perdu une nuit. Radek se nicha sur mon ventre, ronronna.

Aucune émotion particulière n'agitait le musée. La dame à la jarretelle était toujours là. Serge me signala avec satisfaction que les journaux ne parlaient pas de la disparition de la tête de la princesse de Lamballe. Dans la salle de la Révolution française, un drap avait été tendu devant la scène, avec une petite pancarte accrochée. « En raison de travaux en cours », etc.

– On va refaire une tête de la princesse?

– Pourquoi pas, répondit Serge. Ce n'est pas un si gros travail, huit jours à peine.

Il y avait dans les archives tous les documents historiques nécessaires, les photos. Un travail bien plus facile à réaliser que la fabrication de l'effigie d'une quelconque célébrité vivante. Entre-temps, sans doute, on installerait une tête anonyme choisie dans la réserve des combles. Il n'en manquait pas!

– La ressemblance, précisa Serge, on s'en fout un peu. D'ailleurs, on la voit à peine, cette pauvre fille.

C'était vrai. Elle était faite pour être entr'aperçue au loin, derrière les gros barreaux de la fenêtre de la prison du Temple, avec la rue devinée en bas, l'émeute sanguinaire. Septembre.

Autrefois, enfant, rien qu'une seule fois, j'avais osé, j'étais allé y voir de plus près. J'avais marché sur le parquet, dépassé Marie-Antoinette défaillante, Louis ne sachant trop que faire comme d'habitude. Jusqu'à la fenêtre. Je n'avais pas été surpris par le trompe-l'œil : les barreaux en bois, la toile peinte approximative servant à évoquer la rue lointaine. Il n'y avait ici que des mannequins. Ils pouvaient me troubler, je n'avais jamais été dupe. La Lamballe n'était qu'un masque, planté, présenté au bout d'une pique. Que la pique soit elle-même fixée sur un coin de plancher poussiéreux (presque un débarras) m'importait peu. Cette pique truquée était un présentoir. Cette tête m'avait impressionné. Des traits trop purs. J'avais noté un détail. Un filet de sang, délavé de salive, coulait de la bouche fermée. Du point de vue du public, il ne pouvait être visible. Cette touche de réalisme totalement incrédible était gratuite puisque hors de vue des visiteurs.

Il y avait aussi la chevelure, abondante, blanchie. Non pas de martyre mais d'amoureuse, au matin.

– Est-ce qu'on vole souvent des choses ici?

– Pas tellement, répondit Serge.

Le couteau de Marat. Oui, bien sûr, il avait disparu plusieurs fois. Une effigie un peu politique, de temps en temps, forcément. Marchais, ce con, dérobé et retrouvé dans la fosse aux ours du zoo de Vincennes. D'autres effigies qu'on préférait ignorer, Giscard, Mitterrand. Les cires empruntées et détournées à des fins politiques? C'était un peu une tradition. Je me souvenais parfaitement de l'épisode des bustes de Necker et du prince d'Orléans, prises au Cabinet des cires de Curtius, le 12 juillet 1789. Des emblèmes pour les têtes de manifs.

Serge avoua ignorer cette anecdote. Il était spécialiste du musée Grévin, pas de ses grands ancêtres.

– Pas d'autres vols?

Il hésita. Au musée, on aimait les légendes, pas les ragots.

– Il faudrait que tu te renseignes. Je crois que des choses ont disparu dans la réserve, il n'y a pas très longtemps.

– Quoi?

– Des bras, des jambes. Peut-être une tête ou deux. Un endroit pareil (il rit), ça attire les maniaques. Tu n'as qu'à demander à Jérôme. C'est son domaine, là-haut.

Serge me regardait, amusé. Le vol de la tête de la princesse de Lamballe le perturbait modérément. Mon agitation l'intéressait beaucoup plus.

– Et toi? Tu n'as jamais pensé à voler quelque chose ici?

Parfois, j'avais envisagé d'enlever la dame à la jarretelle. C'était dans le domaine des choses faisables. Il suffisait de bien étudier la fuite. Quelques mètres un peu difficiles à parcourir et ensuite, rien qu'une serrure à fracturer du côté de l'escalier de l'hôtel Chopin. Je savais assez bien fracturer les serrures. On pouvait aussi avoir le double des clés. Je priai Serge de m'excuser. On m'attendait. Je traversai la « salle d'actualité » à grands pas, montai vers le Palais des Mirages, empruntai l'escalier discret, à gauche de l'entrée du Théâtre-Joli.

J'étais en retard, la séance de pose avait déjà commencé. Julie était debout sur une petite estrade carrée, vêtue d'un simple maillot, plutôt moulant. Jérôme travaillait sa glaise. Au point où il en était, la grossière mise en place des volumes, l'immobilité rigoureuse du modèle n'était pas indispensable. Julie se retourna, me serra la main. Une belle poigne.

Il aurait été totalement hors sujet de parler de la petite fête du boulevard des Filles-du-Calvaire.

La veille, je n'avais pas tellement fait attention à son visage. Une belle lumière envahissait l'atelier. Julie ressemblait terriblement à sa sœur jumelle Mona. Une ressemblance de traits, rien de commun dans l'expression, ce qui pouvait tromper. Julie était resplendissante et lisse, Mona usée. L'une se voulait intacte, l'autre exhibait toutes ses cicatrices.

– J'ai eu ma sœur au téléphone tout à l'heure, dit Julie. Elle vous trouve bizarre mais gentil.

– Vous n'êtes plus fâchées?

– Si. En permanence. Et alors?

Le ton était goguenard, sans plus. Julie reprit la pose. Je sortis mes appareils. Elle me rappela aussi qu'elle était d'accord pour que je fasse toutes les photos que je voulais mais qu'il était hors de question que son visage y fût visible.

– A cause de votre prochaine grande carrière au cinéma?

– Exactement.

– C'est sérieux?

– Tellement que vous serez tous très épatés!

– Ce serait bien l'heure d'un café, décréta Jérôme, renfrogné.

Je pris une fois de plus en charge cette affaire domestique, le petit noir. Une mesure d'apaisement. Julie descendit de son socle. Ma présence agaçait un peu Jérôme. L'hypothèse la plus simple était qu'il se découvrait amoureux de son modèle et que je le dérangeais, ce qu'il n'avait pas prévu, naïf. Cette hypothèse était la bonne. C'était du moins ce que disaient les yeux amusés de Julie. Les mêmes laissaient deviner que Jérôme n'avait que peu d'espoir à entretenir. Je servis le jus dans des tasses ornées de motifs dorés, volées chez « Bébert », le restaurateur couscoussier voisin du musée. Une de nos cantines.

– C'était bien, avec Mona? demanda Julie. Je me suis toujours demandé comment elle fait pour tant baiser les mecs.

Le travail avançait. Fred Astaire prenait tournure, Jack Nicholson aussi. Posée sur un établi, une maquette minutieuse donnait l'idée précise de ce à quoi ressemblerait la scène des *Gladiateurs* pour laquelle Julie prêterait son corps à Bardot. Un jeu de miroirs malin y pervertirait les points de vue, doublant la figuration. Julie continua ses agaceries.

– Cette chieuse de Mona n'est pas seule en cause. Hier, je suis partie parce que cette petite surboum m'est d'un seul coup apparue complètement ringarde.

Les vieux copains qui ne sont pas vraiment des copains, les nouvelles gueules qui ressemblent aux anciennes, les dégagements prévisibles dans la chambre et dans les chiottes, le picolage, les combines de cul, tout ce petit monde, Julie en avait eu soudainement marre. Elle avait préféré rejoindre un bon amant. Je me souvins que Jérôme était parti avec elle. Il pâlit. Elle réclama du café.

– Savez-vous la grande différence entre moi et Mona? Moi, je couche utile.

Dans cette catégorie, Jérôme était hors jeu. Amoureux sans atout, il allait en baver, il acceptait d'entrée de jeu. Julie le savait bien. Elle tenait juste à ce que je le sache aussi. Il y avait dans son arrogance quelque chose de pitoyable. Ce n'était qu'un début.

– Stan était là, continua-t-elle. Il vous a plu?

Elle ne me laissa pas le temps de répondre.

– Il est dangereux. Mona est amoureuse de lui. Bander pour

un pédé, c'est tout à fait son genre. Elle croit qu'il va mourir. Elle veut le sauver.

– Si on se remettait au travail, dit Jérôme exaspéré.

Julie regrimpa sur son socle. Je pris quelques photos de plus de Marais, Stallone, Lancaster. Ils figureraient dans le tableau. Puis je m'attachai aux gestes de Jérôme. Il travaillait au couteau, à pleine main, le brut de la terre. C'était un grand sculpteur, violent, précis. Un fou lui aussi, à sa manière. Malgré tout son cynisme Julie, immobile, était impressionnée par ce double d'elle-même qui naissait. Je pris soin de ne la cadrer, modèle, qu'en silhouette floue, presque abstraite. La création de Jérôme me passionnait tellement plus! Dans quelques jours, et ce serait strictement nécessaire, Jérôme demanderait à Julie d'être nue. Une étape. Rien ne pressait.

Il en était à modeler le mouvement des épaules. Dans la composition prévue pour la scène, un des bras devait se replier sur l'avant. L'autre, le droit, enlacer une colonne, un peu en hauteur de la tête. Je demandai :

– Est-ce qu'il y a souvent des vols dans le musée?

– Des vols? Quel genre? A la tire?

– Des objets dérobés dans les tableaux, des mannequins.

– Dans les salles d'exposition, non. A ma connaissance, pas depuis longtemps.

– Et ailleurs? Dans d'autres endroits du musée?

– Ailleurs? Il y a toujours des choses qu'on ne parvient plus à retrouver dans le dépôt, ici.

– Quoi, par exemple?

– Des accessoires, des morceaux de mannequins réformés. Des têtes, même. Rien de sûr. Tout ça n'est pas tellement répertorié. C'est plutôt une impression. C'était là, et puis on n'arrive plus à mettre la main dessus... Quoi exactement? On ne se souvient plus toujours très bien.

– Quand un mannequin est réformé comme tu dis, qu'est-ce qui se passe?

– En principe, s'il s'agit d'une célébrité, on garde la tête. Ce sont un peu les archives. Tu dois avoir en magasin trois ou quatre De Gaulle aux différents âges, deux ou trois Sadate, quelques Fernandel. Les moins connus, on les refond. Quant aux membres, les bras, les jambes, on voit au coup par coup s'ils peuvent resservir.

– Sans ça?

– Bons pour la marmite.

Jérôme ajouta que, parfois, ce passage à la bouilloire lui avait fait l'impression d'un assassinat ou, plus exactement, d'un sacrilège.

– On évite de plus en plus. Le problème, c'est le manque de place. On ne peut pas tout garder.

Il ajouta qu'il ne comprenait pas mes questions. J'étais depuis longtemps au courant de tout ça.

J'avais visité, plusieurs fois. Des pièces minuscules sous les combles, aux murs couverts d'étagères. Dessus, les têtes coupées et recouvertes de plastiques transparents, des stars de la politique, du cinéma, du sport. Une hallucinante galerie de têtes célèbres en leur temps, figées dans une éternité précaire. Comme tout le monde, j'avais beaucoup photographié, avec ce sentiment précis de dérober quelque chose d'interdit. Une impression ridicule. Cet « enfer » était à quelques mètres, derrière la porte de l'atelier. Toutes les gueules du siècle!

– Des vols, ici? Oui, il doit y en avoir de temps en temps.

– Le dernier exemple en date? Une tête, un membre que tu as cherché et que tu n'as pas trouvé? Tu t'en souviens?

Jérôme hésita. L'épaule de glaise prenait une jolie forme. La parfaite finesse de l'attache de Julie. Le sein commençait à peine à s'esquisser.

– Ça ne me revient pas. Je vais y réfléchir.

Midi approchait. J'avais rendez-vous avec Marc, pour déjeuner. Je pris congé. Jérôme en fut soulagé, il me promit mollement de se renseigner, à propos des disparitions. Dès qu'il aurait un moment. Après Julie.

A droite, le théâtre des Variétés, à gauche l'entrée du passage des Panoramas. En face, de l'autre côté du boulevard Montmartre, l'hôtel Ronceray, le passage Jouffroy, le musée. La terrasse du restaurant, un italien, était déserte. Marc était en retard, comme il convient. Pour la première fois ce jour-là, je me dis que je me sentais bien, presque heureux. Une impression toujours un peu incongrue. Le garçon m'apporta un pichet de vin blanc. J'ouvris le journal. *Le Soir* titrait un nouvelle fois sur le « calvaire des otages français au Liban ». Dans une page intérieure, une photo montrait Fidel et Kadhafi s'embrassant. A la rubrique télé, j'appris que *Annie Hall* était programmé sur FR3. J'en étais là depuis très longtemps à ce sous-titre : « Presque une histoire d'amour. »

Marc finit par arriver, un peu essoufflé pour la forme. En quelques secondes, il évoqua la situation politique, l'incurie de la plupart de ses collaborateurs, l'étonnante douceur de l'arrière-saison. Se servit un verre de blanc.

– Comment vont tes chattes?

– Il n'en reste plus qu'une, et c'est un chat, je t'ai déjà dit.

– Merde, je suis désolé, dit-il de sa voix légèrement nasillarde.

De quel poids pesait la mort de deux chattes dans le maelström des préoccupations du grand directeur de journal? Les décès de Zinoviev puis, plusieurs mois après, de Kamenev n'avaient fait l'objet d'aucune dépêche AFP.

– Et toi, comment tu vas?

– Pas à pas.

Marc se cala un peu mieux sur son siège, déboutonna la veste de son costume croisé, sourit largement comme s'il était véritablement content de me revoir.

– Ton nouveau rade?

– Une de mes cantines dans le coin.

J'appréciais de rencontrer Marc. Il était mon garde-fou moral, mon repoussoir fétiche. Un rôle qu'il assumait vis-à-vis de beaucoup de gens de nos âges. Il commanda une pizza au hasard, moi un carpaccio.

Marc attaqua d'entrée de jeu.

– J'ai beaucoup réfléchi. J'ai une proposition à te faire.

Il avait toujours des idées, des coups à proposer à tout le monde. *Le Soir*, journal du matin, avait une caractéristique. Toute irritation bien comprise, on y trouvait toujours un papier, au moins un, exprimant une provocation stimulante.

– Que dirais-tu d'une embauche au canard? Reporter. Bon

salaire, très bon. J'y pense depuis longtemps, quelques copains aussi. On aime tous tes photos, ta manière de voir les choses. Moi qui te pratique depuis vingt ans, j'y crois. Tu aurais carte blanche. Presque.

C'était l'heure de la sortie des bureaux, des sandwiches hâtifs, du lèche-vitrines vite fait. Les boulevards.

– Le job?

– Le monde. Pas un travail de reporter d'agence, un truc subjectif, où tu aurais le temps.

Il s'échauffa. Physiquement, Marc ressemblait de plus en plus à l'image qu'il voulait donner de lui. Massif, puissant, un brin goujat nouveau riche. Lunettes d'écaille, costard à rayures, pompes bicolores et cheveux raides gominés. C'était pour lui une manière d'honnêteté: rien qu'à le voir on savait qu'il n'était pas homme à respecter toutes les règles. Qu'il était disposé à se soumettre à toutes les conventions s'il y trouvait avantage. Entre lui et moi, l'amitié n'avait plus aucun sens. Nous fonctionnions sur le mode de la prestation de services réciproques. Il méprisait mon inefficacité sociale chronique. Je supportais mal le choix de ses cravates et le ton de la plupart de ses éditos. Nous nous rencontrions régulièrement. Il avait défini une fois l'intérêt qu'il y trouvait: j'étais, disait-il, l'un de ses poissons pilotes. Il en avait beaucoup, dans les milieux les plus divers. Le temps d'un repas, d'une bière au zinc, il flairait l'air du temps, drainait les rumeurs, testait quelques formules. Sa sensibilité de journaliste s'alimentait de pillages désinvoltes. Un bon professionnel. Lui, à quoi me servait-il?

Marc développa un moment sur la liberté qu'à son avis j'aurais, sur le besoin qu'il y avait de regards neufs.

– D'ailleurs, *Le Soir*, c'est aussi ton journal.

J'y avais, c'est vrai, publié de nombreuses photos.

– Je déteste quitter Paris.

– Tu pourras faire des photos sur Paris aussi. Pas seulement, bien sûr. Mais sur Paris, tant que tu veux. Un voyage à l'occasion, ce n'est pas si désagréable, ça renouvelle les manières de voir, ça ressource.

– Aucun intérêt.

Il ne comprenait pas. Je n'avais besoin d'aucun dérivatif.

Quelques mètres carrés de macadam choisis me suffisaient pour inventer toutes les aventures du monde. L'exotisme m'emmerdait.

– Je ne te parle pas d'exotisme mais de grand reportage!

Le « grand reporter »? Marc tombait mal. C'était à mon avis l'une des plus significatives figures de la pitrerie contemporaine.

– Le seul grand reportage qui m'intéresse, c'est de savoir comment fonctionne ce coin de Paris, celui-là ou un autre, cette ville tout entière. Bien la voir.

Trompe-l'œil y compris. Marc haussa les épaules.

– C'est frileux, paresseux.

– D'accord. Si tu veux, si tu finances et si l'affaire me tente, je peux m'installer pendant dix ou quinze ans à Beyrouth, ou ailleurs. Au bout du compte, je te parie que je ramènerai quelques bonnes photos, et sûrement même quelques bons textes. Intimes. Et très publiables.

– Pas de moyen terme?

– N'importe quel crétin est capable de faire une très agréable photo d'un immeuble éventré à la roquette. D'un cadavre. D'un mouflet qui crève de faim ou d'un milicien triomphant.

– Au risque de sa propre peau, souvent.

– Quel rapport avec la photographie?

Quel rapport avec un terrain qui était le mien, censé l'être du moins?

Judith m'avait fait visiter Paris comme une nouvelle venue balise, jalonne un territoire à conquérir. Elle avait traversé toute l'Europe, en exilée. Paris avait été sa chance. Pour elle, un arrêt sur image. Fragile et difficilement épuisable. J'en restais à cet héritage-là.

– Parlons d'autre chose, dit Marc. Il paraît qu'il se passe de curieuses choses au musée, en face.

Je lui racontai en substance et sous le sceau de la confidence. Aussi pourri fût-il, Marc avait en général le respect du *off the record*. L'embargo raisonné sur l'info était la chose du monde qu'il pouvait le mieux pratiquer. Dans l'espérance d'un meilleur scoop. Ce que je lui confiai le déçut.

– Une tête de mannequin qui disparaît au musée Grévin? Franchement, ce n'est pas l'affaire du siècle.

– Le vol a eu lieu le jour anniversaire de l'exécution du personnage concerné. Curieux, non?

– Bizarre, sans plus. Le coup d'un farceur. A ma connaissance, il n'existe pas de comité pour la défense de la mémoire de la princesse de Lamballe. Si?

Non. Pas à ma connaissance non plus.

– C'est rigolo, remarque, convint-il par pure courtoisie. Si tu veux, on peut faire une brève là-dessus. Accompagnée d'une de tes photos. Ça te fera de la pub.

Autant valait passer à autre chose. Je voulais en savoir plus sur Stan. A peine avais-je prononcé son nom que Marc tordit le nez.

– Tu connais ce crétin?

– J'ai passé une partie de la nuit avec lui.

– Je te croyais plus aristo dans le choix de tes fréquentations.

– Il est pigiste chez toi.

– Si tu crois que je contrôle tout!

Marc m'expliqua. Stan avait fait partie de la toute première équipe du journal. Du temps où il s'appelait *Le Grand Soir*.

– Néo-mao, comme tout le monde à l'époque. Le genre intello-lumpen, je crois bien qu'il est fils de bonne famille. Comme un peu tout le monde l'était, d'ailleurs.

– Parle pour ta bande.

Marc négligea à juste titre cette remarque complètement obsolète.

– Donc, il s'est incrusté. Sans jamais faire partie de la rédaction. Il n'a jamais vraiment rien demandé.

De temps à autre, il apporte un papier. Il a toujours deux ou trois copains qui soutiennent qu'il faut absolument le passer, que c'est génial. Ce n'est pas nécessairement mauvais. La quinzaine d'après, les mêmes copains sont fâchés à mort avec lui, parce qu'il leur a tapé du fric, parce que la poudre qu'il leur a promise n'est jamais arrivée. Il se fait un peu casser la gueule. Il adore ça. Il revient, avec un nouveau papier, un peu de came, un coup fumant.

– Un matin, dit Marc, je l'ai retrouvé endormi sur mon bureau. Roulé en boule comme un gros bébé dégoûtant.

– Tu ne fermes pas à clé?

– Il avait un passe!

– Finalement, tu l'aimes bien.

– Il fait partie des meubles, de l'histoire du journal. Il doit même y avoir des lecteurs qui apprécient ce qu'il écrit. Qu'est-ce que tu fricotes avec ce débris?

Sur le trottoir d'en face, je vis Julie sortir du hall du musée, le pas vif. Elle se dirigeait vers la rue Montmartre. Jérôme ne l'accompagnait pas. Je la perdis de vue dans la foule des badauds, des employés de banque, de compagnies d'assurances, la clientèle habituelle du boulevard, à l'heure du déjeuner.

Marc commanda un café serré, moi un dernier verre de blanc.

– Faut pas que tu te vexes pour cette histoire de tête disparue. On peut essayer d'en faire quelque chose.

Marc avait beaucoup de mal à comprendre que *Le Soir* pouvait ne pas être un objet de désir. Je n'avais aucun besoin de son journal pour m'amuser.

Passage Jouffroy, devant le marchand de cannes et de « curiosités », je tombai sur Stan. Il me montra la vitrine.

– Que penses-tu de celle-là?

C'était une canne à pommeau de métal argenté, une sorte de tête de chat. Elle ne me plaisait pas. A cause du chat. Aussi parce qu'il me semblait qu'elle devait mal tenir en main. Pour moi, j'avais envie d'une canne belle, pas trop banale mais complètement utile. Un objet singulier, pas une bizarrerie de collection. Pourquoi Stan s'intéressait-il aux cannes? Pourquoi était-il là, à m'attendre?

– D'abord parce que tu as parlé des cannes, cette nuit. Tu ne te souviens pas? Mais si! Ensuite parce que j'ai eu quelques problèmes du côté de la jambe. Un accident... avec un début de gangrène, très chic. Depuis, je ne suis pas très solide.

– Tu me guettais?

– Un peu. Et toi?

Un accident également. Sans doute plus sobre que celui de Stan. Un carambolage de motos, un fracas de rotule, de ménisque.

– Je croyais que tu ne conduisais pas?

– J'étais passager. C'était du temps où j'étais journaliste.

Depuis, je m'étais installé en studio. Des portraits, des pubs, des expos de temps en temps, des clichés publiés çà et là, des choses calmes. Mon genou déglingué m'empêchait de courir bêtement. Sauf défaillance épisodique, il me permettait d'avancer à mon pas. Devant la vitrine, Stan était émerveillé comme un gosse.

Il me prit par le bras. C'était embarrassant et sympathique même si je n'éprouvais aucune sympathie pour Stan. Son allure était toujours aussi cradasse. Même loques et pas de douche. Parlons simple : il puait. « On entre? »

Je le suivis dans le magasin. Gêné. Je n'étais jamais entré chez Abel par seul caprice. Toujours pour un renseignement précis, l'essai d'une canne particulière, un point d'érudition sur telle ou telle canne à système. Je restai en retrait.

Je ne connaissais pas le vendeur qui nous reçut. Un jeune homme un peu roux. Courtoisement, il laissa Stan manipuler quelques cannes. Il les touchait, les soupesait avec un respect correctement feint. Ou bien il admirait vraiment. Il posa des questions sur la nature des bois, sur l'alliage des pommeaux, le principe des mécanismes. Stan tomba en arrêt devant une canne épée. Elle était d'apparence très anodine. Une vraie canne banale de pépé. Une simple bague de métal argenté marquait la garde.

Stan défourrailla la lame, une fois, deux fois. Le geste lui plaisait. Le vendeur le regarda faire, amusé.

– Très classe! dit Stan en frappant le carrelage de la férule. J'achète.

– Une pièce remarquable, fabriquée en 1832. Pommeau en argent massif...

– Combien?

Il coinça la canne sous son aisselle, fouilla longtemps dans diverses poches de sa veste, finit par trouver un carnet de chèques en piteux état. Il gribouilla la somme convenue. Plutôt rondelette.

– Pièce d'identité?

– Pas besoin, monsieur, dit le vendeur aimable.

Il ajouta avec une discrétion appuyée que « monsieur Stanislas » n'avait pas à se soumettre à des contrôles vulgaires.

– Vous êtes client du Mirabeau? demanda Stan.

– Habitué, répondit le vendeur.

– Votre prochaine visite est sur mon compte!

Je ne comprenais pas grand-chose. Le chèque était au nom de Stanislas Fried, rue de la Chaussée-d'Antin (je ne parvins pas à lire le numéro). Fried!

– Une dernière chose, dit le rouquin tandis que nous nous dirigions vers la sortie.

– Oui.

– C'est un bel objet. De collection, pourrait-on dire. Mais...

– Allez-y, mon vieux.

– ...c'est comme lorsqu'on possède un revolver. A un moment ou à un autre, on a la tentation de s'en servir. Et c'est quelquefois une bêtise.

– Un conseil après-vente?

– Si vous voulez.

A cette heure-là, le passage Jouffroy était extrêmement passant, ce qui n'était pas pour me déplaire. J'avais le choix entre zoner dans le quartier et rentrer quai de Jemmapes développer les pellicules. Je pouvais aussi prendre un verre avec Stan. Il marchait, fier de son nouvel achat, ponctuant chacun de ses pas d'un coup sonore sur le sol.

– Ton nom, c'est Fried comme Anna?

– Puisque c'est ma mère.

– L'actrice?

– La star!

J'hésitai. Lui demander quoi? Est-ce qu'elle vivait toujours? Je n'en savais rien. Qu'était-il arrivé depuis... quel film, déjà?

– *La Princesse*, dit Stan, film de 1957, réalisé par Alexandre Goras. Les derniers jours de la princesse de Lamballe. Achevé en catastrophe. Gros budget pour l'époque, succès très en dessous des espérances. Maman a un peu déconné.

J'avais vu ce film, je crois bien. Peut-être avec Judith. Elle aimait le cinéma. C'était une gourmandise qu'elle s'appropriait de plein droit, comme une voleuse. Il était logique que j'aie ma part.

Stan poursuivit.

– Son dernier film. A cause d'un mec. A cause du champagne. A cause d'un autre mec, Anna en a eu beaucoup. A cause de pas mal de diables qu'elle a en elle, bah! Carrière foutue. Grande actrice mais pas fiable : des caprices, des retards, des médecins, des tentatives de suicide. Une chieuse. Plus aucun producteur n'a voulu d'elle. Quoi d'autre? Elle n'est pas morte. Elle habite tout près d'ici. Quand je dis qu'elle habite, je pourrais tout aussi bien dire : elle règne. Je te la présenterai.

La Fried? Un portrait sur carte postale, décolleté avantageux. Une cible pour démonstration de lendemain de cuite façon Mona. Nous traînâmes un moment devant les bacs à livres de la librairie Vuilin. Stan acheta quelques polars d'occasion. Je trouvai tout naturellement une biographie romancée de la princesse de Lamballe. Couverture imagée et fanée (la dame brutalisée par d'infâmes sans-culottes), pages grisâtres, non coupées.

– Le vol de la tête, au musée, demanda Stan. Ils sont très contrariés?

– Eux, je ne sais pas. Moi, je n'aime pas qu'on abîme mon jouet.

– On la retrouvera, cette pauvre tête. J'en mets ma main au feu.

Il se gratta soigneusement le cuir chevelu. Une mauvaise sueur de lendemain de cuite, de manque quelconque, inondait son front. Stan cultivait son look de pitre maladif.

– Le vendeur de cannes, il te connaît comment?

– Plus tard, plus tard, éluda-t-il.

Nous étions maintenant rue de la Grange-Batelière, marchant vers la rue du Faubourg-Montmartre. Stan avançait d'un pas désordonné. Passant devant la terrasse d'un café, le Commerce, il se laissa tomber sur un siège, épuisé. Je le photographiai ainsi affalé. Persuadé que ce numéro lui était familier. Au bout de quelques secondes, il sortit de sa prostration hallucinée et commanda une vodka-orange. Comme il se redressait, la canne qui était appuyée contre sa cuisse glissa et roula sur le trottoir, jusque dans le caniveau. Je ne me sentis pas spécialement en devoir d'aller la récupérer.

– Non?

– Non.

Stan se leva en geignant, claudiqua, s'accroupit avec toutes les apparentes douleurs du monde. La canne trempait dans un maigre filet d'eau. Il prit plaisir à rester un long moment, à quatre pattes, au bord du trottoir, puis il revint s'asseoir.

– Au fond, c'est le meilleur baptême.

Stan essuya le bois avec soin, longuement, sur son pantalon. Vérifia même que l'eau ne s'était pas infiltrée du côté de la lame. Ensuite, il but sa vodka cul sec, s'agita pour en commander une autre. Cette fois, il but à plus petites gorgées.

– Il y a quelque chose qu'on pourrait faire tout de suite, dit-il. Pour être tranquilles.

Quels films d'Anna Fried avais-je vu? Quels souvenirs? Elle était une de ces stars en soi dont la filmographie compte finalement peu. Des poses, des scandales. Ces derniers temps, j'étais un peu trop accablé par mes souvenirs de môme. Stan continuait, élocution douteuse.

– Forcément, je vais te faire chier. Le mieux, c'est que tu me casses la gueule le plus rapidement possible, dans les règles, et qu'après on devienne bons copains. Ça ne m'empêchera pas de te pomper l'air, mais au moins tu auras fait ce qu'il y avait à faire.

– Aucune envie de me battre avec toi.

– Je ne t'ai pas proposé une bagarre. Seulement de me casser la gueule. Un *gentleman's agreement.*

Stan eut envie de pisser. Il se leva, s'aidant ostensiblement de son nouveau gadget, se dirigea vers les chiottes. Je ne fus pas spécialement étonné de ne pas le voir revenir. Je réglai la note. D'un certain point de vue, Stan m'en avait donné pour mon argent.

Je retournai au musée. C'était l'heure de la fermeture. Les derniers visiteurs sortaient par la porte du passage Jouffroy. Serge commençait à ranger son petit étalage de souvenirs. Je montai directement vers les ateliers.

Jérôme était assis près du lavabo, sirotant un café. Il avait la mine sombre et contemplait son travail du jour. Il avait bien œuvré. Le corps de Bardot-Julie n'était encore qu'une ébauche grossière mais déjà lourd d'une évidente sensualité.

– Content de toi?

Il haussa les épaules. Pas envie de parler de Julie. Moi non plus.

– Il se passe des choses bizarres dans ce musée.

– Raconte.

– La tête volée, la Lamballe, on ne pouvait pas laisser le tableau comme ça. Peut-être qu'on ne la retrouvera jamais, cette cire. En attendant d'en refaire une, le patron, monsieur Thomas, a eu l'idée qu'il fallait.

– La remplacer par une quelconque tête du stock?

Jérôme s'anima. La vie du musée était vraiment son affaire.

– Mieux que ça, dit-il. Par celle d'une actrice qui a joué au cinéma le rôle de la princesse, dans les années cinquante. Une nana qui a eu son heure de gloire et son mannequin ici, et qui a fini par être réformée.

Réformée? Quelle actrice?

– Bonne idée. Eh bien?

– On a recherché aussitôt la tête dans le dépôt. Introuvable!

– Elle doit être oubliée quelque part.

– Non, non. On a vraiment cherché. Presque tout l'après-midi. La tête est introuvable.

– Elle a été fondue.

– Impossible. La tête d'une célébrité, même morte, même un peu oubliée, c'est quelque chose qu'on ne détruit pas comme ça. C'est une décision de la direction, avec note de service et tout et tout. Personne n'a jamais donné l'ordre de fondre la tête d'Anna Fried.

– Anna Fried, il s'agit vraiment d'elle?

– A qui d'autre pensais-tu! C'est elle qui a disparu. Volée!

Comme tout s'enchaînait bien!

Je quittai Jérôme, redescendis au rez-de-chaussée. Une bonne partie du personnel s'y trouvait réunie, commentant les événements récents. Régis Gabriel-Thomas, président-directeur général, affichait une mine perplexe.

– Des larcins dans les salles d'exposition, nous avons l'habitude. C'est presque une tradition, même si elle est déplaisante. Un vol dans la réserve, c'est autre chose, on n'y entre pas si facilement.

– Un membre du personnel?

– On y pense forcément, convint Régis Thomas. C'est très ennuyeux.

– Pourquoi Anna Fried? Vous avez une idée?

– Aucune. C'était une grande comédienne, très grande. Pendant plusieurs années, elle a assuré le triomphe de plusieurs films. Il était normal qu'elle ait sa place ici. Une figure qui a eu beaucoup de succès.

Régis Thomas eut un geste vers ce tableau de la salle d'actualité où la Fried avait longtemps trôné. Quelques nostalgies s'imposèrent.

– Au début, elle était exposée tout près du public. Une maladresse. Ses admirateurs voulaient toucher ses mains, son visage, sa... sa poitrine aussi, il faut bien le dire. Les gardiens n'y pouvaient rien. Nous avons dû la mettre un peu en retrait, la protéger. C'était une de nos plus belles réussites. Une ressemblance parfaite. Stevenson, notre sculpteur de l'époque, y avait mis tout son art.

– Quand l'avez-vous retirée?

– Je n'ai plus la date en tête, dit Régis Thomas. Comme il arrive parfois chez les gens de cinéma, son étoile a pâli. Nous avons mis très longtemps à réformer ce mannequin, car il bénéficiait d'une réelle affection du public.

– Jamais il n'a été fondu? Vous en êtes certain?

– Jamais! Beaucoup de gens ici avaient pour Anna Fried un attachement sentimental. Nous avons même failli la faire figurer dans « L'aventure au cinéma ». Moi-même, je n'étais pas hostile à l'idée de cet hommage.

– Pourquoi ne l'avez-vous pas fait?

Régis Thomas hésita.

– Elle est quand même bien oubliée. Elle, Martine Carol, ces femmes-là... Pour nos jeunes visiteurs, ça ne veut plus dire grand-chose. Vous pensez que c'est une erreur?

Régis Thomas était toujours attentif aux suggestions, aux critiques.

Je ne pensais rien de particulier. Avant ce matin, j'avais passé des années et des années sans jamais qu'Anna Fried fasse partie de ma vie. Elle était quoi? Quelle image? Des comédies légères, tournées dans les années cinquante. Quelques films historiques à grand spectacle. Des grands titres dans *Paris-Presse*, des photos en couverture de *Cinémonde*. Je me souvenais de ces photos, des décolletés gonflés et frustrants, réglés au millimètre. Je me souvenais de quelques branlettes, de quelques films interdits aux moins de seize ans que j'avais pu voir, un peu avant la limite d'âge, avec la complicité de Judith. Elle avait de nombreuses copines, ouvreuses ou caissières dans les salles de quartier.

Je me souvenais d'Anna Fried et des tractions avant, de l'affaire Dominici, de Diên Biên Phu, des après-midi avec les copains à la piscine Lutétia. Je me souvenais de Catherine Langeais à la télé, du livre de poche, de mon premier appareil photo, de Spirou et Fantasio, de Vilar au TNP, de la figure ensanglantée de la petite Delphine Renard et de l'OAS, etc.

Régis Thomas s'éloigna, tourmenté et soucieux de calmer les inquiétudes de ses collaborateurs. Je ne savais plus trop ce que j'avais à faire ici, avec d'autres employés du musée, réunis dans la grotte des Singes. Les miroirs déformants nous renvoyaient des images déplaisantes. Serge était assis dans la salle d'actualité, près de Philippe Bouvard. Il semblait pensif. Je me permis de le rejoindre. Quel était son avis, à lui? Il se redressa, sourit, un peu.

– Je pense que c'est toi qui as fait le coup, dit-il tranquillement. C'est complètement ton genre.

– La princesse, ou la star?

– La star. Tu as tous les moyens pour ça puisque tu es ici comme chez toi. Ce n'est pas un vol spectaculaire. Un larcin sentimental. Tu aurais pu jouir de l'impunité s'il n'y avait eu le vol de la princesse. Sans lui, personne n'aurait pensé à rechercher cette pauvre Anna Fried. Tu n'as pas eu de chance.

– Tu penses ce que tu dis?

– Avoue que c'est une hypothèse qui se défend. Chez toi, c'est plein d'objets comme ça: des mannequins, des trucs que tu as glanés, des collections bizarres... J'ai bien vu.

Peu de gens viennent prendre un verre quai de Jemmapes, à l'occasion. Beaucoup trop.

– Tu m'accuses?

– Je te taquine. Je ne pense pas que tu puisses dérober quoi que ce soit ici, puisque c'est un peu chez toi.

Serge avait l'air abattu. Ce qui se passait lui déplaisait. Il ne fallait pas toucher au musée, c'était sa chose à lui aussi. Il hésita, puis lâcha le morceau.

– Il y a quelque temps, une dizaine de jours peut-être, il s'est passé quelque chose d'étrange. Je ne parle pas des vols. J'étais de service dans la salle d'actualité, ici. Beaucoup de monde. D'habitude, la plupart des gens passent, suivent la visite sans trop se presser mais sans trop s'attarder non plus. Il y a toujours quelques flâneurs qui traînent, c'est certain. Ce jour-là, il y avait une dame. Plus très jeune, assez chic, manteau de fourrure et lunettes à verres fumés. Seule. Je me suis dit que je l'avais déjà vue quelque part, sans pouvoir mettre un nom sur ce visage. Tu sais, comme lorsqu'on a un mot sur le bout de la langue, c'est très désagréable. Plus je la regardais, plus j'avais l'impression de la connaître. Elle a déambulé longtemps, elle s'est assise là où nous sommes, et puis elle est partie sans continuer la visite.

– Et tu ne sais pas de qui il s'agit, maintenant?

– Je crois bien avoir trouvé.

– Laisse-moi deviner, dis-je. Anna Fried?

– Gagné.

Passage Jouffroy, j'entrai dans la boutique. Spécialité: le cinéma. Des livres, des photos, des gadgets, des affiches. Le vendeur convint que c'était dommage et même assez inexplicable: aucun bouquin n'existait concernant Anna Fried. Personne n'avait même pensé à concocter un album de photos vaguement légendées.

– Une actrice formidable, pourtant! Il faudra bien la redécouvrir, un jour.

– Vous n'avez rien du tout sur elle?

– Attendez.

Il fut très consciencieux, fouilla dans des cartons, des tiroirs. Sa moisson fut maigre mais pour moi excitante. D'abord un portrait de la star, en carte postale. Le même que Mona avait pris pour cible. Anna Fried, le regard langoureux, lourd de rimmel, les lèvres entrouvertes, l'épaule nue. Ensuite, une photo du film *Lady l'Arsouille*. Noir et blanc. Une de ces images de tournage qu'on présente dans les halls de salles pour aguicher le chaland.

– Aucune image de *La Princesse*?

Le vendeur en fut tout éberlué.

– Bon sang! Vous êtes bien le premier client à me parler de ce film. Moi-même, je l'avais oublié. Il était pourtant formidable, pour l'époque. Très moderne dans la manière de filmer. Assez osé.

– C'est-à-dire?

– Ben... je crois bien que c'est dans ce film-là qu'une grande star s'est montrée à poil pour la première fois. Si l'on excepte Eidi Lamarr dans *Ecstasy*, bien sûr. Et Arletty. Remarquez...

Il n'excluait pas l'idée d'une émotion adolescente amplifiée. L'illusion d'avoir vu. On s'émoustillait pour peu de chose, en ces lointaines époques.

– Vous devez bien avoir des revues, des magazines où il est question d'elle.

– Certainement. Je peux chercher. Repassez dans quelques jours.

– Trouvez-moi tout ce que vous pourrez, je suis preneur.

Je versai des arrhes, à tout hasard. L'affaire prenait une tournure singulière. Il s'agissait de retrouver des traces. Tout le monde se souvenait d'Anna. De manière tangible, il ne restait presque plus rien de sa gloire passée. Quel que fût son mobile, le vol dans les archives du musée prenait l'allure d'un effacement.

– A votre connaissance, existe-t-il des cassettes des films d'Anna Fried?

– Je ne pense pas, répondit le vendeur. Pas pour le public en tout cas. C'est assez injuste. Vous ne trouvez pas?

Il me promit qu'il recenserait son fonds et me mettrait de côté tout ce qui pouvait concerner Anna. Ça l'amusait. Je sortis. Le passage était animé. Je passai sans m'attarder devant la boutique de cannes et de « curiosités ».

Radek avait besoin de paix, d'habitudes stables. Il avait accepté sans trop comprendre le départ de Kamenev et Zinoviev, ses copines. Il était entré chez moi depuis longtemps, petit chat donné, noiraud, loubard et bêtiseur. Depuis quelques semaines, nous étions en tête à tête. Zinoviev, il n'avait pas vu. J'étais allé la faire examiner chez le toubib, ailleurs, sachant bien que c'était la dernière fois. Elle ne mangeait plus guère, bougeait à peine. La radiographie s'était avérée désastreuse.

Une chose très sotte. On s'en va avec l'animal dans un panier – c'est une de ses cachettes préférées, pour elle qui ne quitte pratiquement jamais la maison –, on s'assied dans la salle d'attente du vétérinaire. Je lui parle, je la caresse, je la calme car elle est énervée par toutes ces odeurs. Elle est belle. Qu'importe le poil un peu terni, la truffe sèche... Elle ronronne. Elle réclame le câlin. C'est une histoire commune de douze, treize ans. Une intimité absolue. L'animal est très digne. Il ne sait pas que c'est fini. Plus exactement, il ne sait pas que cette décision peut se prendre sans lui. La seule possible.

Le panier vide, au retour.

Quelques mois avant, Kamenev était morte elle aussi. Vieille certainement, les mamelles purulentes, le cancer, j'ai essayé toutes les pommades apaisantes, tous les soins possibles. Je voulais tellement qu'elle ne meure pas. La fille de SOS-Véto est venue en vitesse. La bestiole souffrait, soudainement. Ou bien depuis longtemps, je n'avais pas voulu voir. Je l'ai caressée lorsqu'on lui a fait la piqûre. Elle a sursauté, après qu'elle fut morte. Une saccade tétanisée. Comme lorsqu'un chat rêve. Je l'ai roulée dans une couverture. La véto s'est occupée de tout le reste. Je crois que Radek a tout vu.

Maintenant, il ne cherchait plus ses compagnes dans l'appartement. Il était devenu moins espiègle.

Il était minuit passé, le téléphone sonna. J'avais oublié de brancher le répondeur. Je décrochai. Une voix de femme. Elle dut s'identifier, c'était Mona. Je lui demandai de patienter un moment. Le temps d'un verre de bourbon, d'une cigarette. De me demander surtout si j'avais envie d'être dérangé.

– C'est une fête. Il faut que tu viennes.

– Pour récupérer mon portefeuille?

– Pour le plaisir.

Je me souvenais mal de son visage, plus du tout de ses intonations. Elles n'étaient pas désagréables. Trop sûres de leurs effets. Une voix pour radio de nuit, canaille, charmeuse. Il était tard. Derrière, j'entendais un brouhaha, des rires, une musique indistincte. Pas faite pour être écoutée, un fond sonore.

– Tu viens?

– Je suis fatigué. Pas certain d'avoir envie de sortir ce soir.

– Et tes papiers?

– Rien ne presse.

Il y eut un bruit, un frottement. Celui d'une paume plaquée contre un récepteur téléphonique. Cela ne dura pas. Le temps d'un changement d'interlocuteur.

– Fais ça pour moi, dit Stan. Viens.

– Pourquoi?

– Une petite réception agréable, entre amis. J'ai envoyé une voiture te chercher. Rapplique, le temps d'un verre ou dix.

Ma bouteille de vieux Jack Daniel's était encore convenablement pleine. A mes pieds, il y avait des livres que j'avais vraiment envie de lire et des notes sur un plan de Paris qui commençaient à prendre de l'allure, à m'amuser beaucoup. Radek se dirigeait lentement vers la chambre. Je raccrochai le combiné et branchai aussitôt le répondeur. Par la fenêtre, je vis une voiture. Pas un taxi, une sorte de grosse limousine, rangée en bas de l'immeuble, le long de la grille du square Frédérick-Lemaître. La lumière témoin du répondeur se manifesta à nouveau, accompagnée du déclic de démarrage de la bande magnétique. Je mis le son. Stan une fois de plus. « On t'attend, j'ai quelqu'un à te présenter. »

Le chauffeur me guettait. Il sortit de voiture et m'ouvrit la porte arrière.

– Rue de la Chaussée-d'Antin, monsieur?

– Comme prévu, dis-je. J'ai mon itinéraire.

Je lui demandai de passer par la place de la Bastille, de faire plusieurs fois le tour de la colonne de Juillet. Le Génie avait cessé d'être éclairé, c'était quand même beau, comme il fallait. Puis je demandai de prendre par la rue Saint-Antoine, fis arrêter un court instant à l'angle de la rue Malher. L'ex-rue des Ballets. Des immeubles modernes, mais c'était ici l'emplacement de la prison de la Force où la Lamballe avait été emprisonnée, sommairement jugée et exécutée. Je me promis d'y revenir, m'en voulant d'être si incertain encore dans l'organisation de mon parcours. Nous continuâmes tout droit. La rue de Rivoli. Le Louvre, les Tuileries. Juste avant la rue de Castiglione, il était nécessaire de ralentir.

Ici, où nous roulions, c'était autrefois le Manège, la salle de réunion de l'Assemblée. La terrasse des Feuillants. Plus aucune trace, plus rien. Qu'une plaque ignorée sur la grille du jardin. Le chauffeur patienta, c'était son job. Je lui parlai également du très curieux rhinocéros en bronze, à droite des marches, à l'entrée, et du cinquième chant de Maldoror, dont le passage décisif se situe là. Où il est question de ce monstre triste. A l'époque de ce délire, la statue n'existait pas, elle reste étrange et inexpliquée. Le larbin plissa les yeux dans le rétroviseur. Je lui confiai que Paris est plein de ces jalons, de ces petits mystères sans importance. Il me répondit que oui monsieur, bien sûr. En quelques minutes, nous arrivâmes rue de la Chaussée-d'Antin, puisque tel était le but.

Un bout de rue sans intérêt, presque en face des galeries Lafayette. Un peu avant les coins à putes. Une enseigne discrète de très mince néon bleuté, à hauteur de regard, le claque s'appelait le Mirabeau. Rien d'étonnant.

J'allais entrer quand un couple se présenta. Je cédai le pas. Lui me sourit, porta le doigt à son chapeau. Elle se détourna, regard fuyant. La lourde porte vitrée se referma derrière nous. C'était un hall étroit, cossu, où tous les bruits semblaient pouvoir être étouffés. Plus qu'un hall, un sas. Difficile de prendre la femme qui se tenait derrière le comptoir pour quelqu'un d'autre qu'une matrone. Disons, une sous-maxée. La cinquantaine assurée et le décolleté ouvert sur des seins dont l'heure de gloire était passée. Elle n'avait pas trouvé ses nippes au Bonheur des Dames d'en face, plutôt place des Victoires. Le petit couple ne s'était pas non plus habillé au Carreau du Temple. J'aurais pu avoir l'impression de détonner avec mon vieux cuir et mes jeans râpés. Tout au contraire, je me sentais parfaitement à ma place. L'homme glissa quelques gros billets pliés en quatre. La matrone empocha la somme, mine avenante.

– La première visite, hein? C'est par là, mes chéris.

Elle contourna son guichet, guida le couple vers la porte de l'ascenseur, quelques mètres plus loin, au fond. Elle appela elle-même la machine, les introduisit. « Au quatrième et bonne nuit », entendis-je. Elle revint vers moi.

– Monsieur Victor, n'est-ce pas? Monsieur Stan vous attend.

Elle me toisa (des yeux noirs attirants), me dit que si j'avais du fric, des bricoles importantes sur moi, il valait mieux que je les lui laisse en dépôt, parce qu'une clientèle sélectionnée, et dieu sait qu'elle l'était au Mirabeau, n'excluait pas toujours les mauvaises surprises, ça s'était déjà vu, hélas. Naturellement, c'était à moi de faire comme je voulais. Ici, chacun faisait ce qu'il voulait. Elle aimait bien les amis de monsieur Stan. Ils lui changeaient les idées. Les amis de madame, c'était un peu autre chose, chacun son époque. Elle ajouta qu'elle s'appelait Léonce, que c'était un peu ridicule, que cela lui plaisait bien. Moi aussi, cela me plaisait bien. Madame Léonce me dirigea vers l'ascenseur, me confia qu'autrefois elle avait été maquilleuse, « dans le cinéma ». La nécessité de cette confidence m'échappa. Elle appuya sur le bouton d'appel. D'après le voyant, la cabine était au quatrième étage.

– Entre le quatrième et le rez-de-chaussée, il y a quoi?

– Monsieur Victor, me répondit Léonce avec un air de reproche, vous êtes un ami de la maison. Pas de questions ridicules.

J'entrai. Sur deux des parois de la cabine, on avait accroché des petites gravures libertines façon XVIIIe. Amours champêtres et balançoires, tétons à l'air et culs dodus. Au quatrième, c'était un bar, une petite salle, avec des banquettes, des tentures, des miroirs partout, donc au plafond. Encore des gravures. Le petit couple sirotait un Schweppes. L'homme parlait à voix basse, se voulait convaincant. Elle ne résistait pas, elle était seulement intimidée, dans son tailleur noir un peu trop largement ouvert sur la poitrine, déjà.

– Stan?

– Étage au-dessus, me dit le barman. Vous prenez quelque chose?

Je dis que non. Tout près, dans une salle mitoyenne très exposée aux regards, un couple dansait. La femme était nue, avec un gros cul qui bougeait beaucoup, des hanches pas très nettes. Lui avait gardé son peignoir en éponge blanche, très débraillé. Je n'étais pas venu dans une boîte échangiste depuis pas mal d'années. Et jamais au Mirabeau. La bande-son diffusée par les haut-parleurs bien planqués donnait *The House of the rising sun*, version Animals. La fille s'agenouilla devant son mec, commença de l'entreprendre. A bien y regarder, ses fesses avaient de l'allure.

Un appartement labyrinthe. Stan ne s'était pas installé dans les premières chambres, là où s'ébrouaient des couples divers. Je visitai. Larges lits pas faits pour dormir, moquette épaisse, miroirs complaisants, salles de bains à chaque coude de couloir. De la chair blanche s'agitait, pas toujours belle, rarement ferme, très offerte. Tout ça moins hédoniste que volontaire avec gémissements moites et rires étouffés. Il fallait jouir, bon sang, avoir l'air! Deux ou trois corps entrevus me plurent bien. Ces plaisirs me parurent vieux.

– Victor?

Je me retournai. La fille me demandait du feu, comme on en demande à n'importe qui, dans une rue. Nous n'étions pas dans une rue. Elle était nue, visage attentif et anguleux, poitrine constellée de taches de rousseur. Jamais je n'avais vu ses seins, mais je connaissais la fille. Un temps, plusieurs années avant, nous avions travaillé sur des reportages communs, pensant créer une illusoire agence de photographes, avec quelques autres copains, je ne me souviens plus qui. Nombre de projets des années soixante-dix me laissent un souvenir confus. Comment s'appelait-elle? Ses photos avaient été bonnes. Il était curieux de se retrouver ici, nous nous fîmes la bise et ce faisant je la touchai un peu.

– A l'époque, tu n'aurais pas osé.

– A l'époque, tu étais une féministe radicale.

– Je le suis toujours.

Je me sentais de bonne humeur. Elle me dit qu'elle était contente de me revoir. Son prénom me revint en tête. Charlotte. Je l'avais toujours trouvée séduisante, sans la moindre envie d'une aventure. Je me souvins aussi qu'un jour quelqu'un m'avait parlé, à son propos, d'une tentative de suicide. Je n'étais pas certain.

– Habituée?

– Je crois bien que oui. C'est un endroit apaisant. Sans complication.

– Vraiment? Ce n'est pas devenu un peu dangereux, ce genre de club?

Charlotte fronça le nez, eut un rire aigre.

– La maladie? Tu te laisses prendre par toute cette intox: la peste sexuelle. C'est ridicule! Tu as déjà baisé, ce soir?

– Je cherche un nommé Stan.

– Le fils de la maison? C'est ton copain? Rien d'étonnant. Il doit traîner par là.

Elle eut un geste vague en direction d'un salon. Charlotte était une bonne surprise. Des doigts, je frôlai son pubis, sa toison infiniment rousse. Elle sourit, me dit qu'elle n'y tenait pas, pas tout de suite en tout cas et pas avec moi. Ça tombait bien.

Je finis par trouver Stan. Il tenait bar ouvert au fin fond de l'appartement. On ne pouvait arriver jusqu'à lui qu'en franchissant l'obstacle de toute une série de larbins. Il y en avait pour tous les goûts. Cuirés hard ou minets gentils, éphèbes ou culturistes. Ils veillaient au grain, prêtaient parfois leur concours dans les ébats, à la demande ou au feeling. Mon épave avait du pouvoir. Du moins ici, au Mirabeau. Le club-cul le plus sélect de la rive droite. Stan trônait dans une sorte de boudoir. Il était vêtu d'un smoking lustré-fripé, veste à même la peau blême. Il s'arracha péniblement de son canapé en s'aidant de sa canne, me prit par la manche. Ce qui me rendit instantanément bougon. Bougon, sans plus.

– Bienvenue, citoyen!

– Qui a dit que je voulais aller au bordel, ce soir?

– D'abord, c'est ton genre. Ensuite, j'avais envie de boire un peu de champagne avec toi.

– Qui a dit que j'aimais le champagne?

– Alors chablis! Alors bourbon! Qu'est-ce qui pourrait te faire plaisir? On boit, on mange, tout à ta guise. Tu veux quel genre de fille? De mec? Dis-moi. Merci d'être venu! Le reste est à mon compte.

– A celui de ta mère.

– C'est pareil!

– Stan et moi, en effet c'est pareil, dit une voix derrière.

Une voix posée, modulée. Je m'inclinai, baisai la main d'Anna Fried.

Elle ne ressemblait plus à aucune de ses photos, ni sûrement à son effigie volée au musée. Elle restait pareille à ce qu'elle avait été dans ses grands films que je n'avais pas tous vus. Une voix, une aura. Une séductrice. Elle portait une robe, une sorte de déshabillé à l'antique rectifié Tallien, bleu vaporeux d'un goût risqué. Quel âge?

– Vous êtes ami de Stan, vous êtes chez vous.

Elle tourna les talons. Stan n'était pas mon ami. Il me tendit un verre. Sans pouvoir l'expliquer, j'avais le sentiment d'être piégé.

– Étouffons un enfant de chœur.

Nous nous assîmes sur un canapé. Musique d'ambiance supermarché maintenant, Jean-Michel Jarre, à chier. Anna Fried évoluait de groupe en groupe!

– C'est vraiment la patronne?

– Si telle est ta question, elle n'est pas une mère-mac. La taule lui appartient.

– Une reconversion comme une autre. Ça se sait?

– Ça n'intéresse pas grand monde. A part les flics et les cinéphiles nostalgiques.

– Pourquoi ce nom-là, le Mirabeau?

– Il a habité et il est mort, rue de la Chaussée-d'Antin, au 42. Pas loin. La maison a été démolie, hélas.

J'eus envie d'en découdre.

– Quelle date, la démolition?

Stan sourit largement. Pénible spectacle.

– 1826.

– Nom de sa propriétaire, celle qui louait à Mirabeau?

– Sais pas, lâcha-t-il. Et toi?

– Julie Carreau. Une danseuse de l'Opéra. Une entretenue de haut vol. Elle a épousé le comédien Talma, le mois même de la mort de Mirabeau. A l'église. D'accord?

– Parfaitement exact, approuva Stan un peu surpris. La petite Julie, maintenant je me souviens. L'église était Notre-Dame-de-Lorette, le 19 avril 1791. Mirabeau est mort le 9. Épuisé par les excès de bouffe et de plumard, comme tu sais. Il avait logé une de ses nombreuses petites ici, tout près de chez lui. Ici! Tu te rends compte? Au fait : sais-tu que la rue s'est un temps appelée la rue Mirabeau-le-Patriote?

– Jusqu'en 1792.

– Juste! Cette année-là, en ouvrant l'armoire de fer des Tuileries, bourrée de documents secrets, on s'est rendu compte que le défunt tribun fricotait beaucoup avec la famille Capet.

Stan se dandina comiquement, avec une sorte de défi. Autour, personne ne comprenait rien à ce que nous racontions. Il ricana.

– Ai-je bien passé l'oral?

Sa carcasse était de temps à autre agitée de tremblements brefs qu'il encaissait. Puis, il haussait les épaules, exorcisant ces symptômes d'un léger revers de main. Stan savait aussi des tas de choses. Des faits, des dates. Comment se faisait-il? Il éructa.

– Mais je suis agrégé d'histoire, citoyen! J'ai lu les livres! Il me reste quelques bribes de mémoire trouée. Et toi, d'où te vient ta belle science?

Moi? Je ne répondis pas, demandai où se trouvait Mona. Pas par intérêt pour elle, pour sortir d'une discussion un peu sotte. Stan resta évasif, dit qu'elle devait forniquer dans une chambre quelconque, on était là pour ça, non? Je me levai. Au-delà de la porte, l'ambiance classique d'un foutoir mondain s'amplifiait. Avec de plus en plus de monde. On se pressait, se pelotait. Il y avait des clients et des invités. Des en pingouin et des à poil. Certains croyaient nécessaire de porter un loup noir, d'autres en rajoutaient dans le brame érotique. Ils étaient sympathiques. Mona me prit la main.

– Qu'est-ce que tu veux que je fasse? Avec toi? Avec les autres?

– Et toi?

Elle devait être nue sous le peignoir-éponge maison.

– Égal. J'aimerais seulement que Stan soit là pour voir quand je baise. Ça finira bien par lui faire quelque chose.

– Tu penses ça?

– En réalité je m'en fous. Ça occupe mes loisirs. J'en ai beaucoup.

Profil aigu, volontaire. La ressemblance avec sa sœur Julie était réelle, ce soir. Ni pertinente ni opératoire. Le moignon de la phalange coupée était d'un rose presque vif.

– C'est moche? Ça te dégoûte? Moi, j'aime bien. Tu veux que je te raconte?

Un job chez des copains imprimeurs, des anars qui avaient monté leur petite coopérative. Une manière de se faire un peu de fric, en pleine débine. On ne lui avait pas tellement bien expliqué le fonctionnement du massicot. Une inattention. Au-dessus de la rame de papier, la lame était tombée comme un couperet. Mona avait vu son doigt partir.

– Le sang a giclé tout de suite. Je n'ai même pas crié. C'était une brochure sur la grève de la faim de Bobby Sand, en Irlande, la première chose qui m'est venue à l'idée, c'est que je ne savais rien faire. Une incapable. Tu veux me tirer?

– Tu ne m'as pas demandé de venir ici pour ça.

– Que tu saches, Victor. Je suis née un 1er janvier. J'aurai trente ans dans moins de quatre mois. Le jour de mon dernier anniversaire, je me suis juré que pendant un an, je baiserais avec quiconque aurait envie de moi, sans discuter. Mieux, j'ai pris la résolution d'accepter tout ce qu'on me demanderait. Des pipes ou le mariage, ou les deux, ou n'importe quoi. Jusqu'ici on ne me demande pas grand-chose.

– L'année n'est pas finie.

Ce qui se passait sur le lit et sur quelques coins de moquette devenait très confus et classique. Un endroit pas tellement désagréable, après tout. La bande-son diffusait *We are the world*. Une chose très bien-pensante qui ne troublait personne. Mona s'agrippait à moi.

– Tu n'aurais pas dû laisser Stan acheter cette canne. C'est dangereux.

– Moins qu'un 357.

– Plus maintenant. Le flingue, c'est toi qui l'as. C'est un truand qui m'en a fait cadeau. Un vrai fou, très amoureux. Pour que je puisse me défendre, tu parles! Ce con s'est fait descendre par les flics il y a deux mois pendant un braquage.

– Ce con, tu l'aimais?

– Ni plus ni moins que toi.

Tout près, un type assez athlétique assurait face aux assauts de deux dames. L'une était la petite nana intimidée rencontrée dans le hall. Elle portait son tailleur noir d'une manière à peine plus négligée. L'autre était mon ancienne copine féministe, Charlotte (mais était-ce vraiment son prénom?). Elle me cligna de l'œil, je lui fis un petit signe amical. De loin, dans le couloir j'entrevis Anna Fried.

C'était pour que je la rencontre que Stan avait tenu à ce que je vienne. Une jolie idée gratuite. Anna Fried s'entretenait avec quelqu'un, un homme. Je fus assez étonné de reconnaître Adrien Leck. Lui-même ne s'attendait pas à me trouver là. Du moins, cette nuit.

– Encore qu'à bien y réfléchir, ce soit assez ton genre.

– Je vous laisse, dit Anna Fried très maîtresse de maison.

– Pas du tout! dit Leck. Victor est une vieille connaissance. Nous nous voyons à peu près tous les cinq ans.

– Tous les trois ans serait une meilleure moyenne, rectifiai-je. En général avec plaisir. Mais, vous parliez, je vous dérange...

– Monsieur Victor, coupa Anna Fried, faites-moi le plaisir de considérer que le Mirabeau est un endroit conçu pour tous les commerces.

Adrien faisait dans le cinéma. Réalisateur. Il avait été grand, très grand, le temps de quatre ou cinq films fulgurants. Puis il y avait eu la chute, confortable. Les gros succès démagos, la caméra braquée sur les indices de Cinéchiffre. Les entrées à tout prix. Il avait su s'y prendre. Avec des sursauts parfois. Des petits films pathétiques qui sortaient dans trois salles. Qui manifestaient son besoin de garder un lien avec la famille de ceux qu'ils avaient tant émerveillés vingt ans avant, j'en étais. On l'aimait bien quand même. Moi, en tout cas.

Adrien avait pas mal vieilli depuis notre dernière rencontre. La peau plus grêlée. De chaque côté du visage, une profonde ride le marquait, de la paupière à la mâchoire. Il avait maigri. Une longue mèche grise barrait son front. Il n'était pas si mal en maniaco-dépressif mondain.

Anna Fried nous guida vers une sorte de boudoir, une pièce un peu à l'écart des ébats. Je ne parvenais pas à comprendre la topographie de cet appartement plein de recoins. Un peu partout, la baise battait son plein mais à peine une porte franchie, on pouvait se retrouver au calme pour converser. J'avais du mal à ne pas dévisager Anna Fried. L'idée me vint de lui demander de la photographier. Une autre fois naturellement. Comment? Elle me paraissait se dérober, jouant la parfaite hôtesse, complice et cultivant l'esquive. Elle avait joué les princesses et les putes, les fatales. Sa robe moche ne devait pas faire illusion.

– Champagne?

Une bouteille traînait là, dans son seau. La Fried fit sauter le bouchon d'un coup de pouce. Dans le même mouvement, elle m'avisa qu'elle serait honorée, à compter de ce champagne que nous allions boire tous les trois, que je l'appelle Anna. Nous levâmes nos flûtes. Mona se découpa dans l'entrebâillement de la porte. Elle avait troqué le peignoir de rigueur contre une gabardine un peu large, couleur mastic, s'était remaquillée. Elle comprit qu'elle dérangeait, quelle importance?

– Je viens te dire que je me casse, dit-elle. Stan est en main. Ce soir, tu n'as pas envie. Je me suis trouvé un mec. Tu veux que je te rende ton morlingue?

– Morlingue, remarqua Anna, c'est du très vieil argot.

– Vous l'employez dans plusieurs de vos films, madame.

Mona pouvait garder mon portefeuille pour le moment. Ce n'était pas plus mal, ce dépôt. Adrien la dévisageait d'une manière telle qu'elle s'en étonna. « On se connaît? »

– Je ne crois pas, répondit Adrien. Pas directement. Pourtant...

Le visage de Mona s'illumina. Il est à noter qu'elle souriait et riait remarquablement.

– J'y suis, dit-elle. Vous êtes Adrien Leck, le cinéaste.

– Et vous êtes la sœur de Julie.

– Sa jumelle.

– Elle jouera dans mon prochain film.

– C'est marrant!

– C'est assez curieux, rectifia-t-il.

– Mon type m'attend, conclut-elle. Je ne veux pas complètement rater ma nuit. Il faut que j'y aille. On se reverra peut-être.

Mona s'éclipsa. J'étais ennuyé de la voir partir ainsi. Mais elle avait raison. Ce soir, je n'avais pas envie.

C'était donc Adrien, le cinéaste miracle? Rien que de très logique.

– Julie va vraiment jouer dans ton prochain film?

– Tu la connais? C'est formidable! Quel petit monde!

Il s'enthousiasmait sans conviction.

Anna s'était insensiblement mise à l'écart, observatrice, hôtesse intéressée. Elle suggéra à Adrien de resservir du champagne, ce qu'il fit avec les grâces convenues de celui qui célèbre un joyeux événement. Quel film? Il s'expliqua.

J'avais connu Adrien avec des hauts et des bas, bourré de fric ou faisant quasiment la manche. Il avait toujours fait des films. De la pub, des clips, des pornos, des succès qui font rougir.

– Cette Julie, je l'ai découverte dans une petite troupe de théâtreux, en banlieue. Elle est exceptionnelle. L'étoffe d'une très grande. Elle sera la princesse.

– Quelle princesse? demanda Anna Fried.

En une fraction de seconde, ce que j'avais pressenti devint clair. Tout à l'heure, j'avais interrompu une conversation. Ou un aveu. Au mauvais moment. Adrien était déstabilisé. Une de ses spécialités. Il se tourna vers Anna.

– Voilà ce que je voulais vous dire. Nous allons, je vais faire... une sorte de remake de *La Princesse*.

Le champagne gicla sur son visage, puis ce fut la gifle. Ensuite, il y eut le bruit d'un verre brisé. La flûte dans la main gauche d'Anna Fried. Un tesson menaçant sous le nez du cinéaste.

Elle grondait.

– Un... remake de mon film? Avec cette fille?

– Non... sa sœur, balbutia Adrien. Julie. Une très bonne comédienne.

– Qui sera la princesse de Lamballe?

– Je voulais être le premier à vous en informer. Voilà pourquoi je suis venu ici, ce soir.

Leck était piteux. Depuis plusieurs secondes, Anna avait laissé tomber le verre aux pointes coupantes. Elle se contentait de chercher le regard d'Adrien qui se dérobait, de marcher vers lui tandis qu'il reculait, pas à pas. Une scène qui aurait pu être filmée. Anna le savait, en abusait. Sa fureur était réelle, et elle faisait son numéro. Puisque j'étais là. Moi et quelques autres.

– Il n'y aura jamais de remake de *La Princesse*, siffla-t-elle, jamais! C'est impossible. Sortez!

Sortez! Voix rauque, basse, prête à se muer en rugissement. Anna ondulait comme un fauve, fascinait sa victime pétrifiée. Admirable composition. Il ne manquait qu'une caméra.

Les porte-chandelles furent à la hauteur. Deux d'entre eux s'emparèrent d'Adrien. Interdit, il ne résista pas. Ils le traînèrent vers l'ascenseur, bousculant au passage des corps nus, d'autres dans des habits de soirée. Il y eut des petits cris. Le vidage ne prit que quelques secondes. Au Mirabeau, les rares incidents se devaient d'être réglés dans les meilleurs délais. Un homme en tenue de ville s'approcha d'Anna Fried. Le flic de service. Il était d'assez bonne prestance et tout à fait respectueux. Elle le rassura d'un signe. Formellement, l'incident était clos.

– Cet Adrien Leck est votre ami? demanda Anna une fois le calme revenu.

– Je l'aime bien.

– Même si je le déteste?

– Je vais prendre congé.

– Reprenez du champagne.

Sa voix était redevenue totalement posée, mélodieuse. Elle me proposa de trinquer. Ce que nous fîmes. Anna ne jouait pas complètement la comédie.

– Puisque Leck est votre ami, dites-lui que ce film ne se fera pas. Jamais. Je l'empêcherai. J'ai les moyens. Tous les moyens qu'il faut!

Elle était une actrice, exceptionnelle. Une femme aussi, capable de reprendre extraordinairement vite son sang-froid. Anna me prit par le bras, parla plus bas.

– Que pensez-vous de Stan? Vous ne le connaissez que depuis quelques heures, bien sûr. Il vous apprécie beaucoup. Il ne faut pas lui faire de mal. Ne pas être trop sévère avec lui. Cet enfant est tellement étrange. Avez-vous un enfant?

Elle rit. Parce que Stan était odieux, pardi! Fantasque, versatile. Un bon fils, néanmoins. Je devais en être bien certain. La pression des doigts se resserra. Anna déclara qu'elle était heureuse de m'avoir rencontré, que j'aie bien voulu venir. Elle avait un reproche à me faire.

– Vous n'auriez pas dû le laisser acheter cette canne-épée.

– Sa mère, c'est vous.

– Je me demande parfois si c'est mon meilleur rôle.

– Vous le pensez, ou c'est une réplique?

– Qu'importe!

Avec la nuit, le fard s'effritait. Les rides d'amertume, des confins des lèvres à l'arête de la mâchoire, en devenaient plus creusées. Une multitude de petites striures marquaient le dessus de la lèvre supérieure. Ce visage me plaisait. Le champagne était bon. Le projet d'Adrien était celui d'un goujat. Ce n'était pas très prémédité, je pris la main d'Anna Fried.

– Il y a eu un vol au musée Grévin.

– Quoi?

– Vous?

– Je ne suis plus dans ce musée, depuis très longtemps!

– Dans la réserve.

– Vous cherchez à m'humilier?

– En aucun cas. J'étais très attaché à cette image de vous.

– Attaché?

– Prenez-le comme vous voudrez. Ce vol m'intrigue. Parce que j'aurais pu le commettre.

– C'est vous?

– Non.

– Vous le regrettez?
– Un peu.
Une flatterie un peu dérisoire. Pas seulement ça. Qu'importait. Anna me regarda de biais. Comme dans ce film, *Ravage*, où elle joue le rôle d'une grande bourgeoise qui pousse un jeune peintre fauché au désespoir, son amant. Mais elle n'y parvient pas, il résiste. Alors, c'est elle qui se tue. Nous étions au Mirabeau. Derrière les tentures et les volets, le jour devait bien se lever. Je crus avoir fait mon tour de piste.
Il restait du champagne. J'acceptai une dernière flûte et pris bonne note de l'offre faite de revenir quand je voulais. Les yeux d'Anna étaient très bleus. Les paupières bizarrement peu fanées par l'âge. Front lisse. Elle m'observait, cherchant à savoir comment je la regardais. Un instant, je fus tenté de le lui dire. Ou, au moins, d'inventer.
– Ne dites rien.
Une fille un peu nue fit irruption, en pouffant, dans le salon. Elle était soi-disant poursuivie par un obsédé. Un jeu. Une poitrine modeste, une toison pubienne très brune. Je notai un peu de cellulite aux cuisses, également. L'écartant aussi gentiment que possible, je quittai la pièce, me dirigeai vers la sortie.
Au passage, j'aperçus Stan. Il était dans les bras d'un type, vautré sur un divan. Il avait gardé son smoking. La semelle de sa bottine était presque entièrement décollée. On apercevait ses orteils crasseux, une couille rougeâtre débordait de la braguette. Je m'éclipsai sans que quiconque y prenne trop garde, en me demandant si la limousine serait là pour me raccompagner.
Elle y était, avec le même chauffeur. Au Mirabeau, on avait du savoir-vivre. Au moins nocturne. J'indiquai comme direction la place de la République.
Le chauffeur tiqua.
– Pas directement chez vous, quai de Jemmapes?
Des manies, j'en ai beaucoup. Sauf à être à bicyclette, ma Raleigh, j'aime bien rentrer chez moi à pied, lentement, en goûtant l'approche du faubourg, du canal. Malgré septembre, les nuits persistaient à rester douces, comme autant de chances en plus. Place de la République, je demandai au chauffeur de

poursuivre, boulevard du Temple, des Filles-du-Calvaire. Un peu au-delà du Cirque d'hiver.

– Quel numéro?

– Ici.

Il stoppa.

113, boulevard Beaumarchais. A l'angle en pan coupé de la rue du Pont-aux-Choux. Un tabac, le café de la Petite Chaise. Une porte cochère. Je me fis débarquer, quelques pas.

Presser le bouton, pousser la très lourde porte, entrer. C'était facile. Trop. Une voûte. Une zone sombre, puis une cour, avec des ateliers, au fond. J'allumai une cigarette. Tout avait dû beaucoup changer. A la flamme du briquet j'aperçus un seau. Ou une bassine. Avec des chiffons roulés en boule, dedans. Un chat s'enfuit. Pas trop loin. Curieux. C'était un endroit calme, sans aucun intérêt. Rénové mais peut-être pas très différent de ce qu'il avait été, deux siècles plus tôt. Exactement ce à quoi je pouvais m'attendre. Je sortis.

De l'autre côté du boulevard, chez Mona et Julie, il y avait de la lumière. Un instant, j'envisageai d'aller prendre un dernier verre, là-haut. Ce n'était pas absolument nécessaire.

Je dis au chauffeur que ça allait, marcher un peu me ferait du bien, je rentrerais chez moi par mes propres moyens, il pouvait disposer. La voiture s'éloigna vers la place de la Bastille. Il était six heures, c'était le matin. Je revins sur mes pas, poussai de nouveau la porte du numéro 113. Bien sûr, il n'y avait plus d'abreuvoir à chevaux dans la cour. Seulement ce seau, dans un coin sombre, posé sur un ancien puits. On pouvait tout imaginer. Je me penchai. Sous les linges, je sentis une masse un peu dure. Je savais quoi. Ou qui. La vérification était inutile, restait la curiosité. Ou une volonté pas très assurée d'affronter l'irrationnel.

Les tissus dissimulaient un sac en plastique. Dedans se trouvait la tête de la princesse de Lamballe, échevelée, cou tranché. Retrouvée. Je me forçai à la saisir, à la prendre à deux mains. Cette tête était pesante, doux le contact des joues de cire. Il faisait très noir dans cette cour. Je distinguai pourtant les paupières mi-closes, j'imaginai la pureté des traits. Autre chose qu'un troublant simulacre. Ici on était, j'étais, sur les lieux mêmes. Du crime, si l'on veut. Il y avait un geste auquel je ne pouvais pas me dérober, épouvantable et fondateur. J'y voyais mal. Du doigt, je caressai le visage de Marie-Thérèse. Après? Je crois bien que j'ai empoigné sa tignasse et que j'ai brandi cette tête. Comme ils avaient fait, eux, tant et tant de fois. Oui, je crois que j'ai fait ça, que je me suis regardé le faire, comme un idiot. L'ivresse de Sanson.

Après plusieurs minutes, j'ai remis la tête dans le sac, replacé les chiffons. Tout en ordre. Lequel?

Sur le pavé du boulevard, l'ivresse bleutée.

Chez Mona et Julie, plus de lumières. Je traversai, entrai dans le hall de l'immeuble. Je trouvai sans mal le nom des filles sur une boîte à lettres. La carte postale de *L'Assassinat de Marat*, souvenir du musée, me parut très convenable. J'ai toujours des cartes sur moi. Au dos, je griffonnai un « bonjour » sans signature, mais avec l'heure précise, six heures trente-deux. J'allumai une gauloise, glissai le message.

En un quart d'heure, à pas vifs, je pouvais être chez moi. J'avais la ferme intention de m'inventer une rencontre, sur le parcours. J'avais aussi un coup de téléphone à donner. Aux flics. Pour les avertir.

Passage du Commerce

Jérôme n'en finissait pas de considérer cette tête de cire posée sur l'établi de l'atelier de sculpture. La chevelure abondante, les traits hagards, cet imperceptible sourire sur les lèvres minces. Autour, on partageait son expectative.

– C'est elle et... pas elle!

A six heures trente et quelques minutes du matin, la police avait été avertie par un coup de téléphone anonyme que la tête de cire de la princesse de Lamballe se trouvait dans la cour du numéro 113, boulevard Beaumarchais. Le conservateur du musée, Régis Thomas, avait été aussitôt informé. J'étais bien le dernier, et pour cause, à être surpris par cette découverte.

La tête avait été récupérée, par les services de police du troisième arrondissement. Rien ne s'opposait à ce qu'elle fût réintégrée immédiatement au musée. Tout cela s'était fait assez vite, avec le vrai contentement de voir s'achever heureusement une péripétie absurde. Maintenant nous étions là, ahuris devant le constat. Jérôme avait réagi le premier.

– Cette tête n'est pas celle qui nous a été dérobée. Boulevard Beaumarchais, personne n'a fait très attention. Parce qu'on a perdu l'habitude de la regarder de près, qu'elle était un peu souillée. Mais j'en suis certain : ce n'est pas celle du musée.

– Pourtant, c'est celle de la princesse de Lamballe?

– Sans aucun doute!

Derrière la vitre, à quelques mètres en contrebas, c'était la longue verrière du passage Jouffroy, les toits. Un voleur pouvait sans doute facilement entrer par ici sans effraction trop visible. Ce n'était pas ce petit mystère-là qui nous occupait. Jérôme avait étalé sur l'établi quelques documents d'archives relatifs à la princesse. Dont la reproduction de son portrait peint par Callet, le plus connu (robe mauve, haute coiffure poudrée et fleurie, sourire un peu niais). Il tapota la cire.

– Cette tête est dix fois plus fidèle que celle qui nous a été volée.

– On a du mal à la reconnaître, objecta Régis Thomas.

– C'est que nous sommes habitués à l'autre! (Geste large et méprisant sur l'iconographie.) Le sculpteur qui, en 1885, a réalisé la tête que nous exposions s'est inspiré de ces portraits. Ces portraits qui sont là! Elle y est apprêtée, vivante. Mais voyez ce moulage : c'est celle de la princesse après le supplice. Après!

Jérôme montra une trace de blessure au front, une autre sur la pommette. Il indiqua les déchirures du cou tranché (« Au couteau, précisa-t-il. Lequel était manié par une brute, n'oublions pas »). C'était pénible. Tous ici, à des titres divers, nous entretenions avec le réalisme des figures du musée une sorte de jeu. Chacun avait ses propres règles, plus ou moins avouables. La découverte de cette cire brouillait tout. Elle était autre chose qu'un simulacre troublant. Le visage même de la mort.

Comme s'il m'invitait à vérifier, Jérôme me tendit la tête. Bien des choses m'avaient échappé, cette nuit. L'extraordinaire finesse du moulage d'abord. Les minuscules rides de ce visage de femme de quarante-trois ans. Les stigmates, ensuite. Je me souvins des récits que j'avais lus à propos de l'exécution. Le premier coup porté, à la sortie du tribunal, avait été un coup de bûche, sur la nuque. Je relevai la chevelure. Un gros hématome enflait la base du crâne de cire.

Ensuite? Outre la mise en pique, la tête coupée de la princesse avait subi bien des mauvais traitements. Je me souvins de cette bizarre expérience à laquelle se livre Sherlock Holmes dans *L'Étude en rouge.* Il bastonne un cadavre afin de vérifier s'il est possible de lui faire des bleus. Le visage de Marie-Thérèse n'était guère déformé par les coups. Des cicatrices ouvertes, franches. Il restait beau.

Régis Thomas interrompit la démonstration.

– Vous voulez dire en somme qu'il s'agit d'un masque mortuaire et non d'une sculpture à partir de documents?

– Vraisemblablement.
– Mais pourquoi? D'où cela vient-il?
– Je l'ignore, concéda Jérôme. Si j'ai raison, cette figure est aussi précieuse que les masques de Robespierre, de Marat, que le musée possède.
– On nous vole un visage inventé, on nous donne un moulage authentique... et particulièrement émouvant. Je ne comprends pas. D'où peut venir cette tête? Pourquoi cette substitution? Et ce coup de téléphone anonyme, à la police?
A son tour, Régis Thomas tenait la tête à bout de bras, interrogeait son regard éteint.
– On a l'impression qu'elle est fragile, dit-il.
– Elle l'est, approuva Jérôme. En vieillissant, la cire durcit, devient cassante comme du verre. Celle-ci a près de deux cents ans.
Pensif, Régis Thomas remit machinalement la tête de la princesse sur l'établi, la tempe contre le bois. Elle n'était pas qu'une simple sculpture. C'était insupportable à voir. Il la redressa, d'aplomb sur son cou tranché.
– Qu'est-ce que nous allons en faire?
– L'exposer, bien sûr, dit quelqu'un.
– Si ces messieurs de la police sont d'accord, précisa Régis Thomas.
Ils le furent, sur simple coup de fil. Sans bien comprendre les propos que leur exposa le directeur du musée. La princesse avait disparu, elle était retrouvée, où était le problème? Chacun avait du travail, on se dispersa. Dans moins d'une heure, les visiteurs pourraient admirer, complet de nouveau, le tableau nommé *La Famille royale au Temple, le 3 septembre 1792, à 13 heures*. Rien qu'une tête à la place d'une autre. Personne ne songeait plus à la disparition d'Anna Fried. Sauf moi.

Avant le rendez-vous, je traînai longtemps passage Jouffroy, passage Verdeau. Je ne comprenais rien à ce qui se tramait, m'en souciais peu. Les choses venaient, s'installaient avec une logique dont la confusion me plaisait. L'achat de la canne pourrait attendre encore un peu.

Au numéro 400 de la rue Saint-Honoré, j'entrai. Un porche coudé et sombre. Le restaurant Le Robespierre était situé au fond d'une cour étroite. Adrien avait trouvé amusant que nous y déjeunions.

Trois salles de moyenne dimension, des murs tapissés de tissu bordeaux, partout des « souvenirs » de la Révolution : portraits de Maximilien, d'Éléonore, de Danton, gravures célébrant quelques grandes journées, affiche de *La Terreur et la Vertu*, version Castelot-Decaux-Hossein. Un endroit tranquille et accueillant. Adrien était déjà installé, en compagnie d'un homme. Il me le présenta : René Jacques, comédien.

– C'est lui qui jouera le rôle d'Hébert.

Trente-cinq ans environ, très pâle, le front dégarni, René Jacques était à la fois intimidé et ravi. Ils en étaient au whisky, je les accompagnai tout en leur laissant achever le propos en cours. En fait, Adrien était le seul à parler. Une sorte de briefing en forme de discours de la méthode. Pas question, il fallait s'y faire, de lire le scénario avant le tournage, de trop parler du film, même de rencontrer les autres comédiens. La distribution n'était d'ailleurs pas encore terminée. Revoir *La Princesse*, l'œuvre d'Alexandre Goras? Il ne fallait pas y compter. On ne la possédait dans aucune cinémathèque, une lubie d'Anna Fried. Elle avait, paraît-il, racheté toutes les copies. René Jacques pouvait toujours revoir *La Marseillaise* de Renoir (« chef-d'œuvre total »), *Octobre* (« foudroyant ») et quelques films d'Adrien (« pas tous, mais certains ne sont pas si mal »). Surtout, la meilleure des préparations était de relire Michelet.

– Le meilleur cinéaste de la Révolution. Tout y est, les plans d'ensemble, les grands travellings généreux, les gros plans intimistes, tout. Le problème, évidemment, est que Michelet déteste Hébert.

René Jacques promit de « relire ». Je l'avais déjà vu dans quelques films honorables dont les titres m'échappaient. Un de ces deuxièmes rôles éternels dont on se demande pourquoi ils ne s'imposent pas en tête d'affiche. Il n'en était manifestement pas encore revenu d'avoir été choisi par Adrien Leck. Il était tout aussi évident qu'il aurait été honoré de porter une hallebarde dans une scène de foule si ce cinéaste-là le lui avait demandé, et gratuitement. Rien n'y faisait, ni les bides ni les pires films alimentaires, Adrien gardait une aura prestigieuse auprès de toute une confrérie de fidèles qu'avaient bouleversés deux ou trois de ses films. J'en aurais sans doute été si je n'avais un peu trop personnellement connu le lascar.

Le comédien se leva, me serra chaleureusement la main.

– Peut-être nous verrons-nous sur le tournage?

– Qui sait?

Il se retira, un peu humble, manifestement prêt à se prendre les pieds dans le premier tapis venu.

– Il ne paye pas de mine mais c'est un bon. Et puis, c'est drôle.

– Quoi?

– Il s'appelle René Jacques. Hébert se prénommait Jacques-René!

Adrien avait l'air heureux. Ça ne voulait pas dire qu'il allait bien. Il avait toujours manifesté une extraordinaire capacité à l'auto-intoxication. Nous reprîmes des scotches. Jovialité de circonstance.

– Content de te revoir, Victor.

– Moi aussi Adrien.

– Sais-tu où nous sommes? dit-il, manière d'engager les choses.

Je savais.

– Dans la salle à manger de Maurice Duplay et de sa famille. Les hôtes de Robespierre, du 17 juillet 1791 à sa mort.

– Parfois, j'ai l'impression que tu révises, avant de venir à un rendez-vous.

Ça m'arrivait parfois, aimant savoir dans les pas de qui je mets les pieds. Dans ce cas précis, il m'avait suffi de lire la plaque apposée près de la porte, rue Saint-Honoré.

– Les choses ont quand même dû pas mal changer.

– Moins qu'on pourrait le croire, assura Adrien. La patronne, Mme Dellepoix, pourra te l'expliquer. En achetant ce fonds de commerce, il y a plus de vingt-cinq ans, elle ignorait totalement que c'était la maison de Duplay-Robespierre. C'est un client,

Decaux ou Castelot, qu'importe, qui le lui a appris. Du coup, elle a débaptisé l'établissement et l'a appelé « Le Robespierre » en refaisant toute la décoration. Un vrai petit musée.

Derrière moi, contre le mur, une vitrine où étaient exposés des gravures représentant la vieille cour, du temps de la Révolution, une évocation de la tentative d'assassinat commise par Anne-Cécile Renault (4 prairial an III), des assiettes, un masque en plâtre de l'Incorruptible, etc.

– Si tu me parlais de ce film?

– Assurons d'abord l'intendance.

La carte du restaurant ne pouvait décevoir. Elle évoquait un « saumon Robespierre », un « steak Charlotte Corday », une « salade Éléonore », etc. Pas de homard « Thermidor » au menu. Je risquai le saumon.

Adrien joua un instant les coquettes (« Par où commencer? »), les accablés (« Je n'ai plus le temps de penser à rien »). Ce franc coup de vieux qu'il avait pris ne lui allait pas si mal. Il avait toujours su transformer ses débâcles en nouveau look.

– Il y a quatre cinq mois, j'étais au plus mal. Une habitude? Si tu veux.

Blacklisté dans toutes les boutiques de production, quelques banques de mauvaise humeur, un redressement fiscal aux fesses. Sans parler d'un médecin traitant désespéré par son dernier check-up. Un type avait demandé à voir Adrien. Il cherchait des idées, pour un film. Pas dans n'importe quel genre : sur la Révolution.

– Le coup du bicentenaire?

– Exactement. Amer constat : j'en étais donc au point de ringardise où l'on pouvait chercher à me brancher sur un thème pareil, sans rire. Une commande pour *has been*.

Avec un carnet de chèques en poche. Ce type en représentait d'autres. Pas des familiers du cinéma, des gens dotés de fric, de relations. Le drôle était que ces grosses légumes aimaient les films d'Adrien. Les bons.

– Ça se passait chez Lipp, je n'avais pas une thune en poche et j'étais certain que mon interlocuteur le savait. Il m'a dit en substance, voilà : nous sommes quelques-uns à penser que vous n'avez jamais eu la possibilité de faire un film totalement personnel mais avec des moyens visant le grand public. Nous pouvons vous donner ces moyens. Si vous avez une idée, et qu'elle puisse s'intégrer à cette putain de commémoration.

Adrien en riait encore, racontant comment les choses s'étaient enclenchées. Les commanditaires voulaient un film ni « montagnard » ni « chouan », c'étaient leurs propres expressions. Mais « républicain ». Ils semblaient tenir à ce mot.

– J'étais sec. Ils étaient pressés. J'ai demandé une nuit pour réfléchir.

Et bien sûr qu'il avait besoin, Adrien, de la moindre planche pourrie pour tenter de se refaire une fois de plus. Bien sûr qu'avec toute sa balourdise, cette démarche était sympathique.

– Le lendemain, je suis allé au rendez-vous en métro, la tête vide. C'est venu tout d'un coup, alors que mon gaillard attendait le résultat de mes cogitations, entre poire et fromage. Un remake de *La Princesse*, voilà ce que je proposais de faire. J'ai brodé sur ce thème-là.

L'insurrection du 10 Août, la fièvre dans Paris, la Commune qui s'installe, la République puisqu'ils en voulaient tant. La Lamballe, pour pleurer. A l'en croire, Adrien avait conquis son homme de phrase en phrase, évoquant de grands mouvements de foule, la tragédie du Temple, les fièvres contradictoires de la Commune et de l'Assemblée, le grand malheur d'une petite princesse. Les massacres de septembre.

– J'inventais au fur et à mesure. Il était ravi. Quelques semaines plus tard, l'affaire se concluait. Atypique, rien à voir avec les circuits habituels du cinoche. Inespérée.

Ce restaurant me plaisait. On nous servit.

– J'ai peu pensé à la Fried, dit Adrien. L'idée de ce remake m'est venue au passage. Un pur prétexte. Maintenant, les choses sont très avancées, nous tournons le mois prochain. J'ai voulu être courtois, l'informer, tu as vu comment elle a pris les choses. Une vieille folle.

– Si folle que ça?

– Non, non, se ravisa-t-il pour la forme. C'est une grande dame. Qui ne connaît plus rien du cinéma.

Une chieuse. Il y avait un vin, une « cuvée Robespierre », très buvable. Un gag sans aucun ridicule à la clé. Puisque nous y étions, j'essayai mentalement de reconstituer la maison Duplay. Sans grand succès.

A mon avis, nous n'étions pas installés dans les lieux de l'ancienne salle à manger. Dans l'appentis, plutôt. A la lisière du jardin des religieuses de la Conception.

– Chez qui les filles Duplay firent leur éducation.

– Chez qui Françoise Goupil, sœur de la Providence en religion, fut nonne, avant de rompre ses vœux et de devenir l'épouse Hébert.

Adrien voulait-il me montrer qu'à Paris tout se tient? Ce film, comment le voyait-il?

– Comment? Le budget est considérable: j'ai tout loisir.

– Je te parle des idées.

Adrien ne pouvait me traiter comme un quelconque bailleur de fonds, comme un charmant comédien. Il évoqua la journée du 10 août.

– Je ne suis pas historien et la Lamballe m'emmerde. Mais le 10 Août, c'est l'insurrection dans Paris et les Tuileries sont prises. Le roi n'est plus rien.

Grands gestes et voix enjôleuse, Adrien développa, en vrac: la guerre civile, la Commune, le double pouvoir, le Temple, le tribunal révolutionnaire, les visites domiciliaires, l'ennemi aux portes, la peur et les massacres. Le grand jeu. On en a tant parlé de ces épouvantables massacres de septembre, première terreur. Plus tard, quelques jours à peine, c'est la République. Proclamée le 21, en adéquation à l'équinoxe. Adrien ne pousserait pas son film jusqu'à cette première séance conventionnelle. Il ne voulait traiter que vingt-cinq jours. Des Tuileries jusqu'aux tueries. Comment? Il ne savait pas encore très bien.

– C'est à cause de la Lamballe que je dois m'arrêter le 3 septembre. Un piège stupide que je me suis moi-même tendu. Mais excitant.

Adrien répéta, hâbleur, que le 10 Août était la grande date refoulée de la Révolution. Autre chose que la promenade de santé que fut la prise de la Bastille. Il en tenait pour cet assaut, cette fracture. Grogna, hilare:

– Tout ce qu'on peut célébrer avant, c'est la monarchie parlementaire. Le brave peuple pacifique et son souverain gentiment fourbe. C'est l'arnaque qui pointe pour le grand anniversaire. Deux cents ans après, ils ont toujours autant peur des sans-culottes.

On pouvait imaginer la « Grande colère » qu'Hébert, le Père Duchesne, consacrerait de nos jours à cette manifestation. Deuxième bouteille. Le saumon n'était pas mauvais. Adrien brassait le tumulte de l'œuvre à venir.

Il voyait trois personnages. La Lamballe, hélas. Genèse oblige. Un personnage falot, sans grand intérêt romanesque.

– Aurait-elle échappé au massacre que plus personne ne se souviendrait d'elle. Elle était niaise et âpre, ballottée et fidèle à sa reine, pas vraiment sympathique. Une petite personne.

Adrien lui avait imaginé une sorte de double. Une fille du peuple, sans doute une pute (« Disons, une courtisane d'un autre genre » – il rit). Elle officierait du côté du Palais-Royal, sous les arcades.

– Elle baise avec les aristos qui flirtent avec les idées nouvelles. Les esprits forts, qui troussent les filles avec leurs quartiers de noblesse en guise d'oreillers, lisent Rousseau et applaudissent Beaumarchais. Ils ne dédaignent pas la compagnie de Choderlos qui complote au bénéfice de Philippe d'Orléans. Elle assiste à tout, son cœur est du côté de l'émeute. Elle se fait arrêter à cause d'un malentendu. Ou d'un amant compromettant.

Il la voyait assez bien victime des visites domiciliaires, fin août. Massacrée à la Salpêtrière parmi tant d'autres, début septembre. Et puis?

– Hébert.

Cohérent Adrien! Hébert, ce serait le représentant du nouveau pouvoir communal, l'homme de l'insurrection, le porte-parole des faubourgs. Je n'avais pas entendu parler du bonhomme depuis mes années de lycée.

Je n'avais plus très envie de discuter, moins encore d'entendre. Aussi parce que je savais qu'Adrien méprisait ceux qui se laissaient un peu trop vite séduire par l'éclat de ses paillettes. Sa petite entreprise maligne n'avait pas besoin de mon approbation. Il semblait parti pour un bon film de plus. Du coup, et avec une certaine vulgarité chaleureuse, Adrien s'inquiéta de savoir sur quoi je travaillais, osa même me demander si j'allais bien. Je lui parlai distraitement du musée Grévin, des cires, de mon attachement irraisonné à la figure de la princesse de Lamballe et à quelques autres départs d'itinéraires possibles. Il tendit l'oreille, toujours prêt à capter une idée récupérable. Nous prîmes des cognacs puis nous sortîmes. Dans la cour, sur notre droite, Adrien me montra l'étage où avait habité Robespierre, l'emplacement de l'escalier (construit par Duplay) par où il montait vers sa chambre. Il ne restait plus grand-chose des matériaux de l'époque, mais enfin c'était là.

– J'aimerais que tu t'intéresses un peu à ce film, dit-il.

– Pourquoi?

– Besoin d'un sparring-partner, sans doute.

Rue Saint-Honoré, il n'y avait plus ce sang de bœuf, jeté par un gamin, au passage de la charrette de Maximilien, le 10 thermidor. Il avait éclaboussé le mur de la maison Duplay. Difficile également, dans cette rue chic, avec toutes ces voitures roulant à contresens du chemin de la guillotine, d'imaginer le grain sonore de la voix de Georges Danton, voix éraillée, brisée par le procès, tentant de gueuler ici, à l'adresse de Maximilien : « Tu me suis. »

Nous passâmes.

Danton m'ennuie.

Nous marchions en devisant. De la rue Saint-Honoré à la rue Malher, plusieurs rades avaient servi de relais. Adrien était agité, volubile. Le film se ferait de toute façon, quoi que fasse Anna Fried. L'affaire le tracassait plus qu'il ne voulait le reconnaître. Il m'avoua avoir pris conseil d'un avocat. Légalement, l'ex-star n'avait aucune possibilité de s'opposer au tournage.

– On ne parle de remake que par commodité. Ces vingt-cinq jours d'histoire appartiennent à tout le monde.

– Qui a écrit le scénario, toi?

– Je travaille avec Joachim Solo. Tu le connais. Il est fou mais c'est un bon.

– Joachim est à Paris?

– Depuis quelques jours. Le script est loin d'être achevé. Il ne le sera sans doute jamais. J'ai des méthodes un peu particulières. Passe le voir un de ces jours, il t'aime bien.

Nous nous aimions tous bien. C'en était presque suspect. Ou bien, c'était la paresse. Pourtant, c'était vrai. De loin en loin, depuis tant d'années, Adrien, Joachim, peut-être même Marc, ça finissait par ressembler à une bande. Un peu grotesque, sûrement, puisqu'elle était née au hasard d'une manif provietnamienne à Berlin, en février 1968. Le SDS, la JCR, tous les autres copains et puis la suite. « Rome-Berlin-Varsovie : Paris! », ce mot d'ordre de Mai hurlé comme roule une vague, une déferlante rouge, restait mon ordre du jour. Mon point de chute, Adrien, Joachim, Marc : depuis près de vingt ans, nous nous étions croisés dans ces villes-là. Aussi à Prague, à Athènes, à Lisbonne. Jamais pour le tourisme, de moins en moins pour de quelconques causes, au fil des révoltes perdues. Mais à l'affût quand même. Après tant de voyages, Paris était ma dernière utopie.

Joachim n'écrivait plus de livres depuis longtemps. Il signait souvent le scénario de très bons films. Je pris son adresse, rue de la Corderie.

Adrien ne voulait parler que de son œuvre en gestation. Toute l'équipe était réunie, l'affaire montée financièrement. La Ville même avait donné les autorisations de tournage. Surtout, Adrien avait trouvé son actrice. La merveille! Celle que tout cinéaste amoureux de son sujet finit fatalement par trouver, qui s'impose à son heure, comme par miracle.

– Ou par chance. La chance est une catégorie du travail bien fait. Julie était Lucile Desmoulins dans le *Danton* de Büchner. Tu as vu cette pièce. Non? Tu as eu tort. Pas un très bon Büchner, auteur très surestimé. Pas une très bonne mise en scène non plus. Un spectacle en banlieue, presque des amateurs. Julie était époustouflante. A la fin. Elle est au pied de l'échafaud. Danton, Camille, tous sont morts. Et que crie-t-elle?

– Vive le roi!

– Exact. Incroyable, non? Un grand moment! Elle était lumineuse.

Adrien s'enthousiasmait, gesticulait. J'étais content de le voir ainsi, encore. La rue Malher, son angle avec la rue du Roi-de-Sicile, ex-rue des Droits-de-l'Homme (1793) ne présentait guère d'intérêt. Un marchand de chocolat fin, des immeubles bien postérieurs à la Révolution, Adrien s'énerva sur le trottoir. Cette question des décors, des vrais lieux, l'exaspérait. Il ne l'avait pas réglée.

– La Lamballe est morte ici!

Plus aucune borne, plus de trace de sang. Mais ce coin de Paris sans qualité restait un théâtre du crime. Pour moi du moins. Pour le cinéma? Je n'y connaissais rien. Il n'y avait pas le moindre effort d'imagination à produire. Rasée ou pas, la prison de la Force était de l'autre côté de la rue. Il ne s'agissait pas d'une reconstitution mentale. La mémoire des rues se moque des souvenirs. Un massacre de septembre était possible dans ce coin de Paris, n'importe quand.

– Pourquoi pas, après tout? dit Adrien. Je veux le moins de décors possible.

Nous nous dirigeâmes vers la place Saint-Paul. Largement en avance pour le rendez-vous. Avec Julie. J'avais suivi Adrien par paresse, pour le plaisir de marcher, de l'entendre parler de ses hésitations. Je parvenais mal à faire le lien entre la vedette potentielle et la petite poseuse du musée. Adrien avait la coquetterie de ne jamais rappeler le nombre de stars (des stars, oui!) qu'il avait découvertes et lancées.

– D'accord, dit-il. Ici, il y aura des cadavres.

J'ai toujours aimé la rue Saint-Antoine.

Dans ses pires moments de déglingue, Adrien avait toujours eu un souci maniaque de la ponctualité. Ces temps-ci, à l'évidence, il tenait la route.

– Trop bien, même, hein? Je suis certain que tu penses ça. Tu crois que je m'emballe, que je m'étourdis pour oublier que je vais filmer une grosse merde de plus. Tu te trompes, mon ami. Pour la première fois depuis longtemps, je vais faire exactement le film qui me paraît nécessaire. Je n'ai rien fait pour obtenir cette commande. Elle est une bénédiction.

Il avait l'air d'y croire. Nous arrivâmes à La Tartine, bistrot à vin, rue de Rivoli. Un rade habituel d'Adrien, du temps où il habitait dans le quartier avec Sarah. Bien après leur séparation, il persistait à venir dans cette salle pour travailler ou discuter affaires. En jouant un peu avec l'idée qu'un jour, fatalement, ils finiraient par se retrouver. C'était arrivé une fois ou deux, à ma connaissance. Sans gloire.

– Sarah? Elle tourne. De bons films. Une belle carrière. Calme.

Ils avaient été un grand couple, avaient fait ensemble deux ou trois films décisifs, s'étaient consumés. Comme il était mon ami, je savais qu'Adrien ne s'en était jamais remis, qu'il ne cherchait pas à s'en remettre, surtout pas par le cinéma. Je n'avais pas vu Sarah depuis plusieurs années. Nous commandâmes du chablis.

– Deux petits verres?

– Une bouteille.

Nous avions choisi de nous installer en terrasse. Parce que c'était peut-être l'une des dernières occasions de la saison de boire dehors, dans un jour déclinant, à peine frais. Peut-être était-ce une dernière fois tout court. Je déteste les fins d'été. L'agitation d'Adrien était retombée. Le chablis était bon. Une fois de plus, avec une sorte de chair de poule, je constatai que j'étais chez moi dans cette ville.

– Julie, tu la connais bien?

– Elle pose au musée.

– Tu la photographies. Tu en es amoureux?

– Et toi?

– J'ai envie de faire ce film avec elle. C'est déjà beaucoup. C'est même considérable.

Julie arriva, rigoureusement à l'heure. Nous la vîmes venir de loin. Elle se distinguait dans la foule du trottoir. Pas par la taille, l'allure. Le pas. Elle marchait vite. Comme on arpente ou conquiert. Une conquérante, voilà. C'était tout simplement ce qui m'avait empêché de tout à fait la photographier dans sa pose passive, au musée. Elle s'installa.

– Vous vous connaissez tous les deux? C'est la meilleure! Amis depuis toujours, je parie? Je me sens cernée.

Julie s'en foutait, lampa une gorgée de vin, alluma une gitane sans filtre et fouilla dans son sac. Elle sortit les feuillets de son contrat. Ils étaient copieusement annotés au feutre rouge, écriture nerveuse et mince. Avec des points d'exclamation, des « non » rageurs dans les marges, des passages soulignés.

– Faut qu'on discute un peu.

– Tout à l'heure, dit Adrien amusé.

– D'accord. Mais ne t'attends pas à ce que je signe un truc pareil!

Il se pencha vers elle, lui prit la main. Un geste roublard d'amant. De bon amant? Elle se détendit. Julie voulait bien se laisser baiser, pas se faire avoir.

– Quoi de neuf?

– J'ai vu Anna Fried. Notre projet la rend furieuse.

Adrien raconta succinctement l'altercation, au Mirabeau. Julie ne put s'empêcher de ricaner à l'évocation de la star devenue tenancière de boîte échangiste.

– Elle peut empêcher le film?

– Bien sûr que non.

– Alors, pourquoi es-tu allé la voir? Quel besoin de son avis?

– Simple politesse.

– Pure hypocrisie. Mais c'est ton affaire.

Julie me signifia d'un coup d'œil qu'elle ne comprenait toujours pas ce que je faisais ici. Quitte à me poser la même question, je me resservis un verre.

– *La Princesse* a marqué la fin de la carrière de notre amie, expliqua patiemment Adrien. Je me suis renseigné sur les conditions du tournage. La Fried était insupportable. Des caprices permanents, incapable de dire son texte, etc. Elle était en pleine crise amoureuse, à l'époque. On prétend même qu'elle a voulu tuer un de ses amants, les flics venaient l'interroger sur le plateau entre les prises. Le cauchemar. Car Alexandre Goras était un cinéaste très raisonnable.

– Son meilleur rôle, quand même, tins-je à préciser.

– Gros travail au montage, pour rattraper les dégâts, rectifia Adrien. Plus personne n'a voulu d'elle, après.

– Merde, coupa Julie. Ce n'est pas de notre faute si la Fried est finie.

– Vous avez déjà vu *La Princesse*?

– Non. Je suis actrice. Pas cinéphile.

« Finie »? Adrien avait été plusieurs fois « fini », tricard dans toutes les boîtes de production qui l'avaient connu arrivant ivre mort sur un plateau, incapable de diriger une prise, excédant tous les temps de tournage prévus à force de comas éthyliques, de cures expresses. Une fois, je l'avais vu dirigeant un mouvement de louma, machine subtile. Des figurants par dizaines, un décor ruineux. Adrien titubant, deux assistants payés pour qu'il ne s'écroule pas. Il s'en était tiré comme par miracle, avec maestria. A un détail près. Fasciné par ses comédiens, par la docilité de l'équipe à ses ordres, il avait laissé se poursuivre la prise bien au-delà des gestes et des mots prévus. Surpris, tout un chacun avait continué, croyant que le patron souhaitait une improvisation. Cela avait duré plusieurs très longues minutes. Adrien regardait, halluciné, tout simplement incapable d'articuler le mot : « Coupez! » Lui aussi, on l'avait viré. Pour incurie. Chaque fois, il avait remonté la pente, se refaisant dans des come-back aléatoires. Qui se sanctionnaient de temps à autre par un César ou quelques honorables centaines de milliers d'entrées dans les salles. Et des matins pénibles, à quatre pattes, dans les caniveaux. Adrien n'avait pas oublié ces moments-là. La période était bonne à nouveau. Il avait la main. Une production en béton, du fric, des notes de frais, des pompes à deux mille balles. Il savait qu'il pouvait repiquer du nez, n'importe quand, jusque très bas. Le connaissant assez bien, je devinais même qu'il guettait ce moment avec une sorte de gourmandise. Julie s'impatientait. Elle poussa le contrat vers Adrien. Tout ce que j'avais lu décrivait la Lamballe comme une femme douce, sensible. La sensibilité de Julie n'était pas en cause. Jouer la douceur lui poserait sans doute plus de problèmes. Je les laissai, partant avec, sous le bras, sinon le scénario de *La Princesse*, quelques notes de travail sur lesquelles Adrien souhaitait que je jette un coup d'œil. C'était embarrassant.

Je me demandais pourquoi, c'était ainsi : une ou deux fois par mois, j'allais visiter Villon. Vidé de la police, privé de l'essentiel de ses ressources, il avait dû déménager. Son studio, un cinquième étage dans la rue de Saintonge, était de dimensions plus que modestes, meublé sommairement. Une chambre de bonne. Je ne pouvais pas le prévenir de mes passages, il n'avait pas le téléphone.

– On ne risque pas de me déranger. A part vous et le boxeur camerounais du quatrième, je ne vois presque personne.

Aucun ami, et sûrement pas d'anciens collègues. Je posai un pack de Pelfort brune sur la table, juste à côté d'une pile de papiers tapés à la machine. Villon avait fini par trouver un petit job de traducteur intermittent qui lui permettait de vivre. De vivre mal mais de vivre quand même. Nous trinquâmes en entrechoquant les boîtes. Villon me suggéra de m'asseoir sur l'unique chaise, s'installa lui-même sur le coin du lit.

– Comment allez-vous?

– Médiocrement, dit-il. Pas de quoi se plaindre.

Il ne se plaignait jamais. Il n'aurait plus manqué que cela. Ma seule crainte était de le surprendre tel que je l'avais vu une fois : ni lavé ni rasé depuis plusieurs jours, vêtements maculés, clochardisé à domicile. C'était plusieurs mois après sa sortie de l'hôpital psychiatrique (il disait sa « libération »), une rechute. L'autre problème était que je n'avais pas la moindre idée de la manière dont il appréciait mes visites.

– Où en êtes-vous rendu?

– Salle 93. Depuis deux jours. Pas moyen d'en sortir.

L'incongruité de cette piaule à la limite du misérable, c'était ça : l'ordinateur. Villon l'avait acheté sur un coup de tête, avec le fric récupéré après la vente de ses anciens meubles, de sa collection complète de Série noire cartonnée, les choses normales de son ancienne vie. Il s'en servait comme machine à écrire pour ses traductions. Il jouait aussi beaucoup. « City » était son logiciel préféré. Un jeu d'arcanes. La quête d'un quelconque trésor dans une ville délirante. Sur dix niveaux, avec un labyrinthe de rues, de maisons, de couloirs piégés, des personnages inquiétants, des monstres indéfinis, des objets à récupérer, d'autres à éviter absolument. Deux cents salles à explorer, à peu près. Il en était à la quatre-vingt-treizième! Depuis six mois, il pianotait le clavier, butait, perdait une à une la dizaine de « vies » qui lui était allouée en début de partie. Mais Villon s'acharnait. Des nuits durant, parfois.

Qu'est-ce qui pouvait bien m'intéresser dans cet ex-flic laminé?

Au mur, il avait épinglé une grande feuille de papier. Il y avait dessiné assez maladroitement le schéma du jeu, la « city ». Un guide, avec le relevé des embûches, la mise à jour des itinéraires les plus malins. Chaque progression était une grande victoire. Des blocs entiers, des quantités de maisons restaient des zones absolument mystérieuses, lourdes de périls et d'émotions fortes. Il faut bien le dire, moi-même, sous l'œil narquois de Villon, j'avais passé pas mal d'heures à tenter de faire avancer le petit bonhomme, « Max » était son nom, au milieu de ce monde en folie. Mon score était noté sous le schéma : « Victor B., 69 chambres. » Minable. Le boxeur du quatrième me talonnait de près. La Pelfort n'était pas si mal. La dinguerie de Villon me rassurait.

– Vous êtes venu pour jouer un coup? Ou pour vérifier que j'ai encore de quoi me payer des lames de rasoir?

– 93. C'est pas mal.

– Vous foutez pas de moi, camarade. Ce jeu est plus malin que vous ne le croyez. Mais répondez. Quel vent vous amène?

Pour une fois, j'avais presque un motif précis.

– Le Mirabeau, c'est quoi pour vous?

– Vous faites dans la partouze mondaine désormais?

Ça ne l'étonnait pas. Je décapsulai une autre bière. Que savait-il d'Anna Fried? Des clients de la boîte? Il passa la main dans ses longs cheveux filasse, de plus en plus dégarnis. Sa chemise n'était que douteuse, pas vraiment sale. Le chauffage était en panne. Certains prétendaient que Villon avait été, autrefois, un grand flic. Une bavure de trop avait eu raison de sa carrière. J'en avais été le témoin. Mon témoignage avait été accablant. Même ses collègues n'avaient pu le couvrir.

– Des taules comme le Mirabeau, il y en a plein, vous n'êtes pas le dernier à le savoir. Rue de la Chaussée-d'Antin, c'est un peu chic et plus cher qu'ailleurs. Le temps est compté pour ces havres de la débauche friquée. On ne se mélange plus si facilement. La fête est finie. Sexuelle ou pas, la liberté fait attraper de sales maladies, certaines mortelles.

– Pour un flic, c'est quoi, le deal avec le Mirabeau? Les photos compromettantes?

– Il doit bien s'en prendre quelques-unes, soupira Villon. De mon temps, ce n'était pas ça qui intéressait les services. Désolé pour vous : tout le monde a des photos contre tout le monde. Un parlementaire baisant avec une nymphette ou la femme d'un élu de l'autre bord, en France, c'est plutôt bon pour l'image de marque.

– Alors quoi?

– Rien de nouveau. Les confidences, les ragots. La baise est secondaire. Le Mirabeau est d'abord un salon où l'on cause. Des tas de gens importants parlent plus librement lorsqu'ils ont le cul à l'air. Du toujours bon à prendre pour les flics. Il y a du nouveau?

– Que savez-vous d'Anna Fried?

– Une drôle de bonne femme, hein? Elle devrait vous plaire, celle-là. Elle vous plaît?

– Continuez.

C'était vraiment une cagna minable. J'aurais pu avoir honte, m'inquiéter sur ma propension à fréquenter des épaves. Ce n'est pas mon genre.

– Je n'ai plus la date exacte en mémoire, continua Villon. Mais la Fried a eu une sale histoire, à la fin des années cinquante. Début soixante, peut-être. Une tentative d'homicide, en fait. Contre un amant. L'histoire a été étouffée, avec une sorte de non-lieu de complaisance. Elle est devenue une casserole. Pas pire que celles que traînent les mères macs, en général.

– D'autres renseignements?

– Rien. Sinon ce que tout le monde sait : la dame Fried a rendu fous plus d'hommes qu'elle n'en a ruinés. Ce qui n'est pas peu dire. Pour le reste, Victor, souvenez-vous : je ne fais plus partie de la grande maison.

Il me parla quelques minutes de ses difficultés. Il remplissait beaucoup de dossiers afin d'obtenir sa réintégration. Un point d'honneur un peu bête. Ou une planche de salut symbolique. Il ressassait.

Le type était sans doute une crapule, un assassin. Mais ses éventuels aveux n'avaient pas pu être enregistrés. Parce que Villon l'avait tabassé, à mort.

– A ma place, vous auriez fait pareil, m'avait-il dit une fois. Il y a toujours un moment dans l'histoire où il faut éliminer ce genre de racaille. Avant qu'elle impose sa loi. Ou avant l'amnistie.

Les flics de gauche lui reprochaient d'avoir torturé. Les flics de droite ne pouvaient lui pardonner d'avoir liquidé un collègue. On l'avait décrété nerveusement malade au moment des faits. Ainsi n'avait-il fait que très peu de semaines de prison. Il était resté bien plus longtemps à la Salpêtrière. Depuis sa sortie, Villon n'avait jamais séché une seule de ses quatre séances de psychothérapie hebdomadaire. D'ailleurs dans moins d'un quart d'heure, il avait un rendez-vous. Avec son analyste.

La sonnette ne marchait pas. Je frappai. Au bout de plusieurs secondes, j'entendis des pas. Joachim Solo m'ouvrit en bougonnant.

– J'étais certain que vous viendriez tôt ou tard.

Joachim s'était installé dans un appartement prêté par un type de la production, rue de la Corderie (spontanément, quand Adrien m'avait donné l'adresse, j'avais marqué sur mon agenda : rue des Cordeliers, lapsus). A quelques pas du Carreau du Temple. De l'ancienne tour. Il me guida. Pour accéder à la pièce qu'il avait aménagée en bureau, il fallait en traverser une autre, encombrée par un lit. Une fille y dormait en ronflant légèrement. Joachim avait le goût des femmes noires. Celle-ci, à ce que laissait entrevoir la couette rejetée, était sculpturale.

– Lydia, dit-il. Je crois. Venez.

Une longue table, des feuillets épars, des bandes magnétiques, des stylos, et, ici aussi, un ordinateur. Sur le parquet, l'écran d'une TV portable reliée à un magnétoscope diffusait de la neige. Venu de je ne sais où, Gainsbourg chantait *Laetitia*. Joachim ne détestait pas les environnements typés. Il sortit de la tequila de derrière un empilement de livres, calés contre un des pieds de son bureau.

– J'étais également certain qu'Adrien finirait par vous racoler, vous aussi, dit-il en remplissant les verres. Il y tient, le salaud, à ce qu'on soit tous dans le coup pour son putain de film.

– Ça s'annonce si mal?

– La Lamballe est une conne, une demi-demeurée. Tout juste bonne à grappiller du fric sur la liste civile. Même pas de l'arnaque, les mœurs du temps! D'ailleurs, elle était surintendante de la boutique royale.

– Des amants?

– Pensez-vous! Elle était prude. Pas la moindre aventure. Sa passion? Cette absurde fidélité à la reine! On les a accusées de se gouiner, elles n'avaient ni l'une ni l'autre de ces audaces. Allez donc faire un scénario avec ça.

– Le film de Goras?

– Parlons-en! s'exclama Joachim. Depuis combien de temps l'avez-vous vu? Vous étiez gamin, je parie. Il ne repasse nulle part. Je n'ai même pas réussi à le revisionner. J'en ai des souvenirs. Le visage d'Anna Fried, superbe. Sa voix. Sa silhouette. Cette scène aussi où un amoureux transi la surprend au cours de sa toilette. Une fraction de seconde, on devine qu'elle est nue, ses cheveux tombent en cascade sur son corps, la protègent. Savez-vous que la princesse avait une chevelure magnifique qui lui descendait jusqu'à la taille? Certains disent jusqu'aux chevilles.

Je le savais. Où l'avais-je lu? Marie-Thérèse était une femme sans histoire, avec de petites coquetteries et des avidités de cour, banales. Restait sa mort. Et, désormais, l'épisode du musée.

– Le film de Goras est devenu un film culte. Parce qu'il a été le dernier film de la Fried. Parce que personne ne l'a revu. Et moi, je me fais chier à...

– Pourquoi?

– Pourquoi? (Joachim me regarda, sincèrement consterné.) Deux pensions alimentaires. Pas mal de petites blacks. Que je ne peux pas toutes convaincre par mon seul charme. Alors?

Alors? Joachim avait maigri et son poil était plus blanc, dégarni au sommet du crâne. Un dandy gris, volubile, tiré à quatre épingles. Efficace dans sa catégorie. Excellent scénariste. Capable de sauver les pires fausses bonnes idées. Écrivain prometteur, n'ayant rien publié depuis près de dix ans. A cause des filles. Aussi d'un léger mépris de lui-même. Il avait le débit saccadé, la rasade facile. Pas plus que lui, je n'avais l'idée de ce qu'on pouvait tirer de la biographie ridicule et tragique de la princesse de Lamballe, Marie-Thérèse de Savoie-Carignan.

– Adrien a l'air très content de votre script.

– Lequel? s'exclama Joachim. Je lui en ai déjà écrit quatre ou cinq. Tous radicalement différents.

Dans l'un, il n'était question que des vingt-cinq jours courant de la prise des Tuileries aux massacres de septembre : chronique d'une accélération de l'Histoire, vue à travers un témoin certainement pas innocent. Dans l'autre, Joachim montrait comment, dans l'opinion populaire, la princesse était devenue la perfide conseillère de la reine, et son amante pour faire bonne mesure : chronique d'une rumeur.

Joachim brassait les feuillets épars, comme on brade.

– Autre logique possible : l'assassinat de la princesse par les sbires de Philippe d'Orléans. Il était en dette avec elle et la détestait. Ce cochon de Philippe a beaucoup poussé au crime en ces tristes journées. Mais dans ce cas précis, son innocence est évidente. Vous voulez d'autres schémas possibles? Pétion, qui était maire, et quelques autres, ont essayé de la sauver, c'est connu. J'ai imaginé une histoire autour de ça. Un peu gnangnan, j'avoue. Il était plus rigolo d'imaginer que c'était ce vieux gueulard de Père Duchesne, Hébert, qui tentait de la secourir.

– Il l'a fait?

– Certains le soutiennent. Parce qu'il était soi-disant franc-mac' et que Marie-Thérèse l'était aussi. Grande Maîtresse des Loges féminines d'adoption, pas moins. Scénaristiquement : une promenade. Le dessous des cartes, l'histoire de France révélée par les sociétés secrètes, ça marche toujours. Adrien n'a pas été convaincu. Dommage. Le Père Duchesne amant caché de la Lamballe, foutre, c'était le tabac assuré.

– Et puis?

– Je lui ai inventé des amants, des perversions, je l'ai imaginée tirant les fils de complots terrifiants. D'ailleurs, qui peut nous prouver que c'est bien elle qui est morte le 3 septembre 1792? C'était un tel bordel, à la prison de la Force.

Comiquement, Joachim me désigna un amas de manuscrits reliés étalé sous la fenêtre du bureau. Les différentes versions.

Adrien avait exigé de lui qu'il pousse jusqu'au bout chacune de ses idées, qu'il en teste tous les développements possibles. Le tournage devait commencer dans quinze jours.

– Je crois tout simplement qu'elle était d'une fidélité niaiseuse, lâcha Joachim, dégoûté.

– Adrien?

– Ça fait vingt ans qu'il fait du cinéma en écrivant la nuit ce qu'il va tourner le lendemain. Une méthode comme une autre (il montra la pile de scénarios, puis l'ordinateur). Toutes les trames, les hypothèses qui sont là-dedans, ce sont des explorations. Chaque matin, son assistante vient chercher ce que j'ai concocté la veille. Lui, je le vois à peine, il refuse de parler du scénario, pas un mot de commentaire. Il choisira au dernier moment, à chaud. En se foutant complètement de mes petites constructions. Ce n'est pas très confortable. C'est lui le patron.

Par ailleurs, Joachim était bien payé. Il avait de la force de travail, il ne se plaignait pas. J'avais sous le bras les notes concernant le film, données par Adrien. Je n'avais pas encore eu le temps d'y jeter le moindre coup d'œil. Joachim devait sans doute ignorer jusqu'à leur existence.

– Pourquoi ce choix d'Hébert?

Il eut l'air accablé.

– Une idée de notre génial cinéaste! Il était le porte-parole des sans-culottes, son rôle lors des massacres est des plus troubles, dit-on. Enfin, c'est le mal-aimé de la Révolution. Pour tous les autres, on trouve des excuses. Robespierre, Saint-Just, Danton... Hébert, c'est l'exécration, le vilain mouton noir. Allez savoir pourquoi! Il n'a pas été moins ardent que d'autres, ni plus lâche.

– C'est peut-être qu'il écrivait beaucoup. Et avec talent.

L'œil de Joachim s'alluma.

– Vous pensez à son journal, *Le Père Duchesne*? Pourquoi pas? Mais quel rapport avec le cinéma? Que vous a raconté Adrien, exactement?

Il y eut un peu de bruit dans la pièce d'à côté, un froissement suivi d'un cliquètement de briquet. La fille, Lydia, apparut dans l'encadrement de la porte, dit bonjour, demanda s'il y avait du café. Elle avait des seins très pointus et le haut de cuisse épais.

Puisque nous étions censés l'admirer, elle se laissa voir sans façon en attendant de savoir où se nichait la cafetière. J'eus l'impression d'être dans un film du début des années soixante-dix, à bas les vieux tabous, des filles à poil dans les cuisines, le sexe convivial et toutes ces sortes de choses. La fille s'éclipsa. Joachim soupira. Une évidence me frappa soudain. Je détestais les remakes. Ils encombraient ma vie.

Joachim fouilla dans son portefeuille, en sortit quelques billets en prévision du retour de la belle black. Il remplissait son contrat, personne ne pouvait l'accuser du contraire. Son rôle était de donner des idées, du texte possible à dire, il l'assumait. Adrien ferait exactement le film qu'il voudrait.

– Le plus drôle, vous voyez quoi? Adrien tient vraiment la forme. Il va réussir, nous laisser tous sur le cul, j'en ai la conviction. Il est porté par je ne sais quoi. Je ne l'ai entendu dire que des conneries jusqu'à présent. Pourtant...

– Pourtant?

– C'est peut-être à cause de cette petite nana, Julie. Ou de toutes ces merdes qu'il a tournées. Ou bien, il est ce genre de connard qui n'est dans sa vérité que tous les vingt ans.

Joachim développa un instant cette théorie-là. La grâce des jeunes années, et puis la soupe accommodante. Parla de sursaut salutaire, de mitan de la vie. La quarantaine. Rien que quelques mots, assez pour être ennuyeux, banal. S'en rendit compte. Eut un geste de vague excuse.

– Tout bien compris, ce qui compte à vingt ans, c'est le coup de cœur. A nos âges, c'est le coup de rein. Les capacités nécessaires ne se sondent pas si facilement.

Lydia réapparut, habillée. Une robe toute simple, couleur tango, de pute. Elle empocha le fric posé sur le bureau avec une désinvolture rodée.

– Tu m'as promis ton livre, dit-elle à Joachim.

– Ah!

Il se troubla, gêné. Fouilla au milieu des paperasses, de tous ces bouquins qui lui servaient de documentation permanente. Son livre? Son livre à lui. Il ne se souvenait plus. Où avait-il bien pu le mettre? Et pourquoi fallait-il que je le voie dans cette situation idiote? Avoir promis de donner à une pute son dernier bouquin! Écrit, publié depuis tellement longtemps. Avant d'aller à la soupe.

– Je t'embête?

– Non, non.

Joachim finit par trouver, forcément. *Le Fond*, c'était le titre, avait failli obtenir un Médicis étranger. Raté de peu à cause d'une magouille bien parisienne. Un best-seller malgré tout. Il n'avait plus à offrir qu'une édition de poche, assez abîmée. En allemand. Lydia remercia. Elle lisait l'allemand. Elle épela : *Le Fond*. J'avais lu le bouquin avant de connaître Joachim. Je ne me souvenais plus très bien de la matière dont il était troussé.

Soit. Nous étions au mitan. L'évaluation de nos trajectoires, de nos états, ne pouvait pas se faire à l'aulne de nos années vingt. Les histoires d'ange m'emmerdaient. M'intéressaient en revanche les débâcles d'où chacun tentait de revenir. Adrien, Villon, Marc, Joachim. Comment avaient-ils choisi, exsangues à un moment ou à un autre, de ne pas mourir? Sans en connaître tout, j'en savais un peu sur leurs faillites. Les miennes n'étaient pas en reste. Joachim avait peut-être trouvé la formule. Revenait-on de si loin? Affaire de coup de rein? Lydia nous fit la bise. Le coup de la petite pute sympa. Joachim la regarda partir. Depuis plusieurs années, il se crispait sur ce choix : n'avoir d'amours qu'avec des prostituées. « J'y perds moins de temps, d'argent, de mots. » Il ajoutait volontiers : « Et pour ce qui est de perdre, je suis un spécialiste. » Dehors, il faisait presque nuit. Joachim me raccompagna jusqu'à la porte.

– Adrien nous concocte un vrai film. Vous voulez que je vous dise? Ça me fait vraiment chier. Vous n'avez pas envie de sortir un peu, ce soir?

J'avais un script à lire. J'avais aussi promis à Radek de rentrer tôt.

Radek attendait dans le vestibule. Il miaula façon manif revendicative. Je n'étais en retard que d'une heure sur le rituel quotidien de la bouffe du soir. En tort vis-à-vis de lui, indiscutablement. Il restait dans le frigo un fond de bœuf Strogonoff tout ce qu'il y a de maison. Et du saumon fumé, sa gâterie. Je le servis, le regardai faire. Son appétit me fit du bien. Un peu absurdement, je pensai à Julie, avalant sans façon un plein verre de chablis. Puis un autre. Je pensai à des femmes, dont je ne me rappelais plus bien les noms (je pouvais les retrouver, bien sûr en m'appliquant), qui n'aimaient pas les steaks tartares emporte-gueule, les huîtres, les alcools raides, les polars *hard boiled*. Certaines d'entre elles avaient des qualités secondaires non négligeables. Il leur manquait l'appétit, le plaisir du cru.

Je mis en écoute la bande du répondeur. Marc avait eu vent de la substitution, au musée. Un message bref. Finalement, ça l'intéressait. Il voulait un papier sur cette histoire de tête volée et retrouvée. Je l'envoyai mentalement se faire foutre. Jérôme avait des choses à me dire. A moi, pas à cette putain de machine. « Tant pis, ça t'aurait excité, c'est à propos de la Lamballe. » Un libraire spécialisé m'informait qu'il avait réussi à mettre la main sur un exemplaire du *Si Paris m'était conté*, de Sacha Guitry. Illustré, numéroté, une rareté. Je téléphonai immédiatement et conclus l'affaire. Pour plus de mille francs, avec une certaine allégresse. Il y a avait aussi des appels anonymes, d'autres concernaient des rendez-vous à venir pour des séances de portraits. Un message envoyé par je ne sais qui me donnait à entendre un petit tango nerveux, du Piazzola. J'appréciai. D'autres appels anonymes. Puis, Stan. « Tu t'es barré comme un voleur, t'es un salaud... je suis pas rancunier. » Voix pâteuse. « T'es un salaud, mais ne t'inquiète pas, je vais pas te quitter comme ça. » J'écoutai en rechargeant mes boîtiers. Sur la table, j'avais quatre rouleaux de pellicule à développer. On sonna.

On sonnait rarement à ma porte. Sauf pour les rendez-vous précis, de travail le plus souvent. On ne passait pas chez moi à l'improviste, ça ne se faisait pas.

C'était Mona. Blouson-jean, petite loub. Elle se balançait d'un pied sur l'autre, tête penchée de côté avec un air de défi. In extremis, j'empêchai Radek de faire une échappée vers le cinquième étage, un de ses jeux. Mona tenait un sac en plastique derrière son dos.

– Je peux?

Je me demandai sérieusement si elle pouvait. Ce soir, elle

n'était pas au programme. Ni ce soir ni plus généralement. Je pris le temps de peser le pour, le contre. Une jeune fille. Mignonne. Avec un petit look insolent. Les gamines ne m'intéressent pas. Mêmes celles qui me font cadeau de 357 magnum à six heures du matin. Je pouvais me passer de mon nouveau presse-papiers.

– Oui? Non?

– Pas longtemps, j'ai à faire.

– On se calme, dit-elle narquoise. On ne se fait pas d'idées. Je ne suis pas amoureuse de toi. Y a pas matière. Je viens juste te rendre ton morlingue parce qu'il m'encombre et me faire offrir un verre. Ça te rassure?

La lumière jaunâtre de la minuterie éclairait son visage. Je fis quelques clichés. Puis, elle entra.

– Au fait, il y avait ce truc accroché à ton bouton de porte. J'ai l'impression qu'on te fait une surprise.

Elle me tendit le sac Prisunic. Il était lourd. Un poids qui devenait familier. Précautionneusement, je sortis la tête de cire. La Lamballe encore, celle qui avait été volée le 3 septembre au musée. Contrairement à ce que pensait Mona, je n'étais pas complètement surpris.

– C'est vraiment elle?

– Sans aucun doute.

– Tu l'as fauchée?

– Pas le moins du monde. Et elle est sur mon palier depuis moins d'une demi-heure.

– Tu vas la rendre?

– Je ne sais pas encore.

– En tous les cas, chez toi, elle ne manquera pas de compagnie! C'est le marché aux puces cet appart'.

Mona venait de se heurter à Joan, le mannequin d'étalage qui ornait mon vestibule. Elle avait des petites sœurs installées dans un peu toutes les pièces. A côté des rayonnages de livres, de cassettes diverses, des gravures, des vieilles enseignes de boutiques, des éléments de mobilier urbain que j'avais pu récupérer dans Paris, des objets glanés pendant les flâneries, etc. Mona passa en revue tout ce bordel en ordre impeccable.

– Un peu bunker, ta turne. Non? Elles, ce sont tes femmes?

Au mur, grand format, tirages soignés, des portraits. Marie, Rose, Ruth, Jessica. Quelques autres. De bons portraits.

– Même pas, je parie. Des modèles. Clic-clac! Tu m'as beaucoup photographiée, l'autre nuit. Où sont les images? Pas encore au mur?

– Pas eu le temps.

– Je ne t'aime pas, tu ne m'aimes pas. On va s'entendre.

Mona sortit mon portefeuille de la poche de son blouson, le jeta sur la table de bistrot.

– J'ai jeté un coup d'œil. Rien de bien intéressant! Je ne me suis même pas servie de tes cartes de crédit. Juste une chose. La photo de la fille qui bricole sa jarretelle, c'est qui?

La seule photo de femme glissée dans mon portefeuille!

– Un mannequin du musée Grévin.

– Du quoi?... Tu te fous de moi. C'est pas une photo de reportage, ça. C'est une photo d'amant.

– Qu'est-ce que tu y connais, dans les deux catégories?

– D'accord, d'accord! dit-elle en rigolant. J'oubliais tes quarante balais. Toi vieux routier, moi petite conne. Tu offres à boire?

Je fis le service tandis qu'elle continuait à fureter. Le living. Un coup d'œil sur la chambre. Le bureau, à côté. Radek l'observait de près. Mona resta en arrêt devant l'affiche des *Enfants du Paradis*. Elle demanda :

– Le Frédérick Lemaître qui a sa statue dans le square en bas de chez toi, c'est le même que dans le film?

Érigée par ses admirateurs et ses amis, parfaitement. Mona manifesta de l'émotion, c'était inattendu. Comme tout le monde, elle dit qu'elle avait vu au moins dix fois ce sacré film. Elle, ça avait l'air vrai.

– Mon rêve, ce serait de tomber amoureuse d'un mec comme Lacenaire.

Une photo l'attira, ensuite. Jessica se cachant à demi le visage avec sa main. Les longs doigts écartés, les veines saillantes, Mona imita le geste, se retourna vers moi.

– Avec un doigt coupé, ce serait plus original, lança-t-elle. Tu ne trouves pas? Pourquoi ne prends-tu pas ton appareil?

Un boîtier traînait sur la table. Mona se complut à exhiber

son moignon. Puis, elle se lassa de sa propre provoc. Elle montra l'escalier.

– Et en haut, à l'étage?

– Le labo. Le studio pour les prises de vues.

– Chicos! Ça rapporte, ton job?

– Assez pour mes modestes besoins.

De retour dans le séjour, Mona se posa dans le fauteuil thaïlandais, ou chinois, je n'ai jamais su. La seule chose chez moi à venir des Puces.

J'avais posé la tête de la Lamballe sur la table, entre un cendrier Cinzano et la bouteille de vieux Jack. Elle n'avait pas souffert. Tout au plus faudrait-il la recoiffer un brin, rafraîchir son maquillage. Le voleur était soigneux. Jusqu'à preuve du contraire, il ne me voulait pas de mal. Mona prit le moulage entre ses mains.

– Guillotinée, non? C'était qui, une aristo? Je la touche parce qu'on est chez toi, tranquilles. Autrement, j'aurais peur. Elle est terrible, cette tête! J'ai vu un film, gamine. Un mec fait le pari de rester toute une nuit, seul, dans un musée de cires. Il ne se passe rien de spécial mais le matin, on le retrouve mort. Crise cardiaque. La parano qui tue. Toi, je suis certaine que tu te promènes dans le musée, la nuit. Tu m'emmèneras, une fois? Tu as vu ce filet de sang qui coule de la bouche? Un peu tarte mais ça fait peur. J'aime bien avoir peur. Tes mannequins, tous ces objets, cette tête. T'es pas un peu bizarre?

– Je suis un vieux célibataire tout simple.

– Ben voyons! Ce n'est pas toi qui as prévenu les flics, ce matin, qu'une autre tête de la même princesse se trouvait 113, boulevard Beaumarchais?

Mona me tendit *Le Monde*. La récupération de la tête y était relatée en une brève. Puis, elle sortit de sa poche la carte postale que j'avais déposée dans sa boîte à lettres.

– Drôle de coïncidence. Tu aurais pu monter.

Je ne monte jamais. La plupart du temps. Il y eut un petit bruit d'enclenchement du côté du répondeur, sur la gauche de la machine, le voyant rouge s'alluma.

– Un message, dit Mona. Tu ne réponds pas? C'est moi qui te gêne? Il faut le dire.

Je poussai le curseur du son, entendis la fin de ma bande annonce, « Vous êtes bien chez Victor Blainville », etc. Ensuite, je reconnus la voix d'Anna Fried. Très proche du microphone.

« Peut-être m'entendez-vous, mais ne décrochez pas (une pause). Non, ne décrochez pas (nouvelle pause). Le film de votre ami n'existera jamais. J'ai pris mes dispositions. Vous pouvez l'en aviser... J'ai appris qu'on a retrouvé la tête de la princesse de Lamballe. Vous aimez ce musée, je le déteste. Je veux vous poser une question. Est-il vrai que c'était ma propre tête en cire que le conservateur du musée comptait mettre à la place? Vous me direz. Bonsoir, mon ami. Je vous aime bien (pause encore)... N'oubliez pas de veiller sur Stanislas. »

Le message s'interrompit. Mona se trémoussa.

– Elle craque pour toi, la vieille. C'est clair. L'occasion à ne pas manquer, puisque tu n'aimes pas les jeunettes. Raconte-moi : pourquoi est-ce que tu as été piquer cette tête?

– Je t'ai déjà dit que je n'ai rien volé du tout.

– Alors pourquoi es-tu là dès que la Lamballe réapparaît?

– C'est ce qu'il m'amusera de savoir. Il n'y a aucune urgence.

Elle était très belle et très émouvante. Du doigt, je caressai le front, l'arête du nez, l'ourlet de la bouche mince, un peu pincée, le menton volontaire. La cire était moins douce, moins satinée que celle de l'autre moulage, le masque mortuaire. Seul dans le musée, c'était elle, celle-là, que j'avais vue de près. Maximilien, Danton, Marat, n'étaient pas si impressionnants. Avec leurs bras, leurs jambes, leurs poses, ils étaient figés mais c'étaient des vivants. Elle, yeux mi-clos, elle était morte. Je lissai la chevelure blanche, me souvenant de tout ce que j'avais pu lire sur elle. Entre la Force et le Temple, le fer à friser qu'on lui avait appliqué afin qu'elle fût présentable devant sa maîtresse, la reine!

– T'es vraiment cinglé, dit Mona.

» T'es vraiment dingue, répéta-t-elle, pensive et encombrante.

Elle hésitait entre la curiosité et la dérision. Pauvre alternative.

– Une tête en cire. On retire les yeux, on enlève les cheveux, on la fond, c'est rien. Toi, ça te fait bander. Dans le genre poupée gonflable, j'ai mieux à te conseiller.

Soudain, je trouvais Mona lassante.

– Tu n'as plus soif? Tu comptes dormir où, ce soir?

Elle s'étira longuement, bras levés, rejetés vers l'arrière. Ce qui tendit le tee-shirt sur ses seins, rien d'original. Mona était aussi séduisante et prévisible qu'un clip TV.

– J'ai le choix. Qu'est-ce que tu me conseilles? J'ai quelques piaules jouables dans Paris. Chez toi, c'est étouffant mais pas si mal.

– Puisque tu as le choix...

– Tu me vires?

– J'aimerais autant que tu partes.

Elle se leva immédiatement.

– Tu préfères tes mannequins, tes gonzesses papier glacé? J'ai pas la classe?

– Fous le camp, s'il te plaît.

– Pas de problème, siffla-t-elle. Juste une chose avant de dégager. Je suis d'accord avec la vieille peau. Ce putain de film ne doit pas se faire. Il ne se fera pas. Ce serait trop dégueulasse. Trop injuste.

Mona partit en claquant la porte.

Radek réapparut, trottina, sauta sur le fauteuil de métro (modèle Sprague) et là, entreprit une méticuleuse toilette du soir. La sagesse à l'état pur. J'allai me faire couler un bain puis étalai le plan de Paris sur le sol. J'y notai les parcours de la journée, pointai quelques lieux précis : boulevard Beaumarchais, dans le Marais, mais aussi, à titre d'hypothèse, dans le Quartier latin. Puisque tout partait du musée Grévin, de la salle de la Révolution, il faudrait bien en tenir compte. Au moins pour voir, au moins par jeu.

Je défis ma chemise en contemplant une nouvelle fois la tête de cire. Il faudrait la restituer. Pas tout de suite. Rien ne pressait. Le temps de vivre un peu avec elle. De la photographier, pardi. On sonna. Les mauvaises habitudes se répandaient vite. C'était Stan. Il me rassura d'un geste.

– Je ne te dérange qu'une seconde, dit-il. Juste un paquet à te donner. De la part de ma mère.

A cause du walkman qui hurlait dans ses oreilles (Tina Turner, *We don't need another hero*), il parlait fort. Le smoking était le même que la nuit précédente, en un peu plus froissé. Stan avait des baskets vert et blanc aux pieds, étrangement neuves. Il me tendit un paquet du format d'un livre, soigneusement enveloppé dans du papier kraft.

– Attends-moi un instant.

J'allai dans le bureau, revins, lui dis de ne pas bouger. Je pris de lui quelques photos. Il laissa faire. Cette ampoule nue, sur mon palier, donnait décidément une lumière intéressante. Je pris le paquet.

– Je vais au Palace. Inutile de te demander si ça te tente de m'accompagner.

Inutile, en effet. Stan sourit, haussa les épaules puis, soudainement, lança légèrement sa canne, la rattrapa, la fit rouler entre ses doigts dans un numéro impromptu de majorette. Cela dura plusieurs secondes, ses moulinets étaient dignes d'un virtuose.

– Tu t'entraînes depuis longtemps?

– Depuis ce matin. Très éprouvant. Je savais que ça t'impressionnerait.

L'instant d'après, il dégringolait l'escalier. Je refermai la porte, traversai l'appartement tout en défaisant le paquet. Par la fenêtre, je vis Stan partir en sautillant, vers la rue du Faubourg-du-Temple. Au passage, il salua respectueusement la statue en buste de Frédérick Lemaître. De quel droit? Radek se frotta contre mes mollets. Le paquet contenait une cassette vidéo. *La Princesse*, un film d'Alexandre Goras, avec Anna Fried. Rien que ça.

Je tentai bien un peu de lire les notes que m'avait laissées Adrien. Radek décréta que c'était l'heure des tendresses. Ronronnant et tendu, se frottant sur mon nez ou écartant le manuscrit, il empêcha toute lecture. Je m'endormis.

Le lendemain, il y eut une bombe dans Paris, un attentat à la poste de l'Hôtel de Ville. Un mort et près d'une vingtaine de blessés. J'avais travaillé toute la journée dans le labo, au tirage de toutes les photos en retard. En fin d'après-midi, alors que je lisais *Le Monde* au zinc de La Capitale, un bref entrefilet m'avait appris la disparition du cinéaste Alexandre Goras, à la suite d'une « longue et pénible maladie ». La nécro précisait que Goras avait compté parmi les réalisateurs les plus importants de l'après-guerre, qu'il avait pratiquement cessé de tourner à l'apparition de la Nouvelle Vague.

Ce n'est que tard dans la soirée que je pris le message de Mona. Elle n'indiquait pas l'heure d'appel, elle téléphonait de l'hôpital. « Évidemment, j'étais à l'Hôtel de Ville quand ça a pété. Quelques cicatrices en plus. Je crois qu'elles seront très jolies. »

Pas plus de détail. Je tentai sans conviction quelques appels pour en savoir plus. Au dernier journal télévisé, je vis Marc, invité à un débat improvisé, avec d'autres journalistes. Il y répéta ce qui devait sans doute être l'axe de son édito du soir : « Les jours se suivent, les bombes aussi. On a à peine le temps de reprendre son souffle qu'il est aussitôt séché par un nouvel attentat. C'est ainsi que nous sommes en train de basculer dans le quotidien du terrorisme. »

Je lus attentivement le scénario d'Adrien.

Jérôme était tout excité. Sur l'établi, devant nous, il y avait une large feuille de papier buvard et dessus, des lambeaux de papier jaunâtre de différentes dimensions. Sur l'un, un dessin. Une gravure sur bois. Un bonhomme à tricorne et cocarde levait le bras, brandissant une hachette. Il fumait la pipe. La vignette était très délavée. Sur d'autres morceaux difficilement lisibles, on arrivait à déchiffrer, à reconstituer quelques mots : « colère », « conspiration », « louve », « outre », etc. La typographie sentait son XVIIIe siècle. Jérôme m'avait expliqué. Avant de mettre en place la tête de la Lamballe, il avait voulu la toiletter. L'examiner en détail.

– Parce que cette cire n'a pas été moulée selon nos procédés, figure-toi. C'est du travail à l'ancienne, très soigné. Il suffit de voir le transparent de la cire, son velouté. Ce n'est pas uniquement une question de secret technique : on ne prend plus le temps de travailler aussi bien. Même ici.

Question technique, un aspect était resté le même. Le moulage de la tête était creux. C'est par l'intérieur qu'on avait introduit les yeux de verre. Si besoin avait été, on aurait pu également ajuster des dents sur un sourire éclatant. J'avais vu ainsi la naissance d'un John Wayne carnassier, d'un J.R. Ewing... Jérôme avait eu la curiosité de glisser la main dans cette cavité. Il avait senti des petites rugosités.

– Utiliser des bandes de papier pour bourrer un peu avant le coulage de la cire, c'est une recette parmi d'autres. On prend ce qu'on a sous la main. Des vieux journaux, le plus souvent. Très pratique, les vieux journaux.

Jérôme avait gratté un peu, et déchiré ce petit bout de papier que la cire chaude n'avait pas complètement pris. On y distinguait le mot « chesne ». Ça l'avait intrigué. Avec un fer à friser, il avait prudemment chauffé l'intérieur de la tête pour ramollir la cire, sans abîmer le moulage. Ainsi, il était parvenu à récupérer ces quelques lambeaux qu'il avait ensuite nettoyés en les repassant. La cire avait été absorbée par le buvard servant de support. A vrai dire, la méthode employée pour exhumer ces reliques de presse m'intéressait secondairement. C'était l'image de ce bonhomme avec sa pipe qui me captivait.

– C'est qui? demanda Jérôme.

– Tu ne vois pas?

– Si je t'ai appelé, c'est pour le savoir. Je te signale que je te donne la primeur de la découverte.

– Ce type, sur le dessin, c'est le Père Duchesne.

– Qui?

– Le Père Duchesne. Le porte-parole journalistique du citoyen, du sans-culotte Hébert, Jacques-René Hébert! Tu connais?

– Hébert? Un vague souvenir de cours d'histoire. Un type de la Révolution, non?

Un fragment de son journal! Je pris précautionneusement la vignette entre les doigts. C'était bien lui, le bougre de marchand de fourneaux! Avec, en y regardant bien, les crosses de pistolets sortant de la ceinture.

– C'est précieux?

– C'est étonnant.

– C'était un mec bien?

– On en dispute encore.
– Ça date de quand?
Les projets d'Adrien m'avaient incité à me rafraîchir la mémoire. Hébert sort son *Père Duchesne* en septembre 1790. Il est guillotiné en mars 1794. Le journal avait connu deux séries distinctes, avec des vignettes de tête différentes. Dater précisément les lambeaux ne devait pas être très difficile. Il suffisait de photocopier ces fragments et de faire quelques recherches en bibliothèque. Jérôme n'était pas très passionné par un surcroît de précision historique.
– Garde ces papiers si tu veux! Ce qui m'intéresse, c'est ce qu'ils me prouvent, à moi. Cette tête a bien été moulée pendant la Révolution!
– Tu en doutais?
– Non. Pas trop. Quand même un peu. Ce que j'ai raconté l'autre matin était une intuition. Tellement incroyable!
Jérôme en tremblait presque et ça ne lui ressemblait pas. J'avais fait fausse route en voyant en lui un artiste mal à l'aise dans sa peau, gagnant sa vie dans l'anonymat des ateliers du musée. La cire n'était pour lui ni un pis-aller ni une voie de garage. Elle était une ascèse, une magie dont il voulait connaître les secrets. Qu'est-ce qui était incroyable? Il fit un effort pour calmer son exaltation.
– Si cette tête date de la Révolution, le moulage est d'une telle qualité qu'il ne peut venir que d'un seul atelier. Il ne peut être l'œuvre que d'une seule personne, en fait.
– Qui?
– Marie Grosholtz. Du Cabinet de cire de Curtius. La future Madame Tussaud. Ça te dit quelque chose?
Curtius! Jérôme me prenait pour un âne. Ce n'était pas grave. L'important était que tout à coup, par association d'idées, me revenaient les circonstances dans lesquelles on m'avait pour la première fois parlé de son fameux Cabinet.
C'était ici même, dans cet atelier.
Je ne me souvenais plus du nom de l'homme ni, précisément, de son allure physique. C'était lui, qui travaillait au musée, que Judith venait visiter. Son ami, son amant (son amant, peut-être, c'était l'hypothèse la plus vraisemblable, mais

qu'en savais-je, après tout?). Grâce à lui, j'avais libre accès dans tous les recoins. En fermant les yeux, en me fouillant la mémoire, sans doute pourrais-je retrouver quelques traits de cet homme... Que m'avait-il dit? Quoi? « Curtius et sa nièce Marie moulaient le visage des guillotinés. » Curtius? Un nom qui sonnait comme ceux des héros romains. Ceux dont je lisais les exploits formidables dans *Les Belles Histoires de l'oncle Paul* (Spirou). Mais comment pouvais-je être si lent, si fermé à tous ces souvenirs? Judith, elle aussi, m'avait parlé de Curtius. Elle m'avait promené sous les arcades du Palais-Royal (elle m'avait souvent parlé, aussi, des promenades qu'y faisait Nerval et de son homard tenu en laisse). Puis, à cause des matinées enfantines du Cirque d'hiver, nous allions sur le boulevard du Temple. Qu'elle ne nommait jamais ainsi mais, le plus naturellement du monde: boulevard du Crime. Je me souvenais. Judith avait ses manières à elle. Qui ne souffraient aucune discussion. Ces voyages dans Paris, c'était une éducation. Nous partions tôt de chez elle, rentrions tard le soir. Tous les musées, toutes les galeries, toutes les rues, chargées d'histoire ou non. Judith était née à Odessa. Elle avait connu Paris vers la trentaine. Après une aventure sentimentale rugueuse en Tchécoslovaquie et un amour en Alsace. Son mariage. Avec cet homme, mon grand-père, mort en camp. Judith parlait peu de sa propre vie, me traînait dans les salons de thé, les brasseries. Elle n'avait jamais été riche. Mais elle avait été en charge de mon éducation. Un petit homme doit avoir sa vodka à portée de main, le matin. Ses blinis, ses harengs. Quant au vrai caviar, on trouve toujours des trucs pour s'en procurer à prix raisonnable... Aussi loin que je me souvienne, j'ai toujours grignoté des cornichons aigres-doux, genre Malossol, au petit déjeuner. Aucun rapport avec l'histoire en cours, qu'y pouvais-je si tout se mélangeait? Jérôme me regardait d'un air étrange.

– Qu'est-ce qui t'arrive? Tu n'es pas bien?

– Un petit vertige. C'est passé.

Je revoyais Judith, dans cette même pièce, jolie petite dame maigre et brune. A peu de chose près, tout ce qu'elle savait de l'Histoire de France, elle l'avait appris ici. Un peu aussi au cinéma. Avec elle, j'avais vu Gance, Guitry. Jérôme s'impatienta. Il avait une idée bien troublante. En toute hypothèse, la tête de la Lamballe avait été moulée par Marie Grosholtz-Tussaud, au bénéfice du Cabinet Curtius. D'autres moulages exécutés par elle étaient conservés. Ici, boulevard Montmartre, exposés dans la salle de la Révolution. Et bien sûr au célèbre musée de Londres.

– J'ai téléphoné chez Tussaud, tout à l'heure, dit Jérôme. Les confrères n'ont pas très bien compris ce que je leur voulais. La tête de la princesse de Lamballe n'a jamais fait partie de leurs collections.

– Ce qui veut dire?

– Rien de précis. Moi, je suis sculpteur, et les techniques de la cire me passionnent. Toi, tu es photographe. Si tu découvrais une vue prise et signée par Daguerre, et jamais répertoriée, tu serais aux cent coups, non? Il m'arrive l'équivalent.

Jérôme n'était pas un causeur. Il était réellement ébranlé, les mots venaient mal. Cette figure retrouvée le renvoyait lui aussi à des origines étranges.

– L'art des moulages de cire, tu sais d'où il vient? De la copie des cadavres. A l'usage des médecins, des anatomistes. Et ça date du XVIe siècle! La vérité de nos moulages, c'est avant tout celle de la mort.

On cherchait maintenant à rendre les personnages le plus vivants possible, comme surpris par un instantané, c'était le grand malentendu. D'ailleurs, pour déjouer le mauvais sort, à Paris comme à Londres, on tenait à exposer une « belle endormie », la poitrine palpitante de vie. Ici Ludmilla, là-bas la Du Barry. Ce qui suffisait à définir les musées de cire : des châteaux de la Belle au bois dormant. A fonder aussi toutes les terreurs. Car la nuit, les fantômes se réveillent.

– Régulièrement, des barjots se présentent, qui sont persuadés que le musée offre la grosse somme aux audacieux qui oseraient passer une nuit seuls au milieu des mannequins.

Les figures les plus populaires, les plus troublantes, étaient naturellement celles que l'on suspectait d'avoir été prises sur le modèle. Masques plus que portraits.

Selon Jérôme, quelques personnalités élues par le musée le sentaient bien. Une gêne obscure. L'immortalité précaire de la cire anticipait cruellement le trépas. Cette sacralisation, l'entrée au panthéon d'une relative célébrité, pouvait flatter la vanité des plus sots. Elle était aussi le signe terriblement tangible du compte à rebours fatal. L'exposition publique du double en cire marquait l'apogée sinon d'une vie, du moins d'une carrière. De la cire qui irait au chaudron, pas du marbre pour la fin des temps. La chute de notoriété probable, quasi inévitable, était inscrite dans cette mise en gloire ponctuelle et capricieuse. Certitude pour les modèles un temps célébrés : se voir un jour disparaître au monde. Mourir par anticipation. Relégués dans un purgatoire sans paradis, sous les combles.

– Tu penses à Anna Fried?

– Et à tant d'autres, dit Jérôme. Tous ceux qui, littéralement, se sont vus passer à la trappe. Curtius et Marie allaient droit au but, à l'essence même de ce travail de la cire : ils représentaient des cadavres! Seulement quelques minutes après la mort, avant que la physionomie se ravage.

A quelques pas de nous, sur l'estrade, se dressait le moulage du corps de Julie, presque trop sensuel. Il conviendrait à n'importe quelle Bardot. Il conviendrait d'autant plus que le corps fascinant de la star n'était plus qu'une image nostalgique, depuis très longtemps. Julie donc. Que Jérôme aimait. La glaise avait bien pris le déhanchement; le geste élégant, suspendu, de l'avant-bras. On en était encore à l'ébauche, c'était déjà l'exhibition d'un secret morbide. Julie allait arriver d'un moment à l'autre, pour sa séance. Séance de pose comme on dit d'une séance d'analyse. Jérôme ne tenait plus à ce que je m'attarde. Il me confia les fragments du journal d'Hébert. Je pouvais en faire ce que je voulais. Il me prit par le bras, tint à me raccompagner dans le petit dédale de couloirs encombrés et d'escaliers menant à l'ascenseur.

– Autre chose...

– Dis-moi.

– J'ai refait l'inventaire de la réserve. Ce matin, systématiquement.

– Eh bien?

– On n'a pas volé seulement la tête d'Anna Fried. C'est tout le corps qui a disparu. Tous les morceaux, si tu préfères.

– Ils étaient vraiment identifiables?

Le plus souvent, les célébrités sollicitées par le musée avaient peu de temps à consacrer au sculpteur. Une séance ou deux. Pour le reste, le travail à partir de photos était la règle. Les mains, souvent très visibles dans les mises en scène, étaient également gage de vérité. Elles faisaient l'objet d'une attention particulière. On essayait de les mouler d'après nature. En général, on s'en tenait là. J'avais fait de nombreuses photos de cette véritable boutique du docteur Frankenstein, de l'autre côté de la porte, où étaient accrochées des dizaines de mains, de jambes. Des boîtes contenaient des yeux de verre de toutes couleurs.

– Avec Anna Fried, les choses se sont passées d'une manière un peu différente. C'est tout le corps qui a été saisi sur le vif, avec un exceptionnel souci du détail. J'ai connu le sculpteur qui a travaillé avec elle, Stevenson. Un grand artiste. Il est à la retraite, maintenant. Tu devrais le rencontrer.

Jérôme avait son adresse. Il me la donna. Rue de Bretagne.

Dans le hall, je croisai Julie. Elle n'avait aucune nouvelle précise de Mona. A ce qu'elle savait, sa sœur s'en était tirée avec quelques points de suture. « Elle adore ça. » L'intéressaient beaucoup plus les dernières nouvelles d'Adrien. J'avais la tête ailleurs.

– Et la vieille peau?

– Qui?

– Ne fais pas l'idiot.

Julie était bien la dernière personne au monde avec qui j'avais envie de parler d'Anna Fried.

Souvent, je passais rue de la Chaussée-d'Antin. Sans jamais éprouver le besoin de retourner au Mirabeau. Rien ne me poussait à revenir formellement sur cette case, je n'étais pas encore assez avancé dans le jeu. Il me fallait procéder avec plus d'aléatoire méthode. Je poursuivais mon travail au musée, marchais beaucoup dans les rues, lisais des livres d'Histoire, des mémoires. Je ne me souviens plus à quelle date précise j'ai téléphoné à Anna Fried pour la première fois. C'était une nuit, tard.

Je venais de tirer une série de photos dans le labo, à l'étage. Une impulsion. Nous avions parlé de *La Princesse* sans doute, mais ce n'est pas certain. J'étais allongé dans le fauteuil, Radek sur mes genoux. Une conversation jusqu'au petit matin, comme je n'en avais pas eu depuis des années, au téléphone, avec une femme. Barbe naissante, cendrier débordant de mégots, bouteille vide, saturé de mots, je ne demandais rien de plus. A la fin, nous étions un peu ivres, chacun à notre bout du fil. De quoi avions-nous bien pu parler pendant des heures? Il faisait jour. Anna Fried s'inquiéta de savoir avec quoi nous allions trinquer pour fêter cet excellent moment. J'avais du chablis à la cuisine. Elle me demanda d'attendre qu'elle s'en fasse monter. Nous bûmes encore. Ce rituel se maintint par la suite, les autres fois. Dans la journée qui suivit cette première conversation, Anna me fit parvenir un télégramme: « Ne me perdez pas de vue. » Ces conversations nocturnes à distance devinrent vite régulières, presque chaque nuit. C'était presque toujours moi qui appelais. Une convention tacite. Une fois, une seule, elle me demanda si Adrien comptait donner suite à son ridicule projet de film. Puisque tel était le cas, elle me fit promettre de l'informer de la date du premier jour de tournage, dès que je la connaîtrais. Plus de colère. Le ton était resté calme, presque amusé.

Le film? Adrien me traînait sur de futurs lieux de tournage. Du moins le prétendait-il. J'avais parfois l'impression qu'il testait des images possibles en me les soumettant. Concernant le scénario, il restait elliptique, éludant toute réponse précise aux rares questions que je lui posais. Selon lui, le document qu'il m'avait confié n'avait plus aucune valeur. Il s'enthousiasmait, rageait contre d'ultimes retards, jouait des mensonges et des approximations comme d'un doping. Il me présentait des comédiens, des techniciens. La plupart me paraissaient sous le charme, excités par l'aventure qui s'ouvrait. Peut-être qu'à eux, en tête à tête, Adrien vendait autre chose que du vent. Ou bien je sous-estimais le prestige dont il bénéficiait encore dans la profession. Je ne savais rien de cette profession. Je n'avais pas jugé utile d'informer Adrien que j'avais chez moi une copie de *La Princesse*. Ni lui ni Joachim. Je visionnais le film chaque jour. Au moins quelques séquences. Avec toujours l'impression d'avoir accès à un secret. La vie suivait un cours bizarre. Stan laissait quotidiennement des messages sur mon répondeur, des soliloques pâteux, souvent incompréhensibles. Il téléphonait d'une cabine, d'une boîte. Une fois d'un hôpital, une autre d'un commissariat. Emmerdant, mais dans les limites du raisonnable puisque j'avais choisi d'aller bien et de laisser faire les choses. Villon me donnait également de ses nouvelles. Sur l'ordinateur, il en était maintenant, une avancée brusque, à la chambre 109. Un sale piège, selon lui, avec un plafond qui s'abaissait et finissait par écraser le petit Max qui n'avait pas encore trouvé d'issue. Villon s'était déjà fait aplatir à des dizaines de reprises, sans rien y pouvoir. Mais il persévérait, avait le moral, d'ailleurs il gagnait même un peu de fric. Les prochains mois étaient assurés, on lui avait confié un autre bouquin à traduire. Les mémoires d'un superflic du BKA. Il trouvait ça cocasse.

Il y avait dans le bureau de Marc la collection des « Copyrights » de Futuropolis, des *Tintin*, des piles de services de presse dont les dos brochés, intacts, affirmaient qu'ils n'avaient jamais été lus, plusieurs éditions du *Who's who*, des volumes de l'*Encyclopedia universalis* dépareillés, des cassettes avec écrits au feutre les noms de Bashung, Prucnal, Stockausen, Caven, FGTH, Sheila, Malher, quelques autres, toutes les modes. Aux murs, entre les notes de service périmées, l'affiche du film *Canicule*, Jayne Mansfield en playmate au bord d'une piscine; des photos de Marc avec Eco, July, Polac, Lang, Stasi, Foucault, Dutronc, d'autres, plus reléguées, avec Clint Eastwood, Godard, Leck, etc. Car cet homme, Marc, serrait beaucoup de mains, trinquait avec n'importe qui. Pour le moment, massif et satisfait, il était calé dans son fauteuil. Il sortit de son tiroir la traditionnelle bouteille de bourbon, la posa à côté d'une pile de dépêches. Marc se voulait engageant. Il servit à boire.

– J'ai eu tout faux, sur cette histoire de vol, au musée. C'est un sujet marrant.

Derrière son fauteuil, il avait épinglé une très vieille une du *Soir* agrandie en poster. Titre en grasses: « L'heure des brasiers! » A propos de l'entrée des sandinistes à Managua, Marc avait de ces arrière-mondes.

– J'aurais dû réagir plus tôt. C'est le genre de petit fait divers qui plaît.

– Un peu tard, maintenant.

– Non, non, pas du tout. J'ai là un excellent papier. De Stan, figure-toi. On le publie demain.

– De Stan?

Comme c'était sympathique! Marc me tendit quelques feuillets. Je le laissai avec son geste en suspens.

– Tu fais la gueule? Chasse gardée, le musée?

– Cet article est sûrement parfait.

– Il l'est. Très drôle en plus, Stan est formidable quand il veut. Il a cette qualité: prendre un détail ridicule qui intéresse à peine quatre personnes en France et le monter tellement en épingle qu'il en devient un scoop. Le nouveau gel fixant de Stéphanie. Le nom de l'éclairagiste de Goldman. La couleur de la moquette de chez Verny. Une embrouille au musée Grévin. C'est aussi con que le courrier des lecteurs, c'est minuscule et un peu bête, nombriliste, des tas d'abonnés se repaissent de ces conneries en se prenant pour des dandys. Tu aurais dû faire ce papier.

– Nombriliste et un peu bête?

– Ne te fâche pas.

– Tu n'as rien fait pour ça.

– Merde! Tu es toujours le bienvenu ici. A toi de proposer! Stan est un clodo mondain. Au moins, il a l'énergie de se mettre devant une machine à écrire et de démarcher sa copie.

– Moi, je bricole des photos.

Marc m'assura que je le faisais chier, qu'il en avait marre de mes manières d'avancer en crabe, de mon mépris. Est-ce que je le méprisais? Oui, indéniablement. Mais pas comme il le croyait. Ses reniements, ses costards croisés impossibles m'importaient peu. Mon mépris était sans conséquence, presque affectueux, totalement désintéressé.

– De quoi parle l'article?

– Lis-le.

Pourquoi pas, après tout? Les trois feuillets dactylographiés étaient surchargés de ratures, de corrections. Une écriture tremblée très ostensiblement gainsbourienne. Il était question de Marie-Thérèse de Lamballe (princesse), de Régis Gabriel-Thomas (P-DG) et d'une inexplicable substitution de mannequins. On apprenait que d'autres événements étranges troublaient les habitudes paisibles du musée. Parmi eux, la disparition dans les réserves de l'effigie d'Anna Fried (star). Stan avait recueilli les confidences de Jérôme K. (sculpteur), de Julie S. (comédienne), de Victor B. (photographe). Chacun se perdait en conjectures tout en gardant son sang-froid. Stan lui-même restait très détaché. Il terminait son article en détaillant le menu du repas qu'il avait pris ensuite chez Chartier (7, rue du Faubourg-Montmartre, son restaurant préféré), en compagnie de Julie S. Celle-ci lui avait parlé de ses projets avec Adrien L. (réalisateur de cinéma), de son goût pour les steaks bien saignants. Un papier agaçant, très bien fichu. L'essentiel pour Marc n'était pas là.

– Leck va vraiment faire un nouveau film? Sur quoi?

Je lui expliquai, un peu. J'eus beau n'y mettre aucune conviction, Marc s'échauffa. La Lamballe, la Fried, les manigances autour de leurs effigies, ça faisait beaucoup. On était même bien au-delà des coïncidences statistiquement raisonnables.

– Quels liens entre ce film et ces tours de passe-passe? Je suis certain que tu as des idées. Peut-être même que c'est toi qui as fait le coup? Non? D'accord, je te crois. C'est dit, tu suis l'affaire pour le journal.

– Stan sera bien meilleur.

– Ma parole! jubila Marc. Tu es vexé comme un pou!

Il poussa vers moi un gobelet en plastique empli à ras bord de Four Roses, alluma pour son compte une gauloise légère, m'en proposa une. Je refusai. Je tenais beaucoup au 1,44 mg de nicotine et aux 22,8 mg de goudrons de mes propres cigarettes. Marc ne demandait pas grand-chose. Quelques photos du tournage, un petit papier de temps en temps. Un deal calme. Lui (patron de presse) et moi (flâneur) n'étions-nous pas faits pour nous entendre? Je m'apprêtai à prendre congé.

– Une question, pendant que j'y pense.

Marc avait déjà le nez plongé dans ses dépêches.

– Oui?

– Qu'est-ce que tu fais de Jacques-René Hébert?

Il me regarda, pas certain d'avoir bien compris.

– Le Père Duchesne?

– Lui-même.

– Ben... tu me prends un peu à froid mais...

– Je t'écoute.

– Je le tiens pour le premier grand journaliste moderne.

Quelle que soit la pertinence de sa pensée, Marc ne savait pas l'exprimer autrement que par des formules.

Emplettes faites à la librairie Le Minotaure, je rangeai soigneusement les bouquins achetés dans la sacoche de la Raleigh, puis je pris vers Odéon sans trop me soucier des sens interdits.

Dès la rue de l'Ancienne-Comédie, je sentis que la ville n'était plus la même. Il était 17 heures 30. Une tension soudain, presque imperceptible. La circulation continuait sur le boulevard, aucune rumeur. Des regards se croisèrent, sans trop oser s'interroger. Il se passait quelque chose mais quoi? Je me sentais comme un animal avant l'orage. A portée de regard, tout paraissait normal. La foule du Quartier latin, un mercredi. Mais quelque chose venait de s'enclencher. Instinctivement, je me dirigeai vers Saint-Sulpice. Rue du Vieux-Colombier, les indices s'accumulèrent vite. Un incendie? Les voitures de pompiers sortaient en trombe de la caserne, sirènes à tout va, provoquant un embouteillage. Je me faufilai. Rue de Rennes, les automobiles étaient immobilisées, seuls montaient vers la Tour les véhicules à gyrophares. C'était là-haut, vers la FNAC-Montparnasse, que ça s'était passé. Quoi? Je demandai à un type de pousser le volume de son autoradio. Déjà l'information circulait de bouche en bouche et tous les visages se figeaient. Un nouvel attentat, plus ignoble encore que les autres. Une bombe venait d'exploser en face du magasin Tati. Il y avait des morts, quatre, cinq, peut-être plus, des dizaines de blessés. Le journaliste parlait de corps déchiquetés. Un massacre en plein Paris, en septembre.

La Princesse de Goras n'était pas un grand film au sens classique du terme. Noir et blanc, photographie superbe. On comprenait bien. Le montage audacieux, allusif, les faux raccords. Parce que certaines prises avaient dû virer désastre. Anna avançait, toujours à la limite de la chute. Elle était une Lamballe plus qu'improbable, sans grand rapport avec Marie-Thérèse-Louise. Bouleversée et broyée. La star vacillante, en pleine débâcle : à l'écran c'était de l'émotion brute. Elle balbutie, bégaye. Cut! J'ai calculé, chronométré. Même si on ne voyait qu'elle, au total Anna était présente à l'écran moins de vingt minutes. C'est en sauvant les meubles que Goras avait réalisé un film culte.

Le dimanche 21 septembre, je reçus un message de Stan, la voix plutôt enjouée. « Aujourd'hui, 194e anniversaire de la proclamation de la République. Champagne! »

Il avait le goût des almanachs. Moi aussi. Le souvenir de la glorieuse séance d'ouverture de la Convention avait néanmoins plus de gueule que la commémoration (même jour) du 120e anniversaire de la naissance d'H.G. Wells. Sa machine à remonter le temps m'est un grand souvenir enfantin.

Elle dit, une nuit :

– Ce film était une folie. Cette femme, la Lamballe, était stupide, une chiffe. Moi, j'étais dans l'excès, amoureuse. Une passion. Comment pouvais-je faire? Le tournage était très difficile. Le metteur en scène était un bon technicien, pas un directeur d'acteurs. Il avait peur de moi. Me dénigrait dès que j'avais le dos tourné. Un enfer. Victor, avez-vous déjà été amoureux?

J'écoutais cette voix dans le living obscur, le récepteur téléphonique collé à l'oreille. Depuis des heures que la conversation durait, mes yeux s'étaient accommodés au noir. La fenêtre était grande ouverte, malgré le froid je restai torse nu. Radek avait pris son parti de ces longues séances au téléphone. Il en avait adapté ses habitudes et dormait sur un vieux pull-over. Je ne le mettais plus depuis longtemps, ce pull. Mais Radek aimait s'y nicher, je le laissais donc traîner sur le canapé. Amoureux? Les photos de femmes qui m'entouraient n'étaient que des photos. Le reste, je ne me souvenais plus très bien. Ni quelle était l'histoire ni qui avait menti.

– Amoureuse, continua Anna, je l'ai été une fois. Une seule fois. C'est arrivé pendant ce tournage. David. Un écrivain. Un homme rare. Je l'ai aimé instantanément. Il m'a aimée aussi. Mais moins. Il m'a aimée à sa manière. J'avais tous les types à mes pieds, c'est lui que j'ai voulu, complètement. J'ai fait ce que font les femmes souvent, que ne font jamais, jamais les hommes. Je me suis rendue disponible, sans réserve. A sa disposition. Pour ne pas manquer une seule minute possible avec lui. On était en plein tournage. Lui, il écrivait. Un livre difficile. Pour un écrivain, tous les livres sont difficiles, j'imagine. Je me forçais à comprendre son besoin de solitude. Les rendez-vous annulés, le téléphone silencieux. Et puis, il réapparaissait et c'était formidable. On baisait, on s'engueulait, des fêtes. En réalité, on se tuait... j'ai réellement failli le tuer. Parce que lui aussi, il me détruisait. Au début, je pensais qu'il ne s'en rendait pas compte. Il savait tout, tout le mal qu'il me faisait. Tout le bien. Quand il était là. Il écrivait, pour me fuir. Un jour, j'ai pris son manuscrit, toutes les feuilles. Je l'ai menacé de les jeter par la fenêtre. Je le revois, blême. Pas un geste pour me retenir, naturellement. Je ne pouvais jamais le contraindre à un geste qu'il ne voulait pas faire. Il m'observait, très calme, sans aucun défi. C'était une journée d'hiver, avec une belle lumière dorée. Les feuillets ont tournoyé longtemps avant de s'éparpiller dans la rue, foutus. Lui n'avait pas bougé. J'aurais aussi bien pu enjamber la balustrade du balcon, me jeter dans le vide. Quelle différence, d'ailleurs? David me demanda si je savais ce que je venais de faire. Je lui répondis que oui, parfaitement. Je sais toujours. Il hocha la tête. Me tuer ou pas? C'est sans doute la question qu'il s'est posée. Il m'invita au restaurant. Il y fut disert, charmant. Plus tard, la baise fut exceptionnelle. Grâce à toute cette violence qu'il y avait en nous. Un matin de plus où je suis arrivée en retard sur le plateau.

– Et David, qu'a-t-il fait?

– Il a disparu pendant vingt-sept jours. Aucune nouvelle, pas le moindre coup de téléphone. Ni courrier ni télégramme.

– C'est quand il est revenu que vous avez voulu le tuer?

– Un peu après. Un coup de couteau. Les circonstances importent peu. Tout ce qui est dans l'ordre des choses est anecdotique.

– Qu'est-il devenu?

– Il était blessé, on l'a soigné. Il m'a quittée de nouveau, pour écrire un autre livre. Il me l'a envoyé, dédicacé. Je l'ai feuilleté. C'était une variation sur notre histoire, aucun intérêt. Il est mort dans un accident de voiture, il y a deux ou trois ans.

– Vous vous souvenez qu'il a une fois disparu pendant vingt-sept jours, mais vous ne vous souvenez plus depuis combien d'années il est mort, j'ai bien compris?

– Puisque vous me le faites remarquer, oui, c'est ça.

Nous parlions presque toutes les nuits. Toujours des confidences, des choses intimes. Pourquoi David, cette nuit-là?

– Pourquoi?

– J'ai parfois un curieux visage, dans *La Princesse*. Je voulais que vous sachiez qu'il n'est pas dû à l'alcool. Dans ce film, on voit ce que je suis de plus vrai.

– Pourquoi ne le repasse-t-on plus jamais?

– J'ai racheté toutes les copies. Tous les droits m'appartiennent.

– Pourquoi me l'avez-vous envoyé?

– Parlons-en une prochaine nuit.

Anna raccrocha. Dehors, le jour se levait une fois de plus. Radek s'étira. J'allai à la cuisine. Chablis. Le chat vint aux nouvelles, miaula. Il était beaucoup trop tôt pour le premier service. Il sut insister. Je remplis l'écuelle. A la radio, Ringer et Chichin chantaient *Andy*. Ça s'écoutait. Ensuite, il y eut les informations. Les attentats, la piste libanaise. J'allai pisser. Sept heures. J'enfilai une chemise, mon cuir, dégringolai mes trois étages. Le kiosque de La Capitale, en bas de chez moi, ouvrait tôt. J'achetai *Le Soir*, *Libé*, *Lui*, les *Cahiers*, pris un café au comptoir, puis un blanc sec de nature indéterminée. Un gamin punkisant faisait un malheur sur le vieux flipper « Gottlieb ». Il était livreur chez Nicolas, un copain. J'étais épuisé, sans avoir sommeil. Je remontai chez moi et glissai dans la machine la cassette de *Sunset Boulevard* en me disant qu'en faire trop ce n'est jamais assez. J'avais une excuse. Ce Wilder était aussi un film épatant.

Plus tard, la sonnerie du téléphone acheva de me tirer d'un mauvais demi-sommeil. J'avais encore une fois oublié de brancher le répondeur. C'était Adrien. Je renonçai à l'engueuler. Il est permis de téléphoner à un copain sur les coups de presque midi.

– Tout est réglé. On va pouvoir démarrer.

– Quoi?

Pour lui, je devais tomber de la planète Mars. Le monde réel ne pouvait penser qu'à une chose.

– Le film, bien sûr. Le premier tour de manivelle, c'est lundi prochain. Tu y es convié. D'ici là, j'ai un service à te demander. Tu peux même me le rendre tout de suite.

– Dis toujours.

– Fais-moi la liste des raisons qui te rendent Jacques-René Hébert particulièrement antipathique.

– Il l'est?

– Pour la plupart des historiens, oui. Je t'écoute.

– Je préférerais te rappeler.

– Maintenant ce sera plus spontané. L'affaire de deux minutes. Un sondage express.

– Voyons...

C'est vrai qu'on le considérait généralement comme l'affreux vilain jojo de la Révolution. Pourquoi? Les perles s'enfilaient d'elles-mêmes. Il y avait cet épisode pas très net dans sa jeunesse, à Alençon, qui l'avait opposé à un notable du coin. Plus tard, à Paris, alors qu'il traînait la misère, il s'était sans doute montré indélicat avec quelques employeurs : chez un libraire du faubourg du Temple, il avait dérobé des chemises, un matelas. Au théâtre des Variétés, où il vérifiait les contremarques, on l'avait accusé d'avoir détourné quelque monnaie.

– Broutilles, péchés de jeunesse, coupa Adrien. Du jamais prouvé.

Devenu publiciste, il avait annexé, avec succès mais sans scrupule, le titre de *Père Duchesne* que d'autres utilisaient déjà. Quoi d'autre? Jacques-René était sans aucun courage physique, voire lâche. On ne le vit au premier plan dans aucune des grandes journées de combat. En revanche, sa feuille n'y allait pas à coups de demi-mesures. On la disait ordurière, obscène, style pousse-au-crime.

– C'est tout?

Il y avait quelque honneur à être régicide. Hébert appela à l'extermination de la descendance Capet, ce qui est détestable. L'accusation d'inceste qu'il fit à Marie-Antoinette lors de son procès reste un problème. Indignité ou habile manœuvre? Et que traficota-t-il au Temple, autour du Dauphin prisonnier, avec son complice Chaumette?

– Continue.

Il y avait sûrement à redire sur la manière dont il avait, avec d'autres, éliminé l'enragé Jacques Roux, son concurrent dans la sans-culotterie. Camille l'accusa de concussion. Il est vrai que les 600 000 exemplaires du *Père Duchesne* étaient largement subventionnés par les amis qu'avait Jacques-René au ministère de la Guerre.

– Enfin?

Il fut versatile dans son appel à l'insurrection contre les « indulgents » et les « endormeurs » du Comité de salut public, cela dit en termes de l'époque. Vaincu politiquement, condamné dans un procès truqué, on dit qu'il mourut assez mal, comme un trembleur.

– Une liste assez complète, ma foi, railla Adrien. Qu'en penses-tu?

– Tous ces griefs qu'on lui fait me rendent le citoyen Hébert extrêmement sympathique. A toi de voir où tu places ta caméra. Pourquoi ce questionnaire?

Adrien ne répondit pas tout de suite. Lâcha enfin:
– Parce qu'Hébert m'emmerde.
Il raccrocha. Ce qui me mit de bonne humeur.

Jérôme avait tenu à ce qu'on se voie en dehors du musée. Pas par crainte des indiscrétions, pour être plus tranquilles. Je lui avais proposé d'aller manger un morceau chez Chartier, le restau lumpen-chic cher à Stan (que devenait-il, celui-là?).

Ce qui tracassait Jérôme, c'était *La Princesse*, donc Julie. Je lui confirmai que le tournage commencerait dans quelques jours.

– Ce film est une grossière erreur, dit-il.

– Pour qui?

– Pour Julie, évidemment.

C'était l'heure de pointe. Les garçons s'affairaient dans les travées, insolents et zélés comme il sied dans toute brasserie respectable. Jérôme n'était que médiocrement motivé par son assiette francforts-frites. Les frites de chez Chartier comptaient parmi les plus grasses de Paris. La porte à tambour, les boiseries sombres faisaient de cette salle l'une des plus attachantes du boulevard.

– Elle se fait des idées. Ce Leck la manipule complètement.

– Jaloux?

– Et pourquoi pas! Elle se voit déjà en grande vedette. La première page des magazines, les interviews.

– Tu ne penses pas qu'elle peut y prétendre? Tu n'as pas confiance en elle?

– Pas ainsi, pas si vite. Elle est tellement fragile.

Il ne me serait jamais venu à l'idée d'attribuer ce dernier qualificatif à Julie. Dans le même ordre d'idées, peut-être n'avais-je jusqu'à présent pas fait assez attention à Jérôme. J'avais observé l'artiste. L'amoureux transi m'indifférait résolument. Mon entrecôte était infaisable. Que comptait-il faire?

Il avoua que c'était difficile à expliquer, il se sentait idiot. Pour Julie, il n'était rien face à Leck, à son pouvoir. Mais elle lui parlait lors des séances de pose, faute de mieux il était le confident. Il avait bien senti la peur qui la tenaillait malgré son arrogance, sa volonté d'arriver. Pouvais-je comprendre?

Je me vis mal expliquer à Jérôme que, loin de trouver Julie arrogante et superbe, je la trouvais jusqu'ici un peu con.

– Ce film va la broyer, dit-il. Elle ne s'en rend pas compte. Il faut l'en empêcher.

– Empêcher qui?

– Elle, Leck, tout le monde.

Jérôme me prit le poignet brutalement. Il ne savait que dire, que faire, je ne comprenais pas, il était désolé de m'importuner, tant pis. C'était une chose qu'il sentait, du plus profond de lui-même : ce film ne pouvait être qu'une catastrophe. Comment l'éviter? Des gouttes de sueur roulaient sur ses tempes. Lui, en tous les cas, ferait ce qu'il pourrait pour sauver Julie. Au point où nous en étions rendus, le mieux était de demander l'addition.

Retour aux sources. Ce film-là aussi, *Sunset Boulevard*, je l'avais vu et revu, avec Judith. En tâtonnant, je cherchai à retrouver la dernière séquence sur la bande vidéo.

J'y étais. Je dois même dire, crayon et appareil en main.

Swanson est Norma Desmond. Elle a tué son amant-gigolo, les flics la questionnent. Elle dit : « Comme les étoiles, les vedettes sont éternelles. »

Les journalistes attendent dans la cour de la villa. Von Stroheim les appelle (sous-titrage) les « opérateurs d'actualité ». Il est Max, le valet. Ex-cinéaste, mari oublié, protecteur de Norma.

Un flic : Dites-leur de s'en aller. Ce n'est pas le moment d'amener ici des caméras.

Norma (elle sort de sa torpeur, se tourne vers Von Stroheim) : Des caméras? Est-ce vrai?

Ça l'est. Le visage de Norma s'illumine. Les policiers sont désemparés. Le cinéma va plus vite. Von Stroheim dirige.

– Est-ce que tout est prêt?

– Oui, oui.

– Les lumières aussi?

– C'est prêt.

Autour des opérateurs, il y a foule, on se presse, on veut voir. Elle apparaît, en haut de l'escalier. « C'est elle, Norma Desmond! » Les photographes se bousculent, avec leurs grosses boîtes, leurs énormes flashes. Von Stroheim, souverain.

– Lumière! Prête à tourner, Norma?

Elle est hallucinée, elle ne sait pas. Quoi répondre?

– Quelle est la scène? (Elle vacille, gamine et grande dame.) Je l'ai oubliée.

Von Stroheim: Vous descendez l'escalier du palais.

Norma (s'excusant): Oh oui!... L'escalier. Et en bas, la foule attend la princesse... Je suis prête.

Von Stroheim (terrible): Attention... Moteur... Partez!

Norma descend, degré par degré.

Vient une voix off:

« Ainsi, elles auront tourné quand même, les caméras. La vie, qui parfois est étrange, avait eu pitié de Norma Desmond. Le rêve qui l'avait si désespérément obsédée se réalisait enfin. »

Norma s'approche. Elle minaude. Elle dit:

– Je ne peux pas jouer, je suis tellement émue. (Elle hésite, s'adresse à l'homme qu'elle imagine derrière les caméras, se lance dans une déclaration.) Monsieur de Mille, me permettez-vous de dire quelques mots? Merci. (Norma s'adresse à bien d'autres que de Mille.)

J'avais tout noté de ce qu'elle avait dit. Photographie en direct sur l'écran.

« Je voudrais vous dire ma joie de me retrouver parmi vous dans ce studio, et de tourner à nouveau. Vous ne pouvez pas savoir combien vous m'avez manqué. Et je vous promets de ne plus déserter à l'avenir. Parce qu'après nous ferons un autre film, et d'autres films encore. Le cinéma, c'est ma vie, c'est ma raison d'être, et il n'y a rien d'autre, rien que nous et les caméras. Et ce merveilleux public qui dans la nuit regarde. »

Quelques secondes encore, Norma, regard perdu, prend une pose de tragédienne. Dit:

– Voilà, monsieur de Mille. Je suis prête pour mon gros plan.

Musique. Fondu. Cut. The end.

J'appelai chez Anna. Elle ne voulut pas répondre.

Le vendredi 10 octobre, vers 18 heures, on inaugura une nouvelle figure au musée Grévin, « Jane ». Cela n'avait rien à voir avec « L'aventure au cinéma ». Cette cire était installée sur la mezzanine dominant la salle des Colonnes, à deux pas de l'entrée du Palais des Mirages. Une petite fête avait été organisée, avec quelques amis de la maison, une trentaine de personnes. Jane elle-même, le modèle, était là. Une jeune femme, américaine. Quelques photographes, dont moi, la firent classiquement poser en vis-à-vis de son double de cire. Elle se prêta de bonne grâce au jeu, avec ce trouble amusé que ressent chaque nouvel admis dans le temple. Plusieurs années auparavant, lors d'un reportage, j'avais vu Bernard Pivot pérorant au côté de lui-même, et de Marguerite Yourcenar (inaugurée le même jour). Provincial, avait-il expliqué, le musée était l'un de ses meilleurs souvenirs de jeunesse. Également présent ce jour-là, Robert Hossein avait bougonné. Il trouvait son alter ego peu ressemblant.

Régis Thomas était très fier de « Jane », mannequin qualifié d'« hyperréaliste » puisque moulé sur le modèle lui-même. Méthode peu courante lorsque ce dernier est vivant. Je ne fus pas surpris de voir arriver Jérôme flanqué de Stan. Son papier dans *Le Soir* n'avait pas déplu. Sans doute même avait-il conduit quelques visiteurs supplémentaires vers le musée. En cette période où la crainte des bombes infligeait un manque à gagner à tous les lieux publics, ce n'était pas si négligeable.

– Julie ne t'accompagne pas?

– Au cas où tu ne l'aurais pas compris, répondit Jérôme, elle ne se sent pas très bien, ici.

– Où en est son mannequin?

– Il a été démoulé hier. Un beau corps sans tête.

– On peut le voir?

Jérôme haussa les épaules.

– Après la surboum, si tu veux.

On ouvrit les portes du Palais des Mirages. Une salle octogonale, avec, à chaque angle, des statues exotiques montées sur des cylindres tournants. Les murs étaient tapissés de miroirs multipliant à l'infini tout ce qui se présentait dans leur champ.

Il suffisait de faire tourner les colonnes, de faire descendre des cintres quelques éléments de décors, de jouer subtilement des éclairages: on était dans un temple à Bali, dans une forêt enchantée ou dans les jardins de l'Alhambra. Maintenant, c'était un cocktail, une petite fête privée, à l'intention des amis du musée. Champagne, jus de fruit, scotch, multitude d'amuse-gueules raffinés. Stan avait plusieurs verres d'avance sur toute la petite assemblée. Jérôme faisait de son mieux pour le soutenir. Ils m'intéressaient assez peu.

Régis Thomas monta sur l'estrade ronde installée au centre de la salle. Là où grimpent les enfants pendant les séances, pour ne rien perdre du spectacle. Le moment était venu d'un court speech. Je me fis resservir un verre. Depuis plusieurs semaines, je travaillais au musée presque chaque jour. Curieusement, pas une seule fois je n'avais eu le goût de revenir assister à une représentation au Palais des Mirages. Pourquoi? Monsieur Thomas salua Miss Jane. En galant homme, il lui adressa quelques propos aimables honorant sa beauté et sa jeunesse.

– Soyez la bienvenue dans notre maison. Peut-être connaîtrez-vous un jour la gloire. Soyez assurée qu'ici, ce n'est pas en étant très célèbre qu'on a le plus de chances de durer. Les notoriétés s'estompent vite. Ce sont les anonymes qui restent. L'homme endormi sur son journal, le sergent de ville, le vieux guide, la dame à la jarretelle. Et vous maintenant. Si vous parvenez à ne pas devenir une star, chère Jane, vous êtes assurée d'être ici pour plus de cent ans.

A la place qu'occupait maintenant Jane, quand j'étais gosse, il y avait un Fernandel. Un Fernandel jeune, toutes dents au balcon. Sa tête était rangée dans la réserve.

– Voilà bien trente ans que je ne suis pas venu ici, dit une voix derrière moi. C'est d'un kitsch!

C'était Marc. J'étais bien le seul à n'avoir pas remarqué son arrivée.

– Vous avez raison, Stan et toi. C'est complètement magique, cette boîte.

Il se fit servir un whisky. Régis Thomas continuait son petit discours, assurant à Jane rosissante que, vraisemblablement, elle avait coûté au musée plus que la plupart des hommes pourraient jamais lui donner. Il fit un petit signe de la main et on apporta un objet apparemment assez lourd, dissimulé sous un drap blanc.

– C'est quoi? demanda Marc à voix basse.

– Un cadeau. Une surprise pour elle.

Je l'avais vu la veille. Régis Thomas retira le carré de drap, révélant un buste en plâtre. L'exacte réplique du moulage en cire. Les yeux sans pupille donnaient au visage une pureté presque gênante. La véritable Jane embrassa Régis Thomas, puis remercia tout le monde. Dans son petit remerciement improvisé ou presque, elle dit toute l'émotion qu'elle ressentait à se trouver, représentée de toutes ces manières. Elle dit également que, ce soir, elle avait peur de vieillir. Jane était fraîche, gentiment belle. Stan, très manifestement allumé, donna le signal des applaudissements puis nous levâmes tous nos verres en l'honneur de la nouvelle invitée perpétuelle. Adrien entra dans le Palais à ce moment-là. Il ne sut pas immédiatement quelle contenance prendre. Baisa à tout hasard les doigts de la vedette de la soirée, il l'avait repérée au premier coup d'œil, c'était son métier. Le moment des mondanités strictes était fini. Il restait quelques verres à boire, sinon entre amis, du moins amicalement. Marc conversait avec Régis Thomas.

– Tu me fais visiter? demanda Adrien. Cette fameuse tête de la Lamballe. Où est-elle?

– En bas. Nous irons tout à l'heure. Avant, je veux te montrer quelque chose.

C'était la première fois qu'il venait au musée Grévin. Ça se voyait. Il évaluait l'espace, admirait, gourmand, les jeux de lumières, les trompe-l'œil, le décor. Il souriait comme rarement. Ces astuces de mise en scène l'émoustillaient.

– Pas mal. Pas mal du tout... Qu'est-ce que tu veux me montrer?

Là-haut, les cintres. Toute la machinerie, au-dessus du plafond truqué.

– Eh bien?

– Ce trou.

– Oui?

– La plupart des spectateurs du Palais des Mirages ne le

remarquent pas. C'est comme au théâtre. C'est de là que le régisseur surveille tout ce qui se passe dans la salle.

C'est là que travaillait, qu'officiait l'ami de Judith. Il était l'homme derrière le trou. Il me laissait prendre sa place, tandis qu'il manipulait ses boutons, ses manettes, faisant tourner les statues de cire, descendre les papillons multicolores, diffusant la lumière noire (attraction périmée désormais, qui m'avait tellement intrigué). Je n'étais pas retourné là-haut.

– C'est comment?

– A l'époque, il y avait une sorte de console très encombrée, avec des paquets de fils électriques de toutes les couleurs qui couraient dans tous les sens. L'ami de Judith était très fier de ce dispositif. A chaque étape du spectacle, on entendait monter les murmures des gens. L'étonnement, l'émerveillement. Maintenant, ils doivent être plus blasés.

Ici, j'avais découvert en même temps le spectacle et sa coulisse. La fascination devant les tableaux et l'accès à leur secret. Passer à mon gré d'un côté à l'autre de la frontière avait été un droit, d'entrée de jeu.

– Viens, je vais te présenter la princesse.

En sortant du Palais, je prévins Jérôme que nous le rejoindrions dans l'atelier. J'imaginais qu'Adrien serait amusé de voir le corps en cire de Julie, sa future vedette et, à ce que j'avais compris, sa maîtresse occasionnelle. Nous passâmes devant le joli petit théâtre. La porte était ouverte sur la salle. On apercevait le rideau peint de Chéret. Adrien me retint par la manche.

– Que c'est beau!

– Le Cabinet fantastique. On y donne tous les jours des représentations de prestidigitation. Depuis quelques mois, on y rejoue du théâtre.

Comme ça pouvait éventuellement l'amuser, je racontai aussi à Adrien que c'était sur cette scène que Georges Méliès avait commencé sa carrière de magicien, avant d'acheter son propre théâtre, tout près, boulevard des Italiens. Là également, qu'avait eu lieu la première séance publique de cinéma.

– Faux! dit Adrien péremptoire. Les frères Lumière ont donné la première séance de cinématographe au Salon indien du Grand Café, boulevard des Capucines. C'est assez connu!

Bah! Formellement, il avait raison. Mais c'était une injustice de l'histoire. Avant le cinématographe des Lumière, il y avait eu le Théâtre optique d'Émile Reynaud. Et c'était déjà du cinéma quand il avait présenté, le 28 octobre 1892, trois films : *Un bon bock*, *Clown et ses chiens*, *Pauvre Pierrot*. La démonstration du Café de la Paix ne s'était faite qu'en décembre 1895. Reynaud fut tellement peiné de cette non-reconnaissance qu'il détruisit ses films et jeta tous ses appareils à la Seine.

– Vis-à-vis de ce musée, tu ne deviendrais pas un peu chauvin, par hasard?

– Pourquoi pas?

Adrien ne s'attarda pas outre mesure devant les effigies de Hossein, Lady Di, se contenta de saluer Hitchcock (assis, lisant un journal, un oiseau perché sur son épaule). Nous descendîmes un escalier étroit, tombant ainsi sur la dame à la jarretelle.

– Elle est charmante, convint Adrien.

– Heureux que nous soyons d'accord.

La salle de la Révolution n'était que très faiblement éclairée. Adrien me retint à nouveau. J'étais dans mon square de gamin. Lui, il découvrait pour la première fois toute cette mise en scène.

– Très saisissant!

Tellement qu'il s'était mis à parler à voix basse! Adrien passa les tableaux en revue, sans trop vouloir s'attarder. Il était impatient de voir la princesse. Je le conduisis dans la salle du Temple. La tête de la Lamballe était bien là, piquée derrière la grille, lumière très faible. Je ne crois pas qu'Adrien souhaitait les pleins feux. Il s'accroupit, observa attentivement, longtemps, le visage douloureux et calme.

– Et vous avez tous la conviction que c'est son masque mortuaire?...

– Sans doute réalisé en 1792 par Marie Grosholtz-Tussaud. Une spécialiste.

– Incroyable!

Adrien caressa précautionneusement la cire. Subjugué. Je le connaissais un peu, depuis le temps. Sa crinière devenue presque blanche, ses traits creusés, ses gestes de temps à autre hésitants de grand alcoolique. A cet instant précis, il ne songeait qu'à son film. J'eus la conviction qu'il ignorait encore de quoi il serait fait. C'était peut-être une erreur de l'avoir conduit ici, à cette confrontation. Et d'abord parce que cette tête de cire était mon histoire.

– Julie n'a pas l'âge du rôle, marmonna-t-il. Je le savais déjà. La Fried non plus ne l'avait pas. Ce n'est pas grave. On lui patinera comme il faut sa petite beauté arrogante, pour qu'elle soit aussi belle et émouvante que cette dame. Elle y arrivera. Elle n'a pas le choix.

Adrien se redressa, songeur. Il avait vu ce qu'il voulait, ou craignait. Au pied de l'escalier, il se retourna, jetant un dernier coup d'œil circulaire sur la salle.

– Une drôle de vision de l'Histoire, tu ne trouves pas? C'est quoi? De belles images édifiantes?

– C'est là que j'ai commencé, dis-je.

– M'étonne pas. La scène, la coulisse, la machinerie, les loges et la sortie des artistes, celle de secours qui est souvent la même, la rue... ce n'est pas un mauvais endroit pour se déniaiser.

Jane était négligemment assise sur la rambarde de la mezzanine. Il y avait encore de la lumière au Palais des Mirages. A l'étage, la petite fête continuait.

– Où va-t-on?

– Aux ateliers.

Au lieu de dépasser Alfred, Robert et Diana, nous entrâmes dans leur tableau: un décor de bar, dans un aéroport international (autrefois, plus bucoliquement, ce coin s'appelait: « A Robinson »). Au fond, une porte de service permettait d'accéder à un ascenseur menant aux combles. La réserve, les diverses coulisses. Adrien ouvrait de très grands yeux.

– On a l'impression que tout est truqué, ici. Même les itinéraires pour se rendre d'un point à un autre.

C'était à peu près ça. Le visiteur de base ne prêtait guère attention aux portes dérobées, aux escaliers discrets. Tout un parcours secret était possible. Un musée à multiples doubles fonds. Je n'étais pas assuré de les connaître tous. Après quelques couloirs, nous arrivâmes à l'atelier. Il y avait beaucoup plus de monde que prévu. Pas seulement Jérôme, Stan et Marc. Régis Thomas était là, assisté de quelques collaborateurs ou familiers. Et Julie, qui sanglotait!

Quelqu'un avait cru bon de la faire venir, d'urgence. Qui?

Tous faisaient cercle autour d'un corps de femme moulé dans la cire, posé sur un socle de bois. Elle était atrocement mutilée.

On le devinait sans peine, le corps avait dû être beau, et harmonieux. Maintenant, il était balafré de striures profondes. Les seins, le ventre, les cuisses avaient été profondément labourés avec une pointe de couteau ou de pic à glace. Des blessures terribles dans la cire. Julie tomba à genoux, secouée de spasmes.

C'était Jérôme qui avait fait la bêtise de l'appeler dès qu'il avait constaté le désastre.

Julie se laissa gagner par la crise de nerfs. Stan avait gardé un verre à la main. Son regard hébété allait de l'un à l'autre.

– Ce vandalisme!... répétait Régis Thomas, incrédule. Ce vandalisme. Pourquoi?

Quelqu'un demanda s'il fallait appeler la police. Les mains de Jérôme tremblaient. Adrien ne comprenait pas tout, il était en repérage, se régalait de toutes ces émotions en direct. Marc évaluait avec intérêt les réactions de chacun des présents. Une lumière d'ampoule nue éclairait le simulacre de corps blessé.

Il y a cette expression usée : le teint cireux des morts. Je sais sa pertinence, j'ai vu quelques cadavres. C'était ça. Un corps cireux, un peu blanc, avec des plaies terribles, bien nettoyées, exsangue. Corps décapité, profané, comme l'avait été celui de la princesse que ne tarderait pas à incarner Julie. Dans cette effigie de cire violée se trouvaient réunies beaucoup d'histoires passées et à venir. Dans la réprobation quasi générale mais sans que personne ne s'avisât de m'en empêcher, je fis quelques photos.

Julie se redressa soudain, eut un grognement rauque. Elle ne se laisserait pas faire, pas intimider. La vieille folle pouvait faire ce qu'elle voulait. C'était Anna Fried qui était morte, pas elle! Pas elle, qu'on n'y compte pas! Julie affronta la statue. D'un geste, elle la poussa. En tombant, un bras du mannequin se cassa net. Julie salua. Les yeux ruisselants de larmes, les traits grimaçants. Elle salua, rageuse. Comme au théâtre. Avant de partir en claquant la porte, elle se planta devant Adrien.

– Le tournage commence lundi, lança-t-elle. J'y serai.

Adrien avait proposé un dernier verre chez lui. Marc et moi avions accepté et réussi, dans le même mouvement, à semer Stan (dandy pourri). Non sans mal.

Adrien n'était pas mécontent de son nouveau pied-à-terre de fonction. Il était installé au-dessus de l'entrée du passage du Commerce-Saint-André. Un deux pièces haut de plafond, avec vue sur la place de l'Odéon. Le boulevard Saint-Germain était bruyant, même tard la nuit. Adrien adorait le bruit de la rue. C'était un de nos points communs. Il y avait bien longtemps que nous ne nous étions pas retrouvés autour d'une bouteille, tous les trois. Parce que nous n'aimions pas trop les petites bandes de quadragénaires façon Sautet-Lelouch et que, réunis, nous donnions un peu forcément dans le genre.

– La petite Julie était épatante, tout à l'heure, dit Adrien.

– Tu n'as pas fini d'en voir avec elle, dit Marc.

– Tu as deviné quelle teigne elle est? N'empêche, ça a dû être rude pour elle.

– Elle avait l'air de savoir qui a fait le coup.

– Anna Fried? C'est possible. Un peu romanesque.

Ils me demandèrent ce que j'en pensais, comme si j'avais des lumières particulières. Pourquoi, au fait? Anna Fried? C'était la seule hypothèse excitante, donc la bonne. Comme il devait être excitant de penser, pour certains, que j'avais dérobé la tête de la princesse de Lamballe. Anna était la coupable idéale. Je la voyais très bien s'acharner sur l'effigie de sa rivale. Adrien nous pria de l'excuser. Il voulait téléphoner, prendre des nouvelles de Julie.

C'était l'appartement d'un célibataire fripé, ou entretenu, installé pour quelques mois dans une roulotte de luxe. Quelques rayonnages Habitat étaient chargés d'ouvrages sur la Révolution française, de dossiers, d'annuaires du spectacle. Des revues de cinéma traînaient sur la moquette tête-de-nègre, la couleur standard des locaux fraîchement rénovés. La lampe halogène, le canapé en cuir, les fauteuils, la table et les chaises bistrot du coin bouffe, tout le bazar fonctionnel avaient été commandés, achetés en quelques minutes, sur Minitel sans doute, ou par régisseur interposé. Ici aussi, un Macintosh ronronnait doucement. Quelques-uns des listings qu'il devait savoir cracher étaient agrafés çà et là. Des plans de tournage, des dialogues, une comptabilité compliquée, des graphiques, des noms, des téléphones et même des photos de casting. Un instant, je me demandai dans quelle chambre pouvait bien se trouver Villon et son petit bonhomme, au même moment. Adrien raccrocha. Julie n'était pas chez elle, ce qui n'était pas vraiment une surprise. Ou bien, elle avait débranché. Je l'imaginai, après le choc, dans l'appartement du boulevard des Filles-du-Calvaire. Devant la photo d'Anna revolvérisée?

– Inquiet pour elle?

– Pas du tout, dit Adrien. Simple courtoisie. Je n'ai pas envie qu'elle me claque dans les pattes. J'ai besoin d'elle dans deux jours.

Comme moi, Marc avait procédé en silence à l'inventaire des lieux. Sans vraiment les détester, il se sentait toujours un peu mal à l'aise dans les locaux privés. La plupart d'entre eux avaient le tort de ne pas comporter de télex, d'être abonnés EDF-GDF, mais pas AFP, ACP, Reuter, Tass, etc.

– Une chance que j'ai eue d'avoir ce local, dit Adrien. Une curieuse coïncidence aussi.

Je savais laquelle. J'avais déjà assez fureté dans les bouquins et les plans de Paris, toutes ces dernières nuits. J'ai, vis-à-vis des coïncidences, la circonspection du Vatican face aux miracles. Je laissai Adrien pérorer.

– Georges Danton habitait ici. Plus exactement : à cet endroit. L'immeuble original a été rasé. Il allait jusqu'au milieu de notre actuelle place, là, en bas.

D'où nous étions, on voyait la statue de bronze du tribun. Dans une attitude altière. L'audace à l'ordre du jour. Je n'avais aucune sympathie pour Georges. Ni dans la vie, ni dans Büchner, ni dans Wajda. La statue, selon mes recoupements, était érigée à l'emplacement du salon de l'appartement rasé (deuxième étage au-dessus de l'entresol). Un grand appartement. Sept pièces. A l'aplomb de la fenêtre sur le boulevard, ce devait être la salle à manger.

– Ici, selon moi, continua Adrien, nous sommes aux alentours de la chambre. Ça fait un bizarre effet de le savoir. En même temps, je m'en fous. Mais, il ne faut pas oublier : Danton était ministre de la Justice lors des massacres de septembre, pendant l'assassinat de la Lamballe. Responsable en titre de la sécurité des prisonniers! On le verra dans le film. Venez!

Son emballement me fit plaisir.

Une autre fenêtre donnait sur l'intérieur du passage du Commerce, reliant la place de l'Odéon à la rue Saint-André-des-Arts. Une ruelle, avec de gros pavés, bien pittoresque, Adrien s'anima.

– Voyez, là-bas, ce vieux bâtiment, à droite? C'est une ancienne imprimerie. Très vieille. Ce vieux con de Wajda l'a utilisée comme décor. Pour en faire l'imprimerie du *Vieux Cordelier*, de Desmoulins. Inepte!

Historiquement, c'était celle de *L'Ami du peuple*. Qui logeait pas même à deux cents mètres (tenter de retrouver l'endroit exact, ce ne devait pas être si difficile). Je pensai, mais Adrien devait le savoir, que Camille et Lucile habitaient tout près d'ici, en haut de la rue de l'Odéon, voisins de Georges. Un quartier nouveau, postérieur au relevé du plan de Turgot. Le Club des tumultueux Cordeliers n'était qu'à un jet de pavé, à l'emplacement de l'École de médecine.

Au fond, il n'y avait guère que Robespierre à être « rive droite ». Et Jacques-René Hébert, dans sa grande période. Et moi. Adrien tiqua.

Le fragment du *Père Duchesne* était dans ma poche. Dans un des étuis plastifiés de l'agenda. Avec la photo de Marie-Thérèse, version Curtius. Avec Mona, à tout hasard. Je fréquentais trop peu la Bibliothèque historique de la ville, rue Pavée.

– Cette ruelle, ce sera dans mon film la sortie de la prison de la Force. C'est ici que nous tournerons la mise à mort de la princesse. L'émeute, le sang. On attaquera là-dessus. Très violent, dès les premières images. Qu'est-ce que tu en penses?

– Ce sera sûrement très bien, répondis-je distraitement.

– Tu n'y crois pas?

– Chacun son métier. Moi, je ne peux imaginer les choses que là où elles se sont réellement passées.

– Souvent, ça ne ressemble plus à rien. Tout a changé.

– Raison de plus pour travailler.

– Merde! J'y réfléchirai.

Il se faisait tard, la soirée avait été éprouvante. « Si tu avais ce film à faire, comment le commencerais-tu? » me demanda Adrien. Comment? Par une scène de guillotine, parbleu. Le couperet tomberait, trancherait une tête. Pas une tête d'homme. Une tête de mouton.

Nous étions fatigués.

– Pourquoi de mouton?

– Parce que c'est sur des moutons vivants qu'on a expérimenté la machine, dis-je. On a fait ça très soigneusement, très scientifiquement. Les essais ont eu lieu ici, en bas.

– En bas?

Sous les fenêtres, à l'entrée du passage, à gauche, il y avait une brasserie genre bistrot 1900, toc tarte. Avant, c'était le hangar d'un menuisier, un nommé Schmidt. Mélomane, par ailleurs. C'est lui qui a construit les machines à tuer de la République, sous le contrôle des docteurs Guillotin et Louis, des sommités médicales de l'époque. Son devis défiait toute concurrence.

– D'où le surnom donné à la machine : Louison, ou Louisette. Guillotine est venue plus tard.

– C'est tout?

J'aurais pu leur dire que Guillotin habitait de l'autre côté du passage, rue de l'Ancienne-Comédie, près du café Procope, ça n'avait pas grande importance pour eux. Pour moi, ces notes étaient des repères, des jalons, pour comprendre.

– Comprendre quoi?

– Ce qui se passe au musée. Ou autour de ton film. Ou dans Paris en général.

– Mais encore?

Bah! Je leur dis que j'avais sommeil. Ce n'était pas tout à fait vrai. J'avais envie de rentrer, de feuilleter quelques livres, de téléphoner à Anna Fried. Nous prîmes quand même quelques derniers verres. L'histoire des moutons décapités avait son intérêt, ses limites aussi. Il y avait une autre scène inaugurale à imaginer. Par exemple, on est à Bicêtre.

C'est un hospice, une prison, un dépotoir pour les traqués du Grand Renfermement, un siècle déjà. Imaginons la machine, la Louison, dressée au milieu d'une salle de dissection. Personne n'est encore certain de son efficacité. Il faut maintenant des cous humains pour vérifier l'efficacité de la lame (« Juste une légère fraîcheur », a expliqué le député humaniste!). Précisément, il y a trois cadavres assez frais (traduire : pas trop rigides) qui peuvent servir à l'expérience.

Elle s'avère concluante.

– C'est arrivé?

– Le 17 avril 1792. Trois cobayes. Deux droits communs et une femme folle.

– Ça a marché?

– Tellement bien que huit jours plus tard exactement, la Louison raccourcissait son premier condamné à mort, en place de Grève.

– Qui?

Un certain Jacques Pelletier, malandrin sans foi ni gloire.

Adrien et Marc me regardaient avec un air légèrement dubitatif. Il était cinq heures du matin. Et à cette heure-là, il me semblait élémentaire de relier les cadavres des parias guillotinés à Bicêtre, et leurs semblables qui allaient se faire massacrer moins de six mois plus tard par les septembriseurs. Épisode plus horrible encore, et plus injustifiable, que les tueries de l'Abbaye, de la Force et d'ailleurs.

Marc appela un taxi et proposa de me raccompagner. Vingt minutes plus tard, après avoir exigé un détour par un kiosque du boulevard Montmartre afin d'acheter la première édition des journaux du matin, je me fis déposer place de la République.

Anna Fried décrocha presque immédiatement. Je lui racontai en quelques mots les derniers incidents survenus au musée. Je demandai :

– Ce vandalisme, c'est vous?

Pour première réponse, il y eut un temps de silence assez long. Celui de presque une cigarette entière. Rien d'exceptionnel en soi. Souvent, dans nos conversations, nous restions plusieurs minutes ainsi, sans rien dire, attentifs aux souffles, aux ondes ambiantes, réfléchissant à la dernière confidence, au plus récent aveu provocant. Elle dit :

– C'est moi, oui. Nécessairement.

Le lendemain, je ne sais trop pourquoi, Adrien m'accompagna à l'hôpital Cochin. Mona partageait sa chambre avec trois autres malades, d'autres victimes de l'attentat. Elle était sans doute la moins touchée.

– Il y a des femmes qui se maquillent, dit-elle, moi je me blesse.

Les coupures étaient superficielles, les points de suture seraient bientôt retirés. Il resterait des cicatrices, certainement. Mona avait raison, ça lui irait très bien. Je pensai fugitivement à la statue de Julie mutilée. Dormant sur le lit voisin, une femme avait perdu un œil.

– Une saloperie pareille en plein Paris, c'est fou, non? Le pire, c'est que je suis forcée de reconnaître que j'ai eu de la chance.

Je sortis mes paquets du sac. J'avais acheté, un peu au jugé, ce qu'elle m'avait demandé au téléphone. Quelques T-shirts un peu longs (avec des dessins Mickey, Snoopy, des gadgets de ce genre), un vrai pyjama. Ça irait toujours mieux que la chemise de nuit standard de l'Assistance publique qu'elle avait sur le dos. Je tendis à Mona ma flasque d'alcool. Ayant beaucoup fréquenté les hôpitaux, je ne savais pas trop quoi lui dire. Elle but une longue rasade.

– Ils te lâchent quand?

– Dans deux ou trois jours. Ce ne sont pas tellement les blessures qui les inquiètent. Plutôt le choc nerveux. C'était très moche, tu sais.

Je lui pris la main. Maladroitement. Mona étouffa une plainte, la main aussi était couturée.

– A côté de moi, dit-elle, assise contre le mur, une femme avait la jambe à moitié arrachée. J'ai vu ça.

– C'est important de voir l'horreur, dit Adrien.

Je ne compris pas cette phrase idiote.

– C'était la folie.

Une infirmière entra, fit le tour des lits. Elle vida le cendrier de Mona, l'air pincé, dit sèchement que c'était la fin des visites.

– Tu manques de quoi?

– Tout de suite? répondit Mona ricanante. D'un mec.

Mais elle nous assura qu'elle avait une main intacte qui lui permettait de se branler. Je détestais l'odeur de ces putains de chambres d'hôpital, le gris moucheté des murs, le petit mobilier fonctionnel, tout ce formica et ces chromes. J'avais mal au genou. Nous prîmes congé. En embrassant Mona, je lui posai la main sur le sein. Elle me traita de salaud, affectueusement.

Quelques minutes plus tard, dans l'escalier, Adrien était très excité. Il m'assura qu'il venait enfin de trouver sa petite pute du Palais-Royal. Le double esquinté de la Lamballe. Mona s'imposait pour le rôle. La comédienne idéale. L'évidence aveuglante! C'était une idée tordue, une vraie. Je ne pus que l'approuver. Restait à faire admettre la bonne nouvelle aux deux jumelles.

Je me promenai longuement à vélo. Rue de l'Odéon, rue de l'Ancienne-Comédie, aux alentours du Palais-Royal, rue de Rivoli. Je pris des notes, des photos. Puis j'allai au musée.

De retour quai de Jemmapes, je rêvassai longtemps devant la tête de cire de la Lamballe. L'urgence n'était pas à chercher de qui me venait ce présent. Les hypothèses ne manquaient certes pas, toutes sympathiques. Elles finiraient bien par se décanter. En réalité, je trouvais absolument logique que cet objet fût en dépôt chez moi. Au moins pour un temps.

Je visionnais encore des bribes du film, assez peu. Le scénario d'Adrien m'intéressait beaucoup plus. Je le relus plusieurs fois, un peu distraitement, sans bien comprendre comment il était possible de faire du cinéma à partir de notes aussi confuses.

Joachim mit du temps à répondre, plus longtemps encore à comprendre exactement ce que je lui voulais.

– Laissez-moi bien réaliser les choses, grogna-t-il, je ne voudrais surtout pas dire de bêtises. Il est bien cinq heures du matin?

Je n'y avais pas fait spécialement attention mais puisqu'il en parlait, oui, il était bien cette heure-là. Un peu plus même, à en croire les bruits de la rue.

Voix posée.

– Donc, il est cinq heures et vous me téléphonez pour savoir si je suis bien certain qu'Hébert présidait le tribunal de la Force, la nuit du 2 au 3 septembre 1792.

– Exact.

– A vos yeux, c'est vraiment important je suppose? Soit.

Le débit se fit saccadé, exaspéré. Joachim était désormais complètement éveillé. Il avait écrit une bonne douzaine de versions de cette comparution de la Lamballe devant le pseudo-tribunal, aucune n'ayant vraiment l'heur de plaire à Adrien qui de toute façon faisait peu de commentaires lors de la remise de copie. Je lui apprenais la teneur de celle qui avait finalement été retenue: Hébert au tribunal.

– Je sais parfaitement que les historiens ne sont pas tous d'accord! gémit Joachim. Les historiens me harcèlent, m'emmerdent à longueur de journée. En général, ils se foutent totalement du sort que je réserve à Hébert. Ils ont même l'air contents que j'en fasse un fumier.

– Pourquoi en faites-vous l'assassin de la Lamballe?

– Parce que Adrien m'a mis ce citoyen dans les pattes! tonna Joachim. Il faut bien que je fasse avec. Si certains prétendent qu'il a présidé les tape-dur de la Force, c'est qu'il a pu le faire, qu'il en avait le pouvoir et sans doute le goût.

Et surtout, c'était commode pour le scénario. D'un côté la princesse en détresse, de l'autre le commissaire de la Commune, bien poudré et cynique, entouré d'un tribunal de brutes ivres de vin, de sang, et de toutes ces choses qui vous transforment un brave peuple en hideuse populace.

Joachim plaida.

– Victor, mon vieux, je ne mets pas en cause vos scrupules mais dans quelques heures je dois à nouveau justifier mes honoraires. La fille qui est à côté de moi en ce moment a un cul comme je vous souhaite d'en baiser dans vos rêves les plus fous. Il m'a coûté cher. Cette fille est d'accord pour toutes les petites spécialités et gâteries qui font l'orgueil des vraies professionnelles. A la tête qu'elle fait en ce moment, je puis vous assurer que les discussions savantes sur le rôle de Jacques-René Hébert dans les massacres de septembre, tenues à cette heure-ci, font partie des perversions qu'une honnête pute n'assume pas. Me comprenez-vous? Oui? Alors, bonjour chez vous.

Joachim raccrocha. Il n'y avait pas spécialement à s'énerver. La rue s'animait. Presque six heures. L'heure à laquelle le concierge François était venu annoncer à la Lamballe et à la Tourzel qu'en ce 3 septembre 1792 et vu l'agitation dans la ville, par mesure de sécurité, il n'y aurait peut-être pas de promenade.

J'eus envie d'aller y revoir de plus près, entre rue Malher et François-Miron. Chez moi.

Le Temple (1)

Je rangeai la Raleigh contre les grilles du jardin des Tuileries, évaluai la longue construction. Adrien n'avait pu obtenir l'autorisation de rebâtir la salle du Manège sur son emplacement exact. La mairie était disposée à toutes les complaisances pour favoriser le tournage et figurer au générique. Elle ne pouvait pas « donner » la rue de Rivoli pour quelques jours de tournage. Le décor était installé sur la terrasse des Feuillants. L'inexactitude topographique était mineure. C'était le seul endroit possible si, à partir de l'actuelle configuration des lieux, Adrien voulait évoquer les Tuileries d'août 1792. Encore faudrait-il cadrer soigneusement.

Il était très tôt. Je descendis les treize marches séparant la terrasse du jardin désert. Des équipes techniques s'affairaient. Ici une cocarde géante, là un énorme bonnet phrygien en zinc, au haut d'un mât. Un tapis écarlate pour les représentants du peuple. Adrien n'avait pas voulu l'apparence du Manège. Il l'avait fait reconstruire tel quel, d'après les plans d'époque, les relevés de Georges Lenotre, les gravures. Il me rejoignit.

– Je veux pouvoir me servir de cette salle, à l'extérieur comme à l'intérieur. Tu m'as convaincu. Ça coûte cher mais on tourne là où c'était.

Il ne s'agissait pas de filmer, ce matin. De simples essais, pour tester, s'imprégner, ruser avec l'idée que le premier jour du tournage était tout proche. L'assurance d'Adrien était à l'échelle de son trac, peut-être de sa panique. Il ne pouvait plus reculer. Je repris les marches, empruntai un étroit corridor, me retrouvai à l'intérieur d'une vaste arène oblongue, un peu obscure. Des gradins, en face à face, la tribune du président de séance et la barre des orateurs, des tables pour le greffe, de longs balcons. Tout avait été minutieusement reconstitué. Même les deux gros poêles de faïence, à chaque extrémité de la salle. De curieuses maquettes chauffantes de la Bastille. Chauffantes.

– Le modèle original est au musée Carnavalet.

– Je sais.

– Qu'en penses-tu? me demanda Adrien en désignant la salle d'un geste large.

En octobre 1789, après la marche sur Versailles et l'obligation faite à la famille royale de séjourner désormais au château des Tuileries, les Constituants avaient suivi. Il n'avait fallu que peu de jours pour transformer la dépendance du Manège en salle de séance convenable. Partant de rien, les régisseurs d'Adrien, des équipes de menuisiers et de décorateurs s'employaient à réaliser le même exploit. Cela sentait le pin fraîchement coupé, la colle. Julie fit son entrée.

Elle était maquillée et parée, chevelure remontée en une impressionnante montagne, robe vert amande. Prête à jouer. Le chef opérateur et son assistant avaient beau repérer le terrain et évaluer les lumières, aucune prise n'était prévue aujourd'hui.

– Je veux simplement te voir bouger dans ce bordel, dit Adrien.

Julie n'était certes plus la simili-Bardot du musée. Elle regarda d'un air crâne les divers machinos et ouvriers qui s'étaient immobilisés à son entrée, assis sur les gradins, comme les députés d'autrefois.

Le matin du 10 Août, c'est l'insurrection. La Lamballe fait partie de la suite de la famille royale. Elle déserte le Château avec elle, avec sa reine, traverse le jardin, se réfugie à l'Assemblée. C'est Brissot qui accueille. Constitutionnellement, le roi n'a pas le droit d'assister aux délibérations de l'Assemblée. On lui fait signer un ordre : que ses Suisses et sa garde renoncent au combat – il s'exécute. Puis, avec son entourage, on le relègue dans une minuscule pièce, hors assemblée mais permettant de tout suivre des travaux, la salle du logotachygraphe (12 pieds carrés sur 6 d'élévation). Là où s'écrivent les minutes des débats. Une cellule qu'Hébert, publiciste, connaît bien.

Julie se pavana un peu. C'était la première fois qu'elle se montrait en costume.

– Tu es très bien, dis-je.

– Tu crois?

– Nulle! proclama Adrien en prenant vivement Julie par le bras. Personne ne te demande de faire des effets de starlette.

Les mots se précipitaient. Trop belle, trop sûre d'elle-même. La Lamballe devait en chier dans son froc d'être là, oui, son froc, hébergée par la racaille. Ça devait se voir, pas de bluff. A part Louis qui vient de comprendre que tout est foutu, et son fils qui est un gamin, tous ont peur, en sont malades, et ils ont raison.

– Je crois que certains ont réellement chié de trouille à ce moment-là, me dit Adrien. Tu crois que c'est montrable?

– C'est vérifié, ou pas?

– Non. Joachim se fout un peu des grands détails historiques.

– Alors, laisse tomber.

– Dommage. La merde sur les chevilles de la princesse, j'aurais bien vu.

Julie s'impatientait.

– Qu'est-ce que tu attends de moi?

– Un peu de souffrance.

A quelques mètres, les travaux continuaient, bruits des marteaux, des scies. Il fallait faire vite pour accueillir tout le monde, les représentants sur les gradins, le bon peuple aux balcons, les tricoteuses. Quelques figurants avaient été convoqués pour prendre possession des lieux.

Julie resta une seconde, interloquée, réalisa que, depuis quelques minutes, tous les spots étaient braqués sur elle. Elle se reprit très vite, sans parvenir tout à fait à trouver une contenance. Les figurants s'agitèrent. Mona apparut, sortie de je ne sais où. Accompagnée de Stan.

On lisait ça souvent, dans les gazettes. Qu'Adrien n'aimait rien tant que les tournages conflictuels, les querelles et les empoignades hystériques. Julie foudroya sa sœur du regard. Mona n'était pas costumée. Jean et pull informe, elle n'avait pas cherché à dissimuler les cicatrices de l'attentat sous le fond de teint. Il lui restait quelques points de suture.

– Qu'est-ce que tu fous là? glapit Julie.

– Je ne viens pas encore te donner la réplique, petite sœur. Mais ça viendra.

Elles se haïssaient vraiment.

Adrien s'avança vers Mona, s'enquit de sa santé à voix forte. Nul sur le plateau ne put ignorer à quel point le patron avait, en cet instant, le souci de l'état physique de la nouvelle venue. Julie articula péniblement.

– Je voudrais comprendre.

– Ta sœur sera ton double, celle que je cherche depuis des mois. La bouquetière du Palais-Royal, la gentille pute patriote, la baisée de l'histoire.

– Impossible!

– Pourquoi donc?

Adrien martela. Julie n'avait aucun droit, pas un seul mot à dire en dehors du clap. Elle n'était pas là pour prendre des poses ou avoir des états d'âme, seulement pour servir le film. Il n'exigeait que de la docilité, du talent. Les cajoleurs d'acteurs le faisaient bien rire. Les lèvres de Julie se pincèrent.

– D'accord. Quels sont les ordres?

– On ne tourne pas, on rode, dit-il. Tu vas dans ta loge, tu te reposes deux minutes. Ensuite, tu iras te faire remaquiller.

– Comment?

– Bien dégoulinante de trouille et de suées. Moche.

Mona ne put s'empêcher de pouffer. L'excitation violaçait ses cicatrices. Adrien ajouta qu'on avait tous une demi-heure de récré, pour réfléchir un peu. Stan s'éloigna vers la barre en faisant tournoyer sa canne entre ses doigts. Blême, mâchoires bloquées, Julie resta un instant immobile puis elle tourna les talons, s'appliquant bien à ignorer Mona. Difficile de savoir ce qui l'emportait, de l'anéantissement ou de la rage. Elle m'agrippa au passage.

– C'est toi qui l'as imposée, pas vrai? Une saloperie en douce, bien dans ton genre.

Les choses ensuite s'enchaînèrent bizarrement.

– Va nous chercher quelque chose à boire, lança Adrien à un

quatrième assistant. Cette péronelle m'a donné soif. Il n'y aura rien à tirer d'elle tant qu'elle n'aura pas compris que la Lamballe est une petite personne humiliée.

Humiliée par son mari qui l'a trompée jusqu'à en crever. Par la reine dont elle était l'amie, le jouet. Humiliée par l'insurrection. Julie devait faire l'apprentissage.

– Si elle résiste?

Adrien haussa les épaules.

Je la vis disparaître dans un vestibule, à côté de la tribune du président de séance. C'était là, sous les gradins, qu'étaient installées les loges des comédiens. Julie disposait d'une pièce pour elle seule. Très confortable, m'assura Adrien. Il n'engueulait fort que ceux qu'il traitait bien. On entendit la porte de la loge claquer.

Adrien fit le service. Du vin jaune. La déflagration nous fit tous sursauter. Des verres se brisèrent. Certains virent une longue langue de flamme bleutée jaillir de derrière la tribune. On entendit un hurlement.

Comme projetée par le souffle, Julie roula sur le sol, la robe en feu. Des mains, elle se protégeait le visage. On se précipita. Le fait est que Stan arriva le premier auprès d'elle qui se débattait avec des gestes désordonnés et criait. Elle s'écroula à côté d'un des poêles en forme de Bastille. L'attitude de Stan fut méthodique. D'abord, il retira sa veste et tenta de s'en servir pour étouffer le feu qui courait sur Julie. Comme c'était insuffisant, ou maladroit, il se jeta sur elle, l'étreignit, s'attaquant aux flammèches avec ses paumes, son torse. Enfin, je mis la main sur un extincteur. En quelques secondes, ils furent couverts de neige carbonique. Quelqu'un m'arracha l'appareil et courut vers les loges.

On s'affaira autour de Julie tandis qu'Adrien et d'autres se débarrassaient des giclées de mousse dont je les avais gratifiés dans ma hâte. Une épaisse fumée montait de dessous les gradins.

– Bon Dieu! Tout ce truc est en bois!

– Ignifugé, dit Adrien. Le feu n'ira pas très loin.

Je m'approchai de Julie. Assise sur le sol, elle sanglotait, contemplant ses mains. Elles seules étaient brûlées. Rien de bien grave, à première vue. Un infirmier s'occupa d'elle.

L'intérieur de sa loge était dévasté. Il ne fut pas très difficile de trouver l'origine de l'explosion. La bouteille de camping-gaz traînait au milieu des débris. Du métal bleu et noir, déchiré. Une sorte de bombe. Un attentat?

– Il y en a dans tout Paris, dit Mona. Pourquoi pas ici?

– C'est idiot, Julie a dû faire une erreur de manipulation.

– Ces bouteilles n'explosent jamais toutes seules. Quelqu'un l'a trafiquée.

– Le piège criminel est une hypothèse séduisante, dit Stan.

Sur le sol de ciment gisait le paravent qui avait protégé Julie du plus fort de la flamme. Près de la porte éclatée, les mèches d'une perruque de cheveux poudrés achevaient de se consumer.

Plusieurs fois dans la nuit, je téléphonai chez Anna. Personne ne répondit. Ni machine ni larbin, rien. De son côté, elle ne m'avait laissé aucun message. Je jouais un moment avec l'idée d'aller faire un saut jusqu'au Mirabeau. Je pressentais que c'était inutile, pire : maladroit. Et puis, il pleuvait. Je parvins à joindre Adrien.

Le tournage ne serait pas retardé, l'état de santé de Julie ne soulevait aucune inquiétude. Rien que des brûlures superficielles.

– Elle réagit comment?

– Très mal, naturellement. L'idée d'être un peu esquintée la rend malade. Peut-être que cela l'aidera à entrer dans le rôle.

– Qu'est-ce que tu veux dire?

– Bien que d'extraction extrêmement aristocratique, notre princesse avait les mains un peu potelées et très rougeaudes. Elle en était fort complexée. Une véritable souffrance.

Je raccrochai. Radek dormait, lové sous le menton de la Lamballe, au milieu d'un amas de clichés non classés. L'humeur morose, je rêvassais sur le plan de Paris dit de Turgot. Le Manège y était bien sûr parfaitement visible, la terrasse, le couvent des Feuillants, le jardin du Château. Le téléphone sonna. Il était trois heures du matin.

Je reconnus la voix excitée de Villon.

– Grande nouvelle, mon vieux! Record battu. J'en suis à la salle 115, figurez-vous que...

– Vous avez le téléphone, maintenant?

– Je vous appelle de chez mon frère africain, Sam le sportif. Content de vous avoir, 115, vous vous rendez compte? On est en train de fêter ça. Venez prendre un verre avec nous.

– Tout de suite?

– Vous n'êtes plus noctambule? Rappliquez donc. On fera une petite partie.

C'était tellement incongru que j'acceptai. Villon habitait à moins d'un quart d'heure de marche. Il pleuvait des cordes. C'était d'ailleurs beau à voir, le canal, l'écluse, sous la pluie. J'appelai un taxi, assurai à Radek que je serais de retour dans pas longtemps. Il consentit à peine à lever une paupière, quelles que fussent leurs natures, mes dérives nocturnes ne l'intéressaient pas. Je sortis, une bouteille à peine entamée de Jack Daniel's à la main.

Dans l'escalier, au deuxième étage, je me heurtai à Mona, manquai de la faire tomber. Elle était trempée, essoufflée. Son T-shirt, son mince blouson de toile lui collaient à la peau. Quelques badges divers pendouillaient misérablement à son revers. Je n'avais aucune raison de ne pas remarquer le relief de ses pointes de seins. Le froid. Elle avait triste allure, grelottait. Pour la première fois depuis que je la connaissais, j'entendis Mona dire: « Excuse-moi. »

– Je sais vraiment pas où aller cette nuit. Je ne te demande rien qu'un coin pour dormir.

– D'abord, je fais un saut chez un copain. Viens avec moi.

– OK, dit-elle sans discuter.

Traiter Villon de copain était une manière de dire très sommaire. Le taxi attendait devant la porte. Nous nous y engouffrâmes sous la pluie battante. Le conducteur grogna à l'énoncé de l'adresse que je lui indiquai. Pourquoi pas le bout de la rue, tant qu'on y était? Je me sentis à l'aise pour allumer une gauloise malgré le macaron qui me suggérait de m'abstenir. Mona trembla de plus belle. Elle n'habitait plus chez sa sœur?

– D'abord ce film, ensuite cet accident, elle ne se sent plus pisser. Elle m'a virée.

Même qu'elle avait fait changer les serrures au cas où.

– J'en déduis que ses mains vont mieux?

Mona posa ses paumes sur les genoux de son jean, doigts bien écartés. Son moignon.

– Mieux que les miennes.

Je la sentis prête à se cabrer. Son problème n'était pas le mien. Ce Paris de pluie me convenait. Cette nuit avec Anna absente, asphalte luisant, reflets de reverbères jaunâtres. Ce conducteur de taxi aurait-il été moins con, je lui aurais demandé de zoner plus longtemps, plus loin, dans d'autres quartiers que cette pluie glacée avait des chances de rendre troublants.

Je sonnai chez Villon. C'est Sam qui ouvrit la porte, tout ravi. Il avait un verre à la main. J'aimais bien Sam, le black. La seule manière que j'avais trouvée pour le lui manifester avait été d'aller le photographier, un jour, dans une salle de boxe où il allait régulièrement s'entraîner, rue de Crimée. Des tas de photos, avec des poses frimeuses qu'il avait choisies. Certaines d'entre elles ornaient sa chambre. Il en avait envoyé à sa famille, s'en servait pour draguer auprès des filles dans les bals. J'en avais affiché une dans mon labo, la seule photo sportive. Je déteste la boxe. Villon pianotait face à son écran.

– Je vous laisse, dit Sam mi-courtois mi-gêné. Il faut que je pense à Robespierre.

– Robespierre? demanda Mona.

Sam était camerounais, mi-lourd, très fier de sa coiffure à la Grace Jones. Il embauchait dans deux heures, à la poste, en face, 64, rue de Saintonge. Une fois, je lui avais raconté que le bâtiment des PTT très moche dans lequel il gagnait sa vie avait été érigé à l'emplacement d'une maison qu'avait habitée Maximilien en arrivant à Paris. Ça lui avait plu. Depuis, il n'allait plus travailler « à la poste ». Il allait « chez Robespierre ». Une blague privée qui exaspérait quelques collègues français de souche. Paraît-il.

Villon, tout à son jeu, nous fit vaguement signe qu'il y avait une bouteille, et des verres, par là. Je mis mon Jack en attente sur un coin de table, pas très loin de toute une pile de médicaments. D'après le schéma affiché au mur et mes quelques souvenirs, il avait déjà traversé une centaine de chambres mais il ne lui restait plus tellement de vies en réserve. Max, le petit bonhomme de l'écran, était en situation périlleuse. Sur son chemin obligé, plusieurs portes à doubles battants, coulissantes, faisaient obstacle. Des couperets. J'avais déjà franchi plusieurs fois cette séquence-là. Le difficile était de ne pas se laisser impressionner, d'avancer au plus près des parois mouvantes et tueuses, de foncer au bon moment. Pas commode, pas le choix. Faisable. Villon appuya sur la touche « stop » qui gelait la partie. Il se leva, guilleret.

– 115! Qu'est-ce que vous en dites?

J'avais prévenu Mona que ce type avait été un flic. Maintenant, elle avait sous les yeux cette chambre minable, le jeu, le type en question. Elle but sans commentaire le whisky dégueulasse que Sam lui avait offert. Il ne la réchauffa pas vraiment. Elle avait toujours froid. Je lui proposai mon pull. Villon trouva mieux dans un placard. Un vieux plaid épais, très chaud. Mona l'enroula autour d'elle.

– Je m'en servais autrefois, pendant mes nuits de planque dans ma bagnole.

– Vous aviez déjà le même look? demanda Mona. J'ai du mal à vous imaginer en flicard.

Il considéra quelques instants cette fille frigorifiée, les mèches décolorées et ruisselantes qui tombaient sur les yeux rougis, le maquillage désastreux.

– Vous en revanche, je parie que vous ressemblez à ce que vous êtes.

– Je suis pas dans la note, pas assez classe? Je me casse.

– Merde, dit Villon en lui tendant une serviette-éponge. Je ne voulais froisser personne.

Il était sincère, il en était là. Depuis combien de temps une fille était-elle venue dans cette turne? En était-il jamais venu? Villon servit une tournée générale, proposa que l'on trinque. Dans la foulée, il entreprit d'expliquer à Mona les principales règles de la « citadelle ». Max, les salles piégées. A l'encontre de toute prévision raisonnable, Mona écouta attentivement, elle voulut même jouer. Villon l'installa devant l'écran, lui fit la démonstration des différentes touches de commande. La partie était très avancée, dans une phase plutôt difficile. Les portes couperets ne laissèrent à Mona aucune chance. En moins d'une minute, elle perdit toutes ses vies. Elle voulut commencer une partie à zéro. Les premières chambres étaient relativement faciles à parcourir, sans pièges bien méchants. Mona avançait avec prudence, soucieuse de comprendre la logique des dangers. En admettant que ce jeu fût aussi un test, elle révélait des qualités d'adaptation exceptionnelles. Nous la laissâmes faire. Villon lorgnait sur la bouteille de Jack. On se lasse vite de fêter les plus beaux scores avec du raide à cinquante balles.

Nous parlâmes de choses et d'autres, donc du musée, du film et des menaces qui semblaient peser sur Julie. J'évitai de trop évoquer Anna Fried. Mona ne manifesta pas la moindre réaction.

Villon était passionné.

– Cette Julie, si elle a des ennemis, elle doit les connaître. L'enquête ne paraît pas très compliquée.

– Pour le moment, personne ne mène d'enquête.

– Même pas vous?

– Surtout pas moi.

La pluie battait les carreaux. Toujours emmitouflée dans son plaid, Mona s'acharnait méthodiquement sur l'écran. Les petites histoires que je racontais à Villon ne pouvaient que lui rappeler son temps, celui où il avait une prise sur les choses. Il eut un signe silencieux vers la fille. Entre elle et moi, quoi? Je fis semblant d'ignorer la question. Il n'insista pas, se leva pour suivre la progression du petit bonhomme vert. Mona avait atteint une soixantaine de chambres. Pour un coup d'essai, c'était plus qu'un beau score.

– Les vraies difficultés vont commencer maintenant, dit Villon.

– Fermez-la!

Villon haussa les épaules, pas mécontent. Il avait fait une nouvelle adepte du jeu. Ce piège en soi. Cinq minutes plus tard, petit Max perdit son ultime vie en dérapant le long d'une corniche étroite qui bordait un précipice. Un faux pas. La chute fut impressionnante. Sur l'écran, des images se succédèrent qui en montrèrent toute la durée. Max tombait devant un mur d'énormes pierres. Le mur extérieur de la Cité. A intervalles irréguliers on avait le temps d'apercevoir des fenêtres ouvrant sur des salles non encore explorées, du moins pour moi. Le petit bonhomme finit par s'écraser dans une douve hérissée de pointes. Score : 76. *Game over.* Les épaules de Mona accusèrent le coup. L'ordinateur émit une petite musique aigrelette, un jingle annonçant que le jeu pouvait recommencer. Max réapparut dans le corridor de départ. Mona hésita. Elle était tout bonnement épuisée.

– C'est un vrai monde, ce truc-là!

– Vous avez tout compris, dit Villon guilleret. Une autre partie?

– Pas tout de suite. Faut que je récupère.

Mona accepta un verre mais refusa d'examiner le plan de la Cité établi par Villon. Elle voulait trouver les solutions sans aucune aide. C'était clair?

– Comme vous voulez. La zone où vous avez échoué commençait à être intéressante.

– Vos petits 115 points ne m'impressionnent pas tout à fait, flic.

Elle aurait pu s'en défendre si je lui avais fait remarquer, Mona ne regardait plus Villon de la même manière. Les traits brouillés, les fringues informes, elle sentait bien qu'elle n'était pas tellement plus présentable, au moins cette nuit. Je bus quelques gorgées. La petite loub et l'ex-flic, ça pouvait faire peut-être pas une histoire, un épisode. La pluie avait cessé. Je me levai, fatigué.

– Attends-moi, dit Mona collante plus que nature.

Elle enfila son blouson encore humide. Villon aussi avait effleuré l'idée que la fille pourrait rester. Sans trop y croire, bien sûr. Il n'avait plus aucune audace, hors le jeu.

– Un dernier verre? proposa-t-il.

– Gardez la bouteille.

Villon était pathétique. Il dit à bientôt. La porte se referma derrière nous. A peine étions-nous dans l'escalier que Mona me demanda à voix basse ce que ce type avait bien pu faire pour en arriver là. Le mieux était qu'elle le lui demande elle-même. A peine étions-nous arrivés au palier que nous entendîmes le jingle de l'ordinateur. Une nouvelle partie commençait.

J'étais en train de préparer un café dans la cuisine quand Mona trouva les photos. Elle émit quelques petits rires, gloussa.

– Tu aurais pu me prévenir que tu les avais tirées.

– Je ne t'ai pas vue depuis.

Je servis le petit déjeuner de Radek. Une boîte standard. Il n'aimait pas trop. Il appréciait encore moins que des créatures traînent à la maison, aux aubes. J'apportai le plateau dans le séjour. Mona avait étalé toutes les photos sur la table. Je les écartai pour faire de la place.

– Tu fais toujours ça avec les filles que tu baises?

– Quoi?

– Des photos pornos.

Pornos? On allait à grands pas vers une discussion ennuyeuse. Il y avait sur la table du café fumant, des harengs, de la crème fraîche, des œufs, quelques fromages, du chablis très frais. Ça me semblait hospitalier. Si Mona préférait du beaujolais, avait faim d'un steak, on pouvait négocier. Ce qui était non négociable, c'était le besoin d'avoir la paix chez moi, à sept heures du matin. Mona insista.

– Tu prends des photos cochonnes de toutes tes maîtresses?

« Maîtresse. » Un mot loufoque. Qu'était Mona? Pas une amante non plus, certes pas. Ni même une copine. Pas le moindre sentiment. Réflexions hors sujet. Ces photos n'avaient qu'un seul intérêt : je ne me souvenais absolument pas les avoir prises.

– Vraiment? Moi, je me souviens. Nous étions très ivres. Tu veux que je te raconte?

J'avouai :

– Les bavardages du matin m'emmerdent un peu.

Elle passa outre.

D'abord, j'avais commencé à la peloter. Comme ça lui avait plu, elle m'avait traîné dans un coin un peu isolé de l'appartement. Il ne restait plus que quelques invités attardés, pas décidés à décrocher, Stan parmi eux. On avait baisé, pas très bien, elle avait connu pire. C'est elle qui avait eu envie que je la prenne en photo. Une idée alcoolisée, elle en convenait. Sans ça, d'ailleurs, elle n'aurait jamais accepté des postures pareilles. Stan s'était introduit dans la chambre, soi-disant par erreur. On ne l'avait pas viré. Il avait appelé ses copains. Des poses avaient été conseillées. Ceux qui n'étaient pas saouls étaient jointés. Rien n'avait d'importance. Après, une fois épuisée la pellicule, on avait rebaisé. Plutôt mieux, d'après elle.

– Ça m'avait excitée de me montrer comme ça, brutalement. Et toi, ivre ou pas, tu as su jouer sans discuter. Un moment fort. Il n'y en a pas tant.

– Au réveil, tu m'as tiré dessus.

– Non. Je t'ai offert l'objet le plus précieux que j'avais sous la main.

– Un objet pour tuer.

– Non, corrigea-t-elle. Pour se tuer.

Mona grignotait son morceau de fromage avec une certaine véhémence. Entre deux lampées de café fort. Elle était indifférente à ce que je comprenais ou pas de ce qu'elle disait. Comme elle n'était pas une grande parleuse, elle avait l'impression d'en dire beaucoup.

– Pourquoi as-tu flingué la photo d'Anna Fried?

– Je l'ai fait? dit Mona sincèrement étonnée. J'ai oublié, Julie ne le reconnaîtra jamais, elle voue un culte à la vieille. Ce doit être pour ça. Ou bien, j'ai voulu emmerder Stan.

Un détail sans importance. Autre chose la tracassait. On l'avait déjà prise en photo, à poil. Elle avait même tourné dans des pornos. Pas de cette manière, toutefois. Elle étala de nouveau les images.

– Jamais avec cette méchanceté.

Elle me montra. Là, les vergetures. Là, la poitrine tombante. Là, ce pli disgracieux à la hanche. Là... Il y avait enfin cette photo où elle se dissimulait le visage de la main. Le doigt coupé. Elle me raconta qu'elle m'avait bien vu faire, assurant tous mes réglages, orientant le flash.

– Tu voyais tout. C'est ça qui m'intéresse. Qu'est-ce que tu vas faire de ces photos?

– Elles sont pour toi.

– Non. Pas celles-là. Prends le temps que tu veux, mais tu vas m'en faire des beaux tirages, comme pour une exposition.

Comme pour tes nanas de catalogues. Grand format! En attendant...

Mona choisit un portrait en buste. Paumes soutenant les seins, elle présentait sa poitrine à l'objectif. Les cernes sous les yeux, les vergetures des aréoles, les déformations du 35 mm : une photo plutôt dure. Elle se leva, alla la punaiser au mur, entre Ruth et Jessica. C'était contrariant. Mona le savait.

– ...Je veux te demander aussi, continua-t-elle. Qui a eu l'idée de m'embaucher, pour le film? Toi ou Leck?

– Adrien. A la sortie de l'hôpital.

– Au moment où j'étais amochée encore plus?

On pouvait comprendre les choses comme ça. Je conseillai à Mona un bain chaud, un autre café si elle voulait. L'essentiel était de rester courtois et qu'elle dégage au plus vite.

– Te fatigue pas, je pars tout de suite. Après tout, tu as été sympa, cette nuit. Et puis...

Elle demanda si elle pouvait quand même se refaire un peu une tête. Il n'y avait pas de problème, si ce n'est que Mona ne me paraissait pas très outillée. Je lui suggérai de monter à l'étage. Des tas de produits de maquillage traînaient toujours dans le studio. Elle y trouverait bien son bonheur.

Dès qu'elle fut partie, j'écoutai la bande de la machine. Il n'y avait qu'un message. Anna Fried m'annonçait qu'elle ne serait plus joignable, rue de la Chaussée-d'Antin. Désormais, ce serait elle qui me contacterait. Elle avait appris le regrettable incident survenu au Manège.

Le sculpteur Stevenson était un homme maigre et sec, d'une taille très au-dessus de la moyenne. A la retraite depuis quatre ans, il habitait en célibataire un appartement confortable et terriblement encombré, rue de Bretagne, à mi-chemin du marché des Enfants-Rouges et du square du Temple. Sans raison bien nette, je voulais rencontrer l'homme qui avait réalisé le mannequin d'Anna Fried. Jérôme m'avait donné son numéro de téléphone. Un peu surpris, Stevenson avait courtoisement accepté de me recevoir.

– Qui peut avoir commis ce vol? soupira-t-il tandis que la

gouvernante apportait le thé. Un amateur? Un maniaque? Il est vrai qu'au musée, la manière dont sont conservées les anciennes statues est un tantinet anarchique... tous ces chefs-d'œuvre entassés sous les combles! Quel chagrin!

Il était l'auteur de bon nombre d'entre eux.

Stevenson noua ses longs doigts osseux. Un tic un peu coquet qu'il avait. Lui aussi gérait difficilement ses problèmes de rangement. Ou de mise en scène domestique. Son appartement était envahi de meubles massifs et sombres couverts de bibelots bizarres, de bibliothèques vitrées, d'animaux empaillés, de cires, de plantes grasses proliférantes. Dans une pièce annexe, plus dégagée, était installé une sorte de petit atelier. Le sculpteur travaillait toujours. Se désintéressant du thé, il bourra une pipe. J'observai mieux. Traits accusés, profil d'oiseau de proie : Stevenson était le vivant portrait de Sherlock Holmes tel qu'on l'imagine depuis les illustrations de Sidney Paget. Rien de fortuit, tout au contraire. Calé dans son fauteuil, vêtu d'une robe de chambre gris souris, Stevenson cultivait la ressemblance avec délectation. L'odeur de son tabac était épouvantable.

– Avec la sculpture, Holmes est ma passion. Quelque chose vous tracasse?

– Si je peux me permettre, dis-je prudemment, votre robe de chambre...

– Eh bien?

– Elle est conforme aux indications données par Watson. Sauf qu'elle est parfois décrite comme étant de couleur cramoisie.

– Bien vu, jeune homme! Ce brave Watson nous assène parfois des contradictions surprenantes. Holmes n'avait qu'une seule et vieille robe de chambre, mais de quelle couleur? Dans le doute, j'avoue que je m'en suis procuré deux. J'alterne. Ainsi, vous-même seriez holmesien?

– Tout à fait amateur.

Un éclair avait traversé les yeux de Stevenson. Il m'avait accordé une entrevue par stricte politesse. Je piquais désormais sa curiosité.

– La disparition de cette statue en morceaux, dit-il, ce pourrait presque être une enquête pour notre ami. Que puis-je pour vous?

– Vous avez réalisé le mannequin d'Anna Fried...

– La statue, cher ami! Je tiens à cette distinction. Nos cires sont des œuvres d'art!

– Comment cela s'est-il passé?

Stevenson fit mine de se concentrer, de rassembler ses souvenirs.

– Comment? Anna Fried était une énorme vedette, à l'époque. Des films, les couvertures de magazines (il ébaucha un sourire)... quelques scandales également, il faut bien dire. Il était normal que le musée voulût la présenter dans la salle d'actualité. Elle a accepté, à une condition, une seule.

– Laquelle?

Anna Fried avait tenu à rencontrer préalablement le sculpteur qui serait en charge de sa statue. Elle avait reçu Stevenson dans un salon de la rue de la Chaussée-d'Antin. Un endroit très agréable.

– Meublé avec un goût qui, je dois dire, m'a séduit. Je compris très vite que cette affaire revêtait pour elle une très grande importance. Elle me dit : voilà, je vais avoir trente ans. Je veux bien figurer dans votre musée, mais je veux y être moi-même, telle que je suis, maintenant. Avant que je décline.

– Ce qui voulait dire?

Stevenson sourit encore.

– Mme Fried acceptait de se soumettre aux séances de pose tout le temps qu'il fallait. Elle voulait poser nue. Que sa statue soit un témoignage définitif. On pourrait l'habiller ensuite, comme on voudrait, elle s'en moquait. Il y aurait cette reproduction d'elle, dans la plénitude de sa beauté.

– Elle était vraiment belle?

– Belle? Bien mieux que cela. Elle rayonnait!

Peut-être le plus grand souvenir de sa carrière de sculpteur. La Fried arrivait tous les jours en début d'après-midi. Toujours extrêmement ponctuelle. Elle gagnait l'atelier où Stevenson l'attendait. Personne n'était autorisé à les déranger pendant leur travail.

– Un cérémonial s'instaura dès la première séance.

Mme Fried était extrêmement nerveuse. Elle avait demandé à ce que du champagne soit toujours à sa disposition. Nous buvions une coupe, échangions quelques propos, très peu, de la simple courtoisie. Puis elle rectifiait longuement son maquillage et allait se déshabiller derrière le paravent. La pose que nous avions choisie était un peu difficile à tenir. La tête légèrement penchée en arrière, le bras replié, la main derrière la nuque. La poitrine était très mise en valeur. Tous les quarts d'heure, nous nous arrêtions. Elle savourait son champagne. Elle n'a jamais discuté mon travail. Juste une fois.

– A quel propos?

– Au début, je n'avais pas complètement compris cette volonté qu'elle avait d'être sculptée avec la plus extrême précision. Un corps peut être le plus admirable du monde, il y a toujours une petite ride, un grain de peau, un défaut quelconque. Les artistes ont tendance à effacer ces choses-là. L'art idéalise nécessairement. Mme Fried ne voulait pas. Elle exigeait la fidélité jusque dans les moindres détails. Ceux aussi qui la desservaient.

– Vous pensez l'avoir obtenue?

– En mon âme et conscience, oui, dit Stevenson après réflexion. J'ai fait l'œuvre qu'elle me demandait. La moindre vergeture, le moindre point de cellulite, de cal. J'ai même réalisé moi-même... (il toussota, pure clause de style) l'implantation des poils, sur le pubis. Oui, j'ai fait ça. Elle le voulait. Jamais sculpture en cire n'a été plus fidèle.

Ces anecdotes m'agaçaient. Je pensai fugitivement aux séances de portraits que j'aurais pu réaliser avec Anna Fried. Une jalousie en porte à faux de vingt-cinq ans! Au bas mot.

Bien sûr, presque personne n'avait jamais vu totalement la statue réalisée. Elle avait été exposée très pudiquement, aux côtés de Martine Carol, Ludmilla Tchérina, Jean Gabin, Bourvil. Le public l'aimait. Stevenson avait désapprouvé le retrait d'Anna Fried, même si elle était l'une des personnalités à avoir « tenu » le plus longtemps dans la salle d'actualité.

– Un endroit extrêmement cruel! Il se trouve que je suis parti en retraite peu de temps après.

Stevenson avait préféré ne pas revenir au musée. Trop de

souvenirs. Mais il gardait le contact avec certains collègues. Un jour, Jérôme lui avait appris qu'Anna Fried avait été démembrée. Le manque de place, toujours. Son visage aigu était tendu d'amertume.

– Qui peut l'avoir volée, selon vous? Moi, j'aurais peut-être dû le faire. Somme toute, c'est mon chef-d'œuvre.

Il me parut courtois de délaisser ce sujet. Je voyais mal le vieux M.Stevenson s'introduire nuitamment dans les remises et s'enfuir par les toits.

– Vous sculptez encore? dis-je en montrant le petit atelier contigu au salon.

– Je cherche à ne pas perdre la main, malgré l'arthrite qui gagne. Voulez-vous voir sur quoi je travaille?

C'était une pièce claire, paisible, qui contrastait avec toutes les surcharges, les accumulations envahissantes du reste de l'appartement. Sur leurs socles, les sculptures en cours étaient voilées de gazes humides. Linceuls apaisants. Stevenson souleva l'un d'eux. Comme prévisible, c'était Sherlock Holmes. Ou un buste autoportrait de l'artiste avec casquette à double visière et pipe recourbée.

– Je reconnais qu'il ne s'agit que d'une petite plaisanterie privée. Je n'en suis pas mécontent. Et, puisque vous êtes un fidèle de notre ami détective, j'aimerais avoir votre sentiment sur un problème qui me tracasse depuis longtemps. Que vous évoque cette statue?

– Le buste de Holmes, en cire, qu'il gardait dans le salon du 221 *bis*.

– Mais encore?

– C'est ce buste qui est utilisé pour tromper le colonel Moran, dans *La Maison vide*, qui marque la résurrection de Sherlock Holmes.

– Tout à fait d'accord, c'est évident. Est-il question de ce buste en d'autres occasions?

– Ailleurs?

Cet interrogatoire inattendu m'amusait sans réserve. De même, j'appréciais le Mac-farlane suspendu, l'abondant râtelier de pipes, le vieux plan de Londres affiché au mur, le violon négligemment posé sur le fauteuil. Il était question d'un buste en cire dans *La Pierre de Mazarin*. Si mes souvenirs étaient bons. Je n'avais pas refeuilleté le « canon » holmesien depuis plusieurs mois. On ne peut pas avoir toutes les manies, du moins pas en même temps. Stevenson se frottait les mains.

– Bravo! Cependant, rien ne vous a-t-il frappé? C'est pourtant très étonnant. Dans *La Maison vide*, Holmes réapparaît. Chacun le croit mort, disparu avec le Pr Moriarty, dans les chutes de Reichenbach. Il trompe ses adversaires avec un simulacre de lui-même, réalisé, dit-il, par un sculpteur grenoblois, Oscar Meunier. Soit. Seulement voilà (Stevenson marchait de long en large), dans *La Pierre de Mazarin*, il est toujours question d'un buste en cire, mais cette fois réalisé par Tavernier,« un modéliste français », sans plus de précision. Si ce n'est ce commentaire : « Même Mme Tussaud n'en a pas autant. » Il devait donc être remarquablement soigné. Avouez que c'est perturbant! Je serais curieux de savoir ce que vous en pensez?

Rien. Je n'en savais rien. J'avais tort. J'avais pris mon parti de ne pas savoir exactement où Watson avait été blessé lors de sa campagne d'Afghanistan (à la cuisse, au genou?). Ni le nombre et le nom des épouses du bon docteur. Malgré bien des efforts, j'étais encore incertain quant aux dimensions et à la disposition de l'appartement du 221 *bis*. Sans parler de la couleur de la robe de chambre du génial détective. La tête de cire? Le problème soulevé par Stevenson m'avait échappé. Il en était ravi.

– Je viens de rédiger sur cette question une monographie, d'ores et déjà envoyée au club des Irréguliers de Baker Street. Vous connaissez cette association, n'est-ce pas? A mon sens, ma contribution est définitive.

– Bien sûr.

Ma capacité à croiser des obsessionnels et des collectionneurs fous m'a toujours stupéfié. Vraisemblablement parce que je fais partie de la famille. Puisque nous commencions à nous apprécier, je demandai à Stevenson de m'en dire un peu plus sur les autres cires qui étaient exposées chez lui çà et là. Elles ne venaient pas du musée, n'étaient pas toutes des œuvres personnelles.

– Voyez donc ceci.

Il m'entraîna vers le salon. Une grande bibliothèque vitrée occupait l'espace entre les deux fenêtres qui donnaient sur la rue. Stevenson ouvrit l'un des battants. Entre les belles théories de livres reliés se trouvait une tête, grandeur nature. D'un réalisme un peu rude. Un homme, les yeux très lourdement clos, la bouche déformée par un vilain rictus. Cou tranché.

– Le moulage d'une victime de la Terreur, commenta Stevenson. Un anonyme hélas. Je suis absolument certain qu'il est authentique, réalisé quelques instants après l'exécution. Savez-vous par qui?

– Quelqu'un du Cabinet Curtius, j'imagine. Marie Grosholtz?

– Jeune homme, je suis de plus en plus ravi de faire votre connaissance, dit Stevenson intrigué. Parfait. Vous devinez donc qui m'a offert cette tête?

– Anna Fried? risquai-je.

– Elle-même! Elle était tellement contente de sa statue qu'elle a voulu me faire un cadeau. Une rareté qu'elle avait dénichée dieu sait où. Une pièce remarquable!

– Vous êtes certain de son origine?

– Monsieur, dit Stevenson, je vous renvoie à ma monographie sur les céroplastes. Je crois qu'elle fait autorité.

Je décidai de prendre congé, Stevenson me raccompagna poliment. Il ne comprenait toujours pas pourquoi j'avais tenu à le rencontrer. Moi non plus. Je venais de recueillir quantité d'informations. A quoi pourraient-elles bien servir?

– Avez-vous revu Anna Fried?

– Après cet épisode? Jamais. J'ai cru comprendre qu'elle avait traversé quelques épreuves pénibles.

Sur le seuil, il me dit :

– Quand Marie Grosholtz-Tussaud est arrivée à Londres, en 1802, avec toutes les figures de son Cabinet de cire, savez-vous dans quelle rue elle s'est installée?

– Baker Street.

– Bravo.

– Mais Sherlock Holmes n'était pas encore installé dans le coin.

– Quand même, s'enthousiasma Stevenson, quelle belle coïncidence! Les choses ne se télescopent pas que dans l'espace.

Aussi dans le temps. Dites-moi, mon cher, quel type d'enquête menez-vous, exactement?

Mon propos n'était pas de mener une enquête. Il me suffisait bien de collectionner les indices. Du diable si ma méthode avait une quelconque efficacité!

J'étais déjà sur le palier. Une prenante odeur de chou bouilli embaumait l'escalier. Stevenson me dit d'attendre un peu. Il avait quelque chose à me donner. Puisqu'après tout, je lui étais sympathique. Il s'agissait de sa monographie. Un petit opuscule édité à compte d'auteur. *Cires et Avatars.* Dédié à la mémoire d'Oscar Meunier et aux Irréguliers de Baker Street.

Assis sur un banc, entre le kiosque à musique et le bassin, Stan distribuait des miettes de son Mac Donald à des canards pas regardants. Je .'avais repéré dès l'entrée dans le square du Temple, ça ne l'empêcha pas de me faire de grands signes pour attirer mon attention. Ses doigts étaient tachés de ketchup.

– A part nourrir les volatiles, que fais-tu là?

– Ici s'érigeait la sinistre tour où l'on vint présenter à la reine la tête ensanglantée de sa favorite. Je viens me mettre dans l'ambiance.

C'était un square paisible, avec des mômes sales, des mères dévouées, des étudiants de l'école voisine des Arts appliqués, en mal de flirt. L'automne ne parvenait pas à s'installer. La tour se dressait un peu plus loin, rue Eugène-Spuller, devant la mairie du troisième arrondissement. Il n'en restait plus la moindre trace. Quelle ambiance y avait-il à retrouver? Je dis à Stan que je n'étais nullement surpris de le rencontrer en sortant de chez Stevenson. Le connaissait-il? Oui, sa mère lui en avait parlé. Un grand artiste, Stan savait qu'il habitait dans le quartier. Pourquoi n'étais-je pas surpris de le voir? Je pris sa canne, dégageai la lame. Pour dessiner sur le sable, c'était infiniment plus commode.

– Oh, la, la! dit Stan préventivement. Je sens que ça va être compliqué. Une bière d'abord?

– D'accord.

Il sortit une cannette de sa poche. La mousse était tiède. Tout comme il l'aimait. Le dessin que je fis dans le sable était simple. Le plan de la salle de la Révolution, au musée. Neuf tableaux. Dont plusieurs évoquaient le Temple. Quelques mystères autour de ça.

– Comprends pas.

C'était pourtant logique. Tout partait du musée, de cette salle, la matrice: d'abord, la disparition de la tête. Totalement inexplicable, un peu poétique. Elle se baladait dans Paris, c'est son destin. Quelle logique ensuite?

– Il doit absolument y avoir une logique? s'enquit Stan.

– J'en imagine une.

– C'est imparable. Je te suis.

La succession des différents tableaux donnait un ordre des choses. D'abord, Mirabeau. Comme par hasard, Anna Fried gérait un établissement du même nom rue de la Chaussée-d'Antin, où le grand homme avait eu ses habitudes. Ensuite venaient Danton, Camille et Maximilien. Adrien Leck logeait chez Danton. Ou presque. A mon avis, cette case n'était pas encore épuisée, elle était trop riche. Sur le plan tracé dans le sable: le Temple, Joachim Solo et Stevenson habitaient dans le coin. Et Stan y zonait.

– C'est convaincant?

– Ça pourrait l'être, dis-je.

– Je marche, dit Stan coopératif. Si je comprends bien, après, il y aura la Conciergerie, le Temple encore, l'Hôtel de Ville, le Palais de justice, l'appartement de Marat? Oui? J'adore cette hypothèse. Quelles sont les autres pistes? A propos de maman, par exemple?

Les morceaux de statue? Plusieurs coupables possibles. Un amoureux anonyme. Anna elle-même. Ou Stevenson. Ou Stan.

– Ou toi, objecta-t-il.

– Moi, dis-je, c'est plutôt la Lamballe qui m'intéresserait. A défaut de la dame à la jarretelle. Mais je reconnais que maintenant, cette statue me passionne bigrement.

– Je te l'accorde au bénéfice du doute. La suite? Qui s'acharne contre Julie?

– Anna Fried est en première ligne des suspects. Ou toi, encore.

– Bien sûr, approuva Stan. Maman ne supporte pas qu'une petite jeune fille prenne sa place. Elle veut lui faire la peau. Comme je l'adore, je peux également me charger du boulot. Tu me vois dans le rôle?

Dans le domaine du vraisemblable, Stan était largement assez cinglé. Je lui demandai s'il lui restait un peu de bière. C'était niet, panne sèche. Ma flasque de bourbon offrait encore quelques ressources. Nous la partageâmes. Le raide aussi était tiède.

– Où est ta mère, en ce moment?

– Partie. Va savoir où. Elle est coutumière de ce genre de fugue. C'est moi qui m'occupe du Mirabeau en attendant. Que comptes-tu faire de toutes ces hypothèses?

– Attendre et voir.

– Tu feras ça très bien, dit-il en se renversant sur son banc.

Un temps très doux.

Je rendis sa lame à Stan, il la rangea soigneusement dans son fourreau. Mes hypothèses lui convenaient bien. Ça lui plaisait d'être le suspect numéro un, avec maman. Pourtant, il était insatisfait.

– Une tracasserie en passant, rien de plus. A propos des disparitions, au musée. La princesse, ma mère. Les vols ont-ils été simultanés? Et sinon, lequel a précédé l'autre? A ton avis?

Je ne répondis pas. C'était en deuxième lieu qu'on avait découvert la disparition d'Anna Fried. Mais elle pouvait parfaitement être passée inaperçue pendant plusieurs jours. Pourquoi cette question?

– Pour te donner la réplique, citoyen. Ta manière de voir est séduisante. Je vais y réfléchir. Et puis...

Stan avoua ne pas y avoir pensé avant, mais puisque les choses tournaient ainsi, il avait un cadeau à me faire, qu'il destinait primitivement à Adrien Leck. Il sortit de la poche intérieure de sa veste lustrée une enveloppe kraft. Il me la tendit puis s'éloigna, s'appliquant à faire des moulinets spectaculaires avec sa canne. J'ouvris l'enveloppe. Elle contenait un fascicule très jauni. Je lus: « Grand Détail de l'exécution de tous les conspirateurs et brigands de l'abbaye Saint-Germain, de la Conciergerie, du Châtelet, de l'hôtel de la Force, de Bicêtre et autres lieux. Mort du ci-devant ministre Montmorin, de la ci-devant princesse de Lamballe, de la bouquetierre [*sic*] du Palais-Royal, avec explication de leurs jugements qu'ils ont subis et de leur supplice », etc. La suite relatait les massacres de septembre. Pas un fac-similé, la feuille authentique, jaunie, fragile. Au bas de la dernière page, la signature, la griffe plutôt : Hébert.

Stan avait sans nul doute le sens des petits présents pas ordinaires qui font plaisir.

Dans les jours qui suivirent, je fréquentai assidûment les bibliothèques.

Minuit passa. Au calendrier, c'était le 16 octobre. Mon almanach personnel indiquait qu'on pouvait célébrer, ce jour, le 193e anniversaire de l'exécution de Marie-Antoinette, veuve Capet. Une coïncidence. Dans quelques heures, aux Tuileries, Adrien donnerait le premier tour de manivelle de *La Princesse*. Pour lui, pour toute l'équipe, ce serait un matin de 10 Août. La nuit était encore douce. Je décidai d'aller y voir de plus près.

D'abord, le quartier Bonne-Nouvelle. Je pris par la rue Saint-Denis, roulai lentement. Une fille attardée me proposa ses services, sans conviction. Je déclinai l'offre mais nous fîmes un bout de chemin de conserve en grillant une cigarette. Elle était jolie.

– Tu cherches quoi exactement?

Je lui parlai un peu d'Hébert et de l'insurrection. A l'angle de la rue de Tracy, j'indiquai la maison natale de Michelet. La fille me regarda drôlement. Elle avait tapiné là, des mois durant, sans même lever le nez sur le portrait de l'historien, sculpté au fronton.

– Faut dire que les visites guidées, en général, c'est pas le truc des michetons.

Les galeries du passage du Caire occupaient l'emplacement de l'ancien couvent des Filles-Dieu, prostituées plus ou moins repenties. C'est là que se réunissait l'assemblée de la section de

Jacques-René. Elle siégeait, la nuit du 9 au 10 août 92. Déclarant forfait, la petite pute me fit une bise et partit vers Réaumur.

Comme bien d'autres dans Paris au même moment, l'assemblée de Bonne-Nouvelle reprend le mot d'ordre d'« insurrection armée » lancé par les faubourgs. Chacune des quarante-huit sections envoie deux ou trois mandataires à la Maison commune, pour renouveler la municipalité et « ordonner tout ce qu'ils jugeront nécessaire au salut de la patrie », pas moins. Hébert est nommé commissaire, ainsi qu'un nommé Boulay, fabricant de rubans. Il se rend place de Grève. Comment? A pied sûrement. Adrien a prévu de filmer tout ça, plus tard. Le plan de tournage ne peut respecter la chronologie.

Quel itinéraire? La rue Saint-Denis, forcément. En vue de la tour Saint-Jacques, le quartier a été bouleversé, est devenu fantôme. Lui, il a dû s'engager à gauche, dans la rue de la Heaumerie, faire le crochet par la rue des Écrivains et suivre l'arc des rues Jean-Pain-Mollet, Jean-de-l'Épine, jusqu'à la place, la Grève.

Elle était vide. Seuls quelques fourgons de police veillaient, à cause des attentats récents. Qu'importe : Hébert et les autres, Billaud-Varenne, Simon, etc., se regroupent devant l'arcade Saint-Jean. Longtemps, ils sont moins de cent, dont très peu de tribuns connus. Je repris mon vélo, pédalai vers le faubourg Saint-Antoine, d'où partiraient les colonnes sans-culottes menées par le brasseur Santerre. Dans quelques heures, il serait commandant de la Garde nationale, à la place du marquis de Mandat, encore tout affairé à la défense du Château, aux Tuileries. Il n'était pas difficile d'entendre partout le tocsin, le roulement des tambours battant la générale.

« Montrer Danton qui dort », précisait le scénario. Chez lui, passage du Commerce-Saint-André. Adrien avait également prévu de montrer Camille s'agitant avec un fusil sous les yeux effrayés de Lucile, faisant le faraud, mais se gardant bien de s'avancer vers les quartiers chauds.

Le quartier de la Bastille était calme, il le serait quelque temps encore. Santerre ne parvient pas à mobiliser ses troupes, il est trop tôt. Mais tout va vite, s'enclenche. Aux Tuileries,

Mandat a organisé son dispositif. Il n'a agi que sur l'ordre du maire, Pétion. Douze cents Suisses, quelques centaines de partisans dévoués au roi, des détachements composites de la Garde parisienne. Le Conseil général de la Commune le requiert, à l'aube, pour qu'il rende compte. Mandat hésite, flaire le piège, se rend finalement à la Maison commune. La nouvelle municipalité insurrectionnelle est en séance. Mandat est accusé. On l'accuse de trahison. A l'Abbaye! A peine franchi le seuil de l'Hôtel de Ville, il est exécuté. Il n'est pas cinq heures.

Après tout, j'avais mes habitudes de longue date, place de la Bastille. A cette heure, bistrots et kiosques étaient encore fermés. Je posai la Raleigh, m'installai au pied de la colonne de Juillet. J'avais dans ma poche quelques photocopies. Elles pouvaient suppléer à la lecture du journal du matin.

« Oui, si vous êtes fidèles à vos serments vous prononcerez la déchéance d'un roi parjure. Sauvez la patrie puisque vous avez déclaré qu'elle était en danger, sinon nous la sauverons nous-même, foutre. »

Telle était la conclusion du dernier numéro du *Père Duchesne*, avant le 10 Août. La livraison suivante, numéro 163, titrait sur une « Grande joie ». « Au sujet du siège de la ménagerie royale et de la prise du château de Coblentz par les braves sans-culottes et fédérés. » On y était, c'était imminent.

Comment Adrien allait-il s'y prendre pour montrer tout cela? Pour lui aussi, l'heure était dépassée des derniers préparatifs. Plus question de vérifier qui allait le suivre ou pas. Il devait se jeter à l'eau. Dire : « Action! », comme d'autres disent : « A l'assaut ! » Déjà, la circulation dans la rue se faisait plus dense. Je relus les pages du scénario.

A l'annonce de la mort de Mandat, la famille royale, son entourage s'inquiètent. D'une fenêtre, la Lamballe surveille les abords de la place du Carrousel, l'agencement des troupes. Louis dort. On le réveille.

Adrien n'entendait pas faire l'impasse sur ce célèbre détail historique : la perruque de guingois du monarque! Toute dépoudrée d'un côté! Le bougre est hagard, il titube. On le presse, la reine surtout, de passer ses troupes en revue pour leur redonner le moral. Il s'exécute.

C'était maintenant, vers six heures. Enfin le faubourg est en marche.

Capet avance dans la cour du Château. Les premiers bataillons, les Suisses, les « chevaliers du poignard » camouflés sous l'habit rouge, quelques gardes, crient : « Vive le roi ! » L'aube pointe. Puis, c'est : « Vive la Nation ! » Très haut, très fort. Quelques troupes se débandent.

– Moi aussi, j'aime la Nation, dit Capet.

– A bas le Véto ! A bas le traître !

Le roi va jusqu'au bout, suit le parcours de la ronde ; la terrasse du bord de l'eau, le pont-tournant donnant sur la place Louis XV, pas encore « de la Révolution », moins encore « de la Concorde ». Il longe même la terrasse des Feuillants, la « terre de la Liberté », comme on l'appelle parfois, déjà. On l'insulte. Un témoin note : « Il est pâle, comme s'il avait cessé d'exister. » Le roi regagne le Château.

La suite ? Hébert en scandait les principales étapes dans un « Grand et Véritable Détail ». J'avais même suggéré à Adrien et Joachim d'adopter ce découpage d'époque. « Insurrection générale du peuple – Siège du Château – Infâme trahison des Suisses – Vengeance du peuple – Fuite de Louis XVI et sa famille dans le sein de l'Assemblée nationale – Prise du Château – Massacre des Suisses – Respect du peuple pour l'Assemblée – Destruction et brisement de tout ce qui appartenait à ce roi sanguinaire – Incendie des cours des Tuileries – Courage intrépide des Marseillais. » La journée serait rude. Il faudrait plus d'une semaine de tournage pour en venir à bout.

L'insurrection ? Il n'est pas d'usage de commencer une émeute en pleine nuit. Dans les faubourgs, le « tocsin ne rend pas ». La mobilisation est lente. Mais devant le Château, place du Carrousel, les fédérés marseillais sont déjà massés. Une avant-garde compacte, très isolée.

Sept heures trente. Au Château, auprès de cette cour réduite à peau de chagrin, c'est l'indécision, mêlée d'angoisse. Le procureur-syndic Roederer est sur place. Politiquement il est lié à Pétion, maire de Paris, qui vient de perdre ses pouvoirs. C'est un retors, il louvoie au plus près.

Intérieur jour. Appartement du roi.

L'entourage caquette, les dames de la reine, les ministres, les chevaliers.

Roederer :

– Votre Majesté n'a pas cinq minutes à perdre. Il n'y a de sûreté pour elle que dans l'Assemblée nationale.

Marie-Antoinette :

– Mais, monsieur, nous avons des forces.

Roederer :

– Madame, tout Paris marche.

Capet (las, résigné) :

– Marchons.

Je me levai. Sans doute était-il temps de se rendre sur les lieux. Je repassai devant la Force.

J'arrivai aux Tuileries, le soleil se levait. Une dizaine de camions de régie étaient garés, rue de Rivoli. Un car de flics, aussi. Toute l'équipe était déjà à pied d'œuvre, une cinquantaine de personnes, aux abords du pavillon de Marsan. Un petit bloc activiste dans un coin de Paris. A l'écart, les figurants : émeutiers et Suisses, gardes nationaux et badauds. Toute une foule bigarrée qui attendait les ordres. Adrien avait de la chance, comme au matin du 10 Août, le ciel était rouge. Presque.

J'allais saluer Adrien. Il était en discussion avec la script. Malgré tous ses efforts, la jeune femme parvenait mal à dissimuler une certaine panique. Elle avait beau opiner à tout ce que disait son patron, elle ne semblait pas le moins du monde persuadée qu'on ne courait pas à la catastrophe. Un groupe de machinos disposait les rails d'un long travelling, des éclairagistes réglaient un dispositif compliqué de projecteurs. Un chantier précis. Adrien me tendit la feuille de service.

Deux grandes scènes au menu. Du Château au Manège, la traversée du jardin. Puis l'entrée de la famille royale, à l'Assemblée.

– Tu ressens quoi?

– L'heure est venue d'entrer dans l'Histoire, voilà tout.

Il rejoignit son chef opérateur. Je fis quelques photos souvenirs, machinalement. J'aperçus Julie. Elle sortait du maquillage, très pâle, les yeux cernés par une nuit blanche inquiète.

Sa belle robe de cour était légèrement froissée. Elle me demanda une cigarette. Une épaisse couche de fond de teint couvrait ses mains encore mal cicatrisées.

– Pas trop le trac?

– Ce n'est pas du tout mon genre de beauté, rétorqua-t-elle. Tu comptes accompagner le tournage?

– Faire des petites visites de temps à autre, rien de plus.

– Des nouvelles de la Fried?

– Rien qui puisse t'intéresser.

– Pourquoi joues-tu contre moi? Tu fricotes avec la vieille, tu imposes Mona... Qu'est-ce que tu cherches?

Je suggérai à Julie d'aller se concentrer. Tradition oblige, son nom marquait le dossier d'une chaise de toile. Moi, je ne cherchais rien, rien du tout. Je laissais les choses venir et depuis quelques semaines, je n'avais pas à m'en plaindre.

Le jardin était fermé au public. Je fis quelques pas vers la terrasse du bord de l'eau. Le temps était clair. En traficotant quelque peu sa lumière, Adrien donnerait sans mal l'illusion d'une chaude matinée d'été. L'affaire de quelques filtres. Ce n'était certes pas la préoccupation principale, mais il faudrait sérieusement ruser au cadrage pour éviter les anachronismes. J'avais l'un d'entre eux à quelques mètres devant moi, rien de très remarquable ou choquant : une sorte de demi-cercle de pierre sans usage bien défini, au bout d'une pelouse. Le dernier et seul vestige tangible des aménagements imposés au jardin pour la cérémonie de célébration de l'Être suprême!

Des consignes fusèrent. Chacun était prié de se mettre en place.

Le texte du scénario l'appelait en général Capet, il était encore le roi, la clé de voûte de la Constitution si péniblement mise au point. Le roi Louis s'avança. Adrien l'examina.

Grand et gras, pataud, un peu colosse, un peu tas mou. Le nez était incontestablement bourbon. Le comédien choisi n'avait aucun palmarès. Un anonyme vêtu d'un habit pourpre. La couleur du deuil des rois. Adrien lui mit la main sur l'épaule.

– Nous sommes bien d'accord. Je me fous pour le moment de ta ressemblance avec le Véto. Tu es filmé du point de vue de ta suite, de dos. Tu es une silhouette accablée, une masse sous influence.

– Mais plus tard?

– Au Manège? Peut-être quelques gros plans, ne t'inquiète pas. Va.

L'ordonnancement fut laborieux. D'abord, Adrien expliqua ce qu'il voulait. Un long plan séquence, de la sortie du Château jusqu'à l'entrée à l'Assemblée, près de trois cents mètres de travelling, une seule prise. Pas de plans de coupe. La marche en temps réel. Quelques toises pour l'effondrement d'un monde.

Les assistants répercutèrent les ordres, donnant les dernières indications aux acteurs, plaçant les figurants. La disposition de chaque groupe, les mouvements, avaient été étudiés au centimètre près. Sans y être hostile par principe, Adrien voulait éviter l'intrusion à l'image de quelques incongruités par trop modernes. Les embouteillages de la rue de Rivoli.

On s'exécuta docilement. Certains se figèrent même, comme pour une photo de famille.

Précédé par le long et noir Roederer, le roi. Puis Marie-Antoinette, près d'elle, Charles, le Dauphin. Ensuite Élisabeth et Madame Royale, puis la Lamballe, Mme de Tourzel, gouvernante des enfants de France (sa fille est restée au Château!), les ministres, quelques fidèles. Autour, pas moins de deux cents Suisses en uniforme rouge, trois cents grenadiers de la garde nationale. Une haie au carré.

Debout à côté de la caméra, Adrien, observait maintenant le ciel, puis tout son monde, longuement. Il avait un verre en main, qu'il leva comme pour un toast.

– Moteur!

D'où j'étais, je ne compris rien à ce qu'annonça le clapman. A part lui qui s'esquiva, chacun était immobile, souffle en attente. « Action! »

Ils sortaient du Château, les yeux éblouis par le soleil blanc, visages défaits. Louis avança comme un somnambule. Élisabeth eut l'air de prier. Roederer était inquiet. D'un geste, il demanda à la garde de hâter le pas. Pas loin, à droite, sur la terrasse des Feuillants, la foule massée, de loin en loin hérissée de piques. Des gesticulations, des cris, des insultes. Louis releva la tête, incrédule. Sa perruque était toujours de travers. Dessus, il avait posé le chapeau d'un garde. Il n'était pas ridicule. Il n'était plus complètement roi. Le Dauphin gambadait. « Nous ne retournerons plus au Château », dit la Lamballe à un chevalier tout proche. Il s'agissait de La Rochefoucauld, qui opina, la main sur l'épée. Derrière, au Carrousel, le combat insurrectionnel commençait.

Je suivais. Mon *Père Duchesne* bien en tête.

« Pendant le combat Gilles Capet joue des jambes et s'en va comme lustucru se réfugier avec toute sa race au sein de l'Assemblée nationale. Que viens-tu faire au milieu des représentants de la nation, homme faux et sanguinaire? Tu leur tends tes mains sanglantes en leur demandant un asile et la vie. »

Je savais déjà tout par cœur, même l'orthographe fautive, mais on n'en était pas encore là. Le mioche Charles, le Dauphin, se faufila entre les gardes, prit de l'avance. Ce qui l'amusait, c'était les feuilles. Les amas de feuilles mortes au pied des arbres. Rien de très habituel, au mitan du mois d'août. Il joua avec, les brassa, shoota dedans au mépris du travail des jardiniers.

Capet y alla de son mot historique :

– Voilà bien des feuilles. Elles tombent de bonne heure, cette année.

Ils continuèrent.

Sur la Terrasse, j'aperçus Mona. Robe rose vif et bonnet à cocarde, elle était très vivante au milieu d'un groupe de poissardes. Elle tendait le poing, hurlait contre le gros cochon. C'était aussi une figure de carnaval, celui de toutes les nuits au Palais-Royal (encore quelques jours et ce serait la Maison-Égalité), fardée-plâtrée, blanche et rouge, pute parmi d'autres, citoyenne sincère et véhémente.

La marche était cahotique, la reine pleurait. Marie-Thérèse, la Lamballe, cherchait à rester digne. Cette dignité était sans objet. Personne ne faisait attention à elle. La foule, de plus en plus dense, sous les lazzis et les insultes (n'était-elle pas la putain de la reine?), elle avançait. Le temps d'un instant, elle regarda ses mains. Les ombres étaient longues, sur le sol. Le Manège n'était plus loin. Soudain, tout se resserra.

Les treize marches.

Elles sont vraiment treize, qu'est-ce qu'on y peut?

Venues de la Terrasse, les piques s'abaissèrent, menaçantes. Des parures furent agrippées, des coups donnés. La garde fit bloc, effroi total. Ce n'était pas tant une question de nombre. La foule hostile ne faisait pas le poids si l'on décidait le combat. Cinq cents hommes en armes contre des pouilleux équipés de pointes, de mauvais couteaux. De la haine dans les regards? Du mépris, plutôt. Accablant.

Disons : souverain.

C'est par mépris que le peuple laissa Louis entrer dans la salle de l'Assemblée. Il laissa seules, un long moment, sa famille et sa suite. Un manifestant prit le Dauphin sous sa protection. Il le cala sur ses épaules. Plus tard, au Temple, le cordonnier Simon ne manifestera pas moins d'humanité bourrue.

Sur les mêmes marches où le tumulte était désormais extrême. On se bousculait. La reine roulait des yeux effrayés. Marie-Thérèse manquait défaillir, comme d'habitude. La caméra les abandonna, pivota vers Louis. Il s'adressait à une silhouette difficilement distincte. Au milieu de la foule hurlante, des questions : « Qu'est-ce qu'il dit? »

– Qu'il est venu pour éviter un grand crime! claironna Mona. Le Gros Colas ne nous veut que du bien!

A bas le Véto! Vive la Nation! Que dit-il encore?

– Qu'il n'y a pas plus de sûreté pour lui qu'au milieu de l'Assemblée!

Les rires l'emportèrent sur les invectives, toujours sur les épaules de son patriote, le Dauphin se mit à applaudir. La reine et ses femmes, la Lamballe, montèrent à leur tour les marches. Au Château, au même moment, une première salve fauchait les Marseillais.

– Cut! cria Adrien.

Je sursautai. A vrai dire, je n'avais pas fait attention à Adrien depuis le départ du Château. Il inspira profondément. A croire qu'il avait retenu son souffle tout au long de la marche. C'était peut-être ce qu'il avait fait. La troupe se débanda.

– Alors?

– Pas mal, dit le chef opérateur.

– On en refait une dans dix minutes, dit Adrien.

Il se dispersa aussitôt auprès des uns et des autres. Un geste à rectifier, une démarche pas tout à fait convenable, des simagrées inutiles, il y avait quand même beaucoup à corriger. Ils repartirent vers le Château. Un accessoiriste remit en place le petit tas de feuilles mortes.

La lamentable déroute fut reproduite quatre fois. Le soleil interdisait de faire plus. Adrien se moquait des infidélités historiques du décor. Il ne voulait pas que les ombres des personnages soient trop courtes. Le 10, le roi avait perdu de très bon matin.

– Tu trouves ça comment?

– Répétitif.

Mona pouffa.

– Vrai que c'est un peu chiant, convint-elle. Me faire filmer en train de traiter ma frangine de pétasse, la Lamballe, c'est le bonheur. Au bout de quatre prises, j'ai quand même fait le tour de la question.

– Le plus dur reste à faire.

– Mais pour aujourd'hui, c'est terminé pour moi.

– Je t'invite à déjeuner?

– Désolée, dit-elle joyeusement, je préfère aller me faire sauter par mon nouvel amoureux.

Juste choix. Quel que fût le bénéficiaire. Mona s'éloigna, guillerette. Après la pause-bouffe, le tournage reprendrait, dans la salle du Manège. On commençait à installer le matériel. Derrière les grilles du jardin, rue de Rivoli, des curieux étaient agglutinés, tentant d'apercevoir des artistes connus. Le temps d'un mouvement de caméra, certains avaient peut-être fait office de figurants involontaires. Roederer avait évidemment menti en affirmant que tout Paris marchait. Le 10 Août? Une insurrection, certainement, mais avec tout au plus quelques milliers d'acteurs dans une déjà grande ville, les fous de toujours. A quelques pas du Château, on pouvait ignorer la bataille. On pouvait aussi venir l'observer en spectateurs, compter les points, prendre le vent.

Anna Fried scrutait chaque visage, chaque mouvement sur le plateau.

Depuis combien de temps était-elle là?

Elle me sourit. Il était illusoire d'espérer la rejoindre. La grille contraignait à un très long détour. J'avais la certitude qu'elle préférerait s'esquiver avant que je l'atteigne. Le mégaphone d'un régisseur traînait là. Je ne m'étais pas servi d'un truc pareil depuis bien vingt ans, je l'empruntai. Il ne portait pas très loin, assez pour l'usage que je voulais en faire.

– Grand hommage à Anna Fried, en ce premier jour de tournage.

On en était encore à me regarder avec stupéfaction qu'Anna avait disparu depuis longtemps.

Je revins au jardin, c'est-à-dire au Manège, après une longue déambulation, rue Saint-Honoré. Plus de Feuillants, plus de Jacobins, mais une belle rue.

L'Assemblée était plus qu'houleuse. Sous la pression des événements, son du canon et crépitements de la mitraille, les députés avaient bien fini par se résoudre à abandonner l'ordre du jour des débats portant sur « l'abolition graduelle de la traite des nègres ». Émissaires de la Commune insurrectionnelle et pétitionnaires des sections se succédaient à la barre pour exiger la déchéance royale. Hébert, parmi eux? Pas le moins du monde. Où est-il? A la Maison commune? Déjà près de ses fourneaux, le Père Duchesne, en train de rédiger une Grande Joie ou un Grand Conseil? Plus vraisemblablement dans la rue, drainant les rumeurs, le dernier bon mot. « A quelque prix que ce soit ne consentez pas que Louis le faux remonte sur le trône, chassez une bougre de race qui vous a plus fait de mal que la famine, la guerre et la peste. »

Louis était là, dans le réduit du logotachygraphe, avec toute la « ménagerie royale ». Une grille entre le roi, les siens et la députation. Ils entendent, on les voit. Tout se fissure. A quelques mètres, dans Paris, la guerre civile.

Le script ne décrivait rien des débats, des interventions furieuses, des serments, de Vergniaud perdant les pédales. La caméra d'Adrien cadrait seulement ces corps tassés, pris de derrière la grille, écrasés de chaleur car il faisait très chaud le

10 Août. Louis, Marie-Antoinette, la Lamballe, la Tourzel, Élisabeth, Charles, Madame Royale, leurs visages décomposés, ruisselants de sueur. Un effet voulu? Ils étaient comme des figures de cire en train de fondre.

Je choisis d'aller dîner au Robespierre, d'y lire attentivement la monographie de Stevenson.

Elle ne m'apprit pas grand-chose. Elle avait le mérite de fixer des données. Les premières figures de cire dataient du XVe siècle. Andrea de Verrochio voulait passionnément saisir la vérité du corps humain, mort ou vif. L'art de la céroplastie s'était développé, intimement lié à celui de la chirurgie, de la dissection. La médecine comme alibi, la science comme paravent. L'anatomie comme théâtre, Curtius (Philipp, Wilheim Mathe), né à Stotkach, dans le pays de Bade, le 30 janvier 1737, était précisément anatomiste, et barbier de profession. Peut-être s'appelait-il Creutz, à l'origine. Il vécut à Berne. Au début des années 1770, il fut invité à Paris par le prince de Conti. Installé dans l'hôtel d'Aligre, rue Saint-Honoré, son atelier devient un lieu de rendez-vous pour les écrivains, les artistes. Son aisance est telle que bientôt, en 1767, il peut faire venir de Suisse sa « gouvernante », Anna Maria Walder, et sa petite-fille, Marie Grosholtz.

Marie est née à Strasbourg, le 7 décembre 1761. Son père déclaré est un certain Johannes Grosholtz, soldat. Défiguré, gravement mutilé, il est mort quand la petite fille vient au monde. Stevenson ne s'interdisait pas de penser que celui que toute sa vie Marie Grosholtz appellera son « oncle », Curtius, était en réalité son véritable géniteur.

Curtius ouvre bientôt son premier cabinet d'exposition, au Palais-Royal (galerie Montpensier, nº 17, près du café Corraza) puis en 1780 un second, annexe populaire, boulevard du Temple. Chez Curtius, on peut voir toutes les célébrités du jour: la famille royale réunie autour du « Grand Couvert », l'empereur de Chine, la favorite du sultan, Voltaire, la belle Zulina étendue sur un lit de repos. A l'annexe plus populaire du boulevard, pour deux sous, le badaud peut visiter « La caverne des grands scélérats». Desrues, rompu et brûlé en place de Grève en 1777, y est représenté. Succès considérable.

Marie est douée pour le moulage. Elle a à peine dix-sept ans quand elle fixe dans la cire les traits de Voltaire, vieux et malade. C'est la plus ancienne de ses œuvres connues. Elle est exposée au musée de Londres.

En 1780, Madame Élisabeth, la jeune sœur du roi, s'ennuie à Versailles. Ayant visité le cabinet du Palais-Royal, elle obtient de faire venir Marie auprès d'elle afin qu'elle lui apprenne les rudiments de son art. Pendant les neuf années que dure ce séjour, la jeune fille réalise les portraits de toutes les personnalités de la Cour, alimentant ainsi les expositions de son «oncle». En 1789, Curtius, converti aux idées nouvelles (il est l'ami de Philippe d'Orléans, de Mirabeau), fait revenir sa protégée à Paris.

Ses figures servent d'emblème aux manifestants, le 12 juillet. Deux jours plus tard, sans être de la première vague d'assaillants, Curtius participe à la prise de la Bastille. Assez en tous les cas pour obtenir le très recherché brevet de «vainqueur». Toutes les péripéties de la tourmente révolutionnaire trouvent écho dans ses salons. Le «Grand Couvert» est remplacé par une réunion du Comité de salut public (plus tard, avec quelques changements de masques sur des corps toujours dans la même posture, ce sera le Directoire, les Consuls, Napoléon et les siens, les souverains alliés, Louis XVIII, Charles X et enfin Louis-Philippe). Les têtes des tribuns valsent au fil de l'actualité. Curtius et Marie ne répugnent pas à mouler, quelques instants après leur exécution, le visage de ceux qu'ils ont reçus tout un temps à leur table.

Curtius entretient une autre collection pour amateurs sélectionnés. Il fait commerce de tableaux composés de figures licencieuses. Il est permis de penser qu'il en tirait une bonne part de ses confortables revenus. L'opportunisme a cependant des limites. Dans la tourmente révolutionnaire, Marie Grosholtz est emprisonnée. Aux Carmélites, elle partage, dit-on, la captivité de Joséphine de Beauharnais. Elle est toutefois libérée à temps pour saisir le masque mortuaire de Robespierre, le 11 thermidor.

Curtius meurt le 26 septembre 1794. Il lègue l'intégralité de ses biens à Marie. En 1795, elle épouse un certain Tussaud (l'acte de mariage orthographie « Tusseau »), originaire de Mâcon, résidant rue Philipeau, section des Gravilliers. C'est un incapable avec qui elle ne s'entend guère mais qui lui fait deux garçons, Joseph et Francis. Elle gère le Cabinet, expose les « victimes de la Révolution ». Elle quitte Paris (« cette ville de démons ») pour l'Angleterre en 1802, emportant son matériel, ses moules, quelques personnages. Elle ne reverra plus jamais son mari, qu'elle méprise. A Londres, son exposition connaît un vif succès. Son Cabinet est itinérant durant vingt-cinq années. En 1835, elle se fixe enfin au 58, Baker Street (musée Tussaud & Son). Marie meurt en 1850, à quatre-vingt-dix ans.

A Paris, d'autres cabinets de figures de cire existent jusqu'à la fin du règne de Louis-Philippe, essentiellement sur le boulevard du Temple. On y voit exposées les têtes coupées de Lacenaire et Fieschi. Certains tableaux, comme au Muséum mécanique de Gaglardi, boulevard Saint-Martin, sont animés. Ensuite, c'est le déclin. Pour enrayer la défaveur du public, les cabinets de cire tentent de donner un caractère scientifique à leurs expositions. La cire réaffiche son rapport étroit avec la mort. En 1856, Spitzner installe place du Château-d'Eau (de la République), au pavillon de la Ruche, son Grand Musée anatomique et ethnologique. Il renoue avec les origines : corps malades ou monstrueux, opérés, disséqués ou exécutés sont exhibés pour l'édification morbide d'un public fasciné.

En 1880, Arthur Meyer, directeur du journal ultraconservateur *Le Gaulois* et homme d'affaires avisé, lance l'idée d'un nouveau musée de cire et fonde à cet effet une société anonyme au capital d'un million de francs. Deux ans plus tard, on inaugure le musée Grévin. La première grande exposition historique, « Tableaux de la Révolution française », est présentée en 1885.

Bien sûr, le texte de Stevenson était truffé de notes minutieuses, de références savantes, d'extraits de catalogues, de considérations techniques. N'ayant jamais trouvé d'éditeur, le vieux monsieur l'avait fait imprimer à compte d'auteur quelques années auparavant.

Pris par la lecture, j'avais totalement négligé mon repas. La patronne du restaurant s'en inquiéta. Je la rassurai. Les plats étaient parfaits, ma distraction était seule en cause. Et puis, je lui posai une question.

– Ce masque de Robespierre en plâtre, dans la vitrine de souvenirs, quelle est son origine?

Depuis que je fréquentais un peu son établissement, j'avais largement remarqué que la dame prenait grand plaisir à parler de ses « collections ». Elle était devenue une authentique spécialiste de la période révolutionnaire.

– Maximilien? C'est une cliente qui me l'a offert. Ce n'est qu'une copie, naturellement. Le masque original est au musée Grévin.

Était-il indiscret de savoir le nom de la cliente? Pas le moins du monde.

– Madame Fried aime bien faire des cadeaux.

Ce n'était pas exactement une révélation.

Le tournage se poursuivait, je n'y mettais pratiquement jamais les pieds. Le peu que je voyais confirmait une vieille impression plus générale. Avant d'être cinéaste, Adrien Leck était un formidable funambule, un improvisateur de génie. Au spectacle de ses contorsions, je préférais la promenade dans les vieux ouvrages, les collections de la Bibliothèque historique de la ville de Paris. J'étais devenu un assidu de l'hôtel Lamoignon où je passais des journées entières, revenant à chaque fois le cartable bourré de notes, de plans décalqués et de photocopies.

Une fois ou deux, je téléphonai à Joachim pour l'engueuler à propos des approximations de son script. Il me répondait par des hurlements de convenance, protestant que je n'étais pas plus historien que lui mais que je pouvais toujours passer rue de la Corderie afin que l'on s'explique, avec une bouteille de tequila. Un jour qu'il se lamentait des incohérences de cette entreprise et de la dinguerie suicidaire d'Adrien, il me posa une colle.

– Les figures de cire vous passionnent, chacun ses vices. Vous savez que le scénario prévoit quelques scènes chez Curtius.

– Au Palais-Royal et au boulevard. Eh bien?

– Pour le Palais, pas de problème, les arcades existent toujours. Boulevard du Temple, c'est plus compliqué. Haussmann a tout démoli. A quoi pouvait bien ressembler ce putain de cabinet? Quel genre de baraque?

– Il y a des tas de gravures d'époque, sans parler des *Enfants du Paradis*.

– Bon dieu, Victor! gémit-il. C'est vous qui avez donné cette idée idiote à notre maestro. Il veut le moins possible de décors construits. Dans tous les cas, il les veut au plus proche des vrais lieux de l'action. Trouvez-moi un coin de boulevard qui puisse faire l'affaire. Ça évitera à l'ensemblier de s'arracher les cheveux. A moi aussi.

J'avais l'humeur plus volage. Je ne menais aucune recherche systématique, passant d'un ouvrage à un autre, de Curtius à Hébert, du Palais-Royal au club des Cordeliers, du 10 Août à septembre. Presque chaque jour, j'allais humer les reliques au musée Carnavalet. Je rêvassais à perte d'heure sur les vieux plans de Verniquet et Vasserot, ces précurseurs du cadastre. Au cours de mes voyages en ville, à pied ou à vélo, tout un Paris découvert me revenait en mémoire. Et puis, je lisais *Le Père Duchesne*.

Jacques-René. Où habitait-il, exactement?

« Si vous persistez dans l'erreur, vous mourrez. »

Au téléphone, la voix disait toujours la même chose, obstinément. Une voix d'homme qui voulait faire peur. Julie avait peur. Elle l'avoua au moment où Joachim apportait son curry d'agneau sur la table.

Une cantine à la brisure de midi, organisée rue de la Corderie. Le scénariste régalait.

Adrien grogna. Julie aurait pu l'aviser plus tôt de ces menaces. Ça aurait changé quoi? Le premier appel datait du premier jour de tournage. Elle n'avait jamais cru à une farce, elle ne voulait pas non plus faire chier le monde. Maintenant, les appels étaient quotidiens, lui parvenaient même plusieurs fois par jour.

– Même sur le plateau.

Adrien reconnut qu'il avait été agacé par ces coups de téléphone réguliers que Julie recevait au terme de presque chaque prise.

– Elle est comment, cette voix?

– Je suis certaine que c'est un enregistrement, dit Julie. Quand je prends l'appareil, il y a toujours un petit temps de pause, et puis ces mots affreux, toujours sur le même ton.

– Toutes les comédiennes sont assaillies de coups de fil de malades qui veulent montrer leur bite, dit Joachim.

Julie ne craquait pas, pas son genre. Elle nous informait. Recouvertes par le fond de teint, les brûlures de ses mains se cicatrisaient bien, mais elles lui restaient odieuses. Pour une fois qu'il s'était mis aux fourneaux, Joachim aurait préféré un autre ordre du jour. Il était fin cuisinier. Son curry était de ces plats qui se savourent avec respect. Malgré la purée d'achards, pas tout à fait assez relevée.

– La Fried peut faire ce qu'elle veut, dit Julie la bouche pleine. Elle ne m'impressionne pas.

– Elle n'y est peut-être pour rien, dit Adrien pour la forme. Qui a de ses nouvelles? Stan dit qu'elle est dans la nature.

– Elle l'est, dis-je bêtement.

Il sourcilla.

– Tu as le contact?

– Elle m'a laissé un ou deux messages.

Anna téléphonait presque chaque nuit.

Quelquefois, c'était pour quelques mots brefs. D'autres, pour de longs monologues. Toujours, Anna fried me priait de ne pas décrocher si par hasard j'étais à proximité du répondeur. Personne n'était dupe du hasard. De quoi parlait-elle? De sa carrière ancienne, de ses souvenirs, de ses faillites. Sans amertume perceptible. C'en était même frappant. Dans son dernier message, la veille, elle avait évoqué les séances de pose avec Stevenson. Elle le tenait pour un grand artiste et se déclarait heureuse que j'aie fait sa connaissance. Julie me demanda si je pensais qu'Anna Fried était coupable des menaces qu'elle subissait.

C'était possible.

– Presque trop beau, tellement évident.

– A l'occasion, dis-lui quand même de ne pas en faire trop. Le camping-gaz n'a pas explosé par accident. Il y a plainte contre X.

– « X »? Anna?

Nous reprîmes presque tous du curry. La conversation enchaîna sur le tournage. Joachim comprenait de moins en moins pourquoi Adrien l'avait mobilisé pendant des mois sur un script dont il ne tenait manifestement pas le moindre compte. Encore ce matin, il avait assisté à une prise qui ne ressemblait à rien qu'il eût jamais écrit. Joachim était moins ulcéré qu'inquiet. Julie se détendit. Elle se faisait peu à peu au style de travail d'Adrien, à ses coups de gueule, à ses bricolages inspirés. Quitte à serrer les dents, à se défoncer après le clap.

– Tu te demandes où je vais? dit Adrien. Tu as raison. Je n'en sais rien. Je sais seulement, un peu, dans quel cadre on va tourner, quels jours, avec quels comédiens. Une bonne contrainte matérielle. Tu m'as donné des tas de scénarios possibles. Tous très bien. Je les connais par cœur. J'ai aussi vu tous les films du monde. Les miens dans le tas. Je connais les routines, tous les trucs du métier. Pour ce film, j'ai choisi d'avancer et de voir, sans balise.

Machinalement, presque par souci de ponctuation, Adrien demanda s'il ne traînait pas quelque part une dernière bouteille de beaujolais. Pour lui, cette discussion n'avait aucun intérêt autre que diplomatique. Ne pas trop heurter les susceptibilités quand c'était évitable. Manger avec les gens de l'équipe comme on baise avec la comédienne pressentie. Pour mettre en confiance, paraître un peu humain.

Humain? Adrien faisait du cinéma.

Le téléphone sonna. La chose la plus banale du monde. Nous nous regardâmes. Très dans son rôle, Julie pâlit un peu. Joachim décrocha, c'était pour elle. Il lui tendit l'appareil. Elle me fit signe de prendre l'écouteur. Pourquoi moi?

– Allô?

Tout était très réglé.

– (Un temps.) Si vous persistez dans l'erreur, vous mourrez.

– Qui êtes-vous?

La communication était déjà coupée. La voix n'avait pas proféré une menace. Elle énonçait un constat. Presque un verdict.

– Qui sait que nous déjeunons ici? demanda Joachim.

– Toute l'équipe et au-delà, peu importe, dit Julie très calmement. C'est étrange: j'avais peur et c'est fini. Je ne sais pas comment c'est arrivé. Cette voix ne m'inquiète plus du tout.

Il était l'heure de retourner sur le plateau, de rejoindre les autres. Au programme, quelques fragments, encore, de la journée du 10 Août.

Adrien se chargea de la vaisselle. Une rouerie parmi d'autres.

Comme nous descendions l'escalier en sortant de chez Joachim, je sentis mon genou fléchir. Agrippée à la rampe, Julie me rattrapa par la manche alors que j'allais tomber. Menaçante à chaque pas, cette faiblesse articulaire devenait odieuse.

– Nous avons tous un peu bu, dit Julie apaisante. Tu pourrais aussi consulter un toubib, non?

Elle ne connaissait rien aux logiques célibataires.

Rue de la Corderie, nous fûmes pris sous une petite pluie fine et détestable. Julie me tenait toujours solidement par le bras. Elle me répéta qu'il fallait que je me soigne, que ce n'était sûrement pas grave, curieuse sollicitude. Il fallait aussi que je sache bien que si Anna Fried espérait avoir sa peau elle faisait fausse route. C'est elle, Julie, qui l'anéantirait, la couvrirait de ridicule.

– Je joue la Lamballe. Ça me passionne. Parce qu'elle était une victime et que je suis tout, sauf ça.

Bah!

Je restais jusqu'à une heure avancée de la nuit dans le labo de l'étage supérieur. J'avais beau faire, les tirages en retard s'accumulaient. Des clichés formidables pourtant. De John Wayne, de Stallone, de Newman, de Denise Grey, de Sapritch dans tous leurs états de mannequins. Tout le travail de Jérôme et de ses confrères. Au musée, le casting de « L'Aventure au cinéma » prenait forme. Personne n'avait oublié les incidents de septembre et octobre. On avait choisi de ne plus en parler, plus trop, tant sont désagréables toutes les légendes plus ou moins macabres qui flottent autour des musées de cire, chez Grévin comme ailleurs.

Je mis les photos à sécher puis redescendis dans l'appartement. Mona semblait elle aussi avoir disparu de la circulation, consciente de l'inutilité totale de nos petites baises de circonstance. Un soulagement. Après avoir donné un petit rab de carpe à Radek, rangé quelques bricoles, il fallut bien que je me livre à la vérification que je retardais depuis des jours.

Je glissai la cassette de *La Princesse* dans le magnétoscope et fis défiler la bande jusqu'à la scène du tribunal.

Goras avait cru bien faire en reconstituant une salle assez ressemblante à celle où avait siégé le tribunal révolutionnaire, à la Conciergerie, détruite dans les incendies de la Semaine sanglante. Celle qui était partiellement reproduite au musée. C'était idiot. A la Force, le tribunal improvisé était installé dans l'un des petits guichets du corps de garde. Rien de comparable.

La scène, encore une fois.

La comparution de Marie-Thérèse est empreinte d'une vraie solennité. Un président, des assesseurs, un accusateur public, un jury à peine dépenaillé. Malgré leurs sales gueules, ils jouent le jeu d'un procès régulier. Le public houleux est maintenu derrière des barrières.

Le président du tribunal, fluet, avec sa redingote stricte et ses cheveux poudrés, sa mine glaciale, évidemment, c'est Hébert. Son nom n'est jamais prononcé. On devine, tout au plus.

Anna Fried entre, accompagnée de deux gendarmes. D'abord, elle vacille un peu, comme prise de vertige devant cette cour hostile. Elle se ressaisit très vite et se dresse, le menton haut, pleine de défi, décline son identité : Marie-Thérèse-Louise de Savoie Carignan, princesse de Lamballe. Ensuite, le président lui demande de jurer d'aimer la liberté et l'égalité, haine au roi, à la reine et à la royauté. Ici, la Fried se montre grande actrice, laisse s'écouler plusieurs secondes. Ce serment qu'on exige d'elle, c'est avant toute chose une bêtise de rustre pouvant prêter à sourire. Elle esquisse un sourire et aussitôt son masque se durcit en un mépris accablant.

– Je ferai facilement le premier serment, répond-elle. Je ne puis faire le second qui n'est pas dans mon cœur.

Hébert se dresse à demi, fixe la prisonnière, longuement. Un regard neutre, sans colère ni compassion.

– Si vous persistez dans l'erreur, vous mourrez.

Une fois de plus, la Lamballe défaille.

Cette voix était évidemment celle que Julie entendait chaque jour au téléphone. L'enregistrement rapté sur ce film réputé introuvable ressemblait à une signature. Anna Fried s'amusait bien. Je téléphonai au Mirabeau. Anna n'y était toujours pas. En revanche, Stan était très disponible.

– Salutations nocturnes, citoyen!

Qu'avais-je à lui dire?

– Ta mère est toujours en fugue? Tu es certain? Elle est peut-être en train de faire de grosses bêtises.

– Elle n'a fait que ça toute sa vie! Viens donc prendre un verre pour me raconter ce qui se passe? Non? Dommage. Pourquoi t'intéresses-tu tant à ma maman? Tu es amoureux d'elle? Épouse-là. J'adorerais t'avoir comme beau-père.

Je raccrochai. Les petites blagues téléphoniques d'Anna ne pouvaient bouleverser personne durablement. S'en tenir là, pour elle, c'était avouer une impuissance ridicule. Julie avait bien repéré ce risque couru par sa persécutrice. Jusqu'où Anna était-elle prête à aller?

Jouant des touches de commande, je me promenai en accéléré dans le film. En avant, en arrière, fixant parfois l'image. Des gros plans. J'avais déjà fait de nombreux photogrammes à partir de cette bande. Les premiers, le soir du rendez-vous avec Stevenson, et avec une certaine fièvre. Photographiant le film comme on photographie en instantané un sujet en mouvement, j'avais traqué des images sans doute jamais vues par personne. Jamais vues par Anna elle-même – qui sait? Une façon de contrer le privilège odieux qu'avait eu le sculpteur. Ces photos s'empilaient, à côté de la tête de la princesse. Tout un ensemble dont je ne savais encore que faire : la vidéo, la cire, les photos d'Anna. Tout ce fatras précaire, recueilli à la dérobée, sans légitimité. La nécessité de rendre la Lamballe s'imposait, lancinante, vaguement morale. Comment faire? Chaque jour passé rendait la chose plus difficile, étant entendu qu'un envoi anonyme n'était pas à la hauteur, manquait de classe. L'idée séduisante que je ne me formulais que fugitivement était de restituer la tête de la Lamballe après avoir retrouvé la statue d'Anna Fried. Pour mon propre compte. Pour qu'elle soit ici. Dans ma maison.

Il y avait des travaux, square Frédérick-Lemaître, de terrassement pour rénovation. Les vieux bancs déracinés étaient manifestement voués à être remplacés. Ils pesaient lourd. Je parvins à en récupérer un, une nuit déserte. Une sorte de sauvetage. Pas à pas, gémissant sous la charge mais content, je parvins à remonter l'épave jusqu'à mon troisième étage. Installé près d'une boîte à lettres également sauvegardée, tout près de ma vieille borne police-secours, ce banc ne pouvait pas détonner. Je commençais seulement à manquer un peu de place.

Je ne sais pas combien de temps j'attendis le coup de fil d'Anna. Il finit par arriver. Elle fut déconcertée de ne pas tomber sur le répondeur. N'était-ce pas de la triche? Mais au regard de quelles conventions?

– Non, dit-elle, c'est bien. Je suis heureuse de vous entendre.

– Vous m'avez toujours demandé de ne pas décrocher.

– J'avais envie de vous parler. Il m'est arrivé d'avoir peur de vous entendre.

– Peur?

Elle coupa court, délibérément. Comme pour éviter de me tirer vers un terrain où je n'étais pas prêt à aller, pour le moment. La peur était pour elle un sentiment compliqué et intéressant, qui méritait réflexion. Comme la jalousie, comme la rivalité. Nous avions tout le temps. Elle me demanda ce que je faisais la minute, l'instant d'avant son appel.

Je le lui dis. Remontant de quelque temps en amont: les menaces au téléphone, la voix du président du tribunal...

– Il y a un passage que je voudrais que vous regardiez maintenant. Tout de suite. Après le tribunal. Vous voyez?

Quelle question!

J'y étais. J'avais plusieurs fois passé ces quelques images au ralenti. Je les avais photographiées. La princesse refuse de jurer contre la reine. Ici, montage très moderne, heurté. L'image saute, se mêle au public du tribunal qui vocifère. Des gardes se saisissent de la princesse, l'attirent vers la sortie de la salle. C'est le tumulte. Elle est happée par la foule, disparaît, on la malmène, l'entraîne dans un couloir. Sur l'écran, la confusion est totale. La caméra parvient à rejoindre la Lamballe à la porte de la prison. On découvre la rue en même temps qu'elle. Des groupes attendent, menaçants. Mais l'attention ne s'attarde pas aux gourdins, aux piques, aux trognes effrayantes. La vraie horreur est plus loin, au-delà des rangs des excités : un amoncellement blanchâtre où s'entremêlent des formes indistinctes, obscènes. On ne peut que deviner des cadavres nus. Comme c'est insoutenable, l'image n'est qu'une fraction de seconde du film. On pourrait même se dire qu'on a mal vu. « Fi, l'horreur! » dit la voix off de la princesse. Ce charnier que nous ne voyons plus, elle l'a toujours sous les yeux. Elle chancelle, silhouette en contre-jour que la caméra contourne. La princesse est désormais en plein soleil, debout en haut des marches d'un petit perron. Des brutes l'entourent. Elle porte les mains à son visage, à son front, pour ne plus rien voir, pour s'évader du cauchemar. Une bourrade la fait tituber. Ou un coup. Elle parvient à ne pas tomber. Des mains l'agrippent, lui arrachent sa robe. Elle est nue. On la montre à la foule. La caméra est bousculée. Son objectif capte des visages de furieux, le sang sur le pavé, des lames qui s'agitent sur le bleu du ciel. La princesse à nouveau. Corps inerte agenouillé près d'une borne. Une main se saisit de la chevelure, redresse la tête. Le regard est fixe. On écarte les bras que la mourante a repliés sur sa poitrine. Un large couteau se pose sur la nuque. Puis, le silence.

Les silences avec Anna m'étaient précieux. Des temps d'intimité. En général, c'était elle qui finissait par les rompre.

– Telle que vous venez de la voir, cette séquence n'a jamais été présentée à l'écran.

– A votre demande?

– Celle des producteurs. Cette violence les a inquiétés. Ils ont accepté l'empilement de cadavres. Ils ont refusé qu'on me voie nue. Ne serait-ce qu'un instant. Dans les salles, les spectateurs n'ont eu droit qu'à des gros plans de mon visage terrifié. Puis mort. Avez-vous bien regardé?

– Cette séquence? Bien sûr.

– Bien sûr! Vous vous êtes extasié devant le montage, son audace, le bordel qu'il met tout à coup dans une mise en scène tellement proprette (elle soupira)... épargnez-moi ce baratin. Je vous pose une seule question. Quand je suis à poil, est-ce que vous avez fait arrêt sur l'image?

La pile de photogrammes était là. Plusieurs dizaines de clichés pour quelques microsecondes de film. Le déroulement complet en images fixes. Souvent, faire des photos m'avait épargné l'ennui de baiser.

– Vous avez fait ça! Seulement ça? Vous êtes devant votre écran. On m'arrache mes vêtements. Est-ce que je vous plais? Vous ne répondez pas. Regardez. Utilisez le ralenti. Écoutez-moi et défaites votre ceinture. Sortez votre queue, touchez-vous, caressez-vous. Vous ne m'avez pas attendue pour le faire. Je veux que vous le fassiez avec moi, pendant que je vous parle. Vous m'entendez, n'est-ce pas? J'étais belle. Est-ce que vous vous souvenez de moi, en première page de *Cinémonde*? Est-ce que je vous excitais, quand vous étiez gamin? Regardez maintenant, vous y êtes? Regardez l'écran! Je montre mes seins, comment ils bougent... Ils ont coupé, parce que c'était obscène, c'est ce qu'ils ont dit. Bien sûr que ça l'est! Je veux que vous bandiez. Ils écartent mes bras pour que la foule, tout le monde, me voie mieux. Vous me voyez? Je savais que c'était mon dernier film, je le sentais. J'ai pensé aux types que je ne connaîtrais jamais et qui se branleraient sur cette séquence, sur ce souvenir de moi, plus tard. Vous maintenant. Faites-moi plaisir. Dites-moi que je vous excite. S'il vous plaît.

Mme Geneviève passait de tableau en tableau, rectifiant la beauté des célébrités. La toilette quotidienne. A petits coups de houppe ou de pinceau, elle neutralisait en experte maquilleuse l'éclat d'un front ou d'un nez trop brillant. Un coup de peigne par-ci, une cravate à renouer par-là. Ce matin, tandis que je la saluais, elle défaisait la tête de Montand.

– Il a le poil terne, vous ne trouvez pas? Un petit shampooing lui fera du bien.

Tout look cradasse bien compris, M. Gainsbourg fut également jugé un peu négligé. Sans plus de façon, sa tête rejoignit celle de son confrère sur une banquette. Avant de les remonter à l'atelier, pour lavage, Mme Geneviève poursuivit son inspection des troupes. Elle s'arrêta devant la demoiselle à la jarretelle, fronça le sourcil. La robe blanche à étoiles n'était pas très nette. Carrément sale vers l'ourlet du bas.

– Sans vouloir vous offenser, monsieur Victor, qu'on lui soulève les jupes, je comprends. Mais on pourrait au moins veiller à avoir les mains propres!

Elle me pria de l'aider pour enlever le vêtement à nettoyer. Ce qui était inespéré. Las! L'intimité des mannequins est la plupart du temps décevante. Bras minces, jambes parfaites. Mais le buste n'était qu'une grossière ébauche en résine que la plus vive imagination ne pouvait doter d'aucun charme.

Mme Geneviève éclata de rire.

– Ne faites pas cette tête d'amant qui découvre que sa belle a des faux seins! Vous les connaissez pourtant autant que nous, les secrets de notre petit monde.

– Il y en a que j'oublie facilement.

– Ah! Vous auriez connu la statue de Mme Fried. Dans les secrets, je veux dire, c'était autre chose! Elle, vous vous seriez régalé. Celui qui l'a volée ne s'y est pas trompé.

Mme Geneviève s'éloigna, les crânes des chanteurs dans les bras, le tissu étoilé dans la poche. Je photographiai la nudité désolante de la demoiselle et passai mon chemin. Je voulais rendre visite au citoyen Hébert.

Il était là, assis le dos raide, à la droite de Fouquier, au premier rang du tableau dit *Procès de Madame Roland.* Assis, attentif et narquois. Il observe l'égérie des Girondins. Il est le Père Duchesne, l'écho des sections turbulentes, il n'a pas eu de mots assez durs, orduriers à sa manière, pour réclamer la mort de celle qu'il appelle la « reine coco » et de ses amis, les Girondins. Il sait qu'elle est condamnée. La statue de Hébert était là depuis un siècle et un an. Je fréquentais cette salle depuis près de quarante ans. Presque indifférent à cet homme-là, pourtant au premier plan, comme sur le dessin de Bouillon qui a servi de modèle à la reconstitution. Ce n'était que depuis quelques semaines qu'Hébert devenait obsédant.

Le dessin de Bouillon, c'est en fait le procès de Marie-Antoinette. Le musée a adapté.

J'entrai dans le tableau. Je le regardai, Jacques-René. Un beau visage aux traits fins, un très vague sourire aux lèvres. Redingote couleur puce, culotte blanche, bottes bien cirées. Tout le contraire du rustre personnage auquel il s'identifie dans son journal. La main est soignée, posée sur une liasse de notes. Demain on le lira. Ce sera une « grande colère » ou une « grande joie », ponctuée de « foutre », d'hommages à la « sainte guillotine », de « bons avis » incendiaires à l'intention des braves bougres des faubourgs. Je ne comprends rien à cette Révolution. Les gens qui m'entouraient étaient mes vieux compagnons. Dans le genre maison de poupées, Judith m'avait gâté. Je photographiai le Père Duchesne. Pour la centième fois, au moins.

Cette pièce chez moi, entre séjour et chambre, c'était un bureau sans fonction précise. Il ne me fut pas difficile de le vider, ne conservant qu'une large table et l'affiche des *Enfants du Paradis*.

Une fois le terrain dégagé, j'installai la Lamballe, disposai aux murs quelques agrandissements de quartiers à partir du plan de Turgot, de quelques décalques minutieux. Je rangeai des livres en pile, tous sur le même sujet, ainsi que les notes prises en bibliothèque. Je mis en bonne place la photo des différents acteurs. Il n'y a rien de désagréable à devenir fou une fois de plus. Radek ronronna.

J'étais convaincu que Jacques-René Hébert n'avait pas présidé le tribunal de la Force, le 3 septembre au matin.

La Conciergerie

Plus personne, *exit* le vieux magicien, vidé. Plus de lapin dans son chapeau ni de cinquième as dans la manche. Plus d'illusion. La sueur collait au front d'Adrien. Mieux valait en rire. Il rit. Un gros grommellement sonore qui devait pouvoir s'entendre au-delà des cloisons contre-plaquées de la loge, des décors et même des murs épais de la forteresse. Jusque sur le plateau, où on l'attendait, Adrien s'étrangla. Il manqua de coffre. La quinte de toux le plia. Il toussait depuis des années, beaucoup. Ses mains tremblaient, aussi. Surtout le matin, avant les premiers verres, le premier paquet de Player's.

Pas la moindre idée. Le trou. Voilà. Ils étaient tous là à l'attendre, les acteurs, la figuration, la cohorte des assistants, des machinos, toute la technique. L'équipe. Une centaine de personnes salariées, compétentes et pour certaines: talentueuses. Présentes à l'heure dite sous les voûtes de la Conciergerie. Aux ordres d'Adrien. Au dix-septième jour de tournage. Il n'avait rien à leur dire. Il était sec. L'histoire à raconter lui filait entre les doigts, s'enlisait dans sa tête. Tous les rushes visionnés étaient comme un puzzle impossible, ou pire: inutile. Il se resservit à boire. A quoi bon l'empêcher? La loge aurait pu être un poste de commande. Des schémas, des photos, le Mac, des story-boards griffonnés. Matériel de la réassurance, épars sur le bureau, scotché sur les murs. Il n'avait pas oublié, façon ange tutélaire, une reproduction du portrait de la princesse. Auquel était joint une de mes photos de la cire du musée. Cet antre puait l'alcool de bonne qualité et le dégoût de soi. Je crus qu'il allait vomir. Adrien se redressa.

– Remake, hein? Ça marche et je saborde. Tout pour réussir et je gâche le boulot. Toute ma vie j'ai fait ça. Ils vont me virer.

– Personne n'y pense.

– Tu es en dehors du monde, Victor. Eux, je les connais. Ils calculent. Ils savent risquer, miser très gros, mais ce ne sont pas de vrais joueurs. Ils s'arrêtent à temps. Moi, je continue, en abandonnant mes martingales.

– On t'attend sur le plateau.

– Pour faire quoi? Qui doit jouer, quel putain de texte? La caméra, je vais la mettre où? Tu peux me le dire, toi? Tu comprends pas: c'est le trou noir. Je suis infoutu de tenir ce film.

Adrien glissa à genoux, verre en main. Je le pris par le col. Il était vraiment ivre, comme souvent. Yeux injectés de sang, lèvre inférieure bavante. Il portait une chemise fil à fil d'un joli mauve, une veste chiquement déstructurée, largement auréolée de sueur aux aisselles. Moi aussi, j'avais soif. Puis, je pris l'appareil, photographiai. L'éclair du flash fut assez cruel. Ou mettre la caméra? J'aurais pu le lui dire. Pas dur.

Leck m'injuria.

– Portrait de l'artiste en alcoolo fini, c'est ça?

– Un peu plus inclinée, la tête, tu veux? Un autre verre?

– Fumier!

– L'œil mauvais, oui. C'est très bien!

– Arrête tes conneries Victor, supplia-t-il... ça ne va pas du tout.

– C'est précisément ce qui m'intéresse. Tout comme toi.

Je photographiai encore Adrien assis, cul sur les talons, échine cassée, se protégeant le visage des bras comme un homme d'affaires véreux qu'on conduit au fourgon.

– Cut! gueula-t-il, vieille coquette. Tu as gagné, j'y vais.

Je l'aidai à se relever. Il était ravi.

– Cut!

Il faisait froid. Ça allait bien. C'était même parfait selon le chef opérateur. Le long travelling sur les «pailleux», les pauvres de la Conciergerie attendant l'exécution, l'émoi des émissaires de l'Assemblée cherchant à sauver quelques-uns, l'hostilité circonspecte des gardes. Sous les voûtes gothiques, l'exacte angoisse collective que recherchait Adrien. C'était dans la boîte. Encore à sa place, Julie se referma sur elle-même, s'ébroua, vint vers moi. Ravinant le fond de teint, la sueur roulait sur ses tempes...

– Il était ivre, n'est-ce pas?

– En aussi bonne condition que possible.

– Cinq minutes et on refait une prise, annonça Adrien.

– Il tient à peine debout.

– C'est sa méthode de travail.

Julie et moi nous tenions dans ce court corridor, entre le grand hall, la « rue de Paris », et le recoin de la cellule de la « toilette ». Dans l'un, on avait entassé les prisonniers de la Terreur. Dans l'autre, on avait procédé aux dernières formalités avant les charrettes de la cour de Mai, menant à la guillotine. Les maquilleuses s'étaient installées sans malice dans cette minuscule salle où, dit-on, les condamnés se faisaient raser la nuque et échancrer le col de chemise. Julie me prit le bras, se ravisa aussitôt.

Adrien s'en était bien tiré, une fois de plus. Une heure de retard pour une prise de routine, ce n'était rien. On était prêt à lui accorder d'autres caprices, ou d'autres nécessités. En revanche, quel film voulait, improvisait, Adrien l'inspiré? Ces questions tarabustaient l'équipe, donnaient des insomnies à la production. J'eus envie d'aller le voir, tassé sur son banc, en retrait. Sans espoir de réponse. Adrien savait transformer sa panique en arrogance, le plus souvent. Soudain, quelques gestes se figèrent.

Il y eut une rumeur venant des portes vers la Seine, comme une annonce de générique. Les caméras étaient encore en place, les lumières soigneusement réglées ne demandant qu'à tomber. Anna Fried apparut.

Anna, venant de l'entrée, de l'ancienne salle des gardes. Souveraine. Elle se débarrassa de son manteau de fourrure, le laissant tomber sur une chaise pliante, celle au nom d'Adrien vraisemblablement, qui bascula sous le poids. On se précipita. Chemisier de soie blanche, longue jupe noire, elle avançait le long de la grille dominant l'immense salle du corps de garde, décor épatant, apparition magique.

Apercevant Julie, Anna l'embrassa au passage, un effleurement. Ça pouvait passer pour un geste naturel, une effusion mondaine distraite. Julie ne sut que faire. Anna la laissa, plantée, continua son chemin. Tout déconcerté, Adrien s'avança, pour tenter d'accueillir. Anna le négligea, se tourna vers le plateau, tous ces gens qui la regardaient, subjugués. Machinalement, un accessoiriste enleva sa casquette.

Anna n'avait pas tourné depuis longtemps, elle s'y entendait toujours pour réussir une entrée. Il n'y avait qu'une seule star sur le plateau.

– Bonjour à tous, dit-elle. Ce n'est qu'une visite, en amie. En... marraine.

Sa voix basse résonnait sous les voûtes.

– Qu'est-ce qu'elle veut? grinça Julie, prête à mordre.

– Calme-toi, dis-je...

– Puisqu'elle me cherche, j'y suis.

Une pelote de nerfs. A quoi bon vouloir la retenir? En quelques pas, elle rejoignit Anna, se campa face à elle. Tellement près, gamine.

– Que voulez-vous, au juste? Savoir comment se passe un tournage de nos jours? Qui joue quel rôle? Je suis à votre disposition pour vous servir de guide.

Toute la maladresse du monde! Anna Fried sourit aimablement. Elle ne pouvait pas ne pas avoir remarqué qu'un léger faisceau de projecteur s'était fixé sur elle.

– Entre autres, chère mademoiselle, je voulais voir à quoi vous ressembliez. Curiosité bien légitime. Non?

– Alors?

Le sourire d'Anna s'accentua.

– Vous le dirai-je? Vous êtes comme je l'imaginais. Très mignonne. Conforme. Dans le cinéma actuel, la concurrence doit être rude entre les multiples beautés de votre genre.

– Vos insultes n'ont aucune importance, dit Julie après un temps.

Elle avait hésité. La gifle avait failli partir. Julie choisit de présenter ses mains, doigts brûlés, devant les yeux d'Anna. C'était déjà plus malin.

– Eh bien? Un accident? A mon avis, un attentat.

– Contre vous? Ciel!

– Je reçois aussi des menaces par téléphone.

Anna s'amusait ferme, trop manifestement.

– Vraiment? On ne sait plus quoi inventer pour assurer la publicité d'un tournage.

– Tout le monde sait que vous ne voulez pas de ce film. Que vous me détestez.

– Ma chère, vous serez éventuellement détestable lorsque vous aurez un peu plus de singularité et d'étoffe. Pour le moment...

Adrien se précipita. Il n'eut pas le temps d'empêcher un crachat totalement dérisoire qui d'ailleurs manqua Anna. Cette dernière ne cilla pas, attendit que l'on maîtrise Julie. Elle se débattit peu.

– Pour le moment, vous n'êtes qu'une godiche énervée.

– Assez! risqua Adrien. C'est ridicule!

Il ne contrôlait rien. Cela se voyait bien plus que sa déroute manquée lors de la prise. Julie se dégagea.

– Vous êtes un peu moins belle que dans vos films, madame, dit Julie soudain très calme.

– De très vieux souvenirs que vous évoquez là, petite demoiselle!

Julie tourna les talons. Il était certain qu'elle avait admis d'être maladroite, de faire à moitié les gestes. Gifler ou cracher n'était pas dans son registre. Tuer, oui. Rien de moins, et il était un peu tôt. Adrien ne savait vers quelle contenance évoluer. Quand il n'en était pas l'instigateur, il détestait ce genre d'histoires hystériques. J'étais assez solidaire.

– Ce n'est rien, dit Anna apaisante. Les tensions d'un tournage... Conseillez quand même à cette jeune personne de se trouver un bon amant. C'est très bon pour les humeurs.

Ses intentions à elle étaient vulgaires et pacifiques, n'est-ce pas. D'ailleurs, elle était venue avec un petit cadeau. Anna fit un signe. Un homme s'avança. Je le reconnus. Le chauffeur de la limousine, le soir du Mirabeau. Il portait une assez lourde caissette de bois blanc, garnie de bouteilles.

– Une pause champagne entre deux prises n'a jamais fait de mal à un film. Vous êtes bien d'accord, monsieur Leck?

Le régisseur du plateau s'affaira. C'était un brave type débrouillard et plutôt taiseux dont je n'ai jamais réussi à retenir le nom. Il trouva des verres, fit sauter un bouchon, un autre. Stan arriva à ce moment-là. Barbe de plusieurs jours, jeans troués. Nous trinquâmes tous. Adrien bredouilla des platitudes sur cette visite d'Anna qui nous honorait tous.

– Heureux que vous ayez changé d'avis sur ce film, lui dit-il ensuite en confidence. Votre hostilité me peinait réellement.

– Qui vous a dit que j'ai changé d'avis? dit Anna, voix suave. L'hostilité n'exclut pas la courtoisie. Ni la curiosité.

– Vos menaces?

– Je ne sais ce dont vous parlez, mais ce film ne se fera pas.

Anna avait le projecteur en plein visage. Dans une certaine mesure, elle s'était préparée à ça. Le maquillage tenait bon. La lumière prenait bien. Belle. Une chose bizarre advint, je crois bien qu'Anna la découvrit en même temps que moi. Une caméra tournait. Où? Depuis combien de temps? Adrien voulut remplir à nouveau les coupes. Quand vint son tour, Anna lui retira la bouteille des mains, but à même le goulot, s'essuya les lèvres, partit d'un grand rire qui se répercuta jusqu'aux murs les plus lointains de la prison. Puis, elle réclama son manteau.

– Accompagnez-moi jusqu'à la voiture, me souffla-t-elle.

Jusque-là, j'avais eu l'impression qu'elle n'avait même pas remarqué ma présence. La script, une petite nana gentille et plutôt timide, s'approcha. Elle tendit son bouquin de travail. Pour un autographe. Anna ne put s'empêcher de sourire à nouveau. Elle signa sur la couverture, juste en dessous de la large étiquette qui mentionnait le titre et le réalisateur du film. « Au revoir à tous », écrivit-elle.

Rien n'indiquait qu'elle fût surprise quand des applaudissements saluèrent son départ, longuement. Dehors, sur le quai, il pleuvait. Une moche pluie froide et pénétrante. La limousine attendait, garée entre les deux tours sinistres de la Conciergerie. La Seine charriait ses eaux jaunes.

– Restez avec moi un instant, s'il vous plaît.

Une supplication inattendue. Le chauffeur ouvrit la porte. A peine assise, Anna se rabougrit, éclata en sanglots. Visage caché dans ses paumes, corps secoué. Rien des larmes glycérinées, très esthétiques, de la Lamballe au Temple. Une crise. Du genre de celles dont je ne sais jamais trop que faire. A son volant, derrière la cloison vitrée, le chauffeur resta impassible.

– Pourquoi me faire ce mal? hoqueta Anna. Pourquoi?

Elle tremblait, cela durait. Dehors, un policier de service faisait les cent pas sur le trottoir. Sans doute avait-il été prévenu que des gens un peu spéciaux avaient à travailler dans le bâtiment, des saltimbanques. Je pris la main d'Anna. Elle se resserra très fort. Ses ongles me firent presque mal. De la buée commençait à voiler les vitres de la voiture. Quelle identité y avait-il entre la diva insolente, la femme qui me parlait presque toutes les nuits et enfin cette Anna effondrée. Entre la princesse et...

Elle se redressa au bout de quelques longues minutes, visage ruiné de larmes, maquillage décomposé.

– Je n'ai pas pleuré devant un homme depuis presque vingt ans.

C'était son problème.

Elle inspira profondément, fit des choses simples: s'essuyer, se moucher, ouvrir le mini-bar, sortir verres et alcools. Avais-je des cigarettes? Ça lui ferait du bien. Une gauloise? Au fond, c'était sa marque préférée.

Nous trinquâmes.

– Je ne pensais pas vous rencontrer, dit Anna. Mais c'était un risque à courir. Je voulais voir cette fille. Vous couchez avec?

– Non.

– Vous êtes bien certain? Elle est tellement médiocre. Je ne comprends pas le choix de cet Adrien Leck. Que pensez-vous vraiment de lui?

– Un des meilleurs. Même quand il est mauvais.

– La race des emmerdeurs, en somme, dit-elle en se forçant à rire.

Le très pur profil d'Anna se dessinait dans le contre-jour de la vitre devenue presque complètement opaque. Comme une image du film de Goras: derrière une fenêtre des Tuileries, la Lamballe guette l'avancée de l'émeute.

– L'autre nuit, dis-je, vous ne m'avez pas répondu. Les menaces contre Julie?

– Eh bien?
– C'est vous?
– Cette fille, quelle importance?
Sa main à nouveau, sur la mienne. Son corps qui glisse. Elle dit :
– Faites ce que vous voulez, ne me trahissez pas.
Je la caressai, forcément.

Stan gisait sur le fauteuil du salon, lippe pendante, pommette bleuie. Entre le pouce et l'index, il tenait stupidement une canine encore un peu sanglante. Il ne s'était pas vraiment fait très esquinter. Correctement casser la gueule, quand même. Dans quelles cironstances? Plus le moindre souvenir. C'était à la sortie du Gibus, prends ça dans la gueule pédé, voilà tout. On lui avait également fauché ses papiers, son fric. Il était très fier d'avoir su retrouver sa dent cassée, par terre, après.
– Dur de ne pas se servir de ce truc, dit-il un brin faraud, sans chercher à convaincre.
La canne-épée, posée sur le guéridon. Radek la flairait. Stan récupérait paisiblement. Rien de grave. Les tabassages nocturnes, il avait l'habitude. Dans une soirée, un moment arrivait toujours où des types avaient envie de lui taper dessus, il m'en avait avisé. Rien que de très compréhensible. Il ne s'en formalisait pas. Je jouai un peu avec la canne tandis qu'il tamponnait sa lèvre ouverte et enflée, avec un Kleenex.
– Je ne me souviens de rien, sauf de ça : ne pas tirer la lame. Pas faire de morts.
Les types avaient eu de la chance. Épée en main, Stan pouvait probablement être dangereux. Il s'était passivement laissé corriger. Après, reprenant un peu conscience, il avait réalisé qu'entre le Gibus, rue du Faubourg-du-Temple, et le quai de Jemmapes, là où j'habite, il n'y a pas tellement de distance. Tant pis pour moi. Je lui tendis un autre mouchoir. Mis les Rita Mitsouko sur la platine. *C'est comme ça*. Le genre de musique qu'il pouvait aimer. J'avais moi-même pas mal bu, en souhaitant pouvoir réfléchir.
Tassement des épaules, caractéristique des ivrognes qui vont commencer une grande déclaration.

– Tu as vu Anna Fried, dit-il. Elle tient à toi. Pourquoi? Sais pas? Faut pas l'abîmer. Tous les mecs l'ont abîmée.

Stan répéta ça, que j'avais vu sa mère. C'était grave, cette rencontre. Sa lèvre enflait. J'ouvris la fenêtre, sur le canal, puis allai nourrir le chat. J'en profitai pour déboucher une dernière bouteille. Quand je revins dans le living, Stan soliloquait.

– Leck, faut le surveiller. Il picole trop, son film est une catastrophe. Une cata pour tout le monde.

Mots bouffés, marmonnés. Yeux mi-clos, effondré. La cogne n'avait aucune importance. Stan était venu pour me dire ça. Qu'Adrien devait arrêter les dégâts. A tout prix. Il fit mine de s'endormir, de ne même pas pouvoir articuler quelques propos indispensables. Bluff total.

– Ce sera son meilleur film, dis-je.

– Conneries, dit Stan après un temps. Je m'y connais en désastres.

Je me levai, allai dans le bureau, revins avec la tête de cire.

– Tu m'as offert ça. Pourquoi?

– Ça te plaît? Moi, je suis certain que ça te plaît. C'est l'essentiel. Une si belle tête.

Il me la prit des mains, l'embrassa sur le front, me la rendit.

– Prends-en soin.

– Et l'autre, qui est au musée, tu l'as sortie d'où?

Il oscilla du chef, en faisait mille fois trop.

– Ton hypothèse de piste : la Chaussée d'Antin, le passage du Commerce... quoi d'autre après? Je ne sais plus, j'y ai réfléchi. C'est une bonne idée. Je l'ai vraiment adoptée. C'est fait.

– La tête de Curtius, répétai-je, tu l'as trouvée où?

– On ne m'accuse pas sans preuve! s'indigna-t-il. Je n'ai rien à avouer. J'entre dans tes hypothèses, rien de plus.

Je l'empoignai. Une chiffe. Il attendit une claque, ou quelque chose du genre, béatement. Puis, il réclama une cigarette. Blonde virginienne de préférence. Radek aimait les retors. Il vint se nicher sur les genoux de Stan qui le caressa, attentivement, sans aucun geste machinal. Je trouvai des Camel. On sonna. A cette heure?

Villon était sur le seuil, c'était plus qu'inattendu. Il demanda s'il pouvait entrer. Il avait dépassé le cap de la cent cinquantième chambre, ce qu'il tenait à me dire. Il avait eu aussi, soudain, la révélation que j'avais besoin d'aide. De son aide à lui. Stan rota bruyamment. Villon le considéra plusieurs secondes, incrédule et stupéfait par les empilements ambiants. Il n'était pas venu chez moi depuis plusieurs années. Se servit un verre, haussa les épaules.

– Avant, c'était une turne de vieux garçon. On dirait que ça dérape pathologique.

– C'est pour me dire ça que...

Villon considéra Stan, affalé.

– J'ai dépassé la cent cinquantième salle et la machine commence à m'emmerder. Je vais peut-être reprendre du service, dit le flic déchu. Mon dossier de réintégration dans la police a reçu un avis favorable. A peu de chose près.

Il aurait certainement été injuste que je ne sois pas informé de cette nouvelle atterrante à trois heures du matin.

La tête de Stan avait chuté, menton sur la poitrine. Il ronflait. Le répondeur se manifesta. Je poussai le son. C'était Mona, un message bref, haletant.

– Ça ne va pas du tout. C'est la vieille qui a raison. Ce film ne doit pas se faire. On a tous fait trop de conneries.

Je voulus prendre la communication. Trop tard, Mona avait déjà raccroché. Quelles conneries? Et pourquoi tout ce monde chez moi?

– Je vous ai un peu perdu de vue, dit Villon imperturbable. Je le regrette. Nous ne nous aimons pas beaucoup mais nous sommes amis. Vous semblez être dans un sacré merdier. Vous me raconterez?

Incontestablement, il avait l'air d'aller mieux.

L'idée que Villon pût être réintégré dans la police était proprement terrifiante. Non qu'il fût un ripoux, le problème n'était pas là. Il attirait indécrottablement la poisse, la bavure imparable. Une fatalité pareille ne se réglait pas sur un divan d'analyse. Ce type était un loser ontologique.

M'aider? Il pouvait. Il y avait ce truc qui traînait là, Stan. Villon pouvait-il m'en débarrasser, gentiment? Le premier banc venu ferait l'affaire. Il en restait encore, square Frédérick-Lemaître. Moi, j'étais fatigué.

Le 2 novembre, ça n'avait rien à voir avec toute cette histoire, je bus à la santé de Max Linder, suicidé.

Je sentais encore sa peau sous mes doigts. Anna ne se manifestait plus. Ayant fait le tour de toutes les librairies spécialisées de Paris, j'accumulais à son propos une collection de revues, d'affiches et de cartes postales, tout à fait conséquente. Je parvins même à me convaincre que Judith l'avait considérée comme une grande, très grande actrice.

Extérieur nuit. Rue François-Miron. Le froid, l'impatience de toute l'équipe, en place depuis longtemps, tout était prêt. Nous attendions. Ne manquait que le principal intéressé, Hébert. Deux heures de retard sur le plan de tournage. Pas vraiment son habitude, à René Jacques, le comédien gentil, consciencieux. Adrien excédé, la script plutôt inquiète. Les techniciens faisaient groupe autour de la roulotte cantine, buée aux lèvres. Adrien m'avait demandé de réaliser quelques photos de plateau. Appareils en bandoulière, quelles images à faire, ce soir? J'envisageais de déserter.

Tout le monde était gelé et à cran.

– Il aurait pu prévenir, merde!

Jacques prévint finalement, plus tard. Ou plus exactement, fit prévenir. La script prit la communication dans la voiture de service. L'émotion, le froid: en rapportant la nouvelle, elle tremblait. Le comédien était à la Pitié, aux urgences. Deux jambes brisées. Un accident.

– Un feu rouge grillé, expliqua-t-elle. Il craignait d'être en retard. Une bagnole a pris sa moto de plein fouet. Il fait dire que c'est complètement de sa faute, qu'il est désolé. Il nous embrasse tous et toi surtout, Adrien.

Elle précisa que ça s'était passé boulevard Beaumarchais, tout près. Que maintenant, il devait être sur le billard. Une opération pas complètement simple, d'après l'infirmier qu'elle avait eu au téléphone. Adrien accusa le coup. Tout le monde aimait bien René Jacques. Tout le monde savait tout. Sa joie d'avoir obtenu ce rôle, son admiration pour Leck. Les plans déjà tournés avec lui avaient été épatants. Beaucoup de plans. Inutilisables désormais.

– Quel con!

Adrien se mit hors champ. Dans la rue, les coins d'ombre ne manquaient pas où il pouvait s'isoler pour tenter de penser. Quelques techniciens retournèrent vers les cafetières brûlantes, du côté de l'hôtel de Beauvais. Ce segment de rue coupée de la ville ressemblait à un naufrage consterné. Personne ne se risquait à entreprendre l'inévitable démontage du matériel. Assez gentiment, un policier de faction vint aux nouvelles. Un problème? Quelque chose d'anormal? On lui offrit un grog. Autour, des murmures évoquaient la poisse qui régnait depuis le début sur ce tournage, la fin de Leck, cette fois, le match en trop. J'entendis même le mot « sanction ».

Personne n'ignorait cette méchante rumeur qui depuis quelques jours circulait dans Paris. De plus en plus affolés par les conditions acrobatiques du tournage, certains financiers de la production cherchaient, paraît-il, un metteur en scène pour remplacer Adrien au pied levé, pour sauver les meubles.

Adrien revint. Grande silhouette prise dans le halo de lumière jaunâtre du réverbère. Que devait-on filmer, cette nuit? Hébert rentrant chez lui le 2 septembre, tard, passant aux alentours de la Force, la prison tellement proche. Marche solitaire avec voix off, à quelques mètres du massacre.

La voix, c'est celle de Françoise, la tendre épouse. La curetonne défroquée: « Ses mains sont restées pures comme son âme... »

– On va le faire, me dit Adrien. Tu seras Hébert, voilà tout.

– Quoi?

– Ne discute pas, je t'en prie. Pour cette nuit, c'est la seule solution possible. En plus, elle est juste. Tu ne peux pas refuser.

Il ne me laissa pas riposter. Avec un calme surprenant et efficace, Adrien passa de l'un à l'autre. Demandant à la script et au régisseur de veiller à ce que des fleurs soient envoyées tout à l'heure à René Jacques. Il irait le voir à l'hôpital dès que possible, bien entendu. Il s'entretint à voix basse avec les machinistes chargés du travelling, puis avec son chef opérateur. Tous l'écoutèrent, attentifs, me jetant parfois un coup d'œil. Circonspect ou bienveillant, je ne sais. Enfin, Adrien revint vers moi, me proposa de marcher un peu.

– Je ne sais pas comment on s'en tirera demain mais maintenant, il faut filmer. Tu vas nous dépanner, c'est tout ce que je te demande.

– Je ne ressemble pas à René Jacques!

– Qui lui-même ne ressemble pas plus à Hébert que toi, coupa Adrien. L'allure peut convenir. Il faudra que tu raidisses un peu l'échine. On te filmera de trois quarts dos. On jouera avec la lumière.

– Mais demain?

– Ce film se fait au jour le jour, on finira bien par le comprendre. Va te préparer.

Ce n'était pratiquement pas compliqué. Une perruque poudrée à ajuster, une redingote. Mes jeans ne dérangeaient personne. Pas plus que le lampadaire électrique, les quelques enseignes de boutiques.

– Cette fois, pas de reconstitution. On prend le quartier tel qu'il est devenu.

Hébert rentre d'une séance à la Commune. Il sait que les massacres ont commencé depuis le début de l'après-midi. Comme *L'Ami du peuple, Le Père Duchesne* les a appelés de ses vœux. Moins que d'autres publicistes. Fréron, par exemple. Moins que Louvet dans *La Sentinelle,* moins que Carra dans ses *Annales patriotiques et littéraires*. Moins que Gorsas dans son *Courrier des quatre-vingt-trois départements*. Mais c'est fait, la tuerie a commencé.

– Bon dieu! dit Adrien. Je te demande seulement de marcher dans Paris. La nuit. Tu sais faire.

On me maquilla comme pour un gros plan. En obscurcissant les paupières. A cause du tragique du personnage, je suppose. Hébert n'était pas riche, la redingote était usée, portée depuis longtemps. Mais très soigneusement entretenue. Grise à rayures blanches. Elle m'allait.

J'étais piégé.

– Moteur!

Piégé, avec une logique parfaite. J'en frissonnai.

– Action!

J'avançai, longeant des façades. Bonne partie des numéros pairs de la rue François-Miron bordaient la rue Antoine du temps d'Hébert. Le vieux quartier Saint-Paul. A gauche, l'hospice, le Petit Saint-Antoine. Détruit par le percement de la rue de Rivoli. Au-delà, vers la gauche : la prison.

Marcher, tout simplement. Le massacre à côté. Personne ne l'a ordonné. Il est inévitable depuis le 10 Août. Mais Verdun est tombé ce matin, c'est le bruit qui a couru, lancé par Danton. Autant dire que l'ennemi est aux portes. On s'engage pour l'armée à tous les coins de rues. Au Pont-Neuf, au carrefour Buci où tout à l'heure le massacre a commencé. La patrie en danger. De l'audace!

Il faut tuer. Sans le dire, sans le décréter. Les fédérés, les enrôlés ne veulent pas laisser l'ennemi dans la ville : les chevaliers du poignard, les Suisses, les prêtres réfractaires, les comploteurs, les agents de toutes les factions coalisées. Quelques centaines de citoyens peuvent se charger de la besogne. Pas la lie du peuple, le peuple. Quelques commerçants, artisans, gardes nationaux, fédérés, communards. Tous hommes prompts à brandir la pique contre la racaille. Car il s'agit de la racaille, d'abord. La contre-révolution.

Pas de prise de son directe. Adrien donnait ses indications.

– Marche moins vite, plus voûté, peut-être.

Hébert se tenait droit.

– La nuit du 2 au 3 septembre, souffle Adrien, il rasait peut-être les murs.

Ce n'était pas prévu, Adrien étant un fourbe, la caméra me doubla, me prit presque de face. Il faisait sombre, certes, mais néanmoins c'était joué : moi, pris sur le fait.

– Continue!

C'est tout près, Jacques-René ne peut pas ne pas entendre les rumeurs, les cris étouffés. Il sent nécessairement la tension, les allées et venues des émissaires des sections, les petits groupes qui se hâtent, toute l'électricité de ce quartier. Il y va, dépasse son immeuble, pousse jusqu'à la rue des Ballets. Pas parce qu'il est adjoint du procureur. Pas pour présider un tribunal. Parce qu'il est le Père Duchesne et qu'il est curieux.

– Cut!

Quoi! Déjà?

J'étais à peine devant l'hôtel Hénault de Cantorbe, en vue de la pointe Rivoli!

– On remet le couvert, dit Adrien. Tu étais très bien, mais...

– Attends, dis-je. O.K. pour une nouvelle prise. Il y a quelque chose qui ne colle pas.

– Quoi encore?

Dans le script, Jacques-René ne poussait pas juqu'à la Force. Soit. C'était invraisemblable, pourtant admettons. Il rentrait chez lui, indifférent aux événements ambiants, script de merde.

– Où est-ce, chez lui? demandai-je. Quel immeuble? Tous ceux-là, où nous sommes, existaient en 1792. Ils ont été rénovés, retapés, curetés, certes. Il y en a quand même un qui est celui où habitait notre ami. Lequel?

– Toi, malin, tu le sais?

– C'est une enquête que je compte bien mener.

Pour une fois.

Je me remis en place. Ce n'était pas de cette nuit que j'arpentais la rue François-Miron, elle et tant d'autres rues, sensible à toutes les vibrations venues de loin. Adrien pouvait hurler « Cut! » tant qu'il voulait, je n'en avais pas fini.

La même nuit, vers la fin, Julie reçut un nouveau message téléphonique menaçant. L'opération de René Jacques fut plus longue que prévu. Les fractures étaient, paraît-il, très moches. Le bon bougre ne remarcherait pas avant six ou sept mois. Je me promis d'être franc camarade, d'aller lui rendre visite aussi souvent que possible à l'hôpital, en sachant que je n'y parviendrais sans doute pas. Je passai quai de Jemmapes nourrir Radek et parler un peu avec lui. Suspicieux, il flaira les traces de fond de teint que j'avais encore sur le visage. Un peu plus tôt, tandis que je prenais mon café-blanc-sec au comptoir de La Capitale, les habitués m'avaient regardé d'un drôle d'air. J'allai me toiletter. Le chat me tint compagnie.

Je ne pouvais certainement pas jouer Hébert. Je devais surtout continuer le travail au musée Grévin. Et admettre qu'il prenait un tour inattendu.

Dans l'atelier, le démoulage de la cire était achevé, assemblé. Un nouveau double pour Julie, la tête en moins. Ni sensuel ni convaincant. Il ne le serait qu'après le ponçage. Jérôme installa la tête de Bardot, pour me faire plaisir.

– Le corps d'une future star avec le visage d'une ancienne, dit-il d'un ton désabusé. Nous avons ici de curieuses idées, parfois.

Le collage ne manquait pas d'allure, pas si malséant. Le masque était déjà fardé. Lourd rimmel et moue provocante, époque du *Repos du guerrier* ou de *La Parisienne*. La loufoquerie était de faire figurer Bardot dans un péplum. Elle n'en avait tourné qu'un, à ma connaissance. Un petit rôle dans l'*Hélène de Troie* de Robert Wise, en 1954. Une esclave dégourdie: Andraste. Jérôme était content de son travail, frustré par sa destination finale. Julie valait mieux qu'une fonction de faire-valoir. Il était inquiet.

– On dit que le tournage se passe mal.

– Des problèmes, comme partout.

– Anna Fried en veut tant que ça à Julie?

– Rien de grave. Des jalousies d'actrices. Tu l'aimes à ce point?

– A en crever.

Entre autres fraîcheurs, Jérôme pouvait dire ces choses telles quelles: « A en crever. » Il ne faisait pas rire.

Seulement, il n'était d'aucune utilité pour Julie. Pas producteur, pas réalisateur, pas même journaliste. Pire, il avait été l'agent, le témoin actif de son humiliation.

– Une fois, elle a dit qu'elle se prostituait, ici.

Je fis quelques photos du résultat le plus concret de cette mauvaise passe. Et aussi du mannequin mutilé qui gisait dans un coin de l'atelier.

En sortant du musée, alors que je traversai la Grotte des Singes, je tombai sur Adrien. Il était certain de me trouver là.

Teint brouillé, barbe négligée, il n'avait pas pris un instant de repos depuis le tournage de la nuit. Il avait même dû s'agiter beaucoup.

– Ma décision est prise, dit-il, presque haletant. J'ai refait le plan de vol. On doit pouvoir s'arranger. Tu joues demain. La scène du Manège. Tu es Hébert.

Dans le miroir déformant, derrière, son reflet se gonflait grotesquement. Puis s'étirait comme un vieux chewing-gum.

– Pas question.

Adrien me prit au col, brutalement.

– Il n'est question que de cela parce que ce film doit se faire. René Jacques est hospitalisé pour des mois et des mois.

– Paris grouille de comédiens excellents.

– Imbécile! Ce que j'ai compris cette nuit, c'est que tu es le Hébert que je veux!

Adrien me secouait toujours. Il me relâcha à l'instant même où j'allais lui lancer mon genou dans les couilles. Nous sortîmes.

– On ne va pas s'engueuler, dit-il. Pas nous.

D'abord, il y avait un service d'ami qu'il me demandait, et que je ne pouvais pas ne pas lui rendre. C'était le point fort de son argumentation. Le seul. Ensuite, il y avait des pressentiments, des choses qu'il avait comprises, lors du remplacement de la nuit. Les rues, Paris, ce qui se trame tout près des pas les plus familiers.

– Tu comprends ça instinctivement, c'est ton affaire. Comme Hébert. Comme le Père Duchesne. Tu ne t'en rends même pas compte : ça fait des semaines que tu t'es mis dans le rôle, que tu fouines dans les traces de l'ancêtre. Autant que ça serve.

– Je ne suis pas comédien.

– Je ne te demande pas de l'être!

Il évoqua le Père Duch', fin connaisseur de son pavé, la narine d'autant plus fine au vent de la ville qu'elle était boucanée de gros tabac.

Nous étions passage Jouffroy. Dans la vitrine de la boutique de cinéma, au milieu d'autres reliques, on avait exposé une photo d'Anna Fried. Adrien gesticulait, m'agitant même sous le nez une proposition de contrat.

– Je peux toujours accepter pour m'amuser, dis-je. Toi, tu fais une connerie.

Il s'arrêta net.

– J'ai réfléchi, figure-toi. Il y a une dernière raison qui m'a convaincu qu'il fallait que tu fasses Hébert. Tu veux que je te dise laquelle? Ton chat s'appelle Radek. C'est bien la preuve que tu as le sens des révolutionnaires pourris!

La démagogie d'Adrien forçait l'admiration.

Julie fit les choses dans les règles. Elle téléphona pour s'annoncer, demanda si elle pouvait monter. Assez lâchement je dis que oui, dans une heure. Le temps de mettre un peu d'ordre, de fermer quelques portes. De plus en plus de gens débarquaient chez moi à l'improviste. De moins en moins de gens simples me fréquentaient. Mes routines de photographe en studio devenaient très aléatoires. Les dérives privées gangrenaient le domaine professionnel, ma clientèle baissait. Faire l'acteur? Il ne manquait plus que cela.

Je fis entrer Julie.

Elle remarqua tout de suite – je n'avais rien fait pour l'éviter – la tête de la princesse de Lamballe.

– J'étais certaine que c'était toi.

– Ce n'est pas moi qui l'ai volée.

– Ce n'est pas ce que j'ai voulu dire. J'étais sûre qu'elle était chez toi, c'est tout.

Julie se posa, sans plus de façon. Elle choisit cette chaise de fer que j'avais « recueillie », quelques années plus tôt, au jardin du Luxembourg. Elle dit :

– Tous ces objets! C'est un appartement épouvantable, oppressant. Je ne pourrais jamais y vivre.

Qui le lui demandait? Elle dit encore :

– Je suis sincèrement désolée de te déranger. Je te dérange, n'est-ce pas? J'en ai assez de ces coups de téléphone chez moi, cette impression d'être toujours suivie, épiée. J'avais besoin de parler un peu.

– A moi?

– Nous ne nous trouvons sympathiques ni l'un ni l'autre.

C'est peut-être de ma faute. Tu es le confident de tout le monde : Leck, la Fried, Stan, Joachim. Comment se fait-il? Et pourquoi pas moi? Sans compter que nous sommes désormais embarqués sur le même bateau. On pourrait peut-être se parler. Au moins un peu. Essayer.

– Je crains de ne pas être l'interlocuteur idéal.

– Possible, mais je n'ai pas le choix. Je peux aussi partir tout de suite.

Julie était vêtue d'un gros pull de laine mauve, d'un pantalon en velours, de santiags. A peine maquillée. Tout le contraire de son élégance habituelle. Elle n'était pas en représentation. J'eus la conviction qu'elle disait vrai, qu'elle n'en pouvait plus. Les nerfs mis à fleur de peau par le tournage, tracassée par des menaces diffuses, elle était seule. Sans amis ni appuis. Elle tenait à la force de caractère, avec la farouche volonté d'arriver. Je lui offris un verre.

– Tu es inquiète à ce point?

Elle réfléchit.

– Je ne risque sans doute rien. Rien que des accidents comme ça (elle me montra ses mains). On a touché juste. Je ne peux pas supporter d'être abîmée.

– Comme Mona?

– Tu as tout compris, ricana-t-elle. Nous sommes nées semblables, chacune est devenue le mauvais miroir de l'autre. Quand le même devient différent, la haine s'installe, c'est bien connu. Je reste certaine que c'est toi qui as manœuvré pour lui faire obtenir ce rôle.

– Pourquoi?

– Je l'ignore. Tu ne dis pas grand-chose, tu agis peu. Pourtant, tout se passe comme si tu étais le grand partenaire indispensable.

– Je connais Adrien et Joachim depuis plus de vingt ans, voilà tout.

– Pas la Fried, pas Stan. Ne me fais pas le coup du naïf. Ou alors moi aussi, je reprends la pose et nous perdons notre temps.

Bizarrement, c'était une conversation agréable. Je n'avais certes pas de réponses immédiates à apporter aux questions de

Julie. Je pouvais en revanche lui proposer d'improviser une dînette, c'était une heure convenable pour cela et j'avais sur la fenêtre une bourriche d'huîtres qui ne demandait qu'à être honorée. Julie accepta.

Je n'avais pas de réponses parce que j'étais aussi dépassé qu'elle, avec bien moins d'angoisse. Les vieilles complicités amicales n'expliquaient pas les événements plus ou moins intrigants qui marquaient le terrain depuis le 3 septembre. J'ai assez peu le sens de l'intrigue.

– A vrai dire, j'ai tendance à trouver normales toutes ces choses qui nous arrivent.

– Même lorsqu'il s'agit de la tête de la princesse de Lamballe offerte dans un sac Prisunic?

– Bah! Ce n'est pas chez moi qu'elle est le plus mal. Elle retrouvera tôt ou tard son cadre régulier. Il y a évidemment de petits mystères derrière tout ça, ils ne nécessitent pas de grandes manœuvres d'investigation.

– Et lorsque mon effigie est lacérée au musée?

– Je note d'abord que tu restes bien vivante. Que le vieux jingle du crime dans un musée de cires n'intéresse plus personne.

Assise à la table de bistrot, Julie s'était installée sous l'enseigne de la Tour d'argent de la Bastille. Celle qui fut détruite en juin 1985, au bénéfice de l'Opéra. Elle attaquait ses huîtres avec un bel appétit, s'amusant à l'occasion des gourmandises de Radek qui venait rôder autour de son assiette. Le chat noir préférait les marennes chaudes, mais il savait ne pas se montrer totalement sectaire. Le cru lui convenait aussi, à condition toutefois que la chair ne fût pas trop arrosée de citron ou, pire encore, de vinaigre à l'échalotte. Personne ne songeait à de pareilles fautes de goût.

– Et Hébert?

– Quoi Hébert?

– J'ai cru comprendre qu'à cause de toi nous n'aurions pas une grande scène en commun. A la Force. Tu étais au tribunal, dans la version primitive. Le scénario a été modifié. Ce pauvre Joachim en a été très tourmenté.

Chablis! J'avais peut-être un biais pour répondre aux questions de Julie. Comprenne qui pourra. Je repris l'argumentaire.

– Ton assassinat est devenu emblématique de la sauvagerie de septembre. Il aurait été logique que j'y fusse mêlé. Le Père Duchesne était, n'est-ce pas, le grand démagogue, l'appeleur au massacre.

– Faux?

– Du 10 août au 2 septembre, pas une trace d'appel au meurtre dans mon journal, je t'invite à vérifier.

– Ce qui ne prouve rien, dit-elle machinalement.

– Soit. On doit reprendre les pièces, les témoignages. Aucun acteur ne signale ma présence à la Force. En revanche, à l'heure de ton procès – simulacre de procès, je te l'accorde –, je suis délégué par la Commune à l'Assemblée.

– Y es-tu allé?

– L'ordre de mission a été répertorié.

– Tous n'ont pas été honorés. De Michelet à Castelot, excuse la déclinaison, on tient ta présence comme probable.

Tiens, elle n'était pas inculte.

– Il y a des témoignages. Celui de Françoise, tout d'abord. Je cite, je le connais par cœur: « Ses mains sont restées pures comme son âme et n'ont pas trempé dans le sang qui a coulé dans les prisons. Pour moi, j'en ai eu une si grande horreur que j'ai failli en perdre la vie. »

– C'est la Goupil, ta petite femme, qui parle. Elle te défend, elle t'absout.

– Pas du tout. Elle écrit à sa belle-sœur une lettre privée, parfaitement spontanée. Françoise y donne son sentiment personnel à propos des massacres: « Les noms de ceux qui en sont les auteurs sont déjà en exécration. »

Je concédai que ces propos n'avaient pas valeur de preuve, seulement d'indice. Quoi d'autre, dans le dossier de la défense?

– On a les témoignages de deux hommes, Mathon de la Varenne et Weber, ce dernier étant frère de lait de Marie-Antoinette, qui ont comparu devant le tribunal. L'un avant toi, l'autre après. Tous deux ont eu la vie sauve. Tous deux ont rédigé leurs mémoires, aucun n'évoque ma présence. En l'an IV, lorsqu'on fait le procès des septembriseurs retrouvés, personne ne songe à m'accuser. A l'époque, je ne suis plus là pour me défendre, ç'aurait pourtant été commode.

– Je suis une prisonnière importante. Tu as pu faire incursion à la Force rien que pour mon seul jugement.

– Aucun témoin ne le rapporte. Pas plus la presse. Pourtant, nombre de publicistes ne me portent pas dans leur cœur. Quand, plus tard, je souligne dans ma feuille les rôles de Pétion ou de Manuel dans ce hachis, nul ne songe à me renvoyer à la figure mes propres responsabilités. Tu veux les documents?

– Bon sang, lâcha Julie. Un vrai travail d'avocat! Mais d'où vient l'accusation? Car c'est un fait: on te met en cause.

Du coup, j'apportai sur la table les dossiers, les photocopies. Ce n'était pas très bien classé, tout y était. J'avais assez fouiné à l'hôtel Lamoignon.

– Tout vient d'un nommé Peltier. C'est un royaliste, il est réfugié à Londres depuis le 10 Août, n'a rien vu des massacres. En 1794, il publie un *Dernier Tableau de Paris* où il me met en cause. Récit d'émigré, en aucun cas de témoin. Il m'accuse. Tous mes détracteurs l'appellent à la rescousse lorsqu'il s'agit de m'accabler.

– Rien que de la fumée sans feu?

– Presque. Car, évidemment, j'aurais pu être à la Force. Mais je répète, j'étais en séance ce matin-là, à la Maison commune. On m'a chargé de me rendre au Manège, avec mes collègues Darnaudy et Jolly, pour y communiquer une liste de commissaires à envoyer dans les départements afin que soit hâtée la formation de nouveaux bataillons de gardes nationaux.

– Épargne-moi les détails.

– Si tu veux. Une dernière chose. J'étais tellement présent à la prison que lorsque je relate les faits, quelques jours plus tard, je commets quelques énormes erreurs dans mon Grand Détail de la relation des événements.

Julie se tenait très bien face aux marennes. Les coquilles faisaient un joli tas dans son assiette. Je lui tendis l'exemplaire du journal. Elle s'essuya les doigts.

– Je parle de l'exécution de la Tourzel, la gouvernante des enfants. Si j'avais été assidu à la Force, j'aurais bien su qu'elle et sa fille avaient été épargnées.

– Donc, tu n'y étais pas du tout?

La vraie question! La plus embarrassante! Il fallait bien avouer.

– Si, évidemment, j'ai dû y passer. A un moment ou à un autre. Pas en procureur de la Commune. Pas ceint de mon écharpe tricolore. Mais en badaud. En voisin. En Parisien effrayé. A propos des tueries, la reine Coco-Rolland a eu l'étonnement qu'il fallait: « Une nuit, je peux comprendre. Mais quatre jours! » C'est à la Force que ce fut le plus long. Prétendre ne pas avoir fait le détour, de ma part, c'est absurde. Je suis flâneur. Pas sanguinaire.

Ma position, elle tenait en deux phrases de mon *Père Duchesne*, écrites quelques mois plus tard. Je les lus à Julie. Le texte se contredisait partiellement: « On nous reproche des meurtres, des assassinats, on nous fout sans cesse au nez les massacres du 2 et 3 septembre, et cependant dans ces jours de vengeance et de justice il n'est péri que des scélérats qui avoient précipité la France à deux doigts de sa perte. Ces massacres ont été conduits par des coquins qui les reprochent à des hommes purs qui dans leur vie n'ont pas versé une goutte de sang. » Voilà!

Julie ne put s'empêcher de sourire.

– Quelle véhémence! Adrien n'a pas fait le mauvais choix. Tu connais ton personnage par cœur. Pourquoi cette passion?

A cette question aussi j'avais une réponse. Une fiche. Jacques-René était le mal-aimé de la Révolution. J'avais répertorié les clichés émaillant les commentaires sur sa vie. Des « antécédents déplorables », un style « ordurier et trop souvent infâme ». On lui reprochait ses « excitations furibondes à la Terreur », sa « honteuse couardise ». C'était un « aventurier sceptique », un « démagogue », un « pornographe », and so on.

– Bref: il te plaît.

– Assez.

– Une question: tu dragues toujours comme ça?

Radek déroba une huître, s'enfuit tout content avec son trophée.

Julie craqua, se rapetissa dans son gros pull.

– Tu es complètement dingue, c'est injuste, un peu dégueulasse. Je veux faire un film avec un réalisateur que j'admire, mon rôle est intéressant, une vraie chance, et je tombe sur une mafia avec ses secrets et des rites. Et toi ce soir, c'est le pire! Tu fais un effort pour être accueillant et quoi? Tu me parles du 3 septembre comme si c'était ta promenade du jour. Pendant ce temps une vieille folle me persécute, on me brûle, on me méprise et même on en rajoute sur le personnage de conne que je suis censée jouer. Ce tournage est devenu un bateau ivre. Admettons que tu ne sois pas un ennemi. Victor, qu'est-ce qui se passe?

Le téléphone sonna. Un appel muet. J'attendis.

La nuit était tombée depuis longtemps sur le canal avec des reflets bleutés et des envies de grands malheurs. Le souffle d'Anna, à l'autre bout du fil. J'étais content de cet appel. Je marchai un peu, l'appareil à l'oreille. Ici, il n'y avait pas à raconter Hébert, pas de numéro d'acteur à faire. Julie venait sans doute d'apprendre deux ou trois bricoles. Anna savait tout de l'essentiel. Je n'avais à jeter la pierre ni à l'une ni à l'autre. Enfin, Anna parla. Elle dit :

– La Conciergerie, la voiture dans Paris, c'était bien. Maintenant... essayez de ne pas vous tromper.

– De quoi?

– De scénario, de femme...

Clic and cut.

Julie n'était plus à table. Elle dormait, roulée en boule sur le canapé. Vrai que j'avais longtemps écouté le silence d'Anna. Qu'il était tard. Julie était bien plus épuisée qu'elle ne voulait le laisser paraître. Un coup à la Mona. Rien de vraiment dérangeant. Elle pouvait rester. On tournait dans quelques heures.

Il vida son verre, moi le mien. Je venais de faire le travail, à la Maison commune, un petit discours teigneux en appelant à la liquidation de la ménagerie du Temple. Le Gros Colas, la Louve & C°. Adrien était satisfait. Je m'installai dans le fauteuil de grosse toile estampillé à mon nom qui m'était désormais attribué.

Adrien jonglait avec le plan de tournage. La défection de

René Jacques avait saccagé le planning prévu, déjà bien malmené. Je feuilletai le livre de bord des prochains jours. Je ne figurais dans aucune des scènes à tourner jusqu'à la fin de la semaine. La décision s'imposa d'elle-même. Quitte à poursuivre la folie Hébert, j'avais un petit voyage à faire. Il allait à l'encontre de tous mes principes (ne jamais quitter Paris) mais la nécessité de l'exception était plaidable.

Rue de la Corderie, je trouvai Joachim furieux et en plein désarroi. La petite black qu'il aimait ces jours derniers et qui l'encombrait n'était pas en cause. Une fille magnifique et gaie, conforme à ses goûts. Le problème, c'était les visiteurs. Ou plutôt, les conseillers.

– Le défilé, gémit-il, ça n'arrête pas.

Qui? Des historiens, des journalistes, des spécialistes indubitables de l'été 92. Joachim avait même eu droit à un académicien, ex-Garde des Sceaux, qui avait forcément sa petite idée sur le rôle de son prédécesseur Danton. Chacun venait avec sa thèse, son érudition supposée, gentiment, sans naturellement vouloir marcher sur de quelconques plates-bandes. Toute liberté en art. Mais quel film?

– Bande de fourbes!

Joachim sortit une bouteille de mescal de derrière quelques bouquins. Il se régalait.

– La vérité est que la production panique. Elle ne veut pas encore prendre Leck de front. Elle voudrait quand même savoir à quoi il gaspille le fric. Alors, elle envoie des poissons pilotes. Tous ces réacs!

Histoire de s'assurer que serait bien montrée la sauvagerie du massacre des Suisses aux Tuileries, l'ignoble sort réservé à la famille royale au Temple, l'horreur des prisons, etc. « Pas la peine d'évoquer la Vendée, la Grande Terreur », avait dit à Joachim un jeune homme bien mis de sa personne. « La Révolution est là tout entière, dans cette première semaine de septembre. »

Joachim haussa les épaules.

– Tant mieux si je peux servir de paravent à Adrien. Ce que je crains, c'est la grande offensive.

– Adrien ne risque pas grand-chose. Trop de fric a déjà été dépensé.

– Ces gens-là ne calculent pas ainsi, dit Joachim. Ils pensent beaucoup à l'argent, pas seulement. Ils redécouvrent que la Révolution est un brûlot. Je ne suis pas certain qu'ils veulent le film que notre ami est en train d'inventer.

Somme toute, rien n'interdisait de rompre le contrat d'Adrien. De le faire remplacer par un autre réalisateur. La vieille tradition des grands studios. L'ami accumulait suffisamment de retards, de caprices, d'incertitudes pour justifier n'importe quel vidage. L'une des principales commodités d'Adrien : il était à peu près indéfendable.

Cette idée de me refiler le rôle d'Hébert, par exemple. Elle faisait beaucoup rire Joachim.

– Tellement inattendue que j'ai immédiatement milité pour, avoua-t-il. Ne me demandez pas pourquoi. C'est le génie de Leck de fabriquer ainsi des solutions tordues. De faire de la bouillie de nos petites idées à nous.

Des centaines de feuillets étaient éparpillés sur le carrelage. Depuis longtemps, Joachim ne se préoccupait plus du parti qu'Adrien en avait ou non tiré. Il ne voulait ni assister au tournage ni visionner les rushes. Alimenter la pompe à idées, à flot continu, tel était strictement son job. Il resservit une tournée de mescal, ce truc traître qu'avait eu grand tort de lui offrir Stan.

Joachim cligna de l'œil.

– Vous aussi, vous avez des idées bizarres, dit-il. Le coup de la jumelle de Marie-Thé, je pense que je n'aurais pas osé le proposer.

La fenêtre du bureau était ouverte. Il faisait nuit noire, mais à quelques dizaines de mètres, en bas, c'était le Carreau du Temple. Au-delà, vraiment pas loin, il n'était pas difficile de deviner la haute silhouette de la tour du Temple démoli.

– N'oubliez pas, dit Joachim. On attend toujours de savoir où localiser le cabinet Curtius.

Le simple plaisir de rouler dans les rues désertes.

Je fis plusieurs fois le tour du square, puis j'élargis le circuit en tâchant de suivre le pourtour de l'ancien Enclos. Rues Charlot, Béranger, Turbigo, du Temple. Rue de Bretagne, je longeai les grilles, sur le trottoir, cherchant à deviner quelque lumière chez Stevenson, quand j'entendis un miaulement. Un tout petit couinement. Je bloquai net. Une ombre traversa un pan de pelouse pour aller se réfugier sous un buisson malingre, près du saule. Un tout jeune chat, un bébé. D'autres miaulements s'élevèrent. Toute une famille, terrée là! Aucune envie de déranger les bestioles. Je les observai quelques instants, sans trop bien voir, ne voulant pas tenter d'approcher. Je n'avais rien à leur offrir. Mauvais symptôme. Dans mes promenades de nuit, depuis toujours, j'avais l'habitude de garnir les sacoches de la Raleigh de nourritures diverses pour les chats de rencontre. Ce soir, c'était un manquement.

Je pris le large par fidélité. Radek m'attendait.

Il n'était pas question que cela dure. Pour une nuit encore, Julie était chez moi. Pas très envahissante, discrète même. Trop. Je l'avais trouvée endormie sur le divan. Elle avait doucement grogné lorsque j'avais rajusté la couverture sur ses épaules. Je lui fus reconnaissant de faire semblant de ne pas se réveiller.

Le répondeur avait enregistré des appels. Avec Julie à quelques mètres, il était difficile d'en prendre connaissance sans la déranger. Je n'en avais pas non plus tellement envie. Et puis, j'en avais un peu assez des messages, des signes de piste. A quatre heures du matin, il était envisageable de laisser les choses en l'état. De simplement m'attarder un peu dans le bureau.

Il ne s'agissait pas, pour cette nuit, de scruter encore un peu plus les portraits, les plans, les parcours épinglés au mur. Je les contemplai en grillant quelques cigarettes dans la pénombre. Aucune leçon à attendre. Seulement un recoin de folie douce à découvrir. Qui m'amusait.

Ce matin, elle tournait. Quelques plans simples, lors de son transfert à la Maison commune (après le Temple, etc.). Julie servit le café, les œufs, le jambon, le vin blanc.

Elle dit :

– Tu étais au Temple, en visite, lorsque est arrivé l'arrêté de la Commune ordonnant mon départ et celui des dames de la Reine. Tu as été surpris. Tout à l'heure, tu en parleras dans ton journal. Mais moi, je t'ai vu. Tu n'étais pas si sûr de toi, citoyen Hébert. Viendras-tu au tournage?

Justement non.

J'avais prévu d'aller en bibliothèque lire ce que Jacques-René avait écrit, ce jour-là, précisément. Pas l'approximation dialoguée concoctée par Adrien. Le texte lui-même. Une « Grande joie de ce que la municipalité a fait rafle de toutes les coquines qui entouroient madame Véto, qui ne peut plus conspirer maintenant qu'avec les chauve-souris ».

– Ce film ne t'intéresse pas, trancha-t-elle. Tu as trop le goût de ton propre cinéma. J'imagine que c'est pour cette raison qu'Adrien tient tant à ta collaboration.

Peut-être, peut-être. Je ne demandais rien à Julie. C'était à elle de se demander pourquoi elle était chez moi. Si tôt le matin. Si apprêtée, si frénétiquement apprivoisable. Je n'avais rien demandé.

– Rien.

– Je sais. Tu veux qu'on te foute la paix, avec tes images, tes virées intimes, tes cueillettes. Tu n'as besoin de personne. Inutile de me faire ton numéro.

Il n'y avait qu'une seule chose qu'elle me demandait de comprendre (pas d'accepter, de comprendre) : elle avait besoin de moi, pendant quelques jours, et du diable si elle savait pourquoi.

Elle se leva, acheva de se préparer pendant plusieurs longues minutes, dans la salle de bains. Radek lécha un peu le café dans les tasses. Tout cela n'était ni désagréable ni très pertinent. J'avais envie de marcher malgré le temps dégueulasse évident, jusqu'à la rue Pavée. L'idée de m'enfermer ensuite dans une salle de lecture me semblait le meilleur objectif qui soit. Ce film était une absurdité honteusement sympathique.

Julie était prête. J'appelai un taxi.

– Tu m'accompagnes?

– Au pied de l'immeuble, d'accord.

L'escalier.

J'expliquai à Julie que cet escalier était toujours un bonheur. Des bêtises vraies sur la découverte de la rue, à chaque fois, le passage, tous les jours. Même un jour gris, comme aujourd'hui.

– Le plaisir de risquer le nez hors de ton bunker?

– Si tu veux.

– Le hall.

– Ce soir, je peux revenir? Encore un soir? Ça ne durera pas.

La porte. La rue.

Finalement, nous nous tenions plutôt enlacés. Julie sentait bon. Le taxi attendait. Des gestes se firent, vite. Caresses, baisers, des petites choses convenues. Quitte à ce que cela ne dure pas plus d'une minute, j'avais envie que Julie revienne tout à l'heure. La portière claqua. Elle disparut.

Ce n'est qu'à ce moment que je vis Anna Fried, en faction, de l'autre côté de la rue. Sa voiture démarra aussitôt.

Le Temple (2)

Les cheveux de la femme sont remontés et noués sur le haut du crâne par un ruban, la nuque dégagée. A genoux devant elle, l'homme tient entre ses doigts quelques mèches. Il est attentionné. La femme, elle est jeune, est allongée sur le ventre. Ses mains sont liées derrière le dos, des sangles de cuir la contraignent, aux cuisses, aux chevilles sur la planche de bois qui vient de basculer. Ne pouvant plus bouger, elle grimace ou ricane. Le cou est déjà enfermé dans la lucarne de la machine. A côté, Sanson, redingote sombre, cocarde au chapeau (haut-de-forme), tire sur la corde qui élève la lame. Les mains, les manchettes de son assistant sont tachées. Derrière, on est dans une sorte de cul-de-basse-fosse, un mur de grosses pierres rugueuses et noires. Des piques, quatre, sont alignées. Fichées sur chacune d'elles, des têtes guillotinées. De gauche à droite, Fouquier, Hébert, Robespierre, Carrier (une petite pancarte les identifie, elle mentionne leurs années de naissance et de mort). L'alignement est improbable, mal éclairé, saisissant. Ces têtes sont maculées par le sang qui a giclé. Les paupières sont plus ou moins closes, prunelles chavirées, regards morts (seul Robespierre a les yeux fermés – l'air plus inspiré que défunt).

La guillotine est authentique. Elle a été cédée par le musée Grévin, après que celui-ci eut renoncé à sa série de tableaux, « Histoire d'un crime » (quelle année?).

A gauche de cette scène, dans un recoin, deux autres têtes également piquées. Celles de Capet et de Marie-Antoinette. Derrière, au milieu de la salle, baignoire-sabot élevée sur un petit podium, Marat assassiné. Bordé de linges blancs, plein spot sur son visage livide.

Ailleurs, disposée dans la Chambre des horreurs du musée Tussaud, l'exécution de Gary Gillmore. Il est assis, on entend l'énoncé de la sentence. Un dispositif optique sophistiqué fait qu'il s'écroule sous nos yeux, la poitrine criblée de balles. Et puis Hauptmann (rapteur du bébé Lindbergh), sur la chaise électrique. Un garrotté à l'espagnole (souvenir des vaines manifestations pour sauver Puig Antig, sous Franco). Autre scène : un homme est pendu. Le musée, après l'abolition de la peine de mort, en 1965, a acheté la potence de la prison de Hertford. Plus loin, dans une rue londonienne du temps de Victoria, brouillardeuse, assaillie de rumeurs et d'échos inquiétants, je tombe sur le cadavre demi-nu et épouvantablement mutilé de Catherine Eddowes, victime cette nuit de Jack the Ripper, je m'attarde auprès d'elle, cette femme magnifiquement assassinée, puis je retourne voir Jacques-René, l'observer de près. J'ai fait le déplacement jusqu'à Londres uniquement pour lui.

Paris.

J'obtins sans difficulté Adrien au téléphone. Il se mit aussitôt à hurler. Je raccrochai. Il rappela dans la minute, furieux. Pratiques ridicules.

– Bon dieu, où étais-tu passé? On te cherche partout depuis trois jours.

Paraît-il qu'on ne pouvait pas se permettre ça, sur un tournage, que ça ne se faisait pas.

– Aucune feuille de service ne supposait ma présence.

– Ciel! gémit-il. As-tu vraiment le sentiment que ces putains de feuilles servent à quelque chose? On filme au bord du précipice. J'ai besoin d'avoir tout le monde sous la main, tout le temps. Toi comme les autres. Tu n'as pas de statut à part.

Il se remettait à crier, c'était désagréable.

– A un détail près, rectifiai-je. Aucun contrat ne me lie à ton entreprise. Rien n'est encore signé, je ne sais pas si je ferai Hébert jusqu'au bout. Pour le moment, je suis un bon copain qui te dépanne, qui respecte tes horaires et tes consignes. Mais pas question d'être disponible vingt-quatre heures sur vingt-quatre ni de subir tes humeurs.

Adrien se calma, fou de rage.

– Tu veux dire que tu te réserves la possibilité de quitter le plateau? J'ai bien compris? Un chantage?

– Ne sois pas crétin. Je respecte ton travail, tu pourrais respecter mes manières de faire.

– Pourquoi ne signes-tu pas ce contrat?

– Je n'ai pas encore pris le temps de le lire.

– Assez de conneries. Si tu n'es pas d'accord sur le cachet, on peut toujours discuter.

– On verra, on verra.

– Tu es conscient que tu te conduis en parfait salaud?

– Ne cherche pas trop à m'en persuader, tu pourrais me convaincre.

Le drôle était ma bonne foi. J'avais juste fait un petit dégagement de quelques jours, sans penser déranger personne. Script sous les yeux, mon absence n'avait empêché ni le transfert de la princesse à la Maison commune, puis à la Force. Ni l'arrestation de Mona dans son alcôve du Palais-Royal, puis son incarcération à la Salpêtrière. La vie avait pu continuer.

– Calmons le jeu, concéda Adrien. Où étais-tu passé?

– Je suis allé à Londres.

– Toi? Là-bas?

Rire sans façon, à l'autre bout du fil. Incrédule. Quoi? s'étrangla Adrien, j'avais quitté Paris, mon terroir, abandonné mes recoins! Moi qui avais une notoire phobie des voyages. Au nom de quelle urgence, de quelle passion brûlante?

– Je suis allé chez Tussaud. Je voulais voir le masque mortuaire d'Hébert. Sa vraie gueule.

Adrien avait raison, il m'en avait coûté de faire ma valise.

J'avais relu plus en détail la monographie de Stevenson. Marie Grosholtz avait quitté la France avec tous ses moules, mais très peu de masques. Parmi ces derniers, celui de Jacques-René. Sa valeur particulière (comme pour Maximilien, Fouquier, Carrier) était sans doute d'avoir été pris directement sur le modèle.

Un billet, une heure à peine de vol, beaucoup plus de temps

dans le métro entre Heathrow Airport et Baker Street. Londres n'était pas une ville dans laquelle il fallait que je me risque à m'attarder. Comme à Prague ou Venise, ou Lisbonne, je pouvais très vite m'y sentir frauduleusement chez moi, en braconnier floué d'avance.

– Londres, rien que pour Hébert? demanda Julie.

Elle regarda longtemps les images prises là-bas que je venais de tirer.

– On dirait des photos faites par les flics...

Elle voulait dire : des photos d'anthropométrie. Intuition pertinente. Les empreintes relevées par Marie Grosholtz relevaient de l'identité judiciaire. Certaines étaient très dures. De toutes les têtes exhibées, celle de Jacques-René était la plus souillée de sang mais aussi la plus abîmée. J'imaginai les accidents dus à la chute dans le panier, aussi les conditions précises de l'exécution. Le 24 mars 1794, Sanson avait joué avec sa victime, faisant durer le plaisir sous les acclamations de la foule. On rapporte qu'il fit plusieurs fois tomber la lame pour amuser le parterre.

– Pourquoi? Une partie de la population fut sans doute déconcertée par la médiocre prestation de Jacques-René à son procès. Lequel était complètement truqué, bien entendu. Le tonitruant Père Duchesne y est apparu comme un lâche, un trembleur paniqué. Sans doute aussi y avait-il autour de l'échafaud pas mal d'agents du Comité de salut public.

– Ce visage est terrible.

– Il l'est d'autant plus qu'avec tous ses stigmates et le sang, on ne parvient que très difficilement à imaginer à quoi il ressemblait lorsqu'il était vivant.

En fait, j'étais frustré. J'avais vu et pas vu Jacques-René. Le scandale était patent. Daguerre n'était né que le 18 novembre 1787. Pas de photos des contemporains de 89-94.

Minuit. Il pleuvait. Julie avait tenu à m'accompagner. Avec moi, elle s'était amusée à rechercher, à répertorier toutes les gravures du boulevard du Crime que je pouvais posséder dans différents ouvrages de ma bibliothèque-capharnaüm-bordel. Il y en avait des dizaines, plus ou moins finement reproduites. Comment localiser le Cabinet de Curtius?

Marie Grosholtz donnait précisément comme adresse le nº 20, boulevard du Temple. Le *Dictionnaire historique des rues de Paris* d'Hillairet en tenait pour le nº 54. S'y repérer dans les inévitables changements de numérotation tenait de la gageure. J'avais observé chacune des reproductions à la loupe et puis voilà, sur l'une des façades, j'avais découvert une enseigne, des lettres minuscules : « Salon de figures. » Je fis aussitôt une photocopie.

– J'y vais.

– Je t'accompagne.

Une chance sur mille. Il ne reste presque rien du boulevard du Crime. Qu'un théâtre, le Déjazet. Et quelques immeubles en décrochement dont l'alignement témoigne de l'orientation des maisons, du temps des Funambules, des Folies-Dramatiques, du Théâtre olympique, de Debureau. Du temps du Paris rêvé par Trauner. Arrivant place de la République, nous étions déjà trempés. Une sale pluie pénétrante. Julie me tenait par le bras, elle était gaie.

– Au moins, si demain j'ai la crève, incapable de tourner, ce ne sera pas la faute d'Anna Fried.

Afin d'avoir du recul, nous prîmes le trottoir, du côté des numéros impairs. Le portail de l'annexe de la Bourse du travail ne nous offrit qu'un abri des plus précaires. La chaussée luisante, la lueur brute des réverbères, les phares, nous étions assaillis de leurres qui perturbaient la vue. Je sortis ma photocopie pour la comparer aux silhouettes d'immeubles, sur l'autre rive.

Soudain, la pluie me fut indifférente.

Trois fenêtres en façade, quatre étages plus un, en retrait, sous les combles. Au quatrième, les mêmes fenêtres au dessus arrondi. C'était incroyable! Julie compara à son tour.

– L'immeuble, à gauche, c'est le même que sur la gravure.

Je lui pris la main, nous traversâmes à la hâte, provoquant divers crissements de pneus sans importance.

Le doute n'était pas possible. Là, au n° 46 du boulevard du Temple, au rez-de-chaussée, Curtius et Marie avaient exposé leurs cires, travaillé. C'était maintenant un magasin d'appareillage électrique, qu'importe! Tous les fantômes ne demandaient qu'à surgir, tellement que la chair de poule m'en venait, l'excitation ravie.

– Ici! Tu te rends compte? Haussmann a tout rasé, et le seul vestige, c'est cette maison qui me fait rêver depuis des mois.

Façade pelée, pas chic pour un rond, commerce minable et alors? L'entrée du Salon de figures était donc au centre. De chaque côté les expositions, sans doute. Je pénétrai dans le vestibule, banal et froid à en crever. Une porte codée interdisait d'aller plus loin. Je m'en moquais. J'étais sur le terrain de mes vieux familiers. Je les sentais, je les frôlais. Julie me regarda d'un air étrange. Ici, le Salon de Curtius! Même Stevenson ne l'avait pas soupçonné.

De nouveau sur le trottoir, je lui montrai la rue de Saintonge, presque en face. Robespierre venait en voisin. Marie assure dans ses mémoires (dictées) que c'est en sa compagnie qu'elle a visité la Bastille, au lendemain de sa prise. Même qu'elle a glissé sur une marche et qu'il l'a rattrapée, lui épargnant de se rompre le cou (alors, je revis l'empreinte sanglante conservée à Londres – maquillage mis à part: la même que celle de chez Grévin, que celle du restaurant de la rue Saint-Honoré!).

– Tu vas bien? demanda Julie, inquiète de mes hallucinations.

– Oui, oui. C'est tellement inespéré.

Trente ans plus tôt, Judith me promenait, sur ce lopin de boulevard. Elle avait l'habitude de noter sur un petit carnet tout ce qui pouvait se rapporter aux demeures parisiennes. Rien sur le Salon Curtius, mais je me souvenais. Au n° 44, à droite, l'immeuble mitoyen était plus récent. Élevé à l'emplacement de l'estaminet avec chambres louables d'où Fieschi avait tenté d'assassiner Louis-Philippe. A droite, plus loin, n° 42, la maison de Flaubert. Une belle densité.

Qu'était devenu le petit carnet de Judith?

Ruisselant de pluie, barré de mèches trempées, le visage de Julie était bien plus séduisant qu'au sortir d'une séance de maquillage. Elle grelottait.

C'était injuste mais tant pis. Je regrettai de ne pas avoir fait la trouvaille de cette maison en compagnie d'Anna Fried. Où était-elle, celle-là? Tramant quel complot ridicule?

A côté du théâtre Déjazet, la brasserie Jenny restait ouverte tard. Julie avait faim. Moi aussi. À table, elle me demanda qui était Judith. Une question anodine. Involontairement indiscrète. Je ne sus trop que répondre.

Je m'attendais à ce que Joachim fût émoustillé par la petite trouvaille de la nuit, Curtius. Dès qu'il m'ouvrit la porte, je compris que quelque chose n'allait pas. Il semblait accablé.

– Vous n'êtes pas au courant?

– De quoi?

– Adrien est viré.

Ils avaient pris la décision la veille, en fin d'après-midi. Une réunion d'urgence de tous les financiers producteurs. D'abord, ils avaient visionné tous les rushes, ensuite ils avaient passé au crible le bilan d'Adrien. Je voyais bien le réquisitoire : dépassements de fric, de temps, irresponsabilité totale dans la gestion du plan de tournage, comportement personnel insupportable, etc. Notre ami avait donné abondance de verges pour se faire battre.

– C'est irréversible?

– Il a été prévenu hier soir. Il a reçu la lettre recommandée ce matin. Vous ne savez pas le plus beau. Votre chère Anna Fried compte plus d'un viel ami, pour ne pas dire client, dans le staff de production.

Joachim s'était renseigné, une enquête facile. Depuis plusieurs semaines, Anna harcelait banquiers, financiers, producteurs associés, tous ceux qui avaient investi dans *La Princesse*. Elle leur avait rappelé les bons souvenirs du Mirabeau, les chers moments passés ensemble. La galanterie rendait délicat de déplaire à une femme comme elle.

– Donc, ils ont cédé! Le film s'arrête.

– Non, corrigea Joachim, il s'interrompt à peine. Beaucoup trop de fric a déjà été investi et dépensé pour qu'il soit envisageable de laisser tomber. La profession ne manque pas de requins, Adrien n'y a pas que des amis. On lui a trouvé un remplaçant. Il paraît même qu'un scénariste planche depuis quelque temps sur un réaménagement du script. L'aventure va continuer. Avec d'autres, plus calmes, plus fiables. Mescal?

La tripe me manqua un peu. Je m'enfuis.

C'était un paquet poste encombrant, soigneusement bouclé. Aucune mention d'expéditeur. Je l'ouvris dans mon bureau, sous l'œil jaune curieux de Radek. Il me fallut vaincre plusieurs épaisseurs de carton, de papier gaufré. Une nouvelle tête de cire apparut, je n'en fus pas vraiment surpris. Qui cette fois?

Pas de maquillage sanglant, mais toujours ces traits défaits. Le masque de Jacques-René que je tenais en main était bien plus sobre que celui de Tussaud's. Il sortait du même moule. Un bristol s'échappa de cette tête creuse. Quelques mots tapés à la machine : « En dédommagement. »

Pardi!

Je téléphonai au Mirabeau, personne ne répondit.

J'appelai chez Adrien. Dans une autre logique, lui aussi s'était mis en silence radio. Rien que de bien compréhensible.

« Tout le monde a déjà perdu trop de temps. » Mon interlocuteur avait tenu à ce que l'on se rencontre au plus vite. Pour « éviter les éventuels malentendus ». Et pour faire tout simplement connaissance. Il m'avait proposé Lipp, je lui avais donné rendez-vous au Robespierre.

Il s'agissait d'un jeune homme, moderne, loqué Thierry Mugler ou à peu près, pas forcément antipathique. Il me dit son nom mais je ne le retins pas. Nous échangeâmes quelques propos sans conséquence, tout en prenant la commande.

– L'Incorruptible ici? C'est très intéressant, admit-il après que je lui eus un peu causé. Nous admirons beaucoup tous ces gens qui fouillent dans le passé. Quant à cette période, la Révolution, c'est tellement passionnant!

– N'est-ce pas.

Ce con avait toutes ses chances. Il choisit d'être pressé.

– Naturellement, cette décision a été douloureuse, mais mûrement prise. Nous avons tous le plus grand respect pour Adrien Leck qui est un grand réalisateur. Mais la raison nous a imposé de mettre fin à cette aventure que nous avons voulu tenter avec lui. On se doit de comprendre les artistes, mais les artistes doivent comprendre que tout n'est pas possible.

– Comment définir la nature de l'artiste, alors?

– Cher monsieur, dit mon vis-à-vis la mine contrariée, ne nous compliquez pas la tâche. Notre ami, qui est sans doute par ailleurs un génie, nous a tous mis dans une situation extrêmement difficile. Désagréable, même. Il nous faut absolument redresser la barre, sauver ce qui peut l'être. Ce film peut encore être un grand film. Nous le pensons tous.

Ce « nous » devenait exaspérant. Il voilait quoi?

– Qui?

L'imbécile sourit, ce qui lui donna un coup de vieux malgré ses frisettes gelées, sa montre Swatch, son nœud pap' rigolo.

– Qui? Nous, ceux par qui quelquefois l'art arrive. Les producteurs. Les tristes hommes du fric, qui faisons des petits comptes mesquins. Qui comparons les projets promis aux copies rendues. Une fonction très ingrate. Vous êtes vraiment très lié à Adrien Leck? Avouez qu'il a déconné.

– Si vous me disiez maintenant ce qui me vaut l'honneur de ce déjeuner avec vous.

Geste rond, prudent.

– Nous avons vu les rushes, dit-il. Vous campez un Hébert (pause)... ce personnage si ambigu... autrement plus convaincant que ce malheureux garçon accidenté, comment s'appelle-t-il déjà?

Merde. Je n'avais pas encore pris le temps d'aller visiter René Jacques à l'hôpital. Face à ce pitre, cette négligence était impardonnable. Il continua :

– Un coup très dur, cet accident. Vous avez magnifiquement sauvé la situation. Vous vous demandez où nous voulons en venir? Très simple. Si nous avons choisi de nous séparer des services de monsieur Leck, c'est aussi parce que nous pensons qu'il se conduisait de manière un peu cavalière avec son équipe.

– Par exemple?

L'ami du cinéma et de la Révolution, ce petit gars, se tamponna les lèvres avec sa serviette, se fit finaud...

– Par exemple vous, cher ami. Par amitié sans doute, vous avez accepté de remplacer un confrère, sur-le-champ, dans les pires conditions. Votre prestation est exceptionnelle. Or, aucun contrat en bonne et due forme n'a été encore conclu. C'est exact?

– Exact.

Il commanda une nouvelle bouteille comme on célèbre une prochaine victoire.

– Pas de contrat alors que vous assurez à merveille un rôle très difficile et... décisif. Quelle désinvolture de la part de monsieur Leck! Et, permettez-moi: quelle négligence vis-à-vis des artistes.

– C'est moi qui n'ai pas encore signé les papiers.

– Nous comprenons bien vos réticences! Par la faute de monsieur Leck, tout a été fait à la va-vite. Y compris, nous jouons ensemble cartes sur table, l'évaluation de votre cachet. Sans doute souhaiteriez-vous que nous reconsidérions les choses? Après avoir vu les rushes, dans des limites raisonnables bien entendu, nous sommes tout disposés à honorer vos talents d'un prix plus juste.

Anticipant sur le rituel des alcools, le croquignol me proposa un montecristo. Depuis la « salade Éléonore », j'en étais comme d'habitude aux gauloises, j'entendais continuer. J'avais le contrat sur moi. Je le feuilletai.

– Il ne me convient pas tout à fait, c'est certain.

– Pour un artiste, un contrat c'est un filet. Vous avez accepté de jouer sans filet. C'est très admirable. Discutons et mettons-nous d'accord. Il faut régulariser cette situation. Vous payer au juste prix de vos services. Combien?

Combien? Je priai le crétin de m'excuser. J'avais envie de pisser et surtout de prendre mon temps. Au passage, je saluai, dans sa vitrine, le masque de Maximilien. La vie était parfois cocasse. J'avais besoin d'argent. Moins qu'on pouvait le penser.

Combien de scènes avais-je tourné dans la peau d'Hébert? Bien plus que René Jacques. Et avec des quantités de figurants, toute la machinerie.

Je me réinstallai à la table de négociation. Le contrat était toujours posé entre nos deux assiettes, à distance inégale.

– Une menue rectification, et je signe à l'instant.

– Je vous écoute.

Lui, la main sur son carnet de chèques. Moi, sortant mon Bic-cristal.

– Il s'agit de lettres, pas de chiffres, pas de fric en plus. Juste deux mots. A la suite de cette clause : « S'engage à respecter le plan de tournage du film *La Princesse* tel que le définit le réalisateur-metteur en scène... »

– Eh bien?

– Voilà. A cette phrase, j'ajoute : « Adrien Leck. »

– Vous êtes fou!

– Signons-nous?

– Impossible!

Le wonder-boy muglérisé vira au pâle, puis rougit. Lui et ses compères l'avaient compris tout de suite : je n'avais aucune obligation vis-à-vis d'eux. Les bobines de toutes les scènes que j'avais tournées, le fric qu'elles représentaient, ce n'était pas mon problème. Rien qu'une affaire entre copains pour laquelle je n'avais pas touché une thune. Libre à quiconque de continuer avec un troisième Hébert, de refaire de nouvelles prises. Ou de mettre aux profits et pertes tous ces millions engloutis depuis le premier jour de la conception de l'entreprise.

– Vos conditions sont insensées, glapit le minet.

– Tant pis.

– Vous coulez le film.

– Il ne m'intéresse que si c'est Leck qui le fait.

– Nous vous traînerons devant les tribunaux.

– Il vous faudra un très bon avocat. Le mien est un teigneux, genre vieux gauchiste. Je vous vois assez bien condamné aux dépens.

– Pas de compromis possible, vous êtes certain? Nous avons pris nos renseignements, vous n'êtes pas riche. Réfléchissez bien. Nous sommes prêts à doubler le cachet initial.

– Leck ou stop.

– C'est votre ami à ce point?

– De vous à moi, c'est aussi un sale con. Signons-nous?

– Ne vous sentez pas si fort. Personne n'est indispensable.

– C'est vous qui me léchez les bottes depuis une heure. Car je suis le véritable Père Duchesne, foutre! Et vous, vous n'êtes pas un bougre à poil de taille à me séduire ou à m'acheter.

– Laissez-nous quelques heures de réflexion.

Le temps qu'ils voulaient, tous. Qu'en avais-je à battre. Il se leva.

– Un mot encore, dis-je.

Il se retourna. Toute l'allure d'un larbin qui s'apprête à transmettre une mauvaise nouvelle à son patron.

– Oui?

– Si vous la voyez, soyez assez aimable pour transmettre mes meilleurs sentiments à Anna Fried.

– Comptez sur moi, ricana le jeune homme pauvrement. Et soyez assuré que si nous ne parvenons pas à nous entendre elle sera, tout comme nous, acharnée à vous casser les reins.

Il disparut, je commandai un cognac, éteignis définitivement ce cigare abandonné, stupide, qui grésillait dans le reste de charlotte aux poires. Je n'étais pas mécontent de mon improvisation. J'ai de ces enfantillages.

J'en étais encore à revisionner *La Princesse* quand on sonna. Comme prévu, c'était Stevenson, ponctuel au rendez-vous. Dehors, il faisait froid, avec brume. Je le priai d'entrer et le débarrassai de son pardessus. Un tweed confortable.

– Je m'attendais un peu à quelque chose de ce genre, dit-il après quelques instants d'observation dans le séjour. Un endroit bien sympathique.

– Qui vous dit quoi?

Stevenson se posa dans le fauteuil thaïlandais, demanda l'autorisation de bourrer une pipe. Scotch ou brandy? Il opta pour le brandy. Un homme de tradition.

– Qui me dit quoi (il inspira longuement)? Cher ami, on ne peut guère vous reprocher de cacher votre jeu. Sans doute parce que vous recevez peu de gens dans cette pièce, sauf à y être contraint. Sinon on pourrait vous taxer d'indécence. Il est certain que les relations professionnelles qui viennent chez vous n'ont pas accès à ce sanctuaire.

De son doigt osseux, il montra les cires et les photos étalées par terre, aussi les rayonnages encombrés, les mannequins, les reliques de la rue.

– Je ne partage pas complètement votre attrait pour les poupées d'étalage. A part ça, tout proclame ici que vous êtes de sensibilité progressiste pour ne pas dire trotskiste, si j'en crois ce portrait de Bronstein, que vous avez un peu voyagé autrefois, ce qui n'empêche pas que vous répugnez infiniment à quitter Paris. Vous vous méfiez des femmes car certaines, vraiment très peu mais c'est assez, vous ont causé quelques tourments. En réalité, sous vos allures tranquilles, vous êtes un faiseur d'histoires. Et maintenant, si vous me parliez de ces admirables têtes qui gisent là et, j'avoue, excitent ma curiosité?

Je fus reconnaissant à Stevenson d'avoir remarqué ce petit portrait de Lev Davidovitch gardé sur une étagère, pas bien loin d'une photo de groupe prise au Mexique, avec Breton, Nathalia, Frida K., Diego, etc. Il m'arrivait de les oublier.

Stevenson me sentit rêveur, il insista.

– Que puis-je pour vous?

Quoi de plus simple. Il avait tout sous les yeux. Je lui expliquai pour la Lamballe, les circonstances. Aussi pour Hébert, qui m'intriguait bien plus.

Stevenson ne put résister. Il prit précautionneusement la cire entre ses longs doigts, la tournant et la retournant, l'examinant dans tous ses détails (il ne put s'empêcher de sortir une loupe de sa poche). « Un admirable travail, réellement étonnant. »

Et quoi d'autre?

– Vous êtes photographe, dit-il, vous allez me comprendre. Un moulage, c'est comme un tirage photographique.

D'un même négatif, on peut tirer des images bien différentes. Plates ou inspirées. Il n'y a pas une méthode pour s'y prendre mais des quantités de savoir-faire, des trucs, des secrets qui se transmettent entre praticiens, quelques intuitions risquées qui finissent par ressembler à de l'art.

– Pour la céroplastie, c'est la même chose. Ici, le moule de plâtre, le négatif, doit être exceptionnel. Mais celui qui a coulé la cire dans le moule est un artiste également exceptionnel. Un long travail. Plusieurs couches très fines, beaucoup de patience. De discernement dans les transparences de la peau, dans ses rugosités. Rien à voir avec le tout-venant de ce qui est exposé chez Tussaud ou boulevard Montmartre, hélas.

– Selon vous, de quand date cette empreinte?

Stevenson se courba en avant, tapota le front d'Hébert du bout du doigt, lui caressa les cheveux avec une visible tendresse d'expert.

– La cire durcit en vieillissant, on a dû vous le dire. Celle-ci est figée depuis presque deux siècles. Les cheveux implantés sont naturels. Curtius fut le grand initiateur de cette manière de faire. Marie était une spécialiste des implants. Si nous en avions les moyens, nous pourrions vérifier que cette tignasse venait, Dieu seul sait du crâne de qui, mais en tout cas vers l'année 1794. De quelle collection provient cette pièce rarissime? Je suppose que vous n'en avez pas la moindre idée. Ou plutôt que cela, au fond, ne vous intéresse guère.

L'intérêt n'était pas en cause. Il était plus excitant de laisser venir.

Stevenson se leva, s'ébroua. Il n'était pas si mal chez moi. Mon capharnaüm était sans doute moins cohérent que le sien, il pouvait y trouver de l'agrément. Les photos de l'atelier du musée épinglées aux murs l'attirèrent. La cire mutilée de Julie, surtout. Il ressortit sa loupe. Les tirages étaient assez bons selon moi pour supporter cette investigation de détail.

– Notre ami Jérôme avait fait là du beau travail, à ce que je peux juger. Quel étrange vandalisme! La police en a-t-elle tiré quelques conclusions?

– La police n'a pas été informée.

Il soupira.

– Je comprends. Pas de scandale, n'est-ce pas! C'est logique. Je suppose néanmoins qu'on a remarqué que l'agresseur était d'une taille légèrement supérieure à l'effigie à laquelle il s'est attaqué, qu'il est gaucher, et qu'il a agi au moyen d'une lame extrêmement pointue. La violence de l'attaque est considérable, voyez la profondeur des plaies. Le fait d'une personne très forte, avec un couteau. Ou de n'importe qui... avec une épée.

A bien regarder l'image, le premier venu aurait pu tirer de

pareilles conclusions. Personne n'y avait songé, voilà tout. Stan ne perdait rien pour attendre. Stan ou Anna. Stevenson rangea sa loupe, ce n'était pas plus mal.

– De beaux jouets que vous avez là, me dit-il. Mais pourquoi me les soumettre? Toutes ces choses sont au fond très intimes. Moi-même, je vous aime bien, je ne parviens pas à savoir pourquoi.

Il avait raison. Je ne jouais pas complètement le jeu. Ce n'était pas très facile. Je priai Stevenson de m'excuser quelques instants. J'allai chercher une enveloppe dans ma chambre. Quatre photos dedans.

Seulement quatre.

Les seules qui me restent.

Sur la première, Judith est une jeune fille. Elle vient d'arriver à Paris, c'est en 1937, ou 38, je ne sais pas. Elle pose avec une amie, place de la Concorde. Sur la deuxième, elle est avec un homme, mon grand-père, en juin 41. Une photo heureuse, prise lors d'une fête, un mariage sans doute (c'est ce que je me dis car ils sont habillés comme pour un mariage et ce n'est pas le leur). Judith vécut jusqu'en 44 planquée dans une chambre de bonne, dans Paris, rue Blomet. Il mourut à Sobibor, on ne sait pas exactement quand. Un type plutôt grand, voûté, fragile des poumons et qui boitait. Judith m'a souvent dit que nous nous ressemblions, ce grand-père et moi. Le même pas, la même allure. Les récits de Judith n'étaient pas toujours fiables. Elle m'aimait un peu trop bien.

Sur la troisième image, elle me tient la main. Elle est vêtue d'une robe à fleurs, porte un chapeau bizarre. Moi, culottes courtes et béret, chemisette bien blanche. J'ai l'air content. Derrière, on distingue la colonne de la Bastille, une estrade. C'est un 14 juillet. Désolé, je ne me souviens de rien.

Les photographies inventent facilement la mémoire. Elles ne la provoquent pas toujours.

Enfin, il y avait Judith, dame âgée, rabougrie, levant un verre de quelque chose que son médecin lui interdisait probablement de boire. Quelques jours plus tard, elle meurt.

Stevenson examina longtemps ces vieilles choses.

– C'est bien elle, dit-il. Judith! Une femme que j'ai beaucoup,

beaucoup aimée. Comment ces photos peuvent-elles être chez vous?

Il réalisa brutalement cette évidence que j'avais moi-même mis trop longtemps à soupçonner. Le petit garçon qui accompagnait sa jeune et jolie grand-mère. Le monsieur qui connaissait tous les secrets du musée, qui parlait si bien des personnages et dévoilait les secrets des coulisses.

Stevenson se tut longuement. Je lui fus gré de ce silence. Quelles émotions du passé venais-je de raviver? Je ne pouvais en avoir qu'une idée très confuse. Qu'aurais-je pu lui dire? Pas grand-chose. Sans le vouloir, Stevenson avait été mon plus stimulant professeur.

Plus tard, alors que je le raccompagnais sur le seuil, nous nous embrassâmes, un peu maladroitement. Mais apaisés. Pour au moins quelques heures.

Plus tard, il fallut bien écouter les messages du répondeur. Un fatras de routine. Imprécations de Julie, commentaires amusés de Mona: la disgrâce d'Adrien ne manquait pas de susciter des réactions. Marc voulait absolument un article. Stan se marrait. Au milieu, Anna.

« Vous m'avez trahie. C'est curieux, je ne m'y attendais pas. Vous et elle, au bas de votre immeuble. Des amoureux très touchants. Cette trahison, c'est ce que vous avez choisi. Comme votre ami avec son film. Tout est tellement logique et tellement bête. Il n'y a qu'une seule chose que vous n'avez pas comprise. On peut tuer. Par amour, par dépit. On peut le faire dans les romans, au cinéma. C'est aussi une chose très simple qui arrive, qui s'impose. Je vais tuer. Ça n'a aucune importance, c'est comme dans un scénario lorsqu'on a le souci que tout y soit en ordre, bien rangé, pour ne pas faire de peine au spectateur. Dommage. J'étais très attachée à l'idée de l'amour de vous. »

J'avais à peine réécouté ce message pour la troisième fois que le téléphone sonna. Adrien.

– Joachim m'a mis au courant. Je te remercie pour la petite recherche que tu as faite à propos de la succursale de Curtius, sur le boulevard. Mais demain, c'est dans l'autre salon que nous tournons, au Palais-Royal. Tâche d'être à l'heure, la feuille de service requiert ta présence.

– Pardon?

– Tu as très bien compris. Ton chantage a marché, ils ont cané. Je viens de recevoir un télégramme m'enjoignant de continuer à assurer mes fonctions. Maintenant, si tu attends des remerciements, tu peux aller te faire foutre.

Et pourquoi donc aurais-je attendu quoi que ce soit, en prime de l'amusant repas que j'avais pris au Robespierre?

Cela arrivait parfois, encore maintenant. Radek courait de pièce en pièce, furetait à l'étage, dans tous les recoins. Il cherchait ses copines disparues, Kamenev et Zinoviev. Pas un jeu, une vraie inquiétude. Réalisant qu'il était vraiment seul, il sautait sur moi, vibrant d'inquiétude, agité. Les câlins le rassuraient difficilement. Le chat ne s'y retrouvait pas dans le nouvel ordre du monde. Je n'avais guère de solution à lui fournir.

Villon était arrivé en avance. Il marchait lentement en m'attendant, longeant le bassin du square, la tête rentrée dans le col relevé de son vieux loden. Chaque pas semblait incertain, difficile. Il faisait froid. Pas assez pour expliquer cette attitude fragile. Il sourit en m'apercevant. Comme soulagé. Je l'avais rarement vu sourire, du moins d'une manière aussi franche. Il y avait aussi très longtemps que je n'avais vu Villon ailleurs que dans son trou à rat de la rue de Saintonge. Il me serra la main avec effusion. C'était cela : il m'était reconnaissant.

Il me prit par le bras, mouvement totalement incongru. Nous fîmes quelques pas en silence, puis :

– De chez moi à mon psy, place des Vosges, il n'y a que quelques centaines de mètres, m'expliqua-t-il. Je prends toujours le même chemin, les mêmes rues. Ce sont mes seules sorties depuis l'hôpital. Même mes courses, c'est Sam qui me les fait. Pourquoi? Parce que j'ai peur.

Peur des voitures, de quelqu'un qui demanderait l'heure.

Peur d'être témoin d'un accident, d'une rixe, d'être pris à partie, d'être contraint à une action quelconque.

– J'ai peur de déraper, de glisser à nouveau, continua-t-il. Une panique. Vous n'imaginez pas ce que m'a coûté la visite que je vous ai faite, l'autre nuit. Pardonnez-moi de vous accabler avec ces confidences de bancal.

– Et aujourd'hui?

– Même les ex-flics ont des souvenirs d'enfance. J'ai été môme dans ce quartier.

D'un geste vague, il me désigna la rue de Bretagne, derrière nous, le marché couvert. Dit « des Enfants rouges ». Son territoire, depuis toujours. Puisque je souhaitais le voir, ce square ne lui avait pas paru un mauvais lieu de rendez-vous. Dehors mais pas loin, en terrain familier. N'empêche, c'était difficile. Que pouvait-il pour moi?

Une idée en passant, que j'avais eue la veille. Je sortis un sachet de ma poche. Il contenait une mèche de cheveux.

– J'ai pensé que vous deviez conserver des relations avec quelques collègues. Il m'importerait de savoir l'âge de la personne à qui ces cheveux appartiennent. Vous devez bien connaître des experts qui peuvent déterminer ce genre de chose. Non?

L'œil de Villon s'alluma.

– Les gars du labo, comme on dit? Leurs analyses sont rarement aussi précises qu'on veut bien le raconter dans les histoires policières. Ces cheveux appartiennent à qui?

– C'est l'âge qui m'importe. Connaissez-vous quelqu'un qui pourrait m'aider?

– Qui pourrait essayer? Sûrement. Quelques anciens collègues s'inquiètent encore de ma santé. Certains m'ont même fait savoir qu'ils sont tout prêts à me rendre service, à l'occasion. C'est une curieuse occasion que vous me proposez. Ces cheveux?...

Je le rassurai. Il ne s'agissait en aucun cas d'une affaire compromettante. Rien qu'un point de curiosité. Villon glissa le sachet dans la poche de son pardessus. Valorisé par le service que je lui demandai, inquiet de mettre le doigt dans un quelconque engrenage.

– Vous me raconterez un jour?

– Quoi?

– Vous semblez vous débattre dans une histoire bizarre.

Moi aussi, je relevai le col de mon blouson. Le vent était glacé. Le jardin du Temple à peu près désert. Et puis, j'avais beau scruter les maigres fourrés des pelouses, pas la moindre trace de la portée de chatons entr'aperçue l'autre nuit. Villon se trompait. Je ne me débattais pas. Il était bien plus amusant de laisser faire.

Une longue table, un bureau. Étendu dessus, Maximilien. Corps inerte, docile par la force des choses. Yeux clos, visage figé sous l'emplâtre et le linge humide. Il ne perçoit qu'indistinctement les bruits autour, éclats de voix et rires. Lui, exposé aux regards, sans défense. Même plus celle de sa célèbre élégance. La chemise est ouverte sur sa poitrine blanche. Il devine des mouvements, des gestes qui le concernent. Il n'est plus maître de rien, rendu qu'il est à l'état de curiosité vulnérable. Une honte le gagne. Il se détend. Cherche à anticiper la suite. Guette le sarcasme, le mauvais coup. C'est comme un étau de pierre qui étreint ses tempes, sa mâchoire. La respiration est incertaine, angoissée. Mais il a accepté l'épreuve.

La table est au milieu d'une pièce encombrée, mi-atelier mi-salon. Marie Grosholtz s'active. Petite personne agile, gestes précis et visage ingrat, sous les regards de Curtius (grand, sec, attentif et un peu en retrait), Couthon (narquois, dans sa chaise d'infirme). Moi, qui attend.

Marie retira le linge, vérifia du doigt la rigidité du masque. Sec. On pouvait passer à la dernière phase.

Elle rajusta ses lorgnons, démoula prudemment, doucement.

Un temps : sous le plâtre, apparut le visage quasi décomposé du tribun.

Marie lui glissa un mouchoir humide dans la main. Maximilien s'essuya, parut revenir d'un épais cauchemar. Défit les bandes de gaze qui protégeaient sa chevelure, enleva le tissu gommé sur ses sourcils. Demanda un miroir. Les traits étaient rougis, échauffés. Maximilien cacha sa fureur comme il put, mal. Comme si nous le surprenions dans l'intimité d'un mauvais réveil.

– Il vient de curieuses idées lorsqu'on est pris sous ce moule, concéda-t-il.

Dans quelques instants, ce serait mon tour.

Maximilien accepta le verre de vin de Champagne que lui tendit Curtius. Déjà, un barbier entreprenait de pommader son visage, de disposer la perruque, vite, de redonner corps à l'apparence si chère.

– Étrange panthéon que ton cabinet, Curtius. Je tiens pour acquis que nous courons toujours le risque effroyable de sacrer grands hommes de parfaits scélérats. Chez toi au moins, le crime côtoie franchement la vertu. Au passant de juger à qui doivent aller ses faveurs. Rude leçon! J'ai remarqué que ce sont tes figures de brigands qui sont les plus visitées.

– Elles ne sont là que pour faire trembler d'horreur les braves gens, se récria le céroplaste.

– Pour les faire frémir de plaisir! Le spectacle du crime est autrement plus folâtre que celui de la vertu. Même lorsque celui-ci est puni. Vous souvenez-vous, tous, des cris de dépit lors de la première exécution par guillotine, en place de Grève? Nos braves citoyens se sont trouvés frustrés de la longue et douloureuse agonie d'un monstre. On ne l'a même pas entendu crier! Au moins ton ami Sanson a-t-il pris l'habitude de brandir la tête de la célébrité du jour. As-tu réalisé, Curtius, que ton exposition remplit à peu près le même office? Tout un chacun peut venir rire sous le nez de nos têtes inertes.

– C'est un droit, dis-je. Nous parlons, délibérons. C'est une saine volonté que de vouloir savoir à quoi nous ressemblons. Curtius travaille pour la démocratie.

Maximilien ricana en rajustant sa cravate.

– Certes! Nombre de patriotes n'ont pas le loisir de venir nous voir disputer à l'Assemblée, aux Jacobins, aux Cordeliers. Pour la plupart, nous ne sommes que des paroles sans visage. Je me demande ce que penseront certains de tes lecteurs, Jacques-René, lorsqu'ils découvriront ici que le tonitruant Père Duchesne, l'apôtre des faubourgs, a toutes les apparences d'un honnête homme bien mis, une sorte de muscadin. Allons...

Maximilien passa en revue quelques cires exposées dans l'atelier. Danton, Pétion, Camille, Roland, Manon, etc. De premières ébauches, non encore exposées. Il se raidit.

– Ces yeux fermés... dit-il. Nous avons tous l'air de cadavres.

– La pose des yeux vient presque en dernier, s'empressa de dire Curtius. Une fois le travail terminé, tous ces visages seront criants de vie.

– Certes, ricana le tribun. Mais pour combien de temps?

Maximilien s'apprêtait à sortir (de loin, dehors, on apercevait les arcades du Palais-Royal, la foule coquette, galante). Il se ravisa. Marie lui présenta le moule de plâtre.

– Ce sera l'un des portraits les plus saisissants.

– Il le sera, si l'amour de la patrie peut se lire sur un visage. Et puis, j'oubliais...

Maximilien, soudain gêné, tendit un paquet à Marie. Un ballot soigneusement ficelé. On y devinait tout le soin mis par une fille Duplay.

– Vous m'avez dit souhaiter la plus grande exactitude pour vos représentations. Vous trouverez là-dedans quelques effets personnels. Ils ne sont pas d'un homme riche. Je les portais encore hier.

Marie et Curtius remercièrent chaleureusement. Agacé, Couthon fit tourner les manivelles de sa voiture d'infirme. Grincements. Avant de franchir la porte, Maximilien se retourna vers moi.

– C'est une rude épreuve qui t'attend, mon ami. Il faudra bien que nous y passions tous.

Ce poseur!

Il avait raison. C'était mon tour, moi Hébert. Il aurait pu y avoir une interruption, un temps pour souffler. Adrien fit signe de continuer, pas question de couper. Du coin de l'œil, au-delà du décor, je vis Couthon se lever de sa voiture et entreprendre quelques ridicules mouvements de gymnastique afin de se désankyloser. Qu'il devait être désagréable de jouer un député paralytique! Maximilien s'épongea le front, alluma une cigarette. Un autre monde, en deçà du champ des caméras. Curtius me prit courtoisement par l'épaule, me guida vers la table de travail.

– Le citoyen Robespierre exagère beaucoup, ce n'est pas si terrible.

Ce devait même être très rapide.

Je m'allongeai. Marie étala soigneusement un onguent sur ma peau, me demanda de bien fermer les yeux, sans trop froncer les traits, que je n'aie l'air ni de souffrir ni d'être en colère. Un visage reposé. Obtenir une expression plus fine serait son travail à elle, plus tard.

– La seule chose un peu désagréable, c'est ceci.

Elle introduisit deux tubes de carton dans mes narines, pour la respiration. Entre les lèvres? Non. Cela déformerait trop la prise, le dessin de la bouche. Il fallait rectifier le moins de choses possible.

– Détendez-vous, citoyen.

Marie était précise et désagréable. Elle ressemblait à ce que j'avais vu d'elle, les autoportraits de cire, à Londres. Une dame âpre, sans séduction aucune. Toutes ces précautions à prendre l'agaçaient. Ses mains s'agitaient autour de mon crâne. J'avais fermé les yeux depuis longtemps. J'imaginai Marie œuvrant sur les têtes du cimetière de la Madeleine ou plus tard des Errancies, avec les mêmes gestes efficaces, cette absence de sentiment.

Sous mes ongles, je sentais le cuir du bureau. Un vieux cuir usé, lacéré. C'était une de ces tables sur lesquelles on prend un peu de repos, les nuits d'interminable réunion en comité. Où l'on installe les mourants, les nuits de guerre civile. Il n'était pas difficile d'imaginer toutes les prémonitions qui avaient traversé l'imagination de Maximilien, tout à l'heure.

– Voilà.

D'abord, le froid. L'impression d'une pâte qui coule, glisse, s'infiltre dans tous les replis de la peau. Qui se fige presque aussitôt, devient tiède puis, presque brutalement, chaude. Brûlante. Marie et Curtius m'ont prévenu de cette impression que donnait le plâtre en travaillant. Ne pas céder.

Pourtant, c'est l'étouffement. La chape terrible. Qui respire seulement par le nez? Ce rôle est un piège, mortel sans doute. Respirer lentement. Ne pas faire moins que Maximilien. Pas devant les caméras d'Adrien, qui tournent. Suivant les hauts et les bas du thorax, peut-être les battements du cœur affolé. La chemise est ouverte, la poitrine nue. Jacques-René avait très peur de la mort. Il l'a sentie venir. Il serait sans doute conforme, ici, dans l'atelier de Curtius, de le montrer terrorisé. Qu'il arrache ce masque de plâtre stupide, qu'il se lève et renonce au jeu, tant qu'il est encore temps. Le masque se resserre. Douloureux.

Maximilien a raison. Le Père Duchesne n'est pas une figure de cire. C'est une vignette en tête d'un journal. Un autre masque, autrement plus fidèle, qui ne ressemble à personne. Des mots. Qui cognent les tempes.

« Grande joie du Père Duchesne d'être admis au panthéon de Curtius! »

Non.

Ce soir-là, il ne sera plus rien. Rien qu'un objet de sarcasmes dans les rues des faubourgs Marcel et Antoine, qu'une douleur pour Françoise. A moins qu'elle ne fût déjà morte. On me conduit dans la charrette, la tête entre les cuisses. Avec tous les autres, le 4 germinal an II. A peine déposés les corps, Marie s'active, encore les mêmes gestes.

Ordre de la Convention, dira-t-elle après.

Plus un seul mouvement possible. Je suis pris.

Je posai mon vélo à l'entrée du passage du Caire, rue du Faubourg-Saint-Denis. Un vieil endroit familier. Remontai l'étroit passage couvert bordé de boutiques aimables (mannequins d'étalage, imprimeries, etc.). Comme c'était samedi matin, aucun Turc n'était sur la place, près de la rue d'Aboukir, à vendre sa force de travail, quasi à la criée.

Où était-il domicilié? J'avais pris quelques notes.

Le logement de la rue Saint-Antoine ne comportait qu'une pièce. Françoise étant enceinte, le couple Hébert avait cherché à louer une maison, dès le début de l'été 92. Hébert ne s'entendant plus avec son éditeur Tremblay (« rue Sainte-Barbe, près de la porte Saint-Denis »), il avait souhaité un local pouvant également faire fonction d'imprimerie. Dans le même quartier de Bonne-Nouvelle, de préférence, car il s'y trouvait bien.

Fin août, le numéro 168 du *Père Duchesne* indique le transfert. Il est désormais fabriqué « De l'Imprimerie de la rue Bourbon-Villeneuve, cour des miracles, ci-devant rue-Ste-Barbe ». Moins d'un mois plus tard, numéro 171, la République étant proclamée, la ci-devant rue Bourbon-Villeneuve est rebaptisée rue Neuve-Égalité. C'est notre actuelle rue d'Aboukir.

La maison était en fait un petit pavillon de deux étages, au fond de la cour. De nombreux travaux étaient indispensables. Montant du loyer : 300 livres par trimestre; c'était beaucoup.

Si, au rez-de-chaussée, la presse fonctionna vite, Hébert et Françoise ne purent emménager au premier étage qu'à l'hiver 1793, peu après la mort du roi.

En 1792, le nom de « cour des miracles » ne restait plus que par habitude. Depuis un bon siècle, le quartier avait été assaini des faux mendiants et vrais malfrats. Le 30 octobre 1793, à l'assemblée générale de la section de Bonne-Nouvelle, l'honnête citoyen Jault proposa que l'on rebaptise la cour « place des Forges ». Souci moral : il s'agissait de lutter « contre les rappels des vices des mauvais citoyens qui y habitaient ». Pourquoi des Forges? « Parce que ces Forges produiront de bien plus grands miracles : ceux de forger le fer pour anéantir les tyrans couronnés. » Proposition adoptée.

Le nom nous est resté. La rue des Forges prend sur la place du Caire, se prolonge en coude par la rue Damiette. C'est l'une des voies les plus sales de Paris, mi-garage mi-dépôt d'ordures et d'épaves. Une rue sans passants, un échouage poisseux. Plusieurs auteurs ont situé l'emplacement de la maison d'Hébert au numéro 9. Il n'existe plus. Je n'avais plus qu'à constater qu'à sa place se dressait le cul de l'immeuble de *France-Soir*, laid, sans âge et crasseux, infiniment obscène. Le journal de ce jean-foutre de Hersant trônant à la place de l'imprimerie du Père Duchesne, c'était une moche ironie de l'Histoire. Je rebroussai chemin.

Cette nuit encore, Julie se retrouva chez moi. Elle procédait d'une curieuse manière, sans jamais s'imposer, peut-être même ne préméditait-elle rien. J'étais dans le bureau, devant toutes les photos et les plans, les croquis. Elle venait du tournage. Une journée éprouvante. L'arrivée à la prison de la Force, le 20 août au soir.

Je lui montrai, sur le relevé que j'avais effectué, aux Archives nationales. L'entrée par la rue des Ballets, qui tombe en impasse à l'angle de la rue du Roi-de-Sicile (bientôt des Droits-de-l'Homme), la porte très basse pour accéder au guichet (« Je me souviens que j'ai dû baisser la tête », dit-elle).

Du doigt, je suivais le parcours. Les deux très petites pièces puis, à droite, le bureau du greffe, qui donne sur la cour d'entrée. Formalités d'écrou. Sur le registre, il est noté son nom : « Marie-Thérèse Louise de SAVOIE de BOURBON-LAMBALLE. » Des majuscules faites pour tuer.

– Ensuite?

– Avec tes compagnes, Mme de Tourzel et sa fille, tu as rejoint le quartier des femmes, la Petite-Force.

– Nous avons traversé des cours, des couloirs.

– Vous avez perdu le sens de l'orientation. On vous a séparées. Chacune dans une cellule.

– Où était la mienne?

Je lui montrai sur le plan. Là. A quelques mètres de l'hôtel Lamoignon, désormais Bibliothèque historique de la ville de Paris. Une proximité intéressante.

– Demain, tes amies obtiendront de te rejoindre. Les agents de ton beau-père, le duc de Penthièvre, graissent les pattes nécessaires pour que ta détention soit adoucie.

Julie regarda longuement les documents épinglés au mur. Comme si c'était la première fois qu'elle entrait dans cette pièce. Quelque chose l'irritait.

– Au fond, tu te moques bien de ce film, dit-elle. Tu navigues dans une histoire bricolée qui ne regarde que toi. Pourquoi as-tu remis Adrien en selle?

– Pour voir.

– C'est tout?

– Quelle plus puissante motivation pourrais-je avoir?

Julie était fatiguée. Avait réellement l'impression d'avoir vécu tout l'épisode. A cause de cette façon qu'avait Adrien de filmer de très longues séquences où l'on se perdait. Où l'on oubliait le décor, toute la machinerie derrière les projecteurs. Acteurs, plongés dans une sorte de cauchemar, jouant hallucinés dans l'attente du « cut » salvateur qui venait toujours bien après le moment convenu. Julie n'avait certes pas envie de me raconter sa journée de travail, ainsi qu'une brave petite compagne rentrant au domicile. Il y avait autre chose. Elle appréhendait plus qu'elle voulait le dire les scènes à venir. Le tribunal. La mort. Je lui servis un verre.

Adrien m'avait dit ça un soir dans son refuge, passage du Commerce. Julie le stupéfiait. Une comédienne inspirée comme il n'en avait pas vu depuis longtemps. Il était ivre comme toujours, cela sonnait vrai. Cette fois-là, il m'avait insulté. De quel droit avais-je magouillé pour lui faire reprendre son job à la tête du film?

Julie ne me dérangeait pas, elle ne s'incrustait jamais. Elle rendait visite. Même en cherchant bien, je n'étais pas amoureux d'elle. J'étais bien certain que c'était réciproque. Je me repris à tripoter la tête de Jacques-René.

– Toujours intoxiqué?

– De plus en plus. Heureux de l'être.

– Tu finiras comme Bela Lugosi. A la fin de sa vie, il se prenait réellement pour Dracula.

– Et Weismüller pour Tarzan.

– Tu ne sais toujours pas qui te comble de cadeaux?

– Les mauvaises nouvelles viendront bien assez vite.

Ce fut l'affaire d'une fraction de seconde, sans bruit ou presque. Le bris de la vitre, le choc violent contre la cire, les éclats de matière. Je ne compris pas tout de suite, Julie non plus. Alors, je restai quelques instants ainsi, avec la tête de Jacques-René entre les doigts, une tempe transpercée d'un minuscule impact, sur la droite. L'autre ouverte en cratère, sur la gauche. Du gros calibre.

Nous nous jetâmes à terre, par réflexe stéréotypé. Rien de plus ne vint.

– D'où?

– De l'autre côté du canal, en face, il y a un immeuble en chantier. Vue plongeante.

– On a voulu nous tuer?

Seulement Hébert. A cette distance, quelqu'un qui sait se servir d'un fusil à lunette ne rate pas un coup pareil.

– Qui?

Nous avions roulé ensemble, Julie et moi, à l'abri derrière le canapé. Un peu par frime, bien dans nos rôles. Son corps était bon, comme je savais. Ce n'était pas ce genre d'incident qui pouvait lui faire peur. La lampe était tombée sur le sol. N'importe quel tueur vindicatif pouvait nous finir comme bon lui semblait. Ce n'était pas l'ordre du jour. Je fus assez surpris de constater que, dans sa chute, Julie avait pris le soin de saisir le magnum. Ce n'était peut-être pas complètement un geste de cinéma. Le percuteur était relevé.

– Il faudra qu'au moins une fois on se dise des vraies confidences, lâcha-t-elle. Et maintenant?

Nous étions entourés d'éclats de verre brisé. Je proposai à Julie de baiser. Pour une fois, cela avait un sens.

Villon examina la tête mutilée. Il n'avait pas besoin de me parler balistique ou calibre. La balle retrouvée, écrasée dans la reliure de Jaurès, attestait qu'il ne s'agissait pas d'une carabine de foire.

– On vous en veut à ce point? Vous auriez pu mourir.

– On n'a pas voulu. Là est le problème.

– Un avertissement?

Crâne ouvert, Hébert avait triste mine. Villon ne comprenait rien. Il était venu au rapport, m'apporter les conclusions de ses amis experts. Il débarquait sur les lieux d'un attentat, une mèche de cheveux entre deux doigts.

– Ils viennent de cette tête?

– Hébert, oui. C'est ainsi.

– Ce que j'apprécie en vous, c'est la simplicité.

Il expliqua.

– Mes collègues, les types de la médecine légale, ont été un peu déconcertés.

On ne pouvait les en blâmer. D'abord, l'évidence, il s'agissait de vrais cheveux. Pas du crin, pas de la perruque synthétique. Ensuite, ils étaient très vieux. D'où problème. Villon n'avait pas retenu tous les considérants de ses amis, mais au-delà d'un certain âge de la victime, les praticiens de l'Institut médico-légal n'étaient plus très compétents pour avancer des conclusions fermes. Ils avaient des confrères, un peu versés dans l'investigation historique. Toute énigme étant bonne à prendre, ils les avaient consultés. Pour l'amour de l'art. Pour se désennuyer de la routine.

– Je vous passe les détails, dit Villon. Ces cheveux ont été pris sur la tête d'un homme qui vivait il y a au moins deux siècles. Un type en bonne santé, frôlant la quarantaine. Voilà. Vous êtes devenu pilleur de tombes?

J'estimai courtois de lui expliquer le principe des moulages de Curtius-Tussaud, avec implantation de cheveux naturels, pour faire plus vrai, etc. Villon s'empara d'Hébert.

– Incroyable! ses cheveux à lui!

– Non. D'un quelconque contemporain. Le souci d'authenticité n'allait pas jusqu'à prendre les cheveux des modèles.

Pas plus que d'autres, Villon ne se sentit en droit de me demander d'où je tenais ces moulages extraordinaires. Il me crut sur parole quand je lui affirmai qu'il s'agissait de pièces historiques. Que savais-je de l'Histoire?

– Ce vandalisme!...

Ce vandalisme – expression inventée par l'abbé Grégoire, brave révolutionnaire, passons –, était une piste. On avait préféré tirer sur Jacques-René, plutôt que sur Julie ou moi. Le crâne était très abîmé. J'avais téléphoné à Stevenson pour qu'il vienne évaluer l'état des dégâts.

– Qui a tiré? Vous avez bien une idée?

– Ne comptez pas sur moi pour vous la préciser.

– Qu'importe.

Villon avait oublié de me dire: il avait terminé le jeu, *City*. Tout d'une traite, il y avait de cela deux ou trois nuits. C'était fait. Bien plus simplement qu'il avait pu l'imaginer. Il suffisait de penser un peu. De risquer. Le petit Max avait trouvé le Graal. Pas de quoi sabler le champagne. Rien qu'une expérience nécessaire. C'était d'ailleurs ce que lui avait dit son analyste.

Champagne quand même. Villon était venu avec une bouteille.

– Je vous envie, Victor, dit-il en levant son verre. Comment faites-vous pour être à ce point spectateur?

– Je fais comme vous. J'ai mis très longtemps à me soigner.

Anna avait fait une connerie. On pensait ce qu'on voulait de Jacques-René. Mais il avait déjà payé. Il ne pouvait pas être la cible judicieuse.

Je me rendis au Mirabeau. C'était l'après-midi du 22 novembre, 252e anniversaire de la naissance de Restif de la Bretonne, en dehors des heures de service propres au claque. A la réception, Mme Léonce fut très aimable. Elle me confia aussi que les affaires ne marchaient plus très fort.

Quatre étages plus haut, je retrouvai Stan. Anna absente, il était le maître de maison. Les salons et les chambres étaient vides, propres, en attente des ébats du soir.

– De moins en moins d'ébats, grinça-t-il. C'est dans tous les journaux : les MST ruinent la convivialité. On a bien ri. On veut pas en mourir. La fête est finie.

Bière. Stan ne tenait pas en place. Vêtue d'une sorte de complet trois-pièces bien trop grand pour lui, il s'agitait au milieu des miroirs, des lits, des sofas, des poufs à voluptés. Tout un décor rose et bleu pour bourges en goguette. D'un autre temps.

– Je suis certain que tu n'es pas venu uniquement pour prendre de mes nouvelles ou t'informer des cours du marché du cul? Laisse-moi deviner. Anna encore? Tu es inquiet.

– Elle m'a tiré dessus.

Il éclata de rire.

– Au pire, elle a voulu te faire peur. C'est bête à dire, maman s'y connaît plutôt bien en maniement d'arme. La chasse, les stands de tir. Elle a des tas de talents cachés. Dommage que tu n'aies pas voulu les découvrir.

– Où est-elle?

Stan dit qu'il ne savait pas. Il mentait. Il n'y avait pas de quoi lui en tenir rigueur. Il semblait vraiment vidé.

– Je t'ai déjà dit, elle a toujours fugué. C'est sa nature. Comme de faire des bêtises lorsqu'elle est amoureuse. Elle t'aime. C'est de ta faute. Tu l'as voulue, tu l'as eue. Ne compte pas sur moi pour prendre ta défense.

Autour, tout un personnel s'affairait maintenant. Aspirateur sur l'épaisse moquette, changement hygiénique des serviettes-éponges dans les salles de bains, renouvellement de couvertures des nombreux lits et divans. On astiquait aussi les miroirs, les vitres troublantes. On rechargeait enfin les cassettes vidéo.

– Et si ça ne rapporte pas de sous, ça donne de l'influence. J'ai bien compris?

– Tout juste.

Soit, soit.

L'immeuble comptait quatre étages. Il appartenait tout entier à Anna Fried. Trois étages restaient d'un usage incertain. L'ascenseur ne s'y arrêtait jamais. Alors? Stan s'esclaffa.

– J'ignore sur quelle piste tu travailles, mais pour celle-ci, tu te trompes.

Il me vendit le baratin, façon liftier de grand magasin. Au troisième, les chambres. Celles des clients qui avaient envie d'un peu de calme et d'isolement. Pas très légal? Certes. Mais pas non plus hors la loi. Là aussi, des caméras tournaient régulièrement. Chacun y trouvait son compte. Que voulais-je savoir?

– Il s'agit d'un bordel, c'est dit. Mondain, très chic. Et puis?

Anna Fried avait ses appartements aux premier et deuxième étages. Appartements privés. On ne visitait pas. C'est de là qu'elle m'appelait, la nuit.

– Il ne faut pas trop chercher à savoir où elle rôde, dit Stan. Et je te donne ma parole qu'elle n'est pas là en ce moment.

Soit, encore.

Il décapsula une autre bière. Sa dinguerie me posait tout à coup un problème nouveau: je la trouvais sympathique. Stan n'était pas en cause, il n'avait rien produit de très neuf. C'était moi. Une sorte de bienveillance.

– Tu as joué avec le feu, dit-il. Maman s'est mis en tête qu'elle t'aimait. Elle peut te tuer à cause de ça, pour ce beau rôle. Tu n'as pas compris?

Comprendre quoi?

– On abandonne parfois le cinéma parce que les scènes n'y

sont jamais poussées jusqu'au bout. Toujours un imbécile pour dire : « Coupez! » C'est frustrant pour les vrais tempéraments.

Stan me raccompagna jusqu'à la porte de l'ascenseur. Je n'avais pas envie de parler avec lui des statues de cire. Il n'avait jamais eu très bonne mine mais, à bien y réfléchir, je ne l'avais jamais vu aussi décomposé. Pire, cette sale mine qu'il affichait ne semblait participer d'aucun parti pris de look. Avant que j'appuie sur le bouton, il avait encore deux choses à me dire. La première était que j'avais été très imprudent de contraindre la production à réembaucher Leck. La solution qu'avait voulu provoquer Anna ménageait les susceptibilités sans faire trop de dégâts. Désormais, puisqu'il y avait eu escalade dans l'offense, il fallait s'attendre au pire.

– Quoi d'autre?

– Tu boites de plus en plus. Je sais que tu es accablé de cadeaux, mais il va falloir songer à t'offrir une canne. On y songera.

Stan n'avait pas complètement tort. J'avais très mal aux reins.

Stevenson avait considéré le désastre avec une sorte de placidité technicienne. Même, ce crâne fracassé l'amusait. Il lui rappelait la balle, tirée par le colonel Moran, qui avait atteint le buste de Sherlock Holmes dans *La Maison vide*.

– Peu de dégâts, en somme.

– Vous pourriez le réparer?

– Naturellement!

Sauf qu'il se demandait si ce buste n'était pas, tout compte fait, plus intéressant avec sa mutilation. Il le dit tout net, les restaurations l'emmerdaient. Les œuvres ont le destin qu'elles peuvent. Ce front éclaté d'Hébert ne manquait pas d'allure.

– Car c'est l'histoire qui continue, n'est-ce pas? Que ce bonhomme mort, guillotiné depuis deux siècles, suscite encore des passions à un point tel qu'on le tire au fusil à lunette, voilà qui doit nous faire songer. Est-il nécessaire d'effacer les traces?

Une autre idée était bien différente, et maligne. Stevenson comprenait mon envie de restauration. Il proposait une autre solution. Un moule qu'il ferait, une sculpture particulière, avec la technique de l'époque. Tout ce qu'il pouvait en savoir. Un faux, genre chef-d'œuvre. « Histoire de tester mon savoir-faire, au bout du compte, voyez-vous. »

J'avais envie de voir.

J'avais envie de voir beaucoup. Les rapports entre Stevenson et moi avaient changé depuis la révélation des photos de Judith. Vieil ours, nous ne nous voyions guère fréquemment. Un pacte bizarre s'était cependant noué, sans trop de mots. Une sorte de parenté.

Il passait chez moi, je passais chez lui. Nous apprîmes sans trop de façon à nous y retrouver dans nos livres, nos collections réciproques. Nous passions de longues soirées à nous montrer nos jouets et souvent nous riions ensemble. « En somme, vous êtes mon petit-fils... »

Un soir que nous marchions le long des grilles du square du Temple – j'allais surveiller la portée de chats –, Stevenson me dit : « Je n'avais pas d'héritier. » Les petites fourrures se terraient sous un massif décharné.

J'y retournai, beaucoup plus tard. De nuit, avec une couverture, un vieux plaid épais.

Je sautai la grille maladroitement. Elles n'étaient pas loin, les bestioles, cachées sous un fourré. Je vis la portée entière, immobile, un brin peureuse. La mère était une grosse chatte tricolore, méfiante et épuisée. Quatre petits se nichaient entre ses pattes, tétaient. Des boules minuscules. L'une d'entre elles était un duplicata de sa mère. Beige, blanche, brune. Minuscule, avec un œil un peu malade, une bouille charmeuse, le museau pointu. Les prendre toutes dans mon blouson? J'en eus vraiment envie. Je restai un long moment à leur faire des politesses, à leur parler de la vie courante.

C'est ainsi, nous nous tenions à très peu de toises près (une toise égale 2 mètres) de la tour tragique. Je leur expliquai les grands malheurs de la famille royale au Temple. Elles s'en foutaient. La question se posait une fois de plus. De quel droit entrer dans leur vie?

Il faisait froid. Les chats s'étaient nichés dans les replis de la couverture. Ils ronronnaient. Du moins, j'en eus l'impression.

Elle dit cette chose incongrue et naïve : « Partons. »

– N'importe où. Quittons Paris.

Julie en avait assez, des appels anonymes, de cette impression de traque permanente, des accidents minuscules qu'elle s'acharnait à éviter à chaque instant. Car tout continuait depuis la reprise du tournage, à l'en croire. Anna ne désarmait pas.

– Partons.

Elle fermait les yeux (une pointe d'affectation), la voix aiguë, aux lisières de la crise. Le malentendu était total.

– D'accord, j'ai voulu ce rôle. D'accord, je veux réussir. Même si le film de Leck est une merde, je tirerai mon épingle du jeu. Je peux tenir. Contre vous tous, mais...

Quitter Paris?

– Pas longtemps. Pour tenter notre chance, en amis, en amants, comme tu veux. Pour sortir du piège!

Notre chance? Cela se passait dans le studio, fenêtre ouverte sur le canal. Julie dit n'importe quoi. Que j'avais bien su aller à Londres (sans elle, d'ailleurs elle m'en voulait). Que toutes ces histoires de maniaques la lassaient, qu'elle ne comprenait plus rien à rien. C'était vrai.

– Je n'ai pas peur, tu sais bien. La Fried m'ennuie avec ses menaces. Quant à Leck avec ses caprices, toutes ses maladies de grand créateur, il est tout bonnement chiant.

Elle envisageait Belle-Ile, ou Vientiane. Ou Florence, ou Djemila. Julie ne savait pas. Elle voulait, soudain, des avions, des bagages, des appareils photographiques, des photos que je prendrais d'elle dans des chambres anonymes.

– Ça pourrait te plaire, dit-elle. Nous voyagerons, et à chaque fois, tu photographieras la porte, avec le numéro de la chambre, et puis le lit. Et puis moi... Merde : rien qu'un week-end!

Son exotisme.

– Ou pourquoi pas le désert?

Le désert la tentait. Durant quelques minutes, Julie dit des mots, pas sots. Des poncifs. Hors propos.

– Partons, insista-t-elle. Ce film est mauvais. Personne ne s'y retrouve.

Il fallait tout doucement la prier de s'asseoir. Se roulant sur la moquette, indifférent, Radek montrait son ventre.

Comment expliquer les choses à Julie?

Pour gagner du temps, j'allai à la cuisine. Dans le Frigidaire, il ne restait pas grand-chose. Un peu de petit chablis, comme toujours. Julie continuait son monologue, me parlait de désert, de villes fabuleuses que nous pouvions découvrir ensemble. Ou inventer.

– Tu l'as bien fait avec d'autres!

Pour qui se prenait-elle? Des larmes coulaient, des larmes de comédienne. Il ne pouvait pas en être autrement. Pourquoi?

– Pourquoi ne veux-tu pas essayer?

Le ton changeait, puisque ma réponse ne pouvait pas laisser de doute. Julie se fit vindicative.

– Tu as peur. L'amour te fait peur. Tu préfères tes amusettes, mettre partout des petites distances ridicules pour te protéger. Tu te tiens au chaud avec tes manies, tes copains qui sont aussi malades que toi.

Je lui offris un verre, elle me le jeta à la figure. Julie était exceptionnellement mauvaise dans les scènes de colère. Son hystérie s'y ajustait mal.

– Même pas un week-end, une seule journée! Ailleurs que dans cette saloperie de ville! Je te mets au défi. Tu ne peux pas refuser, pas te dégonfler à ce point.

Elle se trompait. Il n'y avait pas eu de villes inventées avec d'autres. Pas beaucoup. Et cela me regardait.

Julie me parlait d'amour et de dérobade. Sans trop y croire, il n'y avait aucune raison d'être dupe. Elle était sans doute loin de l'être, elle-même. Qu'elle se calme, se taise, disparaisse si possible. Pour légitimes qu'elles fussent, ses frustrations n'avaient à mes yeux pas la moindre importance. Julie pouvait bien répéter que j'étais fou. Elle avait parfaitement raison, et alors?

– Tu as des affaires ici, dis-je. Le mieux est que tu ramasses tout ça et qu'on se quitte sans trop d'éclat.

– Comme on licencie une figurante?

Elle devenait idiote.

– Ça y est? continua-t-elle (voix vraiment désagréable, l'enlisement). Une de plus à ton tableau. Tu peux faire place nette et continuer ta petite vie? Je veux que nous écoutions quelque chose ensemble.

Julie se dressa, se dirigea vers le répondeur. Car naturellement, elle avait pris le droit d'écouter les messages. Il s'agissait d'Anna. Un message du jour. Elle disait que peut-être, elle avait mal compris, qu'elle s'était emportée. Julie ne pouvait pas être mon amante (« amante » était le mot exact qu'Anna employait). C'était trop bête, car Julie était trop con. Tout était encore tellement possible.

– La vieille peau peut nous voir partir ensemble demain, dans n'importe quel aéroport. Si tu as les couilles.

On pouvait dire cela, que Julie était belle. Ce que j'avais à lui dire sur cette beauté ne pouvait ressortir du compliment amoureux. Je n'étais pas du tout dans cette disposition. Lisse, parfaite. Il avait été pertinent de la brûler un peu. Je le lui dis. Elle hurla, m'accusa. Julie ne crut pas une seconde en la validité de cette scène ridicule. Elle testait des effets. Une manière d'être un peu chiante et, à bien y regarder: molle.

– Je voudrais être un peu seul.

– Ce qui veut dire?

– Que tu fous le camp maintenant.

– Ou alors?

Elle s'étala sur le divan. Façon sit-in non violent, bernique convaincue. Je réfléchis, je la giflai. Pas trop de force physique et beaucoup d'effet de surprise. Elle s'arrangea pour saigner instantanément du nez. Il était tentant de lui botter franchement le cul. Elle se débattit, cogna à son tour. Je parvins à parer. Ce putain de flingue, le magnum était toujours à portée de main. Elle s'en empara, me le brandit sous le nez, tira à droite, à gauche.

– On ne me touche pas! hurla-t-elle.

Radek partit en courant, terrorisé. Je giflai Julie à nouveau. Elle riposta par un nouveau coup de feu. La balle m'atteignit. Une secousse presque indolore au bras gauche. L'odeur de la poudre envahit la pièce. On s'enfonçait dans le grotesque.

J'eus un geste d'énervement de plus. Julie se retrouva éclaboussée de sang. Le visage. Elle s'effondra, affolée, sanglotant qu'elle n'avait pas voulu ça.

– Rien qu'un voyage ensemble, bon dieu! C'était pas grand-chose. Tu pouvais bien me le donner.

Une des balles avait brisé la maquette du wagon de métro, modèle Sprague, et fait un trou convenable dans le mur. L'autre s'était enfoncée dans une pile d'albums de Black et Mortimer. De vieilles éditions. La douleur se manifesta soudainement, brûlante. J'étais certain que l'os n'était pas touché. Il ne pouvait pas l'être, l'idiotie a des limites. J'examinai la blessure.

Une chose nette, au milieu de l'avant-bras, bien rouge. Ça faisait un mal de chien mais c'était sans doute superficiel. Un engourdissement désagréable s'installa jusqu'à l'épaule. Contrecoup du choc, un vertige me prit, je faillis m'évanouir.

Nous avions une scène à tourner, Julie et moi, dans moins de six heures.

Je marchai le long du quai de Jemmapes, vers l'écluse de la Grange-aux-Belles. Digression indispensable après le petit tumulte de Julie et les soins attentifs d'un toubib ami, je ne pouvais me résoudre à aller me coucher. La nuit, le canal me fait toujours du bien.

Dans les tout premiers temps, Stan avait beaucoup ricané:

– Tu habites le bon côté. En face, le quai de Valmy, c'est une victoire un peu honteuse, sans doute achetée à Brunswick par Danton.

– Avec quoi?

– Les diamants de la couronne de France, dérobés au Garde-Meuble national en septembre 92. Une grande et mystérieuse affaire policière! Bien plus tard, on a retrouvé les principaux joyaux dérobés dans la collection personnelle du duc. Aurait-il accepté quelques inestimables pierres en échange d'une retraite en bon ordre à Valmy? C'est, sinon prouvé, du moins très vraisemblable. Il est certain que la victoire fut sans combat et que ce marchandage ressemble à du Danton tout pur.

Stan n'était pas le seul à penser que le vertueux Roland avait été également dans le coup.

– Jemmapes, c'est plus digne. Même si la bataille n'a pas été un modèle de stratégie. Et puis Dumouriez...

L'hiver prenait ses marques. A cause du froid humide, on ne se promenait plus aussi facilement dans la ville. La pluie compliquait les itinéraires. Sans trop de préméditation, je pris le chemin de la place de la République, vers chez Villon. Boulevard du Temple, malgré la nuit, il était un peu difficile d'imaginer la façade de Curtius. Rien qu'un peu. Sans doute, j'avais envie de pousser jusqu'à l'immeuble de la Petite Chaise. Le vent glacé mordait trop. Je pris la rue de Saintonge. Villon ne dormait pas.

Sa chambre avait changé d'allure, des riens. Presque plus de dessins concernant la quête du petit Max, beaucoup plus de formulaires administratifs traînant sur la table de travail, beaucoup à en-tête de la préfecture de police. Des piles l'attestaient, Villon se remettait à lire les journaux. Et puis, sur un coin de lit, Mona avait oublié son pull. Villon sourit, ma visite ne le surprenait pas.

– Depuis combien de temps nous connaissons-nous?

– Cinq ans, à peu près, répondis-je. Avec des interruptions.

– C'est étrange, j'ai parfois l'impression que je suis une des rares personnes à pouvoir vous supporter. Même si ça vous emmerde.

Une hypothèse comme une autre. Le flic sinistré avait troqué la Kronenbourg contre la Gueuze. Santé! Il allait vraiment mieux. Trois séances hebdomadaires chez son psy au lieu de quatre. De plus, il espérait bien être réencarté avant la fin de l'année. Je m'en rendis compte sur le tard, il avait scotché une coupure de presse au-dessus de sa table. Un article du *Soir*: « La Princesse en danger. »

Une chronique de Stan, relatant toutes les difficultés de tournage du film, le limogeage puis la réintégration de Leck. Ce papier avait mis Adrien dans une stimulante fureur noire.

J'appréciais modérément l'intérêt de Villon pour cette histoire. Qu'y pouvais-je s'il était un fan d'Anna Fried depuis toujours? Il avait bien le droit d'aimer le cinéma, comme tout le monde.

– J'ai travaillé pour vous, me dit-il tout réjoui. Manière de me refaire la main.

Villon s'était souvenu des questions que je lui avais posées à propos du Mirabeau. Il avait bien compris que des conflits tordus se nouaient autour de *La Princesse*. Il avait vu le cratère dans le crâne d'Hébert.

– J'ai pris quelques renseignements. Au fil de ses nombreux mariages, Anna Fried a fait de beaux héritages immobiliers. Pas seulement l'immeuble de la rue de la Chaussée-d'Antin. Elle est également propriétaire, au Palais-Royal. Elle l'était, du moins, jusqu'à la majorité de son fils, Stanislas.

Villon n'avait pas eu beaucoup à chercher. L'enquête qui avait été menée par la police sur Anna, alors qu'elle était mêlée à un regrettable fait divers, avait permis d'établir les bases d'un dossier conséquent sur l'état de sa fortune. Ses activités d'animatrice de club un peu spécial avaient laissé la loupe sur elle. Pure routine, selon la formule.

– Quel genre de propriété?

– Des appartements, et même un pas-de-porte sous les arcades. Voulez-vous l'adresse?

Numéro 17, galerie Montpensier. L'adresse du Cabinet de Curtius.

Villon me dit n'y être pas allé. A cause de cette peur qu'il avait encore de descendre dans la rue. Et puis, somme toute, cette histoire ne le regardait pas. Rien qu'un petit tuyau qu'il me donnait, à tout hasard.

– Je sais votre goût du hasard.

– Très aimable. Toutefois, j'aimerais autant gérer cette affaire seul.

– Alors pourquoi êtes-vous venu me voir, cette nuit? Et l'expertise des cheveux?

– Des moments d'inattention, dis-je en me levant. Passons.

Il me prit par le bras, amusé. Je hurlai.

– Qu'est-ce qui vous arrive?

– Figurez-vous qu'on me tire beaucoup dessus, ces jours-ci. A force, on me touche. Après, ça fait mal.

Je parlais à un fin connaisseur. Villon était un flic à bavures, mais il avait encaissé plus qu'à son tour des balles qui n'avaient rien de perdues.

– On peut en savoir plus?

– Soyez gentil, ne vous mêlez de rien. Ni vous ni moi ne pensons que l'usage des armes a quelque chose d'exceptionnel, ou d'intéressant.

Il sourit.

– Ne vous fâchez pas. Si j'ai commis un impair, j'en suis désolé. Puis-je néanmoins vous poser une question? Je ne suis plus tellement au courant des choses. Cette redingote que vous portez? C'est une nouvelle mode? Ou bien êtes-vous complètement déjanté?

En sortant de chez moi, sans faire autrement attention, j'avais enfilé le premier vêtement venu. Celui d'Hébert. C'est entendu, j'avais une jambe raide, un bras blessé et de plus j'étais ridicule. Je saluai Villon.

Dans l'escalier, je croisai Mona. Ce n'était pas prévu mais c'était logique. D'après le plan de tournage, elle revenait de la Salpêtrière, la nuit du 30 août. On venait de l'enfermer, petite courtisane du Palais-Royal, coupable d'avoir couché en son temps avec un chevalier de la Cour. Une raflée parmi trois mille autres, lors de cette grande et sombre nuit de perquisitions domiciliaires où l'on avait saisi aussi deux mille fusils. La plupart des arrêtés seraient relâchés le lendemain. Pas Mona, pas des centaines d'autres. Elle était livide, reste de maquillage ou ampoule électrique trop nue. J'eus un geste pour l'embrasser, elle se raidit. La maison était vieille, nos costumes incertains. On aurait pu filmer notre rencontre, elle avait sa place dans le scénario. Ce n'était pas de la haine qu'il y avait dans le regard de Mona, pas de l'incompréhension dans celui de la petite pute. Elle venait de la Salpêtrière. Du grand renfermement. Elle avait vu, elle venait de vivre. Pas seulement les cohortes incohérentes de ceux que l'on avait arrêtés en même temps qu'elle. Toutes les autres. Les folles, les filles hystériques, les déclassées, tout ce rebut concentré entre des murs froids. Mona venait de la terreur, ses yeux venaient de voir l'enfer. Je passai mon chemin.

De retour quai de Jemmapes, je constatai avec plaisir que Julie avait vidé les lieux.

Radek sommeillait paisiblement sur le banc de square.

Il était quatre heures du matin. Sans le vouloir, Julie avait visé juste.

C'était un escalier sombre et étroit, très pentu, difficile à descendre à cause de ma jambe foutue. Aucune rampe n'était là pour prévenir la chute. Plusieurs fois, je dus m'appuyer contre le mur pour me reposer, le cœur battant à tout rompre. Le mur! Contrairement à l'apparence, il ne s'agissait pas de pierres humides mais d'un moulage de résine peinte qui pliait légèrement sous la pression du corps. Cet escalier n'était qu'un décor. Il n'en était pas moins sinistre. Je descendis encore quelques degrés et sursautai. Une énorme cloche battait au-dessus de ma tête. Une sorte de glas terrifiant, accompagné de rires. Des témoins invisibles se moquaient de ma surprise. Je le savais, pourtant : tout ici n'était que leurre et truquage. Enfin, quelques marches encore, j'étais au seuil de la Chambre des Horreurs. Des yeux, je cherchai qui j'étais venu rencontrer. Fichées sur les piques, à côté de la guillotine, les quatre têtes étaient bien là. Fouquier, Hébert, Robespierre et Carrier. Les autres représentations ne m'intéressaient pas, je les avais maintes fois visitées, en d'autres temps. Je m'approchai de la tête d'Hébert et la détachai. Le sang brouillait les traits, les rendait méconnaissables, il me poissait les mains. J'hésitai à la nettoyer. Le visage à découvrir ne pouvait être que le mien. N'avais-je pas posé, un jour, dans l'atelier de Curtius? La chaleur du plâtre me brûlait encore la peau.

Naturellement, je savais que j'étais en train de rêver, je le sais toujours. Une vieille petite dame guettait dans l'ombre, voûtée, lorgnons sur le nez et fichu sur les épaules. Marie ou Judith? La guillotine s'imposa. Il fallait y monter. La planche était libre. Autour, plus rien n'évoquait la salle de chez Tussaud. On me lia les mains derrière le dos. J'allais mourir, voilà tout. J'en ressentis une peur compacte, extérieure, venue d'ailleurs que du rêve. La lame de la machine n'était pas d'acier mais de verre. J'aperçus la silhouette de Stevenson. Il ne s'occupait guère du tableau dans lequel j'étais engagé. Je me réveillai, très calmement. Un peu déçu de ne pas avoir été jusqu'au bout, content quand même d'avoir été si près.

Des grabats, des châlits. De leur dortoir insalubre, les filles de la Salpêtrière avaient bien entendu la rumeur, elles s'agrippaient aux barreaux des fenêtres, cherchant à se hausser pour tenter de voir, dehors. Les bruits les plus fous circulaient. On tuait dans les prisons paraît-il, on égorgeait. Qui? Les aristocrates, les Suisses à leur solde, les réfractaires, tous les assassins du 10 Août. Certaines détenues avaient peur. La plupart étaient gaies. Si la vraie justice de la Révolution entrait à la Salpêtrière, elle ne pouvait que les libérer. Elles, les victimes. Certaines criaient : « Vive Marat! »

Mona était contente, le cauchemar allait prendre fin. Elle regrettait d'avoir douté. Elle n'en voulait même pas aux sectionnaires et aux gendarmes qui l'avaient arrêtée. Comment auraient-ils pu savoir qu'elle avait marché, un peu, avec les assaillants du palais, le 10 Août? Qui pouvait lui en vouloir d'avoir eu peur et de s'être enfuie, au moment de la première fusillade? Et puis, elle avait eu pour client un aristocrate. Un client, pas un ami. Il était resté plusieurs jours chez elle. Pas tellement de jours, et il avait payé. Elle l'avait mis à la porte dès qu'il avait prononcé des paroles favorables au gros Véto. Mona s'en souvenait parfaitement, c'était le 13 août, le jour du transfert de la « ménagerie » royale au Temple (l'expression était du Père Duchesne, elle le lisait assidûment). Arrêté, l'homme l'avait dénoncée. Est-ce qu'une pute demande la biographie de ses clients? Mona figurait dans *L'Almanach du Palais-Royal* : « Gentille, modeste, discrète, poitrine abondante, sans préjugé, cinq sols. » Qu'on veuille bien l'interroger. Elle était prête à jurer de sa foi révolutionnaire, de son amour pour la Nation.

Adrien avait imaginé, en plus, ce qui suit :

Les filles se réjouissent, ce sont leurs libérateurs qu'elles attendent. Elles se font belles comme elles peuvent, elles se maquillent, se griment, se disposent à offrir une fête. On échange quelques fards préservés, rafistole les robes, on se coiffe. Les « flétries » s'inquiètent. Elles forment un groupe un peu à part. Qui sont-elles? Des voleuses ou des criminelles, ou qu'on dit telles. Sur l'épaule, elles ont un « V », ou une fleur de lys, marqués au fer. Quelques-unes d'entre elles, parce qu'elles se sont débattues, ont cette marque sur le sein. Cela fait partie du jeu des bourreaux. Lisa les rassure. La Révolution ne leur veut pas de mal. Que sont leurs fautes alors que la Nation vient de chasser de leur repaire les pires des criminels, l'ivrogne Capet, l'Autrichienne et ses tribades! Les flétries ne sont-elles pas comparables aux malheureux de la Bastille que le 14 Juillet a libérés? Confiance.

Elles chantent: « Ah, ça ira! » Elles s'apprêtent. Elles se moquent de l'affolement des gardiens. Elles rient. Toinon montre ses seins. Elle veut bien les offrir au premier patriote qui tournera la clef. Louise ne jure que par Robespierre. Jeanne en tient pour Théroigne de Méricourt, qu'elle a entendue une fois, à la tribune au comité de la rue Saint-Antoine. Pierrette voudrait retrouver son village, à Vaugirard. L'une, qui ne connaît de Paris que son quartier des Gravilliers, idolâtre Jacques Roux. L'autre assure que Danton l'a baisée. Mona, bonne fille, s'occupe de Miette, qui est une simple, qui ne comprend rien, qui a peur, qui joue avec un ruban qu'elle agite sans cesse devant ses yeux et que le bruit du tambour affole.

– Ne crains rien. Ils vont te libérer.

– C'est quoi la liberté?

– Tu pourras faire tout ce que tu voudras.

– Je ne veux pas, c'est trop terrible.

Miette retourne dans sa nuit.

Mona aime la nuit. *La Carmagnole*, maintenant. Mona n'est pas la dernière à chanter. « Dansons... »

Elles dansent. Le tambour, de plus en plus proche.

Mona ajuste son corset.

Elle ne savait rien de ce client gentilhomme. Il avait la peau douce.

Elle veut honorer les patriotes. Ils entrent. C'est plus fort qu'elle, elle tremble.

– Cut!

Cut! Ça lui convenait, à Adrien, ce brouhaha de jeunes femmes affolées dans un décor de stalag. Pas un décor. Un pavillon d'époque ou presque, tel qu'il en reste encore quelques-uns aux confins de la Salpé. Murs épais, suintants, carreaux de faïence blanche. Étudiant en je ne sais plus quelle discipline, il y a bien des années, j'avais assisté à ces sinistres séances que sont les « présentations de malades », presque comme du temps de Charcot. Tournage mis à part, à quoi servaient ces salles, désormais?

Les comédiennes grelottaient, Adrien s'en souciait peu. En septembre 92, la chronique l'assurait, il faisait encore exceptionnellement chaud.

– On s'y croirait, tu ne trouves pas?

Une équipe légère, des caméras à l'épaule, on était plus dans un reportage que dans un film de fiction. Cette impression s'accentuait de prise en prise, peut-être parce que Adrien donnait de moins en moins d'ordres. Il voyait les comédiens avant, parfois longuement, ou bien leur prodiguait des instructions à voix basse. Quand les moteurs tournaient, toute la technique se faisait oublier. Ce n'était pas le moins inquiétant.

Les filles se remirent en place. Il fallait raccorder sur la scène des préparatifs. Jouer l'attente, la fébrilité de la petite fête pathétique. Puis, les tueurs feraient irruption.

– Action!

Mona avait charbonné ses paupières, rougi ses joues et ses lèvres. Elle roulait des hanches et encourageait ses amies. Je la reconnus difficilement. Elle ressemblait à une vraie personne. Dans la chambrée, c'était l'impatience inquiète. « Ils arrivent. »

La porte fut ouverte brutalement. Les premiers hommes, quelques gardes, des volontaires, étaient manifestement ivres. Pas menaçants. Ils évaluèrent l'état des lieux, jaugeant les filles.

– Citoyennes...

Leurs camarades les talonnaient, mines de collégiens découvrant des pucelles au bain.

– Celles d'entre vous qui sont de braves patriotes n'ont rien à craindre.

Instinctivement, elles reculèrent, se serrèrent les unes auprès des autres. Quelques rires s'élevèrent du côté des hommes. Celui qui semblait être le chef était vêtu d'un chapeau et d'un manteau noir lustré, très propre.

– Il s'agit de rendre justice. Nous allons procéder par ordre.

C'était simple. Elles devaient sortir, chacune à son tour, présenter leurs épaules. Il fallait regrouper les flétries à part, première sélection. Une double haie se forma devant la porte.

– Allons!

Elles hésitaient, se regardaient, consternées. Qui avait parlé de fête? De libération? La lumière s'intensifia sensiblement, se fit plus clinique. Maintenant, les deux groupes, les hommes et les femmes, se détachaient sur un fond de mur blanc. Elles comme des poupées de carnaval à deux sous, eux comme des brutes incertaines. Mona s'avança. Elle découvrit son dos autant que l'idée qu'elle se faisait de la pudeur d'un patriote en mission le lui permettait. On l'observa, sans négliger de la palper.

– A droite, dit l'homme vêtu de sombre.

Une fille suivit, d'autres encore. Première fleur de lys sur une peau blanche.

– A gauche.

Les patriotes se firent prudents, suspicieux. Le fer était parfois porté très bas dans le dos. Ou encore sur la poitrine. Ils voulaient vérifier. Aucune criminelle ne devait échapper à leur investigation. On tira sur les chemisiers fins, les vilaines camisoles de gros drap. Cela s'accompagnait de rires ou d'insultes. A droite, à gauche. Des bouteilles de vin commencèrent à circuler. Les filles comprirent qu'autant valait se présenter les seins nus.

Voussure des dos, maquillages sillonnés de larmes.

Je remarquai une femme dans la file qui avait bien fini par se former. Elle n'était plus jeune, ses cheveux étaient ramassés en lourd chignon informe, sur la nuque. Elle aussi avait joué le jeu du maquillage grotesque. Une figure de pute à prendre pour pas même un verre de vin. Pourtant, elle n'y pouvait rien sans doute, elle restait digne. Et plus que digne: fière. Malgré le bouchon noirci sur ses sourcils, le plâtre qui blanchissait son front et son cou, c'était une aristocrate. Quand elle s'avança et qu'elle ouvrit sa chemise, c'était une aristo encore que je voyais et qui me regardait. Une star.

– A gauche.

Elle sourit imperceptiblement, s'esquiva. Hors du champ de la caméra qui ronronnait toujours. La scène continuait. Adrien n'avait rien remarqué. Personne n'avait reconnu Anna Fried au milieu des figurantes!

Le lendemain, à la projection des rushes, il n'y avait selon moi pas de doute possible. Adrien restait sceptique. Il refit passer la séquence, plusieurs fois. Lors de la dernière projection, je pris une série de photos.

– Un vague air de ressemblance sans doute, concéda-t-il. On ne la voit que quelques secondes. Pourquoi aurait-elle fait ça?

– Par défi. Elle continue à hanter ton film.

Rôder autour du tournage, menacer ses protagonistes, s'insérer dans les images mêmes. Adrien haussa les épaules. C'était ridicule.

– A part toi, personne ne l'a vue. La Fried est méconnaissable.

– Tu peux aussi couper cette scène.

– Ce serait dommage, elle est excellente. Pourquoi n'as-tu pas cherché à la rejoindre?

Il y avait les comédiens entre Anna et moi, le cinéma continuait. A la fin de la prise, j'étais sorti. Une bonne partie de l'équipe était là, entre les pavillons, attendant les consignes du patron. Les figurantes se réchauffaient. Elles étaient nombreuses, convoquées pour quelques heures de tournage. Personne n'avait spécialement fait attention à Anna.

– J'ai sorti une photo d'elle, je l'ai montrée à quelques filles. Aucune ne l'a reconnue. Il faut dire qu'elle date de vingt ans.

Adrien me regarda avec curiosité.

– Tu veux dire que tu as sur toi une photo d'Anna Fried? Tout le temps?

Je crois que je restai un instant silencieux. Puis je tendis mon porte-cartes. Adrien l'ouvrit. Il y avait, bien sûr, une photo d'Anna, une très vieille, découpée dans *Cinémonde*. Aussi un portrait d'Hébert, pris d'après la cire. Et Radek. Bien d'autres images encore. Quelques rues et quelques femmes.

– Ton panthéon personnel?

J'aurais pu parler à Adrien de Marcel Duchamp, qui un jour conçut l'idée d'une valise pouvant contenir toutes ses œuvres. Un porte-cartes me suffisait bien à préserver quelques photos stimulantes, nécessaires à regarder lors d'une promenade, dans un café, avant une quelconque séance. Pour prendre d'autres photos. Soudain, je me demandai ce que je faisais dans ce film.

L'ennui commençait à pointer. J'avais admis cette idée lors des scènes de la Salpêtrière. Tout le grand cirque de la prise de vue, le grand savoir des uns, les angoisses des autres, cet amour de soi et ces minauderies, ces fausses compétences: la machinerie-cinéma n'était pas mon monde, ses arrière-mondes me barbaient. Les dessous du cinéma ne m'intéressaient qu'au cinéma. J'étais du côté du *Mépris* contre *La Nuit américaine*.

Anna laissait des messages, pour toujours dire la même chose. Nous avions encore notre chance, elle acceptait de patienter, elle me faisait confiance, nous avions rendez-vous.

Au reste, sur le plateau, je faisais les choses comme il convenait, mimant Hébert dans son imprimerie (décor), débitant *Le Père Duchesne*. Ou bien j'arpentais les couloirs de la Maison commune. Aucune importance. Je veillais à être poli, courtois, pas forcément très bon acteur mais sachant mes répliques, pour peu qu'on eût l'amabilité de me les indiquer une heure avant le clap. Je passais l'essentiel de mon temps en bibliothèque à pister Jacques-René. A marcher. Je revenais rarement bredouille. Les entassements qui envahissaient l'appartement étaient un véritable bonheur. Stevenson me reprochait affectueusement de mener mes enquêtes avec une coupable désinvolture.

Le téléphone sonna. C'était Stan, juste en bas. Je lui dis de monter, au point où j'en étais.

Il avait un cadeau à me faire, un de plus. Par moi lui était venue la curiosité des cannes, il m'en était reconnaissant. Il en avait une à m'offrir. Une belle, à pommeau d'argent. Une pièce de collection.

– Tu boites tellement, citoyen! C'est un cadeau thérapeutique et esthétique.

– Je m'achèterai ma canne moi-même.

– Tes bougonnements ne m'ont jamais impressionné.

L'objet qu'il me mit dans les mains était remarquable. En tirant le pommeau, on dégageait une longue-vue d'une excellente précision. Par exemple, grâce à elle, on distinguait très nettement les pièces de l'immeuble en construction, de l'autre côté du canal, d'où Anna avait pu tirer sur Jacques-René.

Stan caressa la tête du malheureux.

Il put se le permettre car il s'était glissé, mine de rien, dans cette pièce où désormais j'entreposais tout. Je ne fis rien pour l'empêcher de fureter. D'un certain point de vue, il en avait le droit.

– Cette canne est à toi. Marche avec ou pas. J'adore te faire des cadeaux.

Après avoir reposé la tête de cire, il passa en revue les photos de Londres, les agrandissements puisés dans des bouquins, la Lamballe et les moulages de Stevenson, les portraits, ce musée incohérent. Il remarqua évidemment les photos prises du n° 17 de la galerie de Montpensier, au Palais-Royal. Boutique avec rideau de fer baissé.

– Tu es un excellent partenaire, dit-il narquois.

Enfin, il vit les photogrammes d'Anna, à la Salpêtrière. S'y attarda longtemps.

– Je lui dirai que tu l'as reconnue, elle sera contente.

– Elle en doutait?

– Pas vraiment. Tu permets?

Stan pouvait sortir de ses poches bien des choses. Cette fois, ce fut un appareil Polaroïd. Je le laissai prendre quelques photos des documents épinglés çà et là. Anna aimait donc les preuves, les hommages tangibles. De nombreux photogrammes traînaient sur la table, Stan en sélectionna quelques-uns et les glissa dans sa veste. « Pas d'objection? »

– Dans ses messages, dis-je, Anna me parle d'un rendez-vous. Sans précision.

– Ne me demande pas de te mettre sur la voie. Tu devrais avoir tous les éléments à portée de main. Non?

Il me regarda par en dessous, pris de doute. Peut-être même chercha-t-il à me signifier que, pour quelques instants, il souhaitait ne plus bouffonner. « Comment te dire? »

Il me dit tout d'une traite, en me prenant par le bras. Il n'y avait sans doute pas de quoi en faire une histoire mais voilà, il m'aimait bien. Pas comme Anna qui était folle, ni comme Julie qui croyait faire carrière. Il m'aimait comme on aime les gens avec qui l'on peut rire, partager un flirt, vivre un coup. Sans illusion, rien qu'en passant. Un truc gentil, presque paisible. J'avais faussé la donne dès le départ. On ne crache pas du gin pour faire des flammes vertes, on ne saute pas derrière les bus quand on ne s'intéresse pas vraiment aux gens. Les gens se font des idées, les pauvres, ils imaginent de petites aventures possibles. Lui, Stan, il avait vite compris l'erreur. Pas grave. Au fond, il avait l'habitude. De faire le pitre. Sale, bien craspec: c'était sa manière d'être pudique. Voire prudent. Pour le cul, il payait. Sur toute la ligne. Par exemple, le jour de la scène à la Salpé, il n'était pas loin. Il avait rejoint Anna, après son numéro. C'était commode, il sortait de consultation. Le toubib ne lui avait rien appris. Une simple confirmation, les yeux dans les yeux, de ce que Stan savait, sentait de toute manière depuis longtemps. La maladie définitive. « Plus de défense! »

Il rit.

– Moi qui ai toujours rêvé de finir dans un fait divers, c'est raté. Me voilà redevenu conforme.

Stan rit encore plus fort.

– Tellement que tu dois penser que je bluffe. Question de look. Pédé, camé, faut bien que je sois comme les copains. C'est aussi une maladie très chic. T'inquiète pas, Victor. Je n'ai rien, rien du tout. J'ai toutes les ripostes du monde, bien en ordre, depuis toujours. Tu as intérêt à penser ça. A ta place, c'est ce que je ferais.

Et puis:

– On a beau savoir, c'est vraiment dégueulasse.

Stan sanglota longtemps. Je le pris dans mes bras, ne sachant que faire, quel geste. Une carcasse incroyablement maigre, secouée. Il disait des bêtises, m'insultait, me suppliant de le foutre à la porte, de ne pas le laisser tomber. Avec Anna, surtout, j'avais déconné. C'était elle la plus importante, la seule qui comptait. Je ne comprenais pas tout de ce qu'il disait. Je le serrai contre moi sans savoir que faire de cette compassion. Il m'emmerdait, avec toute sa misère. C'était mon copain. Au moins dans ce temps-là.

– Je t'ai menti, dit-il.

Comme si je ne le savais pas!

Ce n'était pas le jour du massacre à la Salpé qu'il avait appris le diagnostic. Ça, c'était un raccourci romanesque, mettant Anna dans le coup. Version qui pouvait m'émoustiller. Les choses étaient plus connes. Stan sortait tout juste de la consultation. Aujourd'hui même.

– Anna est injoignable pour le moment. Je suis venu chez toi. Je n'avais personne d'autre sous la main. Je vais mourir. Merde, c'est un choc. Pas un drame.

Il bousilla quelques Kleenex, histoire de moins renifler comme un imbécile. N'importe quelle issue était bonne à prendre. Je choisis la plus banale, la plus sûre dans ma catégorie. J'allai chercher une bouteille de champagne dans le frigo. En la débouchant, je me posai la question suivante : après tant de paquets de gauloises par jour, après tant de verres asséchés méthodiquement, quand l'heure du verdict viendrait (peut-être était-elle venue déjà, sans que j'en sache rien), celle qui donne au crabe tout le temps qui reste, avec qui lèverais-je mon verre?

Nous bûmes aux excès, c'est-à-dire à la vie. C'était déjà un propos d'ivrognes. J'avais fait mes provisions.

Hôtel de Ville

Au musée, passant de la salle du Temple au reste de l'exposition, on rencontre ces deux-là, Bailly et La Fayette. Le maire-astronome de la ville de Paris, et le sémillant général. Ils conversaient paisiblement, près d'un secrétaire. Je n'avais aucune photo de ce tableau. Il ne m'avait jamais vraiment intéressé.

Maintenant, il apparaissait comme une case obligée. Laquelle? C'est-à-dire : où, dans Paris? Le rapprochement physique des deux hommes évoquait une connivence, voire un complot. C'est ensemble qu'ils avaient décidé la fusillade du 17 juillet 1791.

Un climat lourd dans la ville, ce jour-là. Une manifestation organisée au Champ-de-Mars pour la signature d'une pétition exigeant la déchéance du roi avait mal tourné. Des morts. Une tentative de coup d'arrêt à l'agitation des clubs. Quelques heures plus tard, prudent, Maximilien avait accepté le refuge que lui proposait Duplay, rue Saint-Honoré. Danton était introuvable, comme d'habitude. Jacques-René était allé au front, avait signé la pétition. Avait eu peur, sûrement. A l'époque, il n'était qu'un petit publiciste, avec bien des rivaux, un patriote parmi tant d'autres, sans aucun courage physique.

Enfant, je faisais du patin à roulettes, au Champ-de-Mars. Il y avait aussi quelques manèges. Judith était une femme excessivement patiente. Je l'interrogeais. Champ-de-Mars, pourquoi ce nom? Cela me tracassait car dans le temps de mon enfance, à la radio, dans le journal *Radar* qu'on lisait chez moi, on parlait beaucoup de soucoupes volantes, donc de martiens. Judith savait que Mars était le dieu de la guerre, et que l'École militaire n'était pas loin. Je n'ai jamais trop bien su ce que sont les dieux. Même dans l'ancien temps.

Au bout du Champ, la tour Eiffel. Construction privée, j'avais appris un jour que le principal administrateur de la société qui la gérait était la famille Gabriel-Thomas. Ce qui faisait lien logique avec le musée Grévin.

Plusieurs fois, je poussai jusque dans cette zone de Paris dont, par routine personnelle, j'étais un médiocre habitué. Je me forçais. Posais la Raleigh et marchais, cherchant l'émotion. Je ne la trouvai pas. Sans me déplaire, ce vaste espace ne m'inspirait rien. Je pris quelques photos faciles que je vendis sans mal à des magazines médiocres. Des enfants de bonne volonté (vraiment très mômes), avec des arbres d'hiver. Ici, la Fête de la Fédération, celle de l'Être suprême? « Le Champ-de-Mars, voilà le seul monument qu'a laissé la Révolution... le vide », notait Michelet. C'était bien fâcheux.

Tous mes ridicules souvenirs personnels auraient été bons pour toucher un peu, même de très loin, quelque chose comme une chaleur de l'histoire. Ici, je n'y arrivais pas. Les allées du Champ-de-Mars étaient tristes et plus j'allais, moins j'avais envie d'accoster les badauds. C'était injuste et je me disais qu'après tout je n'aimais pas assez Paris, ses gens. C'était la fin de l'automne. Le temps de transition où il fallait s'organiser pour survivre. C'est toujours avec soulagement que je revenais vers le Marais, sans qu'il s'y passe rien de plus qu'ailleurs. J'y étais plus proche de mon terrier, voilà tout.

Bailly et La Fayette renvoyaient aussi à l'Hôtel de Ville, pourquoi pas?

Ce bâtiment me plaisait bien, même s'il n'était plus exactement la « Maison commune ». Je ne gardais pas un mauvais souvenir des quelques scènes que nous y avions tournées. M'y amusaient depuis toujours les statues de grands personnages ornant les nombreuses niches des façades, hommages très sélectifs à la chronique de la municipalité. Beaumarchais mais pas Choderlos, Pétion mais pas Chaumette, Manon Roland mais pas son « vertueux » mari, Pache mais évidemment pas Hébert, etc. Ignorés, pardi, Robespierre, Saint-Just, Santerre et bien des autres. Je ne pus m'empêcher de dresser la liste des élus de cette mémoire de faussaire. J'adorais me provoquer de ces petites indignations. Tout en me réservant la possibilité, un jour que je serai bien vieux, d'éditer à compte d'auteur une brochure. « Grande colère du Père Victor contre les jean-foutre qui truquent la mémoire des lieux. »

Adrien n'avait guère qu'une dizaine de jours de retard sur son plan de tournage. Cherchant à sauver les meubles et soignant ses nerfs, la production assumait le dépassement de budget sans trop d'esclandre. Après tout, les Tuileries avaient été convenablement prises, visionnage des rushes à l'appui. Le roi était en sûreté au Temple, la Lamballe ferait sûrement pleurer Margot. Ce qu'on voyait du massacre à la Salpêtrière était vraiment atroce, ce qui apaisait bien des conseillers bénévoles, lecteurs du *Figaro*. Restait le gros morceau : la Force, et la sarabande derrière la tête fichée de la Lamballe.

On était fin novembre. Entre les tournages et le musée, je ne pouvais guère espérer avoir le temps de flâner. Une situation excitante et détestable.

Un matin, je descendis chercher les journaux. J'avais passé une partie de la nuit à réécouter les vieux messages d'Anna (plus rien depuis plusieurs nuits), à rêvasser au milieu de mes bricolages. Le choc fut réel. Dans *Le Soir*, ce n'était rien qu'un article en page 40. Pleine page, quand même, et gros titre : « Un film hanté. » On y décrivait assez précisément les multiples incidents et catastrophes frôlés par Adrien Leck depuis la mise en chantier de *La Princesse*. Un long paragraphe décrivait cette étrange apparition d'Anna Fried, dans la scène préparatoire à la tuerie de la Salpêtrière. Argumentation rouée. Ou bien Leck avait embauché une comédienne ressemblant trait pour trait à la grande star des fifties. Ou bien, plus vraisemblablement, cette dernière s'était glissée (« mais pourquoi? ») dans le tournage (« très cahotique ») de ce remake (« sans doute inutile »). On verrait bien si Leck retiendrait cette séquence au montage. En attendant, et en haut de page, *Le Soir* publiait un photogramme de la fameuse scène. L'un de ceux où l'on reconnaissait le mieux Anna. L'article était signé Stan. La photo m'était créditée. C'était fielleux.

A peine étais-je de retour quai de Jemmapes, Adrien hurlait dans mon téléphone. Lui aussi venait de lire le journal. Cet article était un coup d'épée dans le dos. Pas du tout une pub par la bande. A bien le relire (ce que je fis, il gueulait tant), on y lisait noir sur blanc que ce remake en cours était un travail de circonstance un peu honteux (« Leck dans le marais du bicentenaire »), la fin d'un cinéaste trop roublard et, pire, une « totale goujaterie ».

– Tu as tout lu?

– Quoi?

– Cette phrase-là! « Si un jour ce film impertinent voit le jour, il n'aura de séduction que par l'apparition clandestine d'Anna Fried. »

Adrien s'en étranglait. Il m'accusa logiquement d'avoir fonctionné dans la magouille de Stan. La photo.

– Je n'ai jamais donné mon accord pour la publication de cette photo.

– La trahison, c'est ton truc, Victor. Ce que tu viens de faire est dégueulasse.

Je raccrochai.

Je repassai au Palais-Royal, ex-Maison-Égalité. Au numéro 17 de la galerie Montpensier, il y avait une boutique anonyme, rideau de fer baissé. Au-dessus, à l'entresol et aux étages, des volets fermés. Curtius ici? Je voyais bien. Le pseudo-garde national à l'entrée, bleu et blanc. Le sans-culotte plus tard, et après le grognard, toujours pour attirer le chaland. Marie sous les arcades, le pépiement des courtisanes, Mona, les intrigues, les galanteries. Une sorte de mystère s'était lié là, avec les figures de cire.

Maison fermée ou pas, Stan devrait bien rendre des comptes. Sur tous les tableaux.

Je traversai le jardin. C'était repéré depuis longtemps. Un libraire-éditeur installé sous les arcades. Entre autres libelles révolutionnaires, il proposait pour très cher, mais sans doute à perte, une réédition fac-similé du *Père Duchesne*. La collection était plus complète que celles, originales, consultables à la

Bibliothèque nationale ou à l'hôtel Lamoignon. Dix volumes reliés cuir. Avec préface érudite et pièces annexes (minutes du procès, etc.). J'étais résolu à craquer.

– Deux cents séries éditées il y a vingt ans, me dit le libraire bougon. Il n'en reste plus que trois. On sera en rupture de stock pour le bicentenaire.

Je signai le chèque.

En sortant avec ma pile de *Père Duchesne* bien enveloppée sous le bras, je compris que rien ne s'arrêterait à la dernière ligne du script, au dernier clap. Avec Hébert, j'étais parti pour jusqu'au bout.

L'actualité? J'avais lu les articles du *Soir* un peu hâtivement. Presque vingt ans d'attente: les mômes ressortaient enfin de leurs bahuts et de leurs facs. Dans la rue de Rivoli, je croisai un groupe d'entre eux, venant du lycée Charlemagne. Ils allaient à la manif. Une pancarte bricolée: « 68, c'est vieux – 86, c'est mieux ».

Pussent-ils avoir raison.

Arrivant sur le plateau, on m'avait battu froid. L'article de Stan restait en travers de toutes les gorges. J'étais complice. Une ambiance plus que désagréable. Adrien ne fit rien pour détendre les choses.

– Même si tu penses que c'est un film-catastrophe, tu fais partie du générique comme nous tous.

Il m'expliqua en quelques mots secs ce que j'avais déjà lu et relu dans le scénario.

C'était le 3 septembre, dans la rue, près de la Force. La Lamballe était morte depuis quelques heures, les massacres continuaient. Je marchais au milieu de la petite foule agglutinée aux abords de la prison. Je voyais les visages graves, fermés, mais qui s'illuminaient soudainement à la vue d'une belle exécution. D'autres étaient constamment hilares. Pas des trognes de tueurs, des braves gens au spectacle, criant:

« Vive la Nation! » J'évitais de regarder les corps entassés des suppliciés. Se découpait alors sur fond de ciel très bleu, *flash forward*, lasilhouette des montants de la guillotine, du couperet.

Leck me décrivit le mouvement de la caméra, une opération assez compliquée, en vision subjective.

– On filme en continuité. Du massacre à la prémonition de ton exécution. Tu n'as que quelques secondes, hors champ, pour monter sur l'échafaud, te coller contre la planche.

Il me précisa qu'il y avait près de cent figurants mobilisés, payés au tarif syndical, que la lumière ne serait pas éternellement parfaite et qu'il me serait reconnaissant de ne pas l'obliger à faire trop de prises. Sa colère stupide me permit de penser à autre chose.

Je les regardai bien. Ils avaient réellement quelque chose d'effrayant, ces badauds attroupés. Le cordonnier de la rue Pavée, le boucher de la fontaine Catherine, l'écrivain public de la rue des Juifs, le pinardier de la rue Antoine, tous les autres, mes bons bougres de voisins, les lecteurs assidus du *Père Duchesne*. Voilà qu'ils riaient, qu'ils applaudissaient le sang. « Moteur! »

Il était quatre heures, en septembre. On fut soudain le 4 germinal an II. Je me retrouvai les mains liées dans le dos, le torse plaqué contre la planche humide et froide. Les cris toujours, autour, tout près, les miens aussi. Une chanson, une rengaine s'éleva, guillerette :

> « Le voilà bougrement en colère, le Père Duchesne
> C'est qu'on lui a cassé tous ses fourneaux! »

Je tentai de me dégager, l'aide de Sanson m'entrava sans ménagement. Les rires montèrent de plus belle :

> « Sur mon journal une horrible figure
> Me présentait en perruque de crin;
> Mais en effet j'étais un muscadin
> Et seulement sans culotte en peinture. »

Sanson prenait tout son temps, il voulait que j'entende bien tous les sarcasmes. Qu'on voie surtout comment je mourais comme un lâche, terrifié par le « rasoir national » auquel j'avais envoyé tant de clients.

– A lui d'éternuer dans la sciure!

La planche bascula brutalement, claquement rude. Le collier de bois me contint aussitôt. Les yeux exorbités, je vis le panier, la paille trempée, encore rouge du sang de la victime précédente. Je hurlai, mais je n'entendais que les cris de tous les autres, en bas, le cordonnier, le pinardier, le boucher, toute la foule familière. Les meilleures places étaient louées depuis tôt le matin.

– Et bientôt ta Jacqueline!

Une main me prit aux cheveux, me contraignit à tourner la tête.

– Regarde!

Le couperet. Le ciel bleu.

– Maintenant, dit Sanson.

Je me débattis. Un sifflement. La lame s'arrêta à quelques centimètres de mon cou. On applaudit l'exploit. Du jamais vu. Je m'étranglai presque à vouloir me dégager de l'étau de bois. Ils étaient en liesse, ravis que le bourreau prolonge leur plaisir. Leurs insultes, leurs imprécations fusaient de toutes parts. La lame remonta.

Une chanson, l'air de *Cadet Roussel*, épouvantablement distincte malgré la panique absolue.

> « Le père Duchesne allait grand train
> En se disant républicain.
> Mais c'était pour mieux nous mordre
> Et pour à tous le col nous tordre.
> Il a fini,
> Ma foi, par être raccourci. »

Une fête!

La lame encore... Je fermai les yeux.

– Coupez! dit Adrien.

Les rires redoublèrent à ce bon mot imparable.

Je ne connaissais pas le comédien qui jouait Sanson. Il dégagea ma tête, m'aida à me défaire de mes liens.

– Ça va?

– Ça ira, comme on dit.

J'allumai une cigarette, sans me résoudre à descendre de la planche. Les figurants se dispersaient.

– Vous m'avez presque fait peur, dit Sanson. A un moment, j'ai cru que vous perdiez les pédales. Du grand art.

Comme quoi, tint-il à ajouter, on peut être formidable au cinéma et pas très brillant dans la vie.

– Pourquoi me dites-vous ça?

– Le papier du *Soir*, c'est vraiment un coup bas. En plus, Leck est votre copain! Vous n'auriez pas dû. Toute l'équipe se demande si on est engagé dans un chef-d'œuvre ou dans un désastre absolu. Mais on lui fait confiance.

– C'est toujours pareil avec Adrien.

– Raison de plus pour ne pas le flinguer en pleine course. Faut aller jusqu'au bout.

– Qu'est-ce que je fais là, à votre avis?

Je soufflai un peu, allongé sur le dos, la tête posée dans la lucarne. Ma chemise était trempée. Pas par l'eau qui avait nettoyé les bois de justice avant mon tour. La sueur. La mauvaise sueur de la trouille. J'avais mal au cou, ma mâchoire était éraflée. Je m'étais trop débattu, sans retenue. Mais ce n'était pas rien de me reposer maintenant sur la planche, la lame en balsa peint, inoffensive, encore toute proche. Quoi qu'il arrive, ça ferait quelques sales rêves en moins à gérer.

Adrien grimpa sur l'échafaud.

– Tu y prends goût?

– On ne sait jamais. Tu pourrais redemander une autre prise.

– Même si tu es une ordure, je ne peux pas te faire ce coup-là. D'ailleurs, tu serais moins bon.

– Je ne suis pour rien dans l'article du *Soir*.

– Sans doute, soupira Adrien. Mais il n'aurait jamais pu paraître, et encore moins avec une de tes photos, si tu avais aimé ce film. Ce qu'on appelle à juste titre la trahison, c'est le plus souvent de la négligence.

Maintenant, il me fallait dégager. Il y avait encore une

scène à tourner. Le comédien Sanson brandissant la tête de cire qu'on avait un jour faite de moi, chez Curtius. Malgré le sang peint par la maquilleuse, elle était parfaitement ressemblante. C'est un privilège rare que de photographier sa propre tête coupée.

Marc avait écouté ma gueulante, aux anges. Il servit le Jack Daniel's et étendit ses jambes sur son bureau encombré.

– Vous êtes des gens formidables, dit-il. Des bombes pètent partout dans Paris, et vous ne vous souciez que de quelques mannequins de musée auxquels on fait des misères. Des mômes sont en train d'occuper la rue comme on ne l'a pas fait depuis près de vingt ans et tu viens me raconter des sornettes à propos d'un article que n'ont lu que les attachés de presse et quelques groupies d'Adrien Leck. Que puis-je pour toi?

– Comment était Stan, ces jours-ci?

Marc éclata de rire.

– Stan? Comme d'habitude, si j'en crois le peu que j'en ai vu. Clodo branché. Insupportable.

Je ne comprenais pas très bien ses logiques journalistiques. Marc m'expliqua. Stan, moi, quand je voulais bien m'y mettre, nous étions son luxe. Nous ne lui rapportions pas un exemplaire du *Soir* vendu en plus. Nous améliorions l'image de marque. Sans rique. Des zozos dans la cour des grands. J'étais venu le voir pour quoi, exactement?

– Un courrier de lecteur.

Je lui tendis un feuillet, et les photos allant avec.

– C'est sur quel sujet?

Au musée, dans la galerie d'actualité, aux côtés des vraies personnalités, il y a toujours représentés des journalistes vedettes. Ces temps-ci, Ockrent, Pivot, Sinclair, même Elkabbach. On avait pensé à Marc. On avait même fait une sculpture de lui, d'après photos (mes photos, pour l'essentiel). Un bon portrait, très ressemblant. Et puis on l'avait vu, lors de la soirée cocktail. On l'avait bien regardé. Il n'avait pas trop plu. Ses manières d'être en terrain conquis, peut-être. Sa désinvolture vis-à-vis du kitsch et du ringard flamboyant. Finalement, on en avait conclu que rien ne pressait. D'autres confrères méritaient autant que lui les honneurs. La tête de Marc, fait sans précédent chez Grévin, avait connu le purgatoire sans avoir eu droit à la moindre exposition. Elle reposait donc dans un recoin des combles, entre Jean Paul Ier, pape éphémère, et un quelconque sportif de haut niveau dont je n'avais pas eu le souci de rechercher le nom. N'empêche, ça valait bien une photo légendée pour le courrier des lecteurs du *Soir*. Je l'avais faite. Marc était-il d'accord pour la publier?

L'impression que j'avais d'être suivi se confirma une fois de plus alors que je m'éloignai de l'Hôtel de Ville, vers la rue François-Miron. L'idée était toujours la même, de nuit de préférence : retrouver les parcours de Jacques-René. Obstinément. N'étant ni comédien ni historien, c'était le seul lien vraiment intime, immédiat, que je pouvais avoir avec lui.

Ainsi, il n'était pas interdit de considérer l'arcade Saint-Jean de l'Hôtel de Ville. Ou ce qui en tenait lieu dans la reconstruction post-incendie communard. A l'époque d'Hébert, c'était le passage le plus commode pour joindre la rue Saint-Antoine. Ou Antoine tout court, comme on se mit à dire quand on en eut marre d'avoir les noms de lieux encrassés par les bondieuseries et la chienlit royaliste. On prenait par la rue du Martroi, toute étroite et sombre et on se retrouvait face à Saint-Gervais.

Hébert s'y était marié avec Françoise Goupil, le 7 février 1792. Elle habitait à quelques dizaines de mètres (rechercher l'acte de mariage).

Il suffisait de suivre la rue du Pourtour, après la place Baudoyer. Sur la droite, les hautes maisons sombres sont toujours les mêmes, le vieux nom des rues est toujours indiqué dans la pierre. C'est là que me lâcha l'ombre, derrière.

Qui était-ce? Anna? Cette filature m'était pour le moment indifférente. J'étais autrement captivé par les traces de Jacques-René.

« Je demeure près d'ici, rue Saint-Antoine, en face du passage de ce nom qui débouche rue du Roi-de-Sicile. Mon petit logement est au troisième sur le devant... » dit Hébert à Desgenettes, ami perdu de vue depuis longtemps et qu'il rencontra un jour par hasard sous l'arcade Saint-Jean, précisément. Par là, on a l'indication la plus précise sur son adresse, de la date de son mariage à son installation un an plus tard, cour des Miracles.

On bascule pour très peu de chose. Une phrase dans un mémoire.

Bien sûr, il n'existe plus aucun passage Saint-Antoine. En revanche, j'avais trouvé sans mal sur les plans d'époque l'emplacement d'une église du Petit-Saint-Antoine. Le *Dictionnaire historique des rues de Paris* de Jacques Hillairet situe au numéro 64, l' « emplacement » de la maison d'Hébert. Ce qui suggère que l'immeuble original est détruit. Je poussai jusque-là.

Il y a bien un 64. Un petit immeuble de trois étages, à droite de l'hôtel de Beauvais, pris entre un « grill-bar » (un bistrot de quartier, en fait) et un magasin de bouffe pour fines gueules. Boutiques très dignes. Toutes les façades sentent leur XVIIIe ravalé. Hébert ici? Ç'aurait été troublant...

Pourquoi « à l'emplacement de »? Hébert n'était pas riche, au moins à l'époque. La maison est modeste, ancienne. Je jouai avec l'idée que les numéros de rues avaient pu changer. Rien n'était si fixé, en 1792. Où débouchait donc le passage du Petit-Saint-Antoine?

Chez moi, je croyais avoir accumulé une véritable mémoire parisienne. Des livres, des plans, des centaines de photographies, des notes et des articles. Des dossiers personnels, des compilations de témoignages. Un des rares secteurs de ma vie à peu près bien rangé, Paris. Je n'avais pas grand-chose sur la configuration précise du quartier Saint-Paul, en 1792. Une enquête mille fois plus excitante que toutes les autres qui m'étaient soumises.

Comme on était le 24 novembre et que je sais tenir mes éphémérides, j'allais dîner chez Chartier, 7 rue du Faubourg-Montmartre, et y célébrai, seul, Isidore Ducasse, mort dans le même immeuble, quelque cent seize ans plus tôt (plaque discrète dans la cour, initiative privée de Christian Didier, juillet 1986). Puis, empruntant la rue Vivienne, je me rendis au Palais-Royal.

J'avais eu tort de négliger la canne offerte par Stan. Le froid humide, la fatigue : je claudiquais bêtement. Sans déplaisir. Il faisait nuit, le jardin était désert. Je me promenai un peu du côté des colonnes de Buren, observai la galerie de Montpensier.

Peut-être n'était-ce qu'une illusion, je crus distinguer une très pâle lueur rasante dans la pénombre. Je n'étais plus très habile pour franchir des grilles hautes d'à peu près ma taille, munies de piques dorées plutôt agressives. J'y parvins pourtant, assez vivement.

Plus rien.

Plus la moindre lumière au numéro 17. Ce n'était pas dérangeant. Je fis quelques pas. Les fantômes revenaient. Je m'assis sur le sol de la galerie, grillai une cigarette. C'était là.

« C'était là », ce sentiment s'imposait souvent depuis le commencement de cette histoire confuse. Sentiment sans aspérité, tout en traces la plupart du temps inventées. Ici, c'était Curtius. Plus rien ne l'évoquait. Décor vide, même pas fidèle. Je me promenais dans une ville sur laquelle je calquais de vieilles choses qui n'étaient même pas des souvenirs, ça me contentait. Mieux ou pire : ça me guidait. Et tant mieux si certains me proposaient leurs petits cailloux blancs personnels pour brouiller les pistes. Stan était incontestablement de ceux-là.

A bien y regarder, le rideau de fer du numéro 17 n'était pas complètement abaissé. Cela pouvait tromper, de loin, mais il restait bien quelques centimètres entre la barre et le dallage. Je glissai les doigts. Le rideau monta et, à ma grande surprise, sans aucun bruit. Huilé. Encore un peu, je pus me faufiler en dessous, tout entier. Le noir. Situation absurde, j'étais dans un minuscule espace entre deux vitrines, avec devant moi, je la sentais, une porte de boutique. Ouverte.

Je n'étais pas un voleur, j'avais tout mon temps, je voulais savourer. A la lueur de la flamme du Zippo, c'était une pièce, poussiéreuse, avec des vitrines vides, quelques sièges et un comptoir désaffecté. Gauloise.

Que vendait-on ici? Rien depuis longtemps. Je m'assis sur un fauteuil peu accueillant, bien certain que, quelques jours avant, le rideau de fer protégeant les lieux était correctement fermé. Ce soir, dans ma logique, je ne pouvais qu'être attendu.

Un escalier menait à l'étage supérieur. Le silence était parfait. Je fumai ma cigarette jusqu'au bout, bus une gorgée de bourbon à la flasque dont je me servais finalement assez peu. Puis, j'appelai.

– Tu es ici, Stan?

Ma voix résonna médiocrement, mais je ne visai nul effet. J'attendais seulement une réponse. D'assez loin, Stan me suggéra de monter le rejoindre. C'était presque dommage, cette accélération inévitable des choses. La découverte m'importait moins que ses procédures. Je montai.

L'escalier branlait un peu. L'entresol dans lequel j'arrivai (briquet) était une sorte de salon, avec des housses blanches sur les meubles. Debout et me tenant droit, je touchai presque le plafond. Il y avait un autre escalier à prendre. Je le pris.

A l'étage, c'était une pièce d'une tout autre dimension. Une salle. Envahie de statues recouvertes de draps, des fantômes de bande dessinée. Stan apparut vite, ouvrant les persiennes à une lumière laiteuse (il était un peu honteux de le noter mais, oui, cette lueur de nuit était « laiteuse »).

– Voilà plusieurs soirs que je t'attends.

– J'aime de plus en plus flâner.

– Tu sais ce que tu viens trouver?

– J'en ai le très fort soupçon.

– Tu veux voir?

Il me semblait que j'étais là pour ça.

Stan enleva les draps les uns après les autres, découvrant Maximilien, Danton, Camille et Fabre, Marat, David, Collot, Billaud-Varenne. Mirabeau bien sûr et Philippe. Manon Roland et son homme, Brissot, Vergniaud. Le roi, la reine, Élisabeth et Charles, Madame Royale. Simon aussi. Chaumette, Ronsin, Momoro, le brave Santerre, Hanriot. Le Bas, Robespierre le jeune, et même Éléonore. Couthon aussi y était passé. Même Saint-Just. Tous!

– Pas un ne manque, tu pourras vérifier. Tout le Comité de salut public, la fine fleur de l'Assemblée, tous les tribuns. Ici, en pied. Les têtes guillotinées sont dans la réserve, en haut.

Plus tard, les têtes!

Ils portaient leurs costumes authentiques, leurs colifichets généreusement cédés, leurs poses étaient affectées. A cause de la pénombre, j'avais du mal à distinguer leurs traits.

– Hébert?

Stan enleva théâtralement un dernier drap.

– Le voici.

Jacques-René m'arrivait à peine à l'épaule. Un front très haut, des yeux vifs (oui : vifs!). Le nez était droit, un peu long, le menton légèrement fuyant. Les cheveux châtains étaient en partie dépoudrés. Sa redingote verte était élégante et râpée, la cravate piquée d'une légère moisissure. A l'allure, un dandy avant la lettre.

– La main semblait vouloir tenir quelque chose. Quoi?

– Un exemplaire du *Grand Détail de l'exécution de tous les conspirateurs et brigands,* que j'ai eu le plaisir de t'offrir. Impressionné?

– Ému.

Très ému même, et accablé d'être venu sans mes appareils. Saisi encore par le sentiment très fort et très confus d'être en infraction. J'allais d'un personnage à un autre, osant à peine les toucher, m'y risquant parfois pour des bêtises, des vérifications dérisoires: la peau grêlée de Camille, la laideur superbe de Danton. Tout doute était exclu, c'étaient eux. Réunis sans apprêt, sans mise en scène suggestive. Chacune de ces cires détenait une partie de la vérité de son modèle. Autre chose que la stricte ressemblance, elle était à l'évidence incontestable: les cires de Curtius, ou plus vraisemblablement de Marie Grosholtz, étaient comme des photos de Diane Arbus. Pas la moindre compassion mais une humanité saisissante. C'étaient eux.

Comment avait été constituée cette incroyable collection?

– Tu m'expliques?

– C'est une histoire de famille, dit Stan. Du côté de mon père.

L'arrière, arrière, etc., grand-père était thermidorien de conviction et habitué du cabinet du boulevard du Temple. Il s'appelait Georges, comme Danton qu'il avait détesté, faisait dans la fabrication de biscuits secs, la guerre l'avait enrichi. Il adorait les cires, la pantomime, le théâtre. Ami de Curtius, il était à son enterrement, en octobre 1794, il continua de visiter l'exposition intégralement léguée à Marie (« Mon élève dans mon art »).

– Bel héritage : vingt-huit figures en pied, chacune dans son costume, dix à mi-corps, soixante-quatorze bustes, une quantité de moules, etc. Marie exploite tout ça, enrichit la collection. En octobre 1795, elle épouse François Tussaud, ingénieur civil. L'ancêtre Georges fut de la noce.

L'ancêtre de Stan ne fut pas le moins du monde surpris quand Marie décida d'aller tenter sa chance en Angleterre.

En 1802, elle partit avec son fils, Joseph, quelques cires et tous ses moules en compagnie d'un confrère du boulevard du Temple, un nommé Philipstal. Ce n'était pas son amant, c'était un indélicat, qui l'escroqua. A Londres, elle connut le succès.

– Grand-père Georges voyait régulièrement M. Tussaud, continua Stan. Le pauvre homme n'était vraiment pas doué pour les affaires, le salon périclitait. Dès 1803, Marie fit savoir qu'elle ne remettrait plus jamais les pieds à Paris, une ville qu'elle détestait.

Endetté, Tussaud prit le parti de vendre le fonds de commerce hérité de Curtius. Il le céda à une certaine Salomé Reiss, dont on ne sait pas grand-chose. Il est toutefois certain qu'aucun artiste ne put prendre la relève. Au moins boulevard du Temple, du Crime si l'on veut, le cabinet se survécut, péniblement.

– Grand-père ne s'y rendait plus qu'en pèlerinage. La plupart des figures qu'il avait appréciées avaient été remisées au placard. On leur avait substitué des œuvres assez grossières, au fil de l'actualité. En 1847, il avait alors soixante-deux ans, il apprit de la dame Reiss que l'heure était venue de la fermeture.

De campagne en campagne, Georges avait accumulé une jolie fortune. Avant la liquidation de la boutique Curtius, il s'avisa donc de savoir s'il n'y avait pas quelques pièces à récupérer.

– A peu de chose près, et pour pas bien cher, il rafla le lot que tu vois là. Pour lui, ce n'était ni une affaire ni un investissement. Un vieux monsieur se payait le jouet qui l'avait fait rêver alors qu'il était enfant. Ou presque. Il mourut peu de temps après.

Son fils ne sut trop que faire de cette partie de l'héritage, mais il en prit grand soin. Il s'appelait Adam (Stan convint que ça n'avait pas grande importance). Son domaine à lui était l'immobilier. La fortune familiale décupla sous Haussmann.

– C'est lui qui acheta ces appartements du Palais-Royal où nous sommes. Il entreposa les mannequins dans la cave, où ils restèrent oubliés assez longtemps. Adam investit beaucoup dans la pierre, mais pas dans les bons quartiers. Il perdit tout sauf ces murs lors des incendies de la Semaine sanglante ce qui, à mon avis, n'est que stricte justice. Il se suicida. Il avait un fils...

De grand-père en grand-père, on en arrivait à Frédéric, qui fut ruiné dans l'une des diverses faillites entraînées par la chute de Stavisky. Seuls, une fois de plus, les locaux du Palais-Royal purent être préservés. Vides, délabrés.

– On en arrive ainsi à mon père. Je te passe les détails. Il s'était mis en tête d'être producteur de cinéma, il y parvint assez bien. Il occupait même une place assez enviable quand il tomba amoureux d'Anna. Une passion brève mais brûlante, dévastatrice comme il convient. Onéreuse, également. Pour satisfaire les appétits de maman, je crois bien que papa s'est livré à quelques petites malversations. Il s'est fait une solution en se chopant un cancer foudroyant quelques jours avant ma naissance. Du moins, c'est ce qu'on m'a dit. J'ai hérité de cette cagna.

Un jour, Stan avait trouvé les mannequins, dans la cave. Ça l'avait amusé, mais il n'y avait pas attaché une très grande importance. Pas plus que tous ses prédécesseurs.

– Ce sont les gens de chez Grévin, en reléguant Anna, qui ont tout compliqué.

Et puis moi, après.

Moi?

– Toi, oui.

Car c'était de ma faute, enfin.

J'étais tout prêt à l'admettre. L'option de culpabilité m'arrangeait toujours. J'ouvris les fenêtres, les volets. La nuit du Palais-Royal me plaisait bien. Mieux: les gravures de l'époque révolutionnaire que j'avais en mémoire ne se superposaient pas trop à ce que j'avais sous les yeux. Pourtant... D'un côté le jardin froid, disponible. De l'autre, la cohorte des agitateurs, groupés dans la pénombre. Certains lorgnaient vers moi, vers le dehors.

Stan finit bien par dénicher une bouteille. Un gin immonde. Je ne pouvais pas m'empêcher de rester troublé.

– C'est curieux, dis-je. L'oubli de l'appareil photo.

– Tu pourras revenir. Pas n'importe quand, mais tu pourras.

Admettons. Ce qui compte, c'est quand même souvent le premier mouvement, l'émerveillement. Ici, soit, ce n'était pas le plus important. Ces statues attendaient depuis deux siècles. Ce que je pouvais dire à Stan était confus. Quoi? Les images, peut-être. Le terrain. J'avais appris à les connaître, nos amis de 89-94. Mais quelles étaient leurs gueules, leurs scènes? J'aimais les journaux télévisés. La Révolution était un grand blanc hanté de discours suspendus. Un Paris aléatoire, des visages tellement familiers que l'absence de photographies était insupportable. La Révolution avait été en avance d'une invention. Daguerre n'était venu, plus tard, qu'au moment où les bourgeois avaient envie de se trouver beaux et de se montrer tels qu'en leur gloire le bromure pouvait les figer. Les figures de cire de Curtius-Tussaud étaient le chaînon manquant dans cette familiarité sentimentale qui nous liait tous à la Révolution. Tous?

Mon soliloque avait interrompu Stan. Il ne s'en trouvait pas plus mal.

– Quelle est ma faute, au fait? demandai-je.

Nous installâmes les fauteuils devant la fenêtre ouverte, le jardin. Stan aussi savait monologuer.

– Anna n'avait jamais imaginé que sa statue pouvait disparaître du musée. Pour elle c'était là, pour l'éternité. La plus belle image de sa beauté d'autrefois. C'est par hasard qu'elle a constaté son... limogeage. Un choc idiot, terrible.

Elle n'était plus actrice depuis des années. Plus personne ne l'avait virée des plateaux pour inconduite. Dans sa tête, l'histoire s'était refaite. Anna Fried avait choisi l'exil, de sa propre volonté, comme une grande star. Garbo. Un geste et elle pouvait revenir sous les sunlights. On l'attendait. Il suffisait, pour l'en convaincre, d'entendre les habitués du Mirabeau, d'évaluer l'accueil fait aux rétrospectives de ses films (pas toujours très bons, mais sa présence à elle sauvait tout, magique). Elle répondait au courrier des admirateurs, posté des quatre coins du monde. Oh! Elle n'était pas complètement dupe. Elle savait bien, c'en était fini du temps de *Cinémonde*. Mais elle restait unique, n'avait pas de postérité. Il suffisait de voir sa statue, au musée.

Stan racontait, imaginait. Sa voix hésitait, ce n'était pas un parleur. Il n'avait peut-être pas tout bien compris.

Je crois que pendant des années, elle est venue vérifier boulevard Montmartre qu'elle était toujours là. Longtemps après son départ de la scène.

Je vois bien. Anna venant incognito, tournant autour des tableaux, constatant que son effigie est devenue l'une des figures fétiches du musée, que toujours autant d'admirateurs s'empressent autour d'elle. Belle, comme avant.

On ne va pas au musée Grévin pour suivre l'actualité. On y va par innocence ou nostalgie. On y va pour vérifier un certain ordre conservé des images du monde. Un jour, par hasard, Anna découvrit qu'elle avait disparu du casting. Réformée. Bonne pour les placards ou la fonte. Comment l'admettre?

Stan :

– Je ne l'avais jamais vue abattue à ce point, avec des accès de fureur épouvantable. Elle a fini par me dire. Elle finit toujours par me dire tout. C'est de ce moment qu'elle est devenue folle. Tu as compris qu'Anna est folle, n'est-ce pas? Elle a pris sa décision toute seule.

L'idée de la disparition, de la destruction possible de son double, lui était insupportable. Anna n'en dormait plus. Tenter de racheter la statue au musée? C'était une démarche tellement humiliante qu'elle ne pouvait s'y résoudre.

– Un matin, continua Stan, je l'ai trouvée souriante et apaisée. Tout était réglé. Elle avait fait ce qu'elle devait faire. La nuit même, elle avait été récupérer sa statue.

Comment? Paraît-il qu'Anna ne donna jamais trop de détails. Depuis ses longues séances de pose, elle connaissait parfaitement la disposition des ateliers et des remises. Aucun obstacle ne devait de toute façon pouvoir lui résister une fois son objectif arrêté.

– Elle obtient toujours ce qu'elle veut, elle ne néglige aucun moyen. Leck, toi, vous ne vous rendez pas compte de ce que vous avez fait en la provoquant. Vous n'avez pas idée de la guerre que vous avez déclenchée. Je ne serai pas toujours là pour réparer les dégâts.

– Toi, réparer les dégâts? dis-je interloqué.

Stan prit son air finaud.

– Ce vol, par exemple, je pouvais comprendre mais enfin, ce n'était pas très sympathique pour le musée. J'ai pensé qu'il serait courtois de dédommager. On oublie toujours que je suis un garçon très délicat.

– Dédommager comment?

– La Lamballe!

Présenté ainsi, c'était tout simple. Une pièce historique unique pour remplacer un mannequin mis au rebut. Il n'y avait vraiment pas de quoi se plaindre des termes de l'échange. D'ailleurs, le haut fait d'Anna avait émoustillé Stan. Lui aussi avait eu envie de zoner dans le musée, la nuit. Par Jérôme, il connaissait tous les petits secrets. A vrai dire, l'opération ne me paraissait pas très compliquée à réaliser.

– Pourquoi la Lamballe? Pourquoi pas un autre personnage?

Geste désinvolte, vers les sculptures.

– Le hasard du calendrier. J'ai fait ça le 2 septembre, c'était l'anniversaire, grogna-t-il. Un 29 juillet, pour thermidor, je leur aurais offert Robespierre ou Saint-Just. Qu'est-ce que ça peut bien me faire? Je n'ai qu'à puiser dans la collection. Je suis bien certain qu'ils n'ont pas apprécié l'élégance, la pertinence, disons même : l'humour. Même toi, il a fallu que je te souligne tout en rouge... Qu'est-ce qu'il ne faut pas faire pour t'exciter, un peu. Bah!

La tête de Stan dodelinait, ses propos devenaient vagues. Qu'importait, au fond? Cet héritage, derrière nous, l'encombrait. Il n'avait naturellement jamais pensé en tirer un quelconque parti (« Tu me vois en conservateur? »).

– Le portrait d'Hébert, mort?

– Même origine. Tu veux admirer la collection? C'est dans la pièce d'à côté. Hélas, pas de lumière. On a coupé l'électricité depuis des années. Débrouille-toi.

La flamme du briquet permettait de se faire une idée. La pièce était bien plus petite et présentait un spectacle à la lisière du terrifiant. Suspendues à des tringles par des crochets, une quinzaine de têtes coupées étaient exposées, à l'envers. Certaines étaient étiquetées (Foulon, Robespierre, Fouquier, Le Bas, Chaumette, Klootz, etc.), d'autres pas. Manquaient évidemment Jacques-René et la princesse. Aussi cette tête anonyme qu'Anna avait offerte à Stevenson en hommage à son grand art.

J'approchai la lumière de Robespierre, le détachai.

L'anecdote me revint.

On est sous l'Empire. Ancien « terroriste », le peintre David s'est converti à l'ordre du nouveau chef. C'est donc Napoléon qu'il accompagne au cabinet de Curtius. Il connaît bien. Pour son chef-d'œuvre, *La Mort de Marat*, il s'est directement inspiré du masque mortuaire de l'« ami du peuple », moulé par Marie. Les deux hommes demandent à voir les « empreintes » (c'est le terme qu'ils emploient). On les leur présente. Elles sont dans un coffre, une sorte d'armoire, déjà accrochées à des tringles. Il y a là Maximilien, Jacques-René, quelques autres. Le peintre note la fracture de la mâchoire de Maximilien, la blessure. On a même rajouté un pansement, pour faire plus vrai. Bandeau que, précisément, le bourreau a arraché quelques instants avant l'exécution. Un témoin rapporte que David est assez pâle. « C'est bien imité, dit-il. C'est très bien fait. »

La même « empreinte » maintenant. Sous le linge. Sans maquillage, c'est la même que celle qui est exposée à Londres. La même aussi qui a servi de modèle au plâtre du restaurant de la rue Saint-Honoré. Bien imitée, incontestablement.

J'eus beau explorer cette impossible collection, je ne trouvai pas la tête de Françoise, ex-Goupil, la « Jacqueline ».

Je revins vers Stan. Il somnolait dans son fauteuil.

– La statue d'Anna, où est-elle? Ici!

– Cachée! grommela Stan. Tu la découvriras bien un jour. Il n'y a rien qui urge. D'ailleurs, tu n'es pas si pressé. Je vais te dire...

Rien. Stan se tassa doucement, souriant. Le matin pointait. Un frisson. Rien de comparable à cette chair de poule qui gagnait lorsque je discutais à perte de nuit avec Anna, autrefois. Stan était jaloux de ces nuits-là. Jaloux, tout bonnement, ça lui convenait de le reconnaître. Il se souvenait aussi de nos pitreries, la première fois, boulevard des Filles-du-Calvaire.

– Tu ne trouves pas que Leck est con? Mes petits personnages retrouvés ont une autre allure que sa reconstitution minable de nouveau riche. Non?

Le gin infect, les statues, Hébert derrière...

Venu se faire tirer le portrait comme les autres. Curtius était le Harcourt de l'époque. En rire?

– Comprends-tu ce qui se passe en ce moment? dit Stan dans sa torpeur. C'est une dernière fois.

Entre nous deux, histoire ratée sur toute la ligne. Ni amants, c'était comme ça, ni amis, on aurait peut-être pu faire mieux. Encore que. Stan lui-même en doutait. Mais pas de faux débat, rien n'était grave. Stan s'abstint de rappeler qu'il allait mourir. Un jour de plus allait se lever, dans un endroit formidable, un des plus nostalgiques de Paris. Ce n'était pas rien. Après?

– Après? Ce sera plus dur. Les conneries vont se précipiter. Anna va mener la danse. Elle est folle. Elle tuera si elle en a envie. Le cinéaste, la jeune première, ou bien l'amant infidèle.

Il fallait, il insistait, que je comprenne cela, Stan me donnait un répit. Gagné contre Anna elle-même. Dès l'aube, tout s'accélérerait dans un cloaque passionnel. Telle était son idée...

– Au cas où la pensée t'en serait venue, ne me remercie pas. C'est à toi de tenir la route face à Anna.

Je me levai, retournai vers les figures de cire. Je voulus encore les toucher, les étreindre, flairer l'odeur de leur costume poussiéreux. Stan n'était pour rien dans cette intimité. Il y avait une histoire entre moi et elles. Je pouvais me la raconter, comme lorsqu'il m'arrivait de marcher rue Saint-Antoine, sous l'œil des caméras. Ou seul, le plus souvent.

– Content de ta visite, dit Stan. Mais au quatrième top, ce sera chacun pour soi.

– Et toi?

– Je crève doucement. Pas une raison pour s'ennuyer. Au fait : si quelque chose te tente ici, sers-toi.

Stan s'endormit. Ou fit mine de le faire. Bientôt, un mince filet de salive coula de sa bouche entrouverte. Il ronflait.

Penché sur la balustrade et sans aucune conviction, je cherchai à imaginer la place d'où Camille avait débité son appel à la prise de la Bastille. Camille était bègue. Tout sauf un orateur. J'avais envie de voir la Bastille, telle quelle, aujourd'hui, travaillée par les bâtisseurs d'opéra.

Bien sûr que les choses allaient devenir plus frustes. Pas forcément à cause d'Anna. Nous étions dans un appartement vide, avec des figurants majeurs. Je bus encore du gin, incapable de me défaire de l'idée que tout était bien, malgré tout. Dehors, un gardien ouvrit les portes du jardin.

Je me levai. Une fois de plus, je passai en revue les différents grands hommes. Ni Judith ni Stevenson n'étaient plus là pour m'expliquer, comme lorsque j'étais petit. J'avais à inventer tout seul. C'était curieux, maintenant que la lumière du jour gagnait la pièce. Les révolutionnaires semblaient plus nombreux. De quoi honorer et rendre fameux n'importe quel musée. A la façon dont Stan les avait rassemblés à la hâte, ils donnaient l'impression d'être craintifs, dernier carré sans assaillants alentour. Une mise en scène qui leur convenait parfaitement. On part toujours à l'assaut du ciel en position d'assiégé.

Il y eut un bruit sourd, un peu mou.

Stan avait glissé de son fauteuil. Il dormait maintenant sur le parquet, fœtus rabougri, avec aux lèvres une sorte de sourire content. En cherchant bien, je trouvai un plaid dans une pièce voisine. Je le couvris, soigneusement.

Il s'agita un peu lorsque je fermai la fenêtre. Il ne fallait pas. Il aimait bien le frais du matin.

– Laisse ouvert, bordel! C'est pas parce qu'on va mourir qu'on va devenir frileux.

Stan dit également que le double des clés était sur le plateau de la cheminée et qu'il ne fallait surtout pas que je croie que nous étions devenus copains. Il se mit la tête sous la couverture, ronfla derechef.

Rue Saint-Honoré, en marchant vers les Halles, j'avais remarqué le regard intrigué de quelques passants. Soit. Ils avaient leurs raisons, elles pouvaient se comprendre. Chaque pas était un bonheur, presque une conquête, avec quelque chose de sensuellement lourd. Un fin crachin encrassait tout. De temps à autre, je hélais un taxi, sans conviction ni succès. Ce qui était aussi dans l'ordre des choses. Un matin de grisaille grisante.

J'aurais certes pu gagner le quai de Jemmapes directement. Les circonstances suggéraient un autre itinéraire. Je passai non pas tellement par la rue de Rivoli, mais par la Maison commune. Le parvis à cette heure-ci (comment oser évoquer la place de Grève?) était quasi désert. Des policiers gardaient les locaux avec une courtoisie ostentatoire. J'avançai. L'un d'entre eux vint à ma rencontre. Il me demanda mes papiers. Je les lui présentai. Ils étaient fort en règle depuis bien longtemps. Mon vrai nom, ma vraie adresse, ma vraie profession.

– Et lui?

Lui? C'est qui?

– Jacques-René Hébert, substitut du procureur de la Commune.

Il était sous mon bras, je le remis sur ses pieds. A peu de chose près, nous étions devant l'arcade Saint-Jean. Ici, il devait avoir eu un peu peur, la nuit du 10 Août.

– Vous vous moquez de moi, monsieur.

C'était un brave homme de policier. Je n'avais nullement l'intention de porter atteinte à sa dignité de représentant de l'ordre. Il palpa longuement la statue, s'excusa : on vivait des temps difficiles, il pouvait y avoir des bombes cachées, vraiment n'importe où. Il me pria de l'excuser.

– Qui vous avez dit?

– Hébert.

– C'est un beau mannequin, concéda-t-il. Puis-je vous demander d'où il vient?

– Pas du musée Grévin.

Il rit.

– Je sais bien. J'ai visité il y a un mois. Je n'ai rien vu de ressemblant à ce bonhomme. Hébert? Il est quand même pas ordinaire, votre citoyen.

Je passai mon chemin. Même au titre du gag, il était pénible de ne pas pouvoir prendre de photos. Fixer là Jacques-René. On me montrait du doigt. Il était pourtant impossible de ne pas remonter vers Saint-Paul. La statue pesait lourd, elle était encombrante, c'était drôle.

Parfois, je heurtai sans le vouloir un passant, on se retournait. Il m'arrivait de m'arrêter, fatigué à la fin, posant mon lascar dans l'encoignure d'une porte cochère, à l'abri d'une vague pluie. Je ne sais pas si mon Hébert était ressemblant, mais c'était son quartier, son chemin. Plus d'une maison encore en place l'avait vu revenir d'une séance tardive, d'un bouclage à l'imprimerie de la cour des Miracles. Les maisons ne voient rien, on le leur rend bien.

Jacques-René au n° 64? Je n'en savais rien. Au n° 62 de la rue, rez-de-chaussée, était un traiteur. Le « Comptoir du saumon ». J'y fis quelques emplettes, par atavisme, saumon, vodka, cornichons et personne ne me demanda rien concernant mon compagnon. Qui se souvenait de lui?

Je n'étais pas tant que ça un habitué du quartier. J'étais fatigué. Jacques-René sous le bras, il aurait fallu faire tous les rades, les cours, lui rappeler les choses, le poser dans tel recoin et le revoir, tel qu'il avait été autrefois. J'hésitai. J'avais hâte de rentrer. Ce n'était rien qu'une cire. Juste en face de la rue Malher, un taxi accepta de s'arrêter. L'autoradio jouait *Aux armes, etc.* Il était déconseillé de fumer. J'insistai pour que l'on passe par la place de la Bastille. Hébert glissa sur le siège, une pose grotesque.

– On voit de tout dans notre métier, dit le chauffeur. C'est la première fois que je charge un sans-culotte.

Au numéro 113 du boulevard, je lui fis pivoter la tête. Il pleuvait de plus en plus. Finalement, je ne ressentais pas tellement l'urgence de faire le point. Anna n'était peut-être pas aussi folle.

Le répondeur était au rouge, je le négligeai. Un coursier m'avait apporté une grosse enveloppe, le dernier état du scénario pour les prochaines scènes à tourner. Un tas de lettres encombraient ma boîte, dont pas mal de mises en instance (derniers avis). Radek flaira Hébert, sans manifester d'hostilité particulière. Je pris le temps de le nourrir, de faire les présentations.

Jacques-René avait bien supporté la bruine. Je le défis de quelques vêtements que je posai sur une chaise, devant le radiateur. C'était, dans l'intimité, un beau mannequin, en bois articulé. Un remarquable travail. Du temps de Curtius, selon les fluctuations politiques, une tête devait facilement pouvoir se substituer à une autre. Je passai les mèches humides au sèche-cheveux. Il fallait que je me renseigne sur le genre de poudre convenable pour lui refaire une beauté.

Dans la pile de courrier du matin, une enveloppe attira mon attention. Elle portait l'adresse de la paroisse où le Père Duchesne s'était marié. J'avais contacté les archives par téléphone, les actes n'étaient pas consultables sur place. L'idée était de trouver une définition plus précise de l'adresse de Françoise Goupil et donc de son homme. J'avais envoyé une lettre, donnant les indications nécessaires. Je lus la réponse, aimable et décevante. « Notre collection de registres paroissiaux date de 1802, année de réouverture des églises autorisée par le Concordat (période consulaire). »

Une piste en moins. Je n'y avais jamais trop cru. L'emplacement exact de la maison d'Hébert restait une énigme.

Là où il était installé, Jacques-René avait les yeux perdus au-dessus du canal. Je le pris plusieurs fois en photo afin de garder des traces, quoi qu'il arrive. L'intrusion de cette dernière cire n'était pas la plus bouleversante de toutes. Elle marquait un espace, une allure. On sonna. Je pris un dernier Polaroïd.

Adrien entra, presque en me bousculant, puis il stoppa net dans le vestibule, surpris. L'appartement avait changé depuis sa dernière visite, bien avant le commencement du tournage. Il prit le temps d'observer, avant d'entrer dans une pièce ou l'autre, bureau ou séjour. Ce qu'il vit n'eut pas l'air de lui plaire. Il passa outre.

– Je peux?

Pourquoi pas dans le bureau? Adrien y était déjà.

Il m'avait téléphoné plusieurs fois cette nuit. Je n'y étais pas, bien sûr. Je déconnais. D'abord, ce n'était pas ainsi qu'on faisait du cinéma, et puis il se passait des choses graves. Un incendie. Tous les décors de la Force avaient brûlé la veille au soir. Un mois de travail, des millions en fumée.

– Selon les premières constatations, il est difficile de croire à un accident.

Il précisa. Les flics avaient tout retrouvé. Des restes de bidons d'essence, tous bien placés pour qu'une fois lancé le feu se propage, vite et bien.

– C'est certain?

J'avais vu plus d'une fois des pots de matières inflammables sur le plateau. Adrien eut un geste agacé.

– L'enquête est en cours, quelle importance! C'est évidemment un attentat.

Un attentat. Avais-je vu Anna, récemment? J'ignore si Adrien me crut lorsque je lui répondis par la négative. Tout en parlant, il regardait les plans, les photos et les photogrammes, les cires et Jacques-René. Longtemps.

Il dit:

– Tu es vraiment un salaud.

Libre à lui de penser ainsi. Il ne voulait rien savoir de l'origine de tous ces objets. Il lui était amer de constater, ce n'était qu'un détail, que je possédais cette introuvable copie de *La Princesse* qu'il cherchait tant à visionner depuis des mois (il mentait). Et les cires! Adrien les identifiait parfaitement. Elles étaient la preuve de ma fourberie. Dire qu'il m'avait proposé de faire l'acteur!

– Acteur, quelle blague! Depuis le début, tu bricoles ton propre scénario, fais du vol à l'étalage.

Je me moquais bien du succès de l'entreprise collective, son film. Il avait l'habitude de se bagarrer avec les acteurs, les techniciens, la production. C'était la première fois qu'on s'installait dans une histoire inventée par lui, qu'on la squattait à ce point. Il suffisait de voir, Adrien était chiant. Pire, il devenait bête.

Il s'énerva.

– Tu aurais au moins pu me faire l'honneur de quelques-uns de tes bons conseils. Je vois là d'excellentes idées de plans, de maquillages, de citations qui auraient pu nous stimuler, des décors intéressants. Un beau parasitage.

– On ne fait pas le même métier, dis-je. C'est toi qui es venu me chercher.

Adrien était pénible. Mais j'étais sincèrement désolé de ne rien pouvoir pour lui. Même en cherchant bien.

– Tu penses que je me plante, hein? Comme ton copain du *Soir*. Tout le monde pense ça. Et le décor brûle!

– Quand la caméra tourne, tu es le patron. Pour le reste...

– Tu m'emmerdes?

– Un peu. Rien de grave.

J'allai chercher une bouteille quelconque, par routine. Adrien refusa – « Je tente de moins picoler » –, puis accepta. Il était tout aussi veule que moi. La statue d'Hébert l'intriguait. Je n'avais pas grand commentaire à lui faire à son propos. Nous trinquâmes.

L'affaire des décors n'était pas si dramatique. Tout était assuré, malveillance ou catastrophe naturelle. Techniquement, tout pouvait être reconstruit, et assez vite. La question était autre. Ce film portait la poisse. Adrien prit un plaisir auto-consolant à broder sur ce thème, déjà éculé.

– Si la Fried est derrière tout ça, il faut la convaincre de nous foutre la paix. C'est du cinéma. Le cinéma est toute sa vie. Elle ne peut pas empêcher un film d'exister, pas elle!

Je le pris par le bras, le conduisis devant le magnétoscope, enclenchai la cassette de *La Princesse*. Quelle que fût sa légende, à le regarder froidement, ce film était peu de chose. Une superproduction franchouillarde et réac, avec des décolletés gonflés, une histoire bizarre et un Hébert sanguinaire en grand accusateur. Pas de quoi avoir des complexes.

J'installai Adrien confortablement. Plus de chablis à offrir, mais un honnête sauvignon bien frais pour lui, du poisson fumé, tout mon abattage convivial en toc. C'était une trahison encore, à l'encontre d'Anna, tant pis. Adrien avait le droit de voir ce film. Tellement le droit qu'il n'avait pas fini de payer. Et après *La Princesse*, il pourrait se revoir *La Marseillaise*, tant qu'il voulait, et comprendre que nous n'avions pas la même manière de nous raconter des histoires. J'avais envie de prendre un bain. Avant, je rendis ses vêtements à Jacques-René.

L'incendie n'était pas mal venu.

Rien ne collait, dans cette reconstitution de la Force. Adrien et Joachim avaient imaginé une prison à la Piranèse. Tout avait été détruit et c'était tant mieux. A ces enfantillages, j'avais à opposer quelques plans précis, soigneusement décalqués aux Archives nationales. Avec des bouts de carton et de contreplaqué, je fis une maquette. Un objet envahissant de plus. *Just for the fun.*

Villon me demanda ça presque timidement, il voulait que je l'aide à redescendre dans la rue. Un service. C'était toujours plus fort que lui, il avait peur, une peur panique, chaque fois qu'il s'éloignait d'un parcours bien connu. Il n'y pouvait rien, sa psy non plus.

– Ça ne vous dérangera pas. Je vous demande seulement de vous accompagner de temps en temps quand vous vous promenez.

La chambre de la rue de Saintonge était désormais impeccablement rangée et propre. Le petit Max semblait avoir été oublié. Villon espérait fêter le nouvel an avec sa carte de flic en poche. Restait cette phobie résiduelle stupide, il y avait de quoi rêver.

– Aujourd'hui par exemple, où allez-vous?

– Aujourd'hui?

Comment diable pouvais-je expliquer cela à un type comme lui? J'étais passé voir Villon sans trop savoir pourquoi, comme d'habitude. Je comptais me rendre vers l'Hôtel de Ville, sans doute après un détour par la rue François-Miron. Pourquoi l'Hôtel de Ville? Pas de réponse précise.

– Ça vous ennuie vraiment si je vais avec vous?

Bien sûr il en rajoutait un peu, mais le fait est qu'il suppliait presque. A bien y réfléchir personne n'avait jamais eu le culot de s'imposer à moi au départ d'une flânerie.

– D'accord.

D'abord, nous passâmes rue Elzévir. Comme il fallait bien parler un peu, j'expliquai à Villon que c'était là, dans un hôtel abandonné, que Leck faisait installer à la hâte les décors du procès – procès si l'on pouvait dire! – de la Lamballe. Une idée bizarre, qui venait un peu de moi. L'hôtel de Donon était à l'abandon depuis des années, il attendait sa rénovation. Il n'évoquait pas du tout la Force, l'intérêt n'était pas là. La rue Elzévir était proche de l'emplacement qu'occupait autrefois la prison. Les locaux étaient vacants, délabrés à l'extrême. La seule bonne idée pour *La Princesse* était de tout filmer à Paris, de jouer à proximité du terrain sans se laisser désorienter ou intimider par les modifications intervenues depuis les événements.

De la rue, on entendait le bruit des marteaux et des scies. La porte donnant sur la cour était fermée. Avec quelques modifications, on transformait un salon en cellule, un boudoir en guichet de concierge.

– Vous jouerez dans cette scène?

– Hébert n'était pas juge au tribunal de la Force.

– Vous savez, s'excusa Villon mal à l'aise, ces massacres, j'en ai un souvenir plutôt vague.

Il voulait réapprendre à marcher correctement? Nous nous dirigeâmes comme prévu vers la Grève. Ex ou futur flic, Villon ne mentait pas. Un rien, un bruit, le faisait frémir ou sursauter. Il craignait le contact, le heurt avec un quidam, la banalité des frôlements. Quelle que soit l'évidence du feu rouge, traverser une rue lui demandait un effort de volonté. Un crissement de pneus lui arracha un cri étouffé.

– On continue?

– Je fais ce que je peux. Où allons-nous?

– Quai des Orfèvres.

Villon prétendit que je me foutais de lui, ce n'était pas du tout le cas. C'était de là que tout était parti, le 2 septembre, un dimanche. Par un assez beau temps.

– Racontez-moi ça, dit-il en faisant de touchants efforts pour se décontracter.

En 1792, à la place de la Tour pointue et des locaux de la police judiciaire que Villon connaissait si bien, il y avait le logement du maire, Pétion, et une annexe de la Maison commune. Le Comité de surveillance y siégeait. Au matin du 2 septembre, vingt-quatre prisonniers étaient retenus ici. Parmi eux, en majorité, des prêtres insermentés. Vers deux heures, on décide leur transfert vers la prison de l'Abbaye. Six fiacres, un parcours simple : le Pont-Neuf, la rue Dauphine. L'escorte est composée de fédérés, des « Marseillais », et de quelques gardes nationaux.

J'entraînai Villon.

– L'avance fut assez lente pour que chacun eût le loisir d'identifier les prisonniers. On venait d'apprendre la chute de Verdun, Brunswick était quasi aux portes. La foule les injuria.

– C'était où?

– Ici vraisemblablement.

Carrefour Buci. Une estrade est montée depuis quelques heures, des patriotes volontaires s'y font enrôler pour partir aux armées. Le climat est à la fièvre. On insulte la racaille.

– Vous dites la racaille? interrompit Villon.

– Des militaires et des curés, c'est quoi?

Version possible. Dans la foule massée, des mains cherchent à agripper les prisonniers, les voitures sont chahutées. C'est la confusion, la haine et la peur mêlées. On menace, on tend des piques. L'un des prisonniers transportés riposte avec un coup de canne.

– De canne?

C'est ce que dit la chronique. Aussitôt, c'est l'assaut. Le premier sang.

– Où nous sommes?

Aujourd'hui, un carrefour paisible, un brin huppé. Au moins trois blessés, dont l'un gravement. Le cortège redémarre. Rue Sainte-Marguerite, rue Childebert.

– Pardon?

– On ne s'y retrouve plus. Tout ce coin a été détruit.

Nous étions sur le boulevard Saint-Germain.

– L'Abbaye?

– A peu près en face de la Rhumerie, lorsqu'on regarde vers l'église. L'escorte a d'abord occupé le bâtiment des Hôtes, le local de la section des Quatre-Nations. Une vingtaine de prisonniers furent entendus et exécutés en moins d'une heure.

– Combien de rescapés?

– Cinq. Dont l'abbé Sicard, instituteur d'enfants sourds-muets.

– Après?

Les Carmes, pas bien loin, à l'emplacement de l'actuel Institut catholique. Les massacres y commencent vers quatre heures. Puis l'Abbaye encore, puis la Force plus tard, dans la nuit.

– On a du mal à imaginer tout cela, dit le flic.

Je ne trouvais pas. De là où nous étions, je n'avais aucune difficulté à voir l'entrée de la prison de l'Abbaye. D'ailleurs j'avais une photo, dans mon porte-cartes. Un contretype d'un cliché de Marville, en date du 9 avril 1854.

– Voyez.

– Vous avez toujours ce genre d'images sur vous, ou c'est seulement pour m'épater?

J'avais des errements, certes. Épater un flic ne m'était jamais venu à l'idée. Marville avait été chargé de photographier les rues, quelques jours avant chacune des grandes destructions d'Haussmann. Ici, on s'y repérerait, sur sa photo témoin, à la place de la Rhumerie, ou presque, il y avait un café, Aux Deux Amis (aujourd'hui, un rade portait le même nom, rue de Lappe, mais ne mélangeons pas tout complètement). D'après l'enseigne, on pouvait y consommer des bières, des limonades, des sirops, des liqueurs. Un « hôtel Reims » jouxtait. J'épargnai à Villon le détail. J'avais confronté cette photo de Marville à plusieurs gravures de la période révolutionnaire. A quelques échauguettes près, c'était un voyage dans le temps. La photo rattrapant son retard historique, presque.

Quelle importance pour Villon? Mis à part sa peur qui finirait bien par se calmer, lui et moi avions deux formes de sensibilité plutôt différentes lorsque nous étions dans la rue. La preuve s'administra d'elle-même. Cela se sentait comme d'habitude à des bricoles: un tassement des embouteillages, une soudaine tension émanant de la foule sur les trottoirs. Il se passait quelque chose, à quelques rues de là. Une manifestation, sans doute. Il y en avait beaucoup ces temps derniers. Une réforme universitaire est toujours bonne à contester. Des jeunes gens occupaient le pavé et donnaient à Paris un printemps en hiver. C'était où?

– Qu'est-ce que vous faites?

J'étais déjà au milieu de la chaussée. Juste pour mieux sentir venir les influx, les rumeurs. Affolé, Villon s'accrocha à la manche de mon blouson. Des voitures nous frôlaient. Il m'avait suivi, la peur le reprenait. Moi, j'avançais, délaissant l'Abbaye, si l'on veut. Les échos de slogans venaient du carrefour de l'Odéon.

– Une manif d'étudiants, je suppose. Allons-y.

– Pas question!

J'étais soudain très gai. Comment expliquer à un flic le bonheur d'une manif?

Villon me retint, une sorte de désarroi navré. Pas uniquement à cause du désordre mineur vers lequel nous allions (des cars de CRS, des échos de mégaphones). Le flic s'agitait en tous sens, il sentait quelque chose d'autre.

– Maintenant, j'en ai la certitude, dit-il. On nous suit. Depuis le début.

Il était amusant.

– Vraiment? Un homme, une femme?

– Une femme, je crois.

Villon flairait les filatures, les arnaques et moi les troubles urbains, les foules. Nous ne pourrions jamais prendre plaisir à nous promener ensemble.

– Ça ne vous inquiète pas? Qui est-ce?

Qu'y a-t-il d'inquiétant, de surprenant à être suivi? Je m'abstins d'évoquer Anna. La foule devenait énorme et elle était joyeuse. Des jeunes. Au-dessus du passage du Commerce, la silhouette d'Adrien se détachait dans la lumière de la fenêtre. Armé de sa bombe à peinture, un gamin écrivit sur le socle de la statue de Danton: « Liberté, égalité, fraternité: ce serait chouette! » Plus loin, la manifestation descendait le boulevard

Saint-Michel. Elle était dense, rigolarde et, par bien des aspects, innocente. J'aperçus Joachim sur un trottoir. Il souriait. Il me parut aussi très seul.

– Partons, dit Villon. C'est intenable.

Un cordon de CRS barrait le boulevard. A quelques mètres, bien en vue, adossée aux grilles de Cluny, Anna observait. Je la reconnus bien, malgré son chapeau, son col relevé. Elle retira un instant ses lunettes fumées. Elle nous avait suivis? C'était fort bien. Pourquoi partir?

– Je ne comprends pas ce que nous faisons ici. Vous savez bien que je ne peux pas le supporter.

Il avait tort. Sa rééducation passait par là, puisque l'occasion s'en présentait. Marcher en ville exige un certain sens de l'émeute possible. Cette manif impressionnante était naturellement des plus paisibles. Elle signifiait tout de même que marcher en dehors des clous est un droit.

On entendit des claquements sourds, puis l'on toussa. Les premières grenades lacrymogènes fusèrent. Je pris gentiment mon flic en faillite par le bras. Ce n'était pas grave. Moins encore folklorique. C'était la rue, banale. Avec des détonations, des gens courant dans tous les sens et criant n'importe quoi, des avancées contrariées, du feu. Des braves gens placides achetant *Le Monde* à deux pas d'un matraquage. Les honnêtes Montagnards ne voulant trop rien savoir des massacres.

– Arrêtez votre démagogie, Victor!

Villon pleurait comme un perdu. Moi aussi. Sauf bavure majeure, rien de bien tragique n'était à craindre. Pourquoi ne pas l'avouer, j'aimais ce bordel sans conséquence. Le gros de la manif se regroupa vers la fontaine Saint-Michel, plus bas. Je mis sans vergogne mon brassard de presse tricolore. Une poubelle brûlait, quelques poutres prises sur un chantier. Je pouvais comprendre la réaction policière de Villon. L'anecdote de cette manif n'avait rien à voir avec l'histoire en cours. Il aurait fallu poursuivre Anna, comprendre mieux les mystères de l'entrepôt du Palais-Royal, identifier plus avant le mauvais ange du musée Grévin et certainement s'inquiéter des exercices de tir que l'on se permettait chez moi. Il m'était difficile d'expliquer que flirter avec une manif de jeunes gens était aussi un moyen de mener une enquête.

– Faites ce que vous voulez, gronda Villon. J'ai peur.

C'était indiscutable, et alors? Tombée au sol, une grenade siffla près de nous, serpenta entre les jambes des manifestants incertains. Pour la plupart d'entre eux, c'était une grande première. Je repensai à l'Abbaye, à la Force. A ces bizarres choses qui font que pour presque rien on devient enragé. Un gosse ramassa la grenade cylindrique, geste un peu risqué mais qui s'apprend vite, la relança vers les CRS.

– Qu'est-ce que vous voulez? Que je me fasse allumer par les collègues?

Villon pouvait être très con. Les coups de matraques qu'il prit tout comme moi ensuite, dans une charge de routine, presque distraite, n'avaient aucune signification. Ce qui comptait (je le pris par le col, pour rire), c'était cette idée de l'émeute.

Sur le trottoir, Anna me cligna de l'œil. Une ennemie?

Nouvelle charge, il fallut bien courir un peu. Je perdis Villon dans la manœuvre. Plus vraisemblablement, il s'enfuit. C'était le tumulte normal. Des provocs, des charges idiotes de flics harcelant une manif sûre de sa légitimité. J'entrevis Joachim. Des CRS le coursaient, cognèrent. Ils cognèrent longtemps. Quand ils eurent fini et qu'ils allèrent vers d'autres tâches, Joachim se redressa un peu. C'est assis par terre qu'il sortit un petit carnet de sa poche.

– Besoin de quelque chose?

Il s'épousseta.

– De rien, merci. Mais toujours content de vous voir.

Une coupure entamait son cuir chevelu. Le sang dégoulinait jusque sur le col de chemise. Joachim acheva de griffonner ses notes.

– Si dans une heure je claque d'une commotion cérébrale, j'aime autant que le monde sache à quelle compagnie républicaine de sécurité je la dois. J'ai noté le numéro.

Je l'aidai à se relever. Il partageait mon sentiment sur le caractère bien sympathique de tout ce remue-ménage. Nous conversâmes en marchant vers la Seine. Les gens de la police nettoyaient à leur manière la place Saint-Michel sans se rendre compte qu'ils donnaient aux jeunes manifestants qu'ils traquaient et matraquaient un cours de formation politique accéléré. En moins d'une demi-heure, on était passé de « CRS, avec nous! » à « Flics, fascistes ». Deux slogans pas très malins. L'un moins niais que l'autre, toutefois. Joachim était tout songeur.

– Adrien a peut-être tort finalement. Les grands mouvements de foule, ce n'est si mal. Il aurait dû en filmer plus.

Sa blessure saignait toujours. Comme il l'essuyait distraitement de temps à autre, tout le côté gauche de son visage était barbouillé de rouge sombre. Ses lunettes étaient tout de guingois. Il faudrait également suggérer ceci à Adrien : la rapidité extrême avec laquelle se dégradent les apparences parfois. Joachim approuva.

– Mais il faut être très prudent dans les petits conseils que l'on donne à notre ami actuellement. Surtout si c'est vous qui les donnez. Il vous en veut terriblement, savez-vous?

Après avoir longé la Seine, nous prîmes par le Petit-Pont. Un coin de Paris tout à fait calme. C'était entendu. Adrien m'accusait d'avoir parasité son film, de l'avoir dénigré, d'avoir bricolé en solitaire. Si on s'en tenait à sa logique étriquée, il n'avait pas tort. Au fond, quelle était ma logique à moi?

Je me retournai. Je ne voyais plus trop ce qui se passait, place Saint-Michel. Des motards sortirent de la préfecture de police. Deux sur chaque engin rugissant, de sales équipes. La pègre des « voltigeurs » avec leurs longues matraques flexibles. Il ne me semblait pas qu'Anna nous avait suivis.

– Sans indiscrétion, demanda Joachim, où en êtes-vous? Tous ces petits mystères qui vous entourent, ce n'est pas banal. Ces menaces de mort!

– Je n'y crois pas trop. C'est encore du cinéma. Je ne suis pas certain d'être bon public. Si ce n'est pas du cinéma, je ne suis pas flic.

– Anna Fried?

– Comme nous le savons tous, les stars sont imprévisibles.

Passé l'Hôtel de ville, sans trop nous concerter, nous nous dirigeâmes vers la rue Elzévir. Passant devant une fontaine Wallace, je priai Joachim de s'arrêter un instant. Il n'était toujours pas mort, son apparence était épouvantable. Je le nettoyai aussi soigneusement que je le pus avec un Kleenex humide.

Passant par là, un couple de types nous demanda s'il y avait un problème. Une agression? Je les rassurai. Joachim aurait néanmoins une belle cicatrice. Il gémit.

– Dire qu'à Berlin, à la fin des années soixante, j'ai fait toutes les manifs dures du SDS sans prendre le moindre coup!

Nous poursuivîmes notre chemin.

Je ne sais comment Adrien et la production s'étaient arrangés pour obtenir que les équipes travaillent de nuit à la fabrication des décors. L'intérieur de l'hôtel de la rue Elzévir était déjà quasi méconnaissable. Au moins si l'on adoptait certains cadrages. La Force!

Nous fûmes évidemment reçus comme des chiens dans un jeu de quilles. Par nature, nous gênions les ouvriers au travail. Je me faufilai jusqu'à ce qui devait être le petit bureau du concierge. Le tribunal improvisé se tiendrait là. La longue table derrière laquelle s'installeraient l'accusateur, les jurés et le juge était déjà disposée. Quel juge? C'était une pièce sinistre et sombre, basse de plafond. A droite, une porte devait pouvoir s'ouvrir sur un minuscule vestibule, puis sur la rue du Roi-de-Sicile; ou des Droits-de-l'Homme.

La porte ne donnait que sur un fond de cour. Les extérieurs se tourneraient ailleurs.

L'agitation énervée qui régnait tout autour, le vacarme des outils n'étaient pas gênants, au contraire. J'imaginais Hébert ainsi, passant en curieux. Joachim et moi nous dérangions quelques allées et venues. Un type me bouscula.

– Si vous pouviez vous pousser un peu. Vrai que c'est pas une heure à ça mais nous: on travaille.

Chiant comme un technicien compétent. Lui, il avait à installer le gril à projecteurs. Il va sans dire que je pensai : les lanternes. Parlant de ce qu'ils faisaient, les septembriseurs évoquaient également leur « travail », sa pénibilité. Quel commissaire de la Commune avait le premier émis l'idée que tout travail méritant salaire il fallait rétribuer les tueurs? Billaud-Varenne à l'Abbaye, sans doute. Des sommes avaient été distribuées. Qui en avait bénéficié? Les « travailleurs »? Ou les municipaux qui plus tard enlevèrent les cadavres, nettoyèrent les lieux du massacre? Je quittai la salle. Joachim cherchait, sans que personne voulût le renseigner, où donc Adrien avait eu l'idée saugrenue de mettre le cachot de la princesse. Crâne tuméfié, il était redevenu un petit lutin speedé. Il battait des bras.

– Installer les décors ici, c'est absurde, glapit-il. L'idée est de vous, ça n'y change rien. Adrien aurait été dix mille fois plus à l'aise pour tourner dans un quelconque studio et pour bien moins cher. Merde! La Nouvelle Vague, c'est fini.

Je me fis un drôle d'effet en m'entendant expliquer que je n'aurais jamais accepté de tourner hors le quartier. Joachim en fut estomaqué. Il eut l'amitié de ne pas voir là un caprice d'acteur. Moi, tourner ici? Parfaitement dans son rôle, il explosa.

Bon sang, il avait tout en tête: mes coups de téléphone à pas d'heure, les discussions interminables, la confrontation des récits et chroniques, mes argumentaires variés. D'accord. Il avait admis qu'Hébert n'avait probablement pas présidé le tribunal qui avait envoyé la Lamballe au massacre. Il avait remanié le scénario.

– Qu'est-ce que vous venez maintenant me faire chier en me disant que vous ne pourriez pas jouer ailleurs? Vous n'avez aucune scène ici! Adrien a suivi votre avis et il a eu tort: c'est lui le patron. Mais je commence à comprendre son point de vue: vous êtes un foutu saboteur!

Ma flasque avait encore de la ressource. Joachim accepta volontiers une gorgée de bourbon.

– Hébert n'a rien présidé, dis-je. Mais moi, je viendrai faire un tour, en voisin.

– Je ne comprends rien à ce que vous racontez. Y était-il ou pas?

Une fois encore, nous étions au milieu du passage. Les ouvriers apportaient des caisses. Personne n'avait que faire d'un scénariste et d'un comédien en train de se chamailler. Joachim se moquait bien de mes subtilités sur le comportement d'Hébert. Il ne voyait pas du tout les scènes qu'il avait imaginées, jouées dans ce décor. Il avait l'habitude qu'on fasse un peu n'importe quoi de ses scénarios. Là, il était ennuyé. Sans doute parce que j'étais à sa portée. Il n'avait pas de chance. Sur l'affaire du massacre, je me sentais têtu.

– Que comptez-vous faire?

– Rentrer, dit Joachim. Panser mes plaies et écrire quelques pages immortelles. Peut-être aussi convoquer une petite black. Et vous?

J'avais l'intention de rester encore un peu. Cet endroit me convenait. Joachim prit congé. Le chef d'équipe vint vers moi. Un grand gaillard filiforme à tignasse drue et frisée.

– Les gars auront travaillé dur. S'il y a du retard sur le plan de tournage, ce ne sera pas de leur faute. M. Leck pourra faire ce qu'il veut ici, demain à l'aube, comme prévu.

Il accepta un coup de raide, se présenta : Ludo. Je l'avais souvent vu. Un type discret et efficace. Il tint à m'assurer qu'il n'avait jamais participé à un film aussi bordeleux. Il n'était pas le seul. Personne n'y comprenait plus rien.

– Ce mec n'aurait pas cette carrière et ce prestige, on aurait déclaré forfait depuis longtemps. Sans parler de cette déveine qu'il a l'air de traîner à ses bottes.

– Ça le stimule, ne vous inquiétez pas.

– Vous le connaissez bien?

– Moins bien depuis que ce film a commencé.

– C'est rare que des acteurs viennent s'inquiéter de notre travail.

– Je ne fais l'acteur qu'en remplacement. Un concours de circonstances.

– Je vois, dit Ludo. Moi, c'est pareil. Au départ, j'étais architecte. Le cinéma, c'est pas mal non plus.

Ses gars commencèrent à remballer. Bougons, mais satisfaits et un peu fiers du travail. Je laissai Ludo donner les dernières directives. Qu'avais-je à oublier de prendre mes boîtiers, ces temps-ci? Il y avait de quoi faire pourtant, avec cette équipe de nuit éteignant ses projecteurs pour que d'autres puissent s'allumer, tout à l'heure. La cour de l'hôtel ne ressemblait plus à rien de connu. Je m'esquivai vers des zones du bâtiment où, en principe, les caméras ne devaient pas fouiller.

Avançant quasi à tâtons, je devinai de vastes pièces rongées d'humidité, au sol parsemé de gravats. A différentes époques, des clochards avaient dû s'installer. Peut-être, ce tournage en avait dérangé quelques-uns. Une erreur de ma part. Sans parler des chats. Ils étaient nombreux à avoir dans ces murs un refuge habituel. Je grimpai à l'étage. Par la fenêtre de ce qui devait être autrefois la salle d'apparat, on voyait le jardin. Ce n'était plus qu'un terrain vague encombré de détritus indistincts. Une méchante palissade le clôturait du côté de la rue Payenne. Côté rue Elzévir, le départ s'organisait. Ludo eut l'air de s'inquiéter de ma disparition. Il m'appela une fois ou deux. Je le vis hausser les épaules. J'avais dû prendre congé. Il était minuit passé. Les dernières lumières furent éteintes. J'entendis distinctement la clé tourner dans la serrure du lourd portail. Ils mirent en place la chaîne et le gros cadenas de sécurité, qui n'avait jamais empêché aucun clandestin de s'introduire dans l'hôtel. Une énorme quantité de matériel, des décors sophistiqués se trouvèrent abandonnés. Mes intentions étaient pacifiques. Je ne restais là que par plaisir des maisons vides, et pour vérifier une hypothèse.

Peut-être qu'Adrien commettait une erreur en transposant la Force ici. Il n'avait fait que suivre mon conseil, c'était son droit. Peut-être l'avais-je contaminé de manière irresponsable. Et alors? J'avançai dans les pièces désertes. L'hôtel serait sauvé de sa décrépitude. « Réhabilité », selon le vocabulaire courant. Question de mois. Je n'avais pas vis-à-vis de lui d'attachement particulier. Il n'avait été dans ma vie le théâtre d'aucune aventure notable. Il me plaisait qu'il fût le cadre d'une fiction dure. Ou de quelque dérapage. J'entendis distinctement un craquement. Puis, un autre. Là où j'étais, cette grande pièce, je n'y pouvais rien, il y avait d'un côté la cour et de l'autre le jardin. A qui d'entrer en scène? Un bruit, encore.

Quand nous étions entrés avec Joachim, que nous nous étions fait connaître de l'équipe au travail, je n'aurais pas juré qu'une ombre s'était faufilée à notre suite. Rien qu'une impression. Qu'elle ressemblât, d'allure, à Anna était dans l'ordre des choses. C'était aussi une manière d'imaginer le monde s'agitant un peu trop à ma convenance. Une hypothèse.

Une silhouette sombre se découpait près de la porte.

– Bonsoir.

Ensuite? Tous les détails comptent. J'étais au centre de la scène. C'était donc à Anna de me rejoindre. Elle s'avança lentement, laissa glisser son manteau. Un numéro d'approche qu'elle avait rodé dans pas mal de films. On était dans les gris-bleu filtrés pour chef opérateur sans imagination, avec çà et là des noirs profonds. Anna était tout en noir elle aussi, le teint comme un masque. Juste là, toute proche, en face. Et puis quoi?

Je touchai son front, caressai sa nuque. Anna était maintenant immobile. Un instant, je pensai aux cires entreposées au Palais-Royal. Quand je les avais découvertes, c'était la même pénombre. Une autre statue était cachée quelque part dans Paris. Le chignon se défit, les boucles roulèrent, presque jusqu'à la taille. Ses seins étaient doux, volumineux. Je trouvai leurs pointes, raides sous mes doigts. Je la dépoitraillai. Exposée, Anna ne bougea pas.

– Continuez. Si vous en avez vraiment envie.

Toujours cette voix de théâtre. La même qu'elle avait eue pour signifier son refus de jurer sa haine de la reine. Anna fut nue assez vite. Je la voyais mal. J'avais en tête quantité d'images d'elle. Elle se dégagea, la peau étrangement blanche dans la pénombre. Et moi, que voulais-je?

– Vous savez ce que vous faites, n'est-ce pas?

Elle me demanda plusieurs fois si j'en étais bien certain.

– Certain de quoi?

– Venez.

J'observai attentivement le mouvement de ses fesses tandis qu'elle descendait l'escalier. Je la rejoignis. Anna avait froid mais elle tenait à rester nue. Nous traversâmes une pièce minuscule, encombrée de malles métalliques. Quelqu'un s'y trouvait. L'équipe des décorateurs avait laissé un homme, un gardien inattendu, pour surveiller le matériel jusqu'au matin. Il me connaissait. Il s'arrêta de croquer son sandwich, éberlué, tandis qu'Anna passait devant lui, totalement indifférente. Nous arrivâmes dans le bureau du concierge.

– Ce sera ici?

– Le tribunal? Oui.

Anna examina l'endroit, les recoins. Elle devinait sans mal où se tiendraient les bons citoyens, les juges, ceux qui allaient l'envoyer à la mort. Elle tournait autour des caisses de matériel, des costumes qui serviraient dans quelques heures, frôlait toutes ces choses du bout des doigts.

– Ils me jugent, ils me tuent, ils arrachent mes vêtements. J'ai plusieurs fois revécu tout cela, pas seulement le film. Rêvé que j'étais nue en arrivant au tribunal. Ils voulaient voir la gouine, humilier la pute de la reine. C'est pour cela qu'ils m'ont tant exhibée. Est-ce que vous me voyez?

Anna se montrait, je la devinais. La Lamballe avait quarante-trois ans. La chronique rapporte que son corps était assez frais. Anna s'assit sur la table du tribunal, m'ouvrant ses cuisses.

– C'est ainsi que la princesse aurait dû comparaître devant ses accusateurs, tant qu'à faire. Mais il paraît que c'était une petite personne sage. Pas moi.

Anna se branla un peu, dit que cela manquait de projecteurs. Elle les aurait voulus braqués sur elle et sentir le poids de tous les regards derrière la lumière. Elle tendit ses seins vers l'objectif imaginaire.

– Touchez-moi.

Je savais ce que je faisais, toutes les conséquences.

– Vous êtes encore mon amoureux, vraiment? Comme lorsque nous nous parlions et que vous me voyiez sur l'écran?

Anna était superbement fanée, elle tremblait. Je la pris dans mes bras. Elle dit que c'était le décor et le temps des dernières scènes, qu'il fallait être attentif. Puis elle se retourna, coudes sur la table et présenta son cul.

Il faisait encore nuit. Le gardien ne fit aucun commentaire. Il nous ouvrit verrou et cadenas. Anna souriait. Je ne pus m'empêcher de la prendre par les épaules, elle se serra contre moi. La rue Elzévir était déserte.

– Je sais ce que tu penses, dit-elle. La rue vide après l'amour, la ville qui se réveille, cette personne étrangère à côté. Est-ce qu'on vient de tirer un coup? Ou bien est-ce plus grave?

Ce n'était pas exactement mon propos. Entre autres parce que je n'avais nul doute sur la gravité de ce qui venait de se passer. Anna voulut être encore embrassée. Ce qui me troublait, c'était ce plaisir brutal que je ressentais à être dehors, à marcher avec elle. Ce qui me mettait mal à l'aise, c'était l'évidence confuse que cela ne se reproduirait sans doute jamais plus. Je faillis protester contre ce scénario trop tardif, trop contraignant. Anna se dégagea doucement, puis se serra très fort.

– C'est inutile. Regarde comme tout s'enchaîne.

Un taxi venait de s'arrêter à l'angle de la rue des Francs-Bourgeois. Adrien en descendit. Un peu hagard, la cigarette au bec, avec sous le bras le script et les journaux du matin, il ne nous vit pas tout de suite. Nous étions les derniers qu'il pouvait penser rencontrer ici, du moins si tôt. Il ne cacha nullement sa surprise. Anna se colla encore plus à moi, sans ralentir le pas.

– Bon travail, monsieur Leck, lança-t-elle désinvolte.

Nous le dépassâmes.

– Un moment!...

Il me retint. Je m'arrêtai. Anna se détacha, continua son chemin. Adrien ne comprenait rien. Je voyais bien comment dérapaient les choses. Anna s'engouffra dans le taxi. Elle m'adressa un petit signe ironique avant de disparaître. Adrien m'avait plusieurs fois avoué qu'il réussissait ses plus beaux effets de mise en scène par hasard.

Soit. Il ne manquait plus qu'un clapman pour indiquer que nous passions à une autre séquence.

– La Fried et toi, énamourés? Sans être inattendu, ça fait un drôle d'effet.

A bien y réfléchir, Adrien trouvait même cela tout à fait réjouissant. Au point qu'il en dit des sottises. Si au moins cette liaison pouvait convaincre Anna de ne plus s'opposer au film! Je le laissai broder sur ce thème. Le jour se levait. D'après la dernière feuille de service, le tournage ne commencerait que dans deux heures. Comme tout le monde, je l'avais souvent remarqué, Adrien désespérait avec persévérance la rationalité habituelle d'un plateau, mais il était toujours le premier à pied d'œuvre. Là avant les autres et surtout les comédiens, pour habiter un peu les lieux, s'y installer impunément. Tout un chacun lui reconnaissait cette conscience professionnelle. Elle avait une conséquence exaspérante : des inspirations subites et irrévocables, des bouleversements sans appel dans le plan de travail. Un compliqué.

– Ça t'a plu?

– Le décor? Parfait.

– C'est bien la première fois que tu dis quelque chose d'un peu sympathique sur ce film. Café?

– D'accord.

Chemin faisant, Adrien me montra *Le Soir*. La dernière chronique de Stan évoquait l'incendie des décors de la Force. Je pris le temps de lire attentivement. A mots à peine couverts, Stan développait l'idée qu'Adrien en plein naufrage avait tout intérêt à ce que des incidents émaillent son tournage, manière de se dédouaner.

– En bref, il t'accuse d'avoir toi-même incendié les décors pour te faire de la pub.

– C'est ce que j'ai cru comprendre.

– Hypothèse tout à fait farfelue, j'imagine?

– *No comment*.

– Pardon?

– *No comment*! Moi aussi, je suis maintenant décidé à faire flèche de tout bois.

Comme s'il avait jamais fait autre chose! Un peu pour rester cohérent, je proposai le zinc du Dôme Saint-Paul, à l'angle des rues Saint-Antoine et Malher. Le départ d'Anna me tracassait. J'avais envie de la retrouver vite. Plus par curiosité que par désir. Adrien me regardait du coin de l'œil. Je commandai un café serré et un blanc sec.

– Tu comptes être des nôtres aujourd'hui?

– C'est difficilement évitable.

– Hébert n'est pas en course, tu as bien lu le script. Mais, toutes tes conneries mises à part, tu restes le bienvenu sur le plateau.

– Il s'agit d'autre chose.

L'angle que marquait ce rade était à l'exact endroit où l'on avait empilé les cadavres. Du comptoir, on apercevait la chocolaterie Corne (maître pralineur). La porte de la prison devait être légèrement sur sa gauche. Je lampai le fond de mon verre de blanc. Le jour qui s'annonçait serait un peu maussade.

– Viens, dis-je à Adrien.

La rue François-Miron était légèrement embouteillée. L'autobus 96 s'impatientait derrière une voiture de livraison. Il y avait des klaxons. J'expliquai à Adrien. Hébert habitait en face du passage du Petit-Saint-Antoine. Où? L'hospice du Petit-Saint-Antoine a été rasé par Haussmann. Voici quelques jours, j'étais allé consulter une fois de plus à la Bibliothèque historique de la Ville de Paris. Le plan de Vasserot et Bellanger date de 1832. Il est le premier à indiquer l'emplacement précis de chaque maison, leur numérotation. Établi au 1/1 000e, ce relevé, une fois décalqué, peut se superposer très exactement sur un quelconque extrait de notre actuel cadastre.

– Les numéros ne coïncident plus, mais tous les bâtiments du côté sud de la rue sont restés en place.

– Où veux-tu en venir?

Le passage se trouvait, de l'autre côté de la rue Saint-Antoine, dans l'exact alignement de la rue aux Juifs, notre actuelle rue Ferdinand-Duval. Assez curieusement, cet emplacement est aujourd'hui occupé par un magasin tout en longueur qui traverse de part en part l'îlot compris entre la rue Saint-Antoine et la rue François-Miron.

Nous étions devant cette boutique. En face, qu'avions-nous? A gauche de l'hôtel de Beauvais, les numéros 72 (Peintres du Marais), 74 (boucherie Zeitoun, cacher), 76. Des maisons étroites, rafistolées mais largement bicentenaires, la plus haute comptant quatre étages. Le nº 64 évoqué par Jacques Hillairet dans son *Dictionnaire des rues* semblait bel et bien disqualifié.

Je continuai.

– « En face du passage » rapporte l'ami Desgenettes, qui lui-même rapporte les propos de Jacques-René, c'est évidemment un peu approximatif. J'avoue que j'hésite.

Adrien m'écoutait, incrédule.

Il y a dans l'immeuble du nº 72 quelque chose d'un peu ample et riche qui ne cadre pas avec la relative indigence de Françoise. Lorsqu'elle loua l'appartement, elle venait de quitter le couvent. Elle ne bénéficiait que d'une rente modeste. D'autre part, il semble qu'en tout et pour tout le logement n'ait comporté qu'une seule pièce. Salon, bureau et chambre, tout à la fois. C'était au troisième étage.

Le numéro 76 a trois étages. Plus une terrasse manifestement rajoutée. Il n'est pas exactement dans l'axe du passage, mais c'est à très peu de chose près.

– Réfléchissons. Rencontrant un ami longtemps perdu de vue et lui indiquant ses coordonnées à la hâte, Hébert donne l'emplacement de son immeuble. S'il avait habité celui-ci, le nº 76, il n'aurait pas dit : j'habite au troisième. Il aurait dit : le dernier étage. Ce que l'autre aurait retenu bien plus facilement.

Hébert habitait donc le nº 74, ex-nº 68, maison de quatre étages, chacun ne prenant jour que par deux fenêtres sur rue.

– C'était ici. A mon avis, c'est indiscutable.

– Tu y es allé?

– Je n'ose pas.

Adrien soupira, consulta discrètement sa montre. Narquois :

– Une démonstration absolument décisive, dit-il. Tu es un remarquable enquêteur quand tu veux bien t'en donner la peine. Quel rapport avec ce que l'on tourne ce matin?

– Très simple. Hébert est allé à la Force.

Il réprima mal un geste d'exaspération.

– Tu as passé des heures à nous convaincre du contraire.

– J'ai dit qu'il n'avait pas présidé. En revanche, il est logiquement impossible qu'il n'ait pas eu la curiosité d'aller voir ce qui se passait dans la prison, à moins de quatre-vingt-cinq toises de chez lui.

– Quatre-vingt-cinq toises?

– Cent soixante-dix mètres, si tu préfères.

– Le fond de la rue des Ballets n'était pas visible, d'après les croquis que j'ai vus. A Paris, on peut ignorer ce qui se passe d'un pâté de maisons à un autre.

– Pas un massacre. Pas en pleine nuit.

Et surtout pas quand on est le Père Duchesne. C'était bien ce qui me passionnait chez lui, sa réceptivité aux ondes de la rue.

Adrien s'impatienta.

Il était temps de retourner rue Elzévir. Cette fois en empruntant la rue Pavée.

Huit heures du matin : le tribunal était en place.

Malgré mon retard, Radek ne bouda pas trop. Se sentant délaissé, il avait passé sa colère, avant mon retour à la maison : la botte droite de Jacques-René était profondément déchirée, ainsi qu'une partie de la culotte. Ses griffes s'étaient également aiguisées sur une petite trousse de maquillage en cuir oubliée par Julie. Je lui servis un excellent reste d'huîtres pochées – une de ses gourmandises les plus secrètes.

Sur le répondeur, Stan me disait qu'il était certain de n'en avoir plus pour longtemps. Villon m'informait qu'il venait de se faire brancher le téléphone et il m'injuriait. En même temps qu'il parlait, je crus reconnaître le rire de Mona, derrière. Jérôme s'inquiétait de moins me voir au musée et surtout, il était sans nouvelle de Julie. Anna m'assura que je saurais toujours la retrouver, si je le voulais vraiment. J'étais fatigué. En première page du *Soir*, ce lundi 1er décembre, outre la titraille sur les manifestations étudiantes de la veille, on pouvait apprendre la mort de Cary Grant.

Le Tribunal

Dans le synopsis, les choses devaient s'enchaîner rapidement. La Lamballe refusait de jurer contre la reine. Un peu par elle-même, un peu prise par le flot, elle se retrouvait dans la rue. On la tuait.

Le script détaillait plus les choses. Il y avait le commissaire de la Commune, Truchon, qui sous ses allures sèches cherchait à sauver Marie-Thé. On suggérait fort la présence des agents du duc de Penthièvre, le brave homme de beau-père. Rue des Ballets, parmi les tueurs (pas même une quinzaine), il y avait Charlat, le perruquier, déjà enrôlé comme tambour chez les volontaires, qui devait donner le premier coup de pique. Grison et le Grand Nicolas. Puis, cette Angélique Voyer. Une harpie qui devait se distinguer lors de la curée.

Une quinzaine de furieux, pas plus? Joachim et Adrien avaient eu du mal à l'admettre. Dans le film de Goras, c'était toute une foule qui participait au massacre. Les faits étaient là. En 1795, Thermidor étant bien installé, on se décida à faire le procès des septembriseurs. Treize noms seulement furent évoqués en ce qui concerne les exactions de la Force, celles qui pourtant durèrent le plus longtemps. Aucun des accusés n'eut l'idée d'incriminer Jacques-René, qui pourtant ne pouvait plus se défendre depuis longtemps.

J'étais rue Malher.

La rue en l'état, Adrien avait décidé de ne rien toucher. Pas le moindre rajout de décor. On devait tuer sur les lieux tels qu'ils étaient aujourd'hui. Seule concession : Adrien avait obtenu de faire dégager toutes les automobiles en stationnement. La circulation était interdite.

C'était le plateau des grands jours. Toute l'équipe du film était mobilisée. Ceux qui, comme moi, n'avaient pas de participation particulière dans les scènes prévues avaient tenus à être présents. Se manifestaient ainsi l'extrême tension accumulée tout au long d'un tournage tourmenté, la sentimentalité d'une équipe qui n'allait pas tarder à être disloquée. L'aventure finissait. Adrien restait assis dans son fauteuil de patron absolu.

Le nez dans le scénario, il semblait indifférent à l'agitation ambiante. Tout avait été minutieusement préparé depuis longtemps. La manière dont il voulait tourner l'assassinat était sans doute ce qui avait le moins varié dans l'esprit d'Adrien. Ses assistants, le chef opérateur, la script, tout son état-major était dispersé. Certains réglaient des machines, d'autres donnaient les dernières instructions aux comédiens et figurants. D'où j'étais, au balcon d'une maison de la rue Malher, ce qui dominait le tout, c'était le silence.

Tel que je le voyais, ramassé sur lui-même, je compris un peu, pour la première fois, la solitude d'Adrien. Ses éclats, ses caprices, son exaspérante générosité? Des paillettes. Même ses naufrages alcoolisés n'avaient pour but que de préserver jalousement ce que chacun lui reconnaissait depuis le début : sa souveraineté sans partage sur le moindre vingt-quatrième de seconde filmé. Je préparai mes objectifs.

Je redescendis dans la rue. Ludo et les siens s'activaient calmement. Julie apparut. Elle était vêtue d'un déshabillé chaste, bordé d'une modeste dentelle, un châle léger sur les épaules. Belle et fragile. Elle demanda une cigarette à la maquilleuse qui l'accompagnait. Son expression changea lorsqu'elle me vit. Elle triomphait.

– Tant pis pour ton Anna. Personne n'y peut plus rien. C'est la fin aujourd'hui.

Julie confondait la fin de son rôle et la fin du tournage, rien que de très humain, paraît-il. Elle était plus que jamais lisse, intacte, d'une insolente blancheur. Une poupée. Adrien voulait qu'elle fût ainsi, jusqu'au premier coup de pique. Ne sachant trop quoi lui dire, je lui demandai si elle était prête.

– A quoi? A mourir?

– Par exemple.

Elle rit. Un rire remarquable, qui dérangeait à peine ses traits, ne provoquait nulle ride. Le fruit d'un long travail devant le miroir.

– Je crois que j'aurai moins peur que toi quand tu étais sur l'échafaud. Tu roulais des yeux d'une manière tout à fait extraordinaire. Pour avoir baisé avec toi, je peux même ajouter que c'est la première fois que je t'ai vu sortir de ta très remarquable réserve.

La script l'appela, ce n'était pas plus mal. Quoi qu'il arrive désormais, Julie avait tiré son épingle du jeu. On l'avait vue, on l'avait remarquée. La réussite de ses ambitions n'était plus liée au film. Joachim m'aborda. Il partageait mon point de vue.

– Quantité de comédiens se sont fait connaître en étant excellents dans de médiocres films de Leck. C'est aussi un de ses talents.

Joachim était rasé de près et frétillant. La cicatrice de son crâne lui donnait l'air d'un homme d'action. Il s'était acheté une nouvelle écharpe blanche.

– Il y a longtemps qu'on ne vous a pas vu sur le pont.

– N'allez pas croire que c'est parce que le bateau coule. A vous, je peux le dire : je ne sais pas encore ce que je vais exiger. Que mon nom soit retiré du générique. Ou bien qu'il soit écrit trois fois plus gros.

Je pris du champ. Des barrières métalliques et quelques policiers fermaient l'entrée de la rue Malher. Quelques badauds se massaient, guettant d'hypothétiques visages connus. Le Dôme Saint-Paul avait été réquisitionné comme buvette pour l'ensemble du tournage. Je traversai la rue Saint-Antoine.

Vu du tabac d'en face, c'était comme près de deux siècles avant. Une petite agitation localisée. On pouvait sans mal ignorer ce qui se tramait, décider de ne pas y prêter attention. Les gens du quartier restaient indifférents. Ou plutôt, ils allaient jeter un coup d'œil, se renseignaient, ne s'attardaient pas. Pas leur affaire. Treize agités identifiés avaient suffi pour faire l'événement en septembre 92. Adrien Leck mobilisait autour de lui près de 150 personnes. Au zinc, on parlait des manifs de jeunes, des choses courantes qui s'étalaient dans le journal.

Je ne fus pas surpris de repérer Villon dans la petite foule des curieux qui lorgnaient. Mona se pressait contre lui. J'ignorai jusqu'à quel point c'était pour elle un moyen de choisir son côté de la barricade. Comme dans le film, elle était dans la rue. Je franchis la barrière métallique et réintégrai le plateau. La tension avait monté de quelques crans. Un assistant donnait les dernières instructions aux comédiens qui seraient bientôt les « tape-dur ». Une seule femme parmi eux, Angélique Voyer. On lui avait donné une allure mi-poissarde mi-pute, teint de craie et abondante crinière grise. Adrien avait insisté sur ce dernier point : cette femme semblait porter un masque hideux.

– En place, s'il vous plaît!

Je remontai à mon étage. Un appartement d'enseignants, avec des murs tapissés de livres et d'affiches de Mai 68 pieusement conservées sous verre. Les locataires avaient été ravis de se mettre à notre disposition, d'autoriser toutes les allées et venues. Le charmant couple de profs avait même préparé un petit buffet. Une caméra était calée sur le balcon.

En bas, Adrien avait quitté son fauteuil. Il arpentait le terrain, inspectait quelques détails. Le dispositif était presque en place. Caméras et groupes de comédiens. Il donna l'ordre de faire refluer les badauds. Des figurants se placèrent devant eux. Le costumier avait bien fait son travail. On pouvait remarquer des carmagnoles et des sabots mais, dans l'ensemble, les vêtements n'étaient d'aucune époque précise. Tout se brouillait. D'où j'étais placé, je ne distinguais plus la barrière métallique séparant le plateau de la rue. Restait un dernier groupe à installer.

Adrien avait refusé d'avoir recours à des mannequins. Ils étaient une dizaine d'hommes. Un assistant les conduisit sur le trottoir, à l'aplomb du balcon sur lequel je me trouvais. Une fois retirées les curieuses pèlerines de l'Assistance publique qui les couvraient jusque-là, ils se trouvèrent nus pour la plupart. Nus, très maigres et blessés. Un murmure s'éleva du côté des curieux. Les figurants se disposèrent comme prévu. En quelques secondes, ce fut un misérable entassement de cadavres saignés. On s'affaira. Sous les pinceaux et les poudres, quelques chairs devinrent encore plus blanches et tuméfiées. Le sang coula encore. Les victimes de la nuit. Tout était prêt.

Adrien regarda un instant le très étonnant ciel clair.

– Moteur!

Le clap claqua, une identification indistincte fut énoncée.

– Action!

« Qu'on élargisse madame! »

Non, ce n'était pas moi qui avais prononcé cette phrase-là.

La Lamballe apparut, presque expulsée de la prison. La lumière l'éblouit. Elle tituba, au point qu'elle chercha appui sur le bras d'un des gardes. Elle resta quelques secondes, cherchant à comprendre, ou ayant déjà renoncé à tout. Les tueurs se tenaient encore à quelques pas, en demi-cercle. Piques et gourdins se levèrent. Je photographiai, au 200 millimètres. Son visage affolé, presque plein cadre. La peur, incontestablement. La terreur même. J'étais trop loin pour entendre sa voix, perdue dans les vociférations. Elle aperçut le monceau de cadavres. La Lamballe avait coutume de s'évanouir pour un rien, elle en avait même fait une mode de Cour. Telle que je la voyais, la brusque pâleur qui envahit son visage défait ne paraissait pas feinte. Des mains se saisirent d'elle, autant pour la soutenir que pour la tourmenter. Son regard croisait celui de ses agresseurs, elle se débattait à peine. Soudain, sa coiffure se dénoua, libérant une cascade de cheveux blonds. Cette tignasse était son orgueil, c'était comme un viol. Déjà on arrachait le haut de sa robe. Je tentai de resserrer encore l'image. Le visage ballotté n'exprimait plus que l'incrédulité. Un peu de sang souillait l'épaule. Une main se plaqua contre le sein, le tritura fugitivement. La crinière grise de la mégère, la Voyer, s'agitait frénétiquement. Les piques s'approchaient. Rien, plus rien n'était contrôlable pour personne. La Lamballe se raidit soudain, figée. L'espace se dégagea autour d'elle. Je la voyais bien, les déclics du moteur de l'appareil m'envahissant la tête. Très gros plan maintenant. Ses yeux n'y croyaient pas encore, la bouche était béante, incapable de protester contre ce qui était déjà fait. Julie esquissa un vague geste de la main, s'écroula doucement.

Adrien ne lâcha son « cut! » qu'après un long silence. Lui et moi fûmes sans doute parmi les derniers à réaliser que Julie ne se relèverait plus jamais.

On peut le croire ou non, je ne rentrai pas directement quai de Jemmapes. Je fis des choses simples, civilisées. Acheter des journaux, regarder les gens dans les bistrots, je pris même quelques photographies. D'abord, je voulais marcher. Seul, tranquille. Après l'arrivée de la police, personne ne m'avait retenu. Pourquoi l'aurait-on fait?

Je pris la rue de Bretagne, c'était l'heure où le marché des Enfants-Rouges ouvrait. Je fis quelques courses. Des légumes frais, des fruits, une bouteille de brandy, des cornichons aigres-doux. Il me l'avait avoué, c'était Judith qui lui avait communiqué, dans l'intimité, cette manie de grignoter à toute heure des cornichons préparés à la russe. Je montai chez Stevenson, sonnai longuement, mon panier garni au bras. J'insistai. Personne. Une voisine passa le nez dans l'encoignure de sa porte, ouvrit plus largement en me reconnaissant. Quoi? Je n'étais pas au courant? Le vieux monsieur avait été hospitalisé, tôt le matin. La dame ne savait pas pourquoi. Son œdème, peut-être. La porte se referma. J'ignorais que Stevenson eût un œdème. J'ignorais qu'il eût une quelconque maladie. Je laissai le panier sur le paillasson, la dame le récupérerait si elle voulait. Je n'avais pas le cœur à lui demander de rouvrir sa porte. Moins encore à lui demander si elle savait dans quel établissement Stevenson avait été transporté.

C'était donc une journée à déglingue. Rien de surprenant. Je ne m'y étais pas assez préparé, voilà tout.

Au square du Temple, je localisai sans mal la portée de chatons. Ils n'avaient guère quitté leur territoire. Si mes évaluations étaient bonnes, ils entraient dans la période de sevrage. Une mémé était déjà sur le coup. Elle avait installé différentes petites gamelles sur la pelouse. Des boîtes en alu, bien garnies de pâtée. Elle me demanda si je connaissais la famille, je dis que oui. Elle aussi, je la connaissais. Une habituée du marché, la brave dame, à l'heure de la fermeture, lorsqu'il y a à récupérer dans les cageots. Je l'avais également vue nourrir des chats au square, dans les recoins du quartier. Nous nous jaugeâmes. Une vieille dame informe, avec des jupons superposés et des cache-nez.

– La mère n'en peut plus, dit-elle. Les petits l'épuisent.

– De toute façon, le lait ne leur suffit plus.

– Les chats ne sont pas malheureux par ici. J'ai déjà trouvé des gens pour les recueillir. Il n'y a guère que celui-là qui risque de rester en rade. D'ailleurs, c'est une chatte.

Des taches noires, rousses, blanches très anarchiquement réparties. Un petit œil en bouton de bottine qui suintait un peu. Une bouille toute pointue.

– Je pensais à elle, justement.

– Pourquoi?

– Pour l'adopter.

– Et de quel droit?

Ce n'était pas une mauvaise question. La dame devait suivre les portées du voisinage plus régulièrement que moi. Nous nous assîmes sur un banc. Elle accepta une cigarette mais me pria de l'excuser un instant. Outre les chats, elle s'occupait aussi des canards et avait un peu de pain à leur distribuer. Ils se précipitèrent. Une fois qu'elle fut rassise, je lui parlai de Kamenev et Zinoviev, lui montrai leurs photos. Elles aussi venaient de la rue. Il m'était pénible d'évoquer leur fin, ça ne regardait personne, la dame le comprit bien. Elle comprit également que Radek avait besoin d'une copine. A part ça, je n'avais aucun droit sur cette petite chatte à robe tricolore, aucun. Ni sur aucun chat, d'ailleurs.

– Pourquoi elle?

– A cause de son œil. Elle est un peu malade. Il faut s'en occuper.

– Votre Radek, il sera d'accord?

– Je lui expliquerai. On a l'habitude de se parler.

Je donnai mon adresse à la dame, le quai de Jemmapes n'était pas bien loin. Je lui dis qu'elle pouvait venir quand elle voulait. Ce n'était pas complètement vrai mais quand je lui remis ma carte, je le pensais vraiment.

La petite chatte se laissa prendre, je la nichai au plus chaud de mon blouson. Quand j'arrivai sur le canal, quelques minutes plus tard, elle dormait.

Il n'était pas fréquent de trouver Marc assis sur les marches de mon palier. Le grand directeur du grand journal en pointe devait attendre depuis un bon moment, plusieurs mégots étaient écrasés à ses pieds, c'était dégueulasse. A ma demande, il nettoya ses saloperies tant bien que mal, me suivit dans l'appartement. On ne ferme pas sa porte à un copain de vingt-cinq ans. Même Marc. Pas systématiquement. Marc était excité comme pas possible. Pas bien difficile de deviner pourquoi.

– Tu as pris des photos?

– Évidemment.

– Qu'est-ce qu'on voit dessus?

– Je ne les ai pas encore développées.

– Il me les faut! Tu te mets au travail tout de suite.

– C'est totalement exclu.

– Quoi?

Je sortis la bébé-chatte de mon blouson. Venu aux nouvelles, Radek cracha instantanément puis s'enfuit. C'était simple, à prendre ou à laisser. J'avais besoin d'avoir la paix pendant deux heures.

– Tu es fou! Il y a urgence! C'est une histoire énorme.

Je n'en doutai pas un instant mais j'avais mes propres priorités. Deux heures me paraissaient un délai raisonnable pour faire ce que j'avais à faire. Y compris accuser le coup de l'assassinat de Julie. Marc protesta, gueula à l'irresponsabilité. Son point de vue se défendait, ce n'était que le sien. Il était furieux. Je le poussai vers la porte.

Pas déconcertée le moins du monde, la petite chatte trottinait dans le vestibule. Malingre et drôle, avec sa queue de rat, toute dressée. Radek l'observait, circonspect.

Elle s'appellerait Bastille.

Selon le pharmacien, pour l'œil malade, le collyre devait suffire. Quelques gouttes, pendant deux ou trois jours.

Bastille se laissa soigner docilement. Je lui indiquai la litière puis la laissai explorer l'appartement à sa guise. Ce qui pouvait se faire sans moi. Je m'installai au téléphone.

Je mis assez longtemps à localiser Stevenson. Il était hospitalisé à Saint-Louis. On m'assura qu'il allait aussi bien que possible, sans me donner le moindre détail. C'était tout près. Il était encore temps de faire une visite. C'était aussi une occasion de manquer le rendez-vous avec Marc. De ne pas trop penser à Julie morte. Je choisis finalement de développer les pellicules.

Marc examina au compte-fils les planches contact encore humides. Il était persuadé de tenir entre ses mains un des plus jolis scoops de sa carrière. J'étais plus sceptique. Surtout vers la fin de la série, le cadrage était très serré sur le visage de Julie. Certaines images étaient légèrement floues. On la voyait en train de mourir. A ce que j'avais pu voir avant l'arrivée de Marc, l'assassin n'était pas distinct. Ce n'était d'ailleurs pas très important. Son identité ne faisait hélas aucun doute.

Plusieurs secondes s'étaient écoulées avant que l'on constate que Julie était morte, que le sang qui la souillait ne provenait pas uniquement de petites poches d'hémoglobine crevées. Une pique qui n'était pas un accessoire de scène était enfoncée profondément sous le sein. Une grande confusion avait suivi. Ceux qui entouraient Julie étant finalement peu nombreux, on avait vite constaté la disparition de la comédienne qui jouait Angélique Voyer.

– Anna Fried?

– Qui d'autre!

– Et personne ne l'a reconnue!

– Même pas moi.

Pourtant, depuis la Salpêtrière, nous aurions dû être en alerte. J'avais cru à une provocation, ç'avait été une répétition. Quoi de plus facile que de se faire une nouvelle tête alors que le script précisait que la Voyer devait être outrageusement fardée?

– Et comment a-t-elle pu se substituer à l'autre comédienne?

– Pas la moindre idée. Le mystère sera sans doute vite éclairci. Quelles sont les autres informations?

Pendant les deux heures que je l'avais fait patienter, Marc avait contacté un peu tout le monde. Leck accusait Anna, tout comme moi. Les flics essayaient de comprendre le film. Ils étaient tout excités par ce crime en direct. Dans le genre, Marc n'était pas mal non plus.

– Toutes les bobines ont été saisies et envoyées d'urgence au labo. Les seules images qu'ils n'ont pas, ce sont celles-ci.

– Je n'étais probablement pas le seul photographe sur le coup.

– Si, Leck m'a assuré que tu étais le seul autorisé à prendre des images lors de cette scène.

– Et avant qu'il te le dise, comment étais-tu aussi certain que j'avais été témoin de la mort de Julie?

Marc parut contrarié.

– Un coup de téléphone, juste après que la dépêche annonçant l'assassinat soit tombée. L'homme a refusé de se présenter mais il m'a affirmé que tu avais dans tes boîtiers une exclusivité formidable.

– Tu n'as pas reconnu la voix?

– Elle ne m'est pas complètement étrangère. De là à mettre un nom dessus...

– Villon?

– S'il existe encore, oui, c'était un peu sa voix.

Ces détails agaçaient Marc. Il y avait mieux à faire, vite.

– Peux-tu m'accorder une interview?

– Pas de problème. Sauf que je n'ai rien vu.

– C'est-à-dire?

– Je photographiais.

– Peux-tu tirer ces photos, tout de suite?

– Naturellement.

– Ne te fatigue pas à faire des œuvres d'art. Juste quelque chose de propre pour la une de demain.

– Ça, c'est une autre affaire. Combien?

– Pardon?

– Combien?

– Merde!

Il sortit le carnet de chèques. Nous nous mîmes assez facilemet d'accord sur le nombre de zéros. Le premier chiffre fut un peu plus long à débattre.

Ce qui m'avait échappé, l'œil sur le viseur, c'était le regard de Julie. Une image faisait charnière. Avant, elle joue son rôle, en bonne comédienne qui s'est fait une idée sur la manière d'être victime d'un lynchage, qui a sûrement travaillé ses expressions devant son miroir. Elle est parfaite. Soudain, Julie reconnaît Anna. Elle comprend qu'elle va vraiment mourir, cette évidence absolue éclate dans ses yeux. Au 500e de seconde.

D'autres détails aussi, qui ne m'étaient pas apparus sur les contacts. On remarquait distinctement la femme à crinière grise, très près de Julie. Elle tenait sa pique de la main gauche. Sur une autre image, cette même pique touchait le flanc nu. On ne distinguait le visage de la femme que sur deux images. La première était un peu floue. Il fallait toute l'imagination du monde pour identifier Anna. Sur la seconde, elle était plus nette et prise de profil. Le maquillage ne pouvait guère tromper. Je me souvins qu'en matière d'anthropométrie judiciaire, Bertillon avait très tôt remarqué que les portraits de profil étaient de loin les plus probants. Julie hurlait.

– Du grand travail, dit Marc.

Tandis que je réalisais les tirages, il avait contacté l'un de ses informateurs. Les flics étaient à peu près convaincus de la culpabilité d'Anna. Ils avaient déjà visité le Mirabeau. En vain. Ce n'était pas une surprise.

– Je suppose qu'il est inutile de te demander si tu as des idées sur l'endroit où elle risque de se cacher?

– Totalement inutile.

– Je ne suis pas flic. Je te laisse tes secrets. N'empêche...

Il fallait que je l'excuse s'il avait un peu fouiné dans l'appartement, depuis le temps qu'il n'était pas venu. C'était devenu bizarre, chez moi. Ce film m'avait manifestement perturbé. J'avais, selon Marc, intérêt à réfléchir à cet aspect de la question. Pour le reste, l'heure du bouclage approchait. Il prit congé.

Radek regardait Bastille sans trop y croire. La nouvelle venue gambadait dans tout l'appartement sans se soucier de lui, testait ses meilleurs coussins et même mangeait dans son écuelle. On n'attaque pas un bébé. Il fallait donc subir l'intrusion, cracher de temps à autre, faire le gros dos sans conviction. Je prodiguais les câlins, Radek les acceptait mais n'en pensait pas moins. Il y avait de la rancune dans l'air.

Les informations télévisées traitèrent comme elles purent l'assassinat de Julie. Anna fut évoquée, mais seulement en ce que *La Princesse* était un remake de son ancien film. La courte carrière de Julie était difficile à illustrer. D'une chaîne à l'autre, Adrien expliquait aux journalistes qu'il était bouleversé. Il semblait l'être. Il expliquait aussi que le film serait achevé malgré tout. Que c'était le plus beau des derniers hommages que l'on pouvait rendre à Julie, etc.

Selon le plan, on tournait dès le lendemain. La procession dans Paris, avec la tête de Marie-Thé, mise en pique. Rien que ça.

Je me rendis au Palais-Royal. C'était encore la nuit. Cette fois le rideau de fer était fermé. J'avais les clés. J'ouvris juste assez pour me faufiler dans la boutique. Plusieurs fcis, j'appelai. Pas seulement Stan. Anna. Personne. Pas plus au rez-de-chaussée qu'aux étages. Les cires étaient toujours en place. Je leur trouvai une allure maléfique, un sentiment passager. Je détestais cette idée que la police allait perquisitionner ici dans quelques heures à la recherche d'Anna.

Il y avait un escalier que je n'avais pas pris la première fois, à côté du salon des têtes coupées. En haut de la volée de marches se trouvait une porte, close. Aucune des clés du trousseau que m'avait confié Stan ne permettait de l'ouvrir. Je frappai, appelai. Personne ne répondit. Stan lui-même avait évoqué des accélérations inexorables.

Il était dit que je ne verrais jamais les cires en plein jour.

Je fermai soigneusement derrière moi et rentrai quai de Jemmapes. A pied.

Anna avait laissé un message sur le répondeur. « Restez mon partenaire. Encore un peu. »

Bastille frémit à peine. Quand je m'étais couché, elle s'était nichée dans mon cou, d'autorité. J'avais trouvé ça mignon, puis envahissant. Ensuite, je m'étais endormi, épuisé. Maintenant, il fallait l'admettre, on sonnait à ma porte. Obstinément. Peut-être depuis longtemps. Radek s'étira. Il avait dormi sur mon ventre, comme d'habitude. Il était sept heures du matin, très tôt pour moi.

Je me levai, gueulai d'attendre un peu, que j'arrivais. Enfilai un jean. Pris le temps d'allumer une gauloise. Ils étaient deux, ils étaient flics. Il y avait une commission rogatoire d'un juge Machin. Bastille détala.

Je leur proposai de s'installer dans le séjour, ils n'y virent pas d'objection. Il restait un peu de café à la cuisine. Froid. Pour moi.

Mes nom, prénom, date de naissance et qualité, ils savaient. Ils pratiquaient aussi la revue de presse matinale. « A star is dead », ce n'était pas le titre de une le plus imaginatif du *Soir*. Que la photo l'accompagnant me soit créditée les avait intéressés.

– On serait venu vous voir de toute manière, notez.

Le chef qui parlait avait à peu près mon âge, avec des cheveux plus longs et une cravate à pois.

Il me fallut raconter ce que j'avais vu de la scène du crime. Le sous-fifre engoncé dans une gabardine à la Colombo ne se sentit même pas forcé de prendre des notes. Les deux officiers de police étaient beaucoup plus intéressés par la décoration de mon modeste intérieur. Quitte à préciser narquoisement que, dans leur métier, on entrait chez toutes sortes de drôles de gens.

– Naturellement, vous n'avez pas identifié l'assassin?

– Le script indique que la mêlée autour de la Lamballe était assez confuse et violente. Tout semblait se dérouler de manière conforme.

– Vous connaissiez la victime?

– Oui.

– Navré d'aller vite, mais la journée s'annonce lourde. J'ai cru comprendre que vous la connaissiez même intimement.

– Ce n'est pas mon avis. Tout dépend de l'idée qu'on se fait de l'intimité.
– Vous l'aimiez?
– Non.
– Vous avez vécu avec elle?
– Elle a habité ici quelques jours. Très peu.
– Vous vous êtes fâchés?
– Ce n'est toujours pas le bon terme. Je préfère vivre seul.
– Avec vos poupées d'étalage?
– Elles sont aussi présentables que votre dernier bon coup.
– On se calme?
– J'allais vous le proposer.
– Des voisins disent avoir entendu des coups de feu, chez vous.
– Impossible, je suis un paisible photographe.
– Les mêmes prétendent que vous êtes blessé, ou handicapé.
– Exact. Je ne suis plus un jeune homme.
– La victime se sentait-elle menacée?
– Tout le monde sait que oui. Même la presse en a fait état.
– On dit qu'une certaine Anna Fried a publiquement manifesté son hostilité envers cette demoiselle Julie, annonçant qu'elle empêcherait le tournage de ce film par tous les moyens.
– Cela s'est dit, en effet.
– Vous connaissez bien Anna Fried?
– Nous nous rencontrons parfois.
– D'après le témoignage d'un gardien, elle et vous, il y a deux jours...
– Deux nuits. Rue Elzévir.
– Ce style de galipettes est dans vos habitudes?
– J'aime aussi les quais, les portes cochères, au pire les chambres d'hôtel.
– Pensez-vous qu'Anna Fried soit capable de tuer?
– No comment.
– Par jalousie, par exemple?
– No comment.
– L'avez-vous reconnue lors du meurtre?
– Absolument pas.
– Sur votre photo du *Soir*, c'est pourtant bien elle.

– Une relative ressemblance.
– Savez-vous où se trouve Anna Fried actuellement?
– Non.
On sonna. Les mauvaises habitudes d'intrusion reprenaient. J'allai ouvrir. Villon comprit qu'il tombait dans une réunion de famille. Ses deux collègues affichèrent la mine stupéfaite convenable. Les présentations étaient inutiles. Ils se serrèrent quand même la main.
Villon se dandina, me tendant une bouteille entourée de papier pelure. Un excellent chablis.
– Très gentil à vous mais, pourquoi?
Il avait cherché à s'annoncer mais il ne tombait que sur le répondeur. Il avait reçu le courrier du ministère ce matin même. C'était fait. Il était réintégré.
– J'avais envie de fêter ça. Je me suis souvenu que vous aimiez plutôt bien ce vin, le matin.
Les deux collègues ne suivaient pas très bien. La solidarité avec Villon réhabilité leur interdisait de refuser de trinquer. Mis à part que j'avais baisé avec à peu près tout le monde dans cette histoire, je n'étais pas le bon client. Le cocasse était que Villon avait vraiment l'air heureux, les larmes aux yeux.

Une heure plus tard, j'étais au chevet de Stevenson. Il était seul dans sa chambre. Les traits s'étaient creusés. Parce que la sueur les collait aux tempes, il semblait avoir perdu des cheveux. Son avant-bras, en perfusion, était bleui d'hématomes. Chaque mouvement semblait une douleur.
– Mettons les choses au point, mon garçon, murmura-t-il. Ici, on ne parle pas de maladie.
Il parlait difficilement, son souffle était rauque. Croyant qu'il pourrait lire, je lui avais apporté la dernière livraison de la Société des amis d'Henry Fournaye, l'unique club holmesien français. Stevenson était épuisé.
Du doigt, presque imperceptiblement, il me montra le placard. On y avait installé ses affaires. Il sourit. Dans sa poche, je trouvai ce qu'il voulait. Je bourrai et allumai la pipe courbe, la lui maintins entre les lèvres. Il ne pouvait guère aspirer le tabac, tout juste sentir le goût. Une odeur infecte.

– Chez moi, tout est en ordre. Tout ce qui est à vous.

Ses lèvres bougeaient à peine. Il économisait ses efforts. Le sommeil le prenait, ou je ne savais quelle torpeur pernicieuse.

– Mon avis est que c'est Anna Fried. C'est elle, la femme...

Il s'assoupit. Longtemps, je restai à lui tenir la main. Le poignet. Les doigts contre son pouls. Stevenson allait mourir. L'idée me vint que je voulais l'assister.

Le plan de travail était formel, Julie n'avait plus aucune scène à tourner. Rien, absolument rien ne s'opposait à ce que le tournage continue comme prévu. Adrien éliminait toutes les objections à l'avance. Personne n'en formulait de très sérieuses. Surtout pas la production qui interprétait chaque flash d'information sur l'assassinat comme une bande-annonce gratuite.

Aujourd'hui, rien que quelques secondes d'images : le corps mutilé, décapité de la Lamballe, avant la procession. Nu et affalé près d'une borne, rue des Ballets. Tournage rue Malher, rien n'était changé au programme.

Jérôme avait tenu à faire la livraison lui-même. Aussi abîmée fût-elle, la cire de Julie restait son œuvre. Il avait désapprouvé que le musée accepte de la prêter pour le film, il n'avait pas eu son mot à dire. Il lui appartenait de veiller à ce qu'elle ne subisse pas de nouveaux dommages. Adrien respectait tous ces scrupules, il ne comprenait pas très bien.

Script : « La princesse est morte. Un nommé Charlat la décapite avec un couteau de boucher, sur une borne. Le corps est abandonné. La tête est fichée sur une pique et montrée en procession, rue Saint-Antoine, puis sur les boulevards, jusqu'au Temple. »

La statue de Jérôme était effectivement bouleversante. Elle n'avait jamais eu de tête. La maquilleuse avait simplement rougi les balafres faites par le vandale. C'était Julie, exactement son corps. Le chef opérateur le cadra comme il convenait.

– Non!

J'entraînai Jérôme. Il avait raison, c'était obscène. Mais je l'engueulai.

– Ça l'est depuis le début. Ne viens pas faire chier maintenant.

Adrien filma. Des pas indifférents, devant le cadavre exhibé, le mur éclaboussé de sang.

– Cut!

C'était tout, quelques instants de prise, pas plus.

Jérôme pouvait remballer sa relique, c'était fini. Adrien fit le boulot. Il vint lui serrer la main, dit que c'était dur, que tout le monde était très attaché à Julie. Il alla même un peu plus loin. Avoir filmé cette cire, c'était une fidélité supplémentaire à la défunte. Jérôme dit que oui, peut-être. Il avait comme tout le monde ses instants d'abjection. Se ressaisissant, il enveloppa la sculpture d'un drap. Il était presque étonnant qu'il ne s'imbibât pas de sang.

– N'empêche, siffla Jérôme. Vous êtes tous de belles ordures.

L'autre prise était dans la foulée. L'amorce de la manifestation, à l'angle de la rue, puis devant l'église Saint-Paul. Je n'avais aucune envie d'y participer. Adrien revint vers moi, me prit à part comme il avait l'habitude de faire avec ses collaborateurs lorsqu'il avait à leur demander un service ou une acrobatie technique.

– J'ai un problème, dit-il. Cette tête en cire de la Lamballe qu'on a volée, elle est toujours chez toi?

– Bien sûr.

– J'ai pensé qu'elle serait parfaite pour la scène du cortège.

– Tu es fou!

Adrien me laissa lui exposer toutes les bonnes raisons de mon refus: la tête ne ressemblait en rien à Julie, elle ne m'appartenait pas, etc.

– On n'a pas le choix.

– Tu vas m'expliquer que tu n'as pas prévu d'autres solutions?

– Si. Viens voir.

Il me conduisit vers le camion où étaient rangés les accessoires. Une tête était posée dans une boîte en carton. Selon Adrien, il y avait des tas d'explications à ce désastre, Julie avait refusé de poser. Le modéliste avait travaillé dans des conditions difficiles. On avait pensé solliciter Jérôme, il avait décliné. Je pensai un instant à ce qu'aurait pu faire Stevenson. Ce que j'avais entre les mains était un moulage standard, sans grâce ni magie. Au musée et chez moi, Adrien avait vu des chefs-d'œuvre.

– Tant pis pour la ressemblance, argumenta-t-il. La cire que tu as chez toi est une vraie Lamballe, alors que ce truc ridicule n'a aucun sens.

Adrien avait évidemment raison. Il faisait du cinéma. Son propos n'était pas de faire croire que Julie avait été effectivement décapitée. Une image de la Lamballe succéderait à une autre. La tête de cire que l'on verrait à l'écran était déjà, pour des millions de visiteurs du musée Grévin, celle de la princesse. Il tourna les talons. Sans doute, je n'avais plus qu'à m'entendre avec le régisseur.

Au seuil de la première salle du musée Carnavalet, j'y allais de mon explication.

Cette chose que nous avions au-dessus de notre tête s'appelait une imposte. C'est-à-dire cette partie décorative qui orne certaines portes ou portails. Celle-ci était imposante et très large, tout ornée de feuilles de chêne. Une remarquable pièce.

– Pourquoi? demanda-t-elle.

– Elle était jadis placée au nº 32 de la rue de l'École-de-Médecine, autrement dit: le passage du Commerce. Danton, Marat, Camille et bien d'autres tribuns sont souvent passés dessous. C'est Victorien Sardou qui l'a sauvée lors de la destruction de cette partie du passage, en 1866.

– Tu parles comme un guide, dit Anna en riant.

– C'est mon plus cher espoir. Quand je serai très vieux, encore plus bancal et catarrheux que je le suis actuellement, je ferai ceci: des visites guidées. J'aurai autour de moi des petits enfants et des retraités et je leur raconterai des histoires de Paris. Comme je serai très très handicapé, elles ne pourront plus me servir à en inventer d'autres. Au moins, je les transmettrai.

Anna ne se cachait pas vraiment. Elle me suivait à l'occasion. Elle ne détestait pas être recherchée.

– Quand tu seras très vieux, que je serai morte. Et même bien avant. Tu leur parleras de moi?

Sûrement, Anna avait marqué des territoires.

– Mes films?

– Surtout les endroits où ils ont été tournés.

Elle avait tué, elle était là, me tenant par le bras. La même femme. Il n'y avait pas trop d'explication, j'avais eu envie d'entrer au musée Carnavalet, Anna m'avait emboîté le pas.

– Que viens-tu voir, précisément?

Rien. C'était un peu comme boulevard Montmartre. Je venais au musée Carnavalet pour flâner. Vérifier que le buste de Marat ou l'échelle de Latude étaient toujours là, détailler un peu plus certaines gouaches de Hubert Robert ou de Lesueur. Je venais en voisin, pour deviser sans but précis.

– Tu es toujours mon partenaire?

– Je ne sais pas si nous aurons le temps d'être complices.

Son crime n'était pas le mien. J'embrassai cette main gauche qui avait tué. Anna circulait dans l'exposition, s'amusait d'une gravure, d'une enseigne. Elle parlait haut, souhaitait qu'on la remarque. On la recherchait vraiment. Des gens la reconnurent, j'entendis son nom.

– Comme autrefois, dit-elle. Ce cher public! Mais toi? J'ai souvent reproché aux hommes de ne voir en moi que la star. Pourtant, ils avaient raison. Je me suis désintéressée de la vie quand elle n'a plus été du cinéma.

C'étaient des formules. Anna n'avait jamais eu de très bons dialoguistes. Elle me repassait le virus. Pourquoi continuait-elle à me suivre? Elle me l'avoua sans aucune réticence. Elle voulait avoir l'assurance qu'Adrien Leck conserverait bien la scène du meurtre dans le montage final. Le ferait-il?

– Il n'a pas tellement d'autres possibilités.

– C'est bien ce sur quoi je compte, c'est bien.

Nous étions au musée Carnavalet, dans cette petite salle où sont rassemblés quelques souvenirs de la famille royale, au Temple. La bibliothèque de Capet, une coiffeuse, un lit. Jacques-René aussi avait frôlé ce mobilier. Anna sortit un journal, *Le Soir*. Ma photo d'elle, à la une.

– La première fois que je suis en première page depuis vingt ans! Je te remercie pour cette photo.

Certains visiteurs commençaient à nous regarder, très intrigués. Ces lieux étaient habitués à des manières plus feutrées. Anna continuait.

– Je fais le scénario, dit-elle. Je suis près de toi. Tout ce que je te demande, c'est d'avoir ton appareil photo à portée de la main. Et de ne pas trop négliger Stan. On s'en va?

Elle partit, seule. J'avais envie de marcher dans le musée à ma manière. Sans bavardage.

Je confiai la tête de la princesse au régisseur.

Il m'assura qu'elle ne subirait aucun dommage. C'était son métier.

Outre qu'elle était pertinente, l'idée d'Adrien me donnait l'occasion de restituer la Lamballe au musée Grévin. Il suffirait de quelques petits mensonges pour rendre mes explications acceptables. Hébert, en revanche, était chez moi pour longtemps.

Bastille avait déjà appris à grimper sur mon épaule. Radek boudait toujours.

Au fond, Adrien était un homme opiniâtre.

A peine repéra-t-il Stan qu'il se dirigea vers lui et lui balança un coup de poing en pleine figure. Stan se retrouva les quatre fers en l'air. Adrien cherchait à l'aider à se relever, fair-play, quand il se retrouva avec la pointe d'une canne-épée posée sur son sternum. Stan poussa, un petit coup sec. Puis il accepta la main charitable qu'Adrien lui offrait.

– Le prix de mes articles dans *Le Soir*?

– Exactement, dit Adrien encore stupéfait de la riposte. Va te faire maquiller.

Un soir de beuverie où je n'étais pas, Stan avait raconté à Adrien l'anecdote du lavage de la tête de la princesse. Rien de nouveau, mais Adrien avait été séduit. Il avait décidé que Stan se devait d'être dans la rue ce jour-là, acteur parmi les autres.

La tête de la Lamballe avait été peu retouchée. Un peu de sang en plus. Les figurants attendaient patiemment les ordres.

Adrien maintenait son option : tourner sur les lieux mêmes. On était sur le boulevard, à la hauteur de la rue du Pont-aux-Choux. L'immeuble en quart de lune.

La blessure provoquée par Stan n'était que très superficielle, assez pour que la chemise d'Adrien en soit tout ensanglantée. Les comptes étant réglés, les deux lascars se saluèrent d'un geste de la main courtois.

– S'il vous plaît!

Agitation rapide, chacun prit ses marques. Rien de très compliqué à filmer.

– Action!

Le cortège, une cinquantaine de personnes, était à l'arrêt. Une sorte d'expectative. Stan se détacha du rang, se saisit de la tête de la princesse. On applaudit à son initiative. Stan rit. Il rit de toutes ses dents pourries. A l'écran, plus tard, on devrait voir sa peau grêlée, la crasse, les croûtes. Et un œil tuméfié qui commençait à prendre des couleurs intéressantes. Il sautillait, lutin sinistre. Le sang giclait de la coupure. Le visage de Marie-Thé était presque méconnaissable. Brandissant son trophée, Stan avisa un porche, s'y engouffra.

Tout était en l'état, la caméra suivait. Le puits? Il n'y avait eu qu'à le rouvrir. La même margelle qu'il y a deux siècles, que la première nuit. Stan plongea la tête dans l'eau, l'agita. Elle en ressortit lavée de ses souillures. Pas Julie. Les cheveux ruisselaient. Jamais le visage de la Lamballe ne me parut si triste. Tout comme je l'avais fait, Stan imita le geste odieux de Sanson. On l'acclama.

Le tabac du coin s'appelait La Petite Chaise. Un marchand de vins était déjà installé là, en septembre 1792.

C'était sur un tabouret que Stan avait laissé, un instant, la tête de la princesse, avant de tonitruer qu'il était temps d'étouffer un enfant de chœur, foutre! La troupe s'égaya.

Les caméras tournaient toujours. Certains figurants allèrent acheter des cigarettes ou boire un coup rapide. Un « cut » avait dû être dit, que personne n'avait entendu. On discutait. Où aller? Et maintenant, qu'est-ce qu'on faisait? Ils étaient aussi indécis que les conjurés après l'assassinat de César. C'en était drôle. Des visages se tournaient vers Adrien. Il laissait faire.

Stan lui-même ne savait plus trop. Les choses avaient dû se passer ainsi, dans le bordel total.

La patronne du café, une jeune femme rousse plutôt accorte, c'est la tradition, distribuait les consommations. Elle connaissait bien la légende de son coin de rue : « Quand on pense à la princesse, on allume une cigarette et on boit un verre de rhum. »

Les commandes affluèrent.

La patronne demanda à la voir de plus près, cette fameuse princesse dont on parlait tant dans le quartier.

Stan se fit un plaisir de la lui présenter. Il lui tendit la tête. La jeune femme sursauta, refusa de toucher.

– Elle est tellement jolie! C'était vraiment une criminelle?

– Une chienne assoiffée du sang des patriotes, gueula Stan hilare. Mais nous allons l'apprêter, lui refaire quelques frisettes, avant d'aller la présenter à sa maîtresse.

Adrien jubilait. Alentour, on n'y comprenait plus rien. Les opérateurs suivaient le mouvement comme ils pouvaient, l'œil rivé à l'objectif des caméras. Un embouteillage monstre s'était formé en amont et en aval du boulevard côté Beaumarchais, côté Filles-du-Calvaire. Le concert des klaxons décourageait les preneurs de son, Stan continuait son numéro pitral. Il tenait maintenant la tête fichée au bout de sa canne-épée.

– Au Temple!

Son appel fut repris par un chœur enthousiaste. Le cortège se reforma, Adrien décida que cette fois, on pouvait interrompre la prise.

L'inauguration de l'exposition approchait, le 8 décembre. La direction du musée Grévin avait décidé de faire les choses en grand et somptueux. Des centaines d'invitations avaient été envoyées, les meilleurs traiteurs mis à contribution. Au sous-sol, derrière la porte close protégée par Marilyn, on fignolait les derniers détails de la revue, avant la générale. Les compagnons du devoir (ceux de Saint-Gervais) avaient achevé leur travail. La touche finale des différents tableaux revenait aux costumiers et aux maquilleurs. La folie Hébert n'était pas seule en cause, ni les séductions d'Anna. J'avais volontairement évité de suivre de trop près les ultimes préparatifs. Après avoir beaucoup fouiné dans la coulisse, je voulais m'offrir le luxe de quelques surprises lors de la levée de rideau.

Stevenson mourut le 7 décembre, paisiblement à ce qu'on voulut bien me dire. Une infirmière avait tenté de me prévenir que les derniers moments arrivaient, un message en témoignait. J'en pris connaissance beaucoup trop tard, sur répondeur. J'appris la nouvelle alors que je venais simplement le visiter, de retour du musée. Je lui avais acheté du tabac malgré tout, et je comptais lui offrir le dernier bulletin de la société des Irréguliers de Baker Street, reçu le matin même.

Stevenson reposait, long et décharné. On me laissa seul avec lui quelques instants. Sa peau parcheminée moulait les arêtes osseuses. Jamais il n'avait tant ressemblé à Sherlock, mais déjà j'avais du mal à le reconnaître. Ce masque cadavérique était presque étranger au visage du Stevenson que j'avais connu. J'étais désemparé. Je fis plusieurs photos, soigneusement, ensuite je lui pris la main et je pleurai.

En rentrant quai de Jemmapes, je les vis par surprise mais le fait était là : Radek et Bastille dormaient ensemble, cul à cul, sur le fauteuil thaïlandais.

La police perquisitionna au Palais-Royal, en présence de Stan. Il n'était pas du genre à s'en formaliser. A vrai dire, il ne se formalisait de rien. D'après ce qu'il me raconta au téléphone, les flics s'étaient plutôt bien tenus. Les mannequins les avaient un peu surpris, ils ne les avaient pas endommagés.

– Après être passés chez toi, ils commencent à avoir l'habitude.

– Anna?

– Ils pataugent.

– Le dernier étage?

Je l'entendis pouffer, au bout du fil. Il se doutait bien que ça avait dû m'intriguer, cette porte fermée.

– C'était assez vide quand les enquêteurs sont entrés.

– Ça n'a pas toujours été le cas?

– Le Palais-Royal est une retraite très confortable.

Il aurait été ridicule de demander à Stan où se cachait Anna, désormais. Je n'avais d'ailleurs aucune envie de le savoir.

– Dommage, dit-il. Je te le répète : tu étais pour moi le beau-père idéal.

– Tu es inquiet pour elle?

– Elle fait exactement ce qu'elle veut. Comme toi, comme moi. Il n'y a rien à y redire. On peut tout juste essayer de l'accompagner. Si elle le demande.

– Stan... Toi, comment vas-tu?

– Moi?

Il ricana qu'on était bien près de la fin. Puis, il raccrocha.

Ce jour-là, j'étais allé récupérer la redingote de Jacques-René, au pressing de la Grange-aux-Belles.

Le lundi 8 décembre 1986, Georges Méliès aurait eu cent-vingt-cinq ans. C'était aussi le septième anniversaire de l'assassinat de John Lennon. La veille, quitte à être ridicule, ç'avait été le deux cent vingt-cinquième anniversaire de la naissance de Marie Grosholtz-Tussaud! J'entrai au musée Grévin. L'inauguration de Jane avait été une petite fête privée. Il s'agissait ce soir d'un grand raout mondain, avec tenue pingouin souhaitée. Je portais peu le smoking.

Je me sentis très vite un peu perdu, presque mal à l'aise. Marc était là, avec quelques autres journalistes du *Soir*.

– Je vais tâcher de faire bonne impression, plaisanta-t-il. Peut-être me sortira-t-on de mon placard.

Je pris une coupe de champagne et m'avançai dans la salle des colonnes. Quelques-uns des invités étaient ravis de présenter leur double en cire à leurs amis. Alice Sapritch, entourée de toute une petite cour, ne tarissait pas d'éloges sur la statue qu'on avait faite d'elle, plus vraie que nature.

– Des nouvelles d'Anna? demanda Marc.

– Aucune.

Je lui indiquai le tableau où elle avait figuré durant des années. « Les coulisses du gala de l'Union des artistes ». Le décor avait plusieurs fois été remanié, depuis. Anna occupait à peu près la place actuelle de Catherine Deneuve.

– Les flics pensent la coincer dans les toutes prochaines heures.

Ils confondaient. Anna n'était pas une ennemie publique. C'était une star. On ne l'arrêterait pas. Elle déciderait elle-même du moment opportun pour déclarer : *the end*. Mes pronostics n'avaient que peu d'importance. Adrien se joignit à nous. Il venait de visionner les derniers rushes.

– Content?

– Ce film sera une merde, dit-il tout frétillant. Mais mon avis est qu'il tracassera la critique pendant quelques dizaines d'années. Où est l'exposition?

Je m'éloignai. On se bousculait, verre en main. Les smokings n'étaient pas gênants. Il y avait trop de bruit. Un caquetage. L'arrivée de Charlotte Rampling fut saluée par des bordées d'éclairs de flashes. Elle suggéra qu'il était plus malin et pratique d'aller photographier sa statue. Mona avait fait bénéficier Villon de son invitation. Elle était là en loubarde, il avait acheté un costume neuf. Je les saluai, passai mon chemin. Bien sûr, je retardais le moment de me rendre au sous-sol. Une appréhension d'amoureux.

La robe de Marilyn flottait toujours. J'entrai.

Gabin et Morgan veillaient derrière une fenêtre, *Quai des brumes*. Plus loin, Bogart braquait un calibre. Il était désagréable de constater que le Bogey de Tussaud's était plus conforme. Dans un compartiment de l'Orient-Express, un parfait Boris Karloff brandissait une hache. Terzieff affublé de canines de vampire me parut très improbable. On passait, des gens divers. Les uns voulaient toucher, les autres discutaient des ressemblances. Qui, ce maigrichon envoyé au tapis dans le tableau « western »? Steve Mc Queen? Ce n'était pas le portrait le plus réussi. Mais une case plus loin, Judy Garland était formidable. Une autre coupe de champagne traînait, sur un plateau. Section « film historique », Bardot surveillait les gladiateurs, Marais et Stallone. Je bus à sa santé.

– A quelques semaines près, dit Jérôme, Julie aurait eu sa statue ici. A part entière.

– Et Anna?

Il était derrière moi. Il avait un peu bu. Je continuai. Pour le « film comique », on avait ressorti Fernandel de sa réserve. Après la salle d'actualité, le défunt Coluche trouvait là une place d'éternité relative, aux côtés de Bourvil et Raimu. Jérôme écoutait les commentaires. Beaucoup étaient enthousiastes, tous n'étaient pas favorables. Les identifications n'étaient pas toujours évidentes. Pour une Denise Grey incontestable et bien-aimée, il était assez difficile de reconnaître, pas loin, une Gina Lollobrigida ou un soi-disant Marcello Mastroianni. Dans la même composition, Gérard Philipe, génie sortant d'une lampe magique, était d'une ressemblance extrêmement approximative.

Enfant ou presque, Judith m'avait emmené dans un salon de thé, sur le boulevard. J'étais très loin d'avoir fini tous mes gâteaux. Elle me dit : « Regarde. » Je regardai. L'homme qu'elle me montrait avec toute sa discrétion exubérante grignotait un apfelstrudel. J'avais vu et revu *Fanfan la Tulipe*, et *Till l'Espiègle*, mais je ne reconnus pas cet homme. Gérard Philipe nous avait fait un petit signe aimable, puis s'était levé.

– Bref, tu n'aimes pas.

– Je reviendrai lorsqu'il y aura moins de monde.

– Tu n'as pas fait une seule photo. Quand tu aimes, tu photographies.

J'avais pris un appareil. Je n'avais jamais eu le projet de photographier les nouveaux tableaux, rien que le travail d'atelier. Jérôme n'était responsable que de quelques figures, la plupart étaient parfaites. Il n'avait pas envie de parler de l'exposition. Julie seule l'obsédait.

– Tu viens, tu fais le voyeur, tu la photographies, tu couches avec elle, on la tue, et puis maintenant tu te pavanes, verre en main, donnant ton avis de critique à la con!

– Toi aussi, tu as un verre à la main.

Jérôme m'assura qu'il pouvait me le foutre dans la gueule, je n'en doutais pas.

M'aidant de la rampe, je remontai les onze marches menant à

la salle de la Révolution française. Anna m'y attendait. Un peu comme je le craignais. Elle m'embrassa. Seuls deux ou trois invités traînaient là, une tentation.

– Je crois que c'est le bon cadre.

Elle s'introduisit dans le tableau, bouscula Manon Roland, fit face au tribunal révolutionnaire. Anna prit même la pose, arrogante et la main sur le cœur.

– Il est convenable que ce tribunal soit ma dernière scène, commença-t-elle. Qu'il soit composé de vous tous, apparences, simulacres, pauvres mannequins, acteurs figés. Je plaide coupable. J'ai tué. Des circonstances atténuantes? Aucune. Je méprise tout ce qui atténue, rapetisse.

Jacques-René la regardait en face, ironique. Je savais maintenant qu'il n'était qu'une belle approximation.

La voix d'Anna portait fort. Les invités présents prirent des mines intriguées. Au moins quelques instants, ils crurent à une attraction préparée pour pimenter la soirée. Anna continua, s'adressant au tribunal de cire.

– J'ai été des vôtres longtemps, ici. Dans ces mêmes lieux. Il est juste que je revienne parmi vous pour rendre des comptes. J'ai tué. C'était le seul geste possible. Toute autre solution aurait été indigne de la caméra. Je demande à m'expliquer.

On se massait peu à peu, au seuil du tableau. Gag ou incident? L'équipe de FR3 se mit au travail au milieu des murmures. Le nom d'Anna Fried circula très vite de bouche en bouche. La certitude qu'il se passait quelque chose de grave s'imposa.

– Cette Julie était une pauvre fille, me direz-vous? C'est incontestable. Elle avait le droit de tenter sa chance. Elle n'a pas su. J'ai tenté de l'aider. Comment? En la défiant, bien sûr! Ne m'avait-elle pas défié elle-même en prétendant usurper mon rôle? Il aurait fallu très peu de chose pour que je l'aime, précisément à cause de cette audace. Mais cette petite jeune femme n'avait en réalité aucune force en elle. Une misérable arriviste capable de tout sauf de talent.

Leck, derrière moi. Il me souffla une banalité à l'oreille, qu'Anna était devenue folle. En quelques minutes, la salle fut comble, on se bousculait. Personne n'imaginait d'interrompre Anna. Marc m'ordonna de prendre des photos.

– Cette demoiselle entendait jouer seule sa ridicule partition. Certainement, le tribunal aura raison d'évoquer la question du principe même de ce film, *La Princesse*. J'y viens.

Anna variait les registres genres, plaidait, murmurait, à peine audible, puis s'enflammait avec une éloquence de prétoire. Elle feignait de ne s'adresser qu'à Fouquier ou Hébert. A bien y regarder, la robe blanche qu'elle portait était celle du tournage, avec Goras. Ce tribunal reconstitué ressemblait point par point à celui dans lequel elle avait déjà joué.

– Ce remake était une entreprise dérisoire. Aurais-je dû m'en prendre au metteur en scène? Lui aussi a eu toute sa chance. J'ai été patiente. Voilà ce que je voudrais que vous compreniez: chacun a pu donner sa pleine mesure. J'ai été généreuse. En tuant Julie, j'ai mis du cinéma dans un film médiocre. Le cinéma est fait de ces tournages maudits qui exigent les plus grands sacrifices. Cette fille avait un rôle, je lui ai offert un destin.

Anna marchait, argumentait, gestes offensifs vers le jury figé. Coquette et maligne, elle ne répugnait pas aux effets de manche. Combien de couvertures de magazines montraient cette semaine le visage de Julie, la star morte trop tôt?

– Qui sait encore ce qu'est une star?

– Elle cherche quoi? dit Leck. C'est du suicide, non?

Jérôme, Stan, Villon et Mona. Ils étaient tous là, désormais, à suivre sa prestation. Et maintenant? Anna reprit son souffle.

– Je l'ai tuée par dignité.

– Elle m'emmerde, me souffla Leck. Comment interrompre ce bavardage?

– En bouclant ton film.

– Tu es de son côté?

Que disait Anna? Que le cinéma, ce n'était pas comme dans la vie. On n'avait pas le droit d'y faire n'importe quoi. La caméra vidéo tournait toujours. Jérôme s'agita d'une manière qui ne me plut pas.

– Je crois avoir rempli mon contrat, conclut Anna. Le reste ne m'appartient pas.

Enfin, pour la première fois, elle se tourna vers nous tous. A peine, un simple regard fugitif, presque vide. Elle se figea, très droite devant le tribunal et le salua. Un mouvement du buste presque mécanique.

Des mains claquèrent dans la salle, d'abord timidement, puis ce fut un fracas d'applaudissements. Anna sembla ignorer cet hommage. Elle restait immobile, observant ses juges de cire, le dernier public qu'elle s'était choisi. Le silence se fit. Je crus discerner un sourire triste, peut-être un soupir. Elle salua une fois encore et franchit en trois pas rapides la lisière du tableau. Dans un premier mouvement, chacun s'écarta pour lui laisser le passage. Elle avança, le visage impassible. Ensuite, ce fut la bousculade. Des mains se tendirent donnant des programmes, des cartons d'invitation à signer. Des voix l'interpellèrent. Anna s'apprêtait à monter l'escalier, on la retint. Certains, nombreux, jouèrent des coudes pour l'approcher, la toucher. Le brouhaha se mua en tumulte. La salle était petite, obscure. J'imagine que beaucoup réalisèrent qu'elle était inquiétante. Nous étions serrés les uns contre les autres, on étouffait. Un piège. Une panique s'installa. Je vis Anna tiraillée, pressée, presque extatique au milieu de la foule qui la malmenait. Jérôme était maintenant tout près d'elle. L'éclair répété de mon flash excitait cette tourmente. La mort était là. Jérôme empoigna les cheveux d'Anna, puis sa gorge. Il l'insulta. Elle ne se défendit pas. On chercha à le contenir, rien n'y fit. La tête d'Anna était agitée en tous sens. Il y eut des cris affolés, des coups de poings. Les larmes aux yeux, Jérôme étranglait toujours, vengeur. Lui aussi avait à tuer.

Rue des Cordeliers

A trois matins de distance, c'était presque la même image à la une. Un visage de femme tourmenté par une foule. Je repliai le journal. Anna n'était pas morte.

La nuit, l'incident avait implosé très vite. Des cris, des coups dans la demi-obscurité. Soudain, une bouffée de lumière. Quelqu'un avait ouvert les portes de la sortie de secours, sur le passage Jouffroy. La ruée. Pour ceux qui restèrent, Jérôme n'était plus qu'un pauvre type s'accrochant à sa victime avec des gestes désordonnés. Il fut maîtrisé sans aménité. Quelques minutes plus tard, la police arriva.

Adrien referma lui aussi son journal. Il commanda deux autres cafés et blancs secs, laissa un moment son regard errer sur les habitués matinaux du zinc de La Capitale.

– Tu te souviens de ce que tu m'as dit un jour? Que je faisais un film pessimiste. Tu as raison.

– C'est-à-dire?

– J'ai modifié la fin.

Les massacres, les attentats, l'assassinat de Julie, Jérôme en garde à vue, Anna sans doute définitivement folle. Dans sa liste désespérante, Adrien aurait dû ajouter Stevenson, disparu. Stan, condamné. René-Jacques, infirme à vie. Hébert?

– Mona sauve sa peau. On ne la tue pas à la Salpêtrière. Elle sort libre et elle est heureuse, malgré les mortes.

Elle descendrait, vers la Seine, puis rentrerait dans Paris. Ce serait une belle ville. Pas une belle ville malgré tout, une belle ville tout simplement. Qu'est-ce que j'en pensais? Adrien voulait savoir.

– On s'est déjà tellement engueulés sur ton film.

– Tu n'es pas d'accord?

– J'approuve tout ce qui peut suggérer que dix-neuf jours après ces saloperies de massacres, ils ont proclamé la République.

Ils? Qui? Les citoyens, les copains. Jacques-René? Je connaissais par cœur les premières lignes du numéro 172 du *Père Duchesne*: « Ça y est donc, à la fin, il n'y a plus de roi en France, foutre. Quelle joie! Quel bonheur! Ce n'est que d'aujourd'hui que date notre liberté. »

Adrien et moi avions un peu perdu l'habitude des petits verres, le matin. Elle n'avait aucune vocation à être durable. Surtout pas dans mon bistrot d'élection. C'étaient les dernières heures du tournage. On pouvait se redonner l'illusion de faire un peu ami-ami. Dans notre catégorie, nous ne nous débrouillions pas si mal, Adrien et moi. Vu nos âges.

Le jour se levait à peine. Je proposai à Adrien de marcher un peu le long du canal. Il faisait froid, nous n'avions pas dormi.

De retour du musée nous étions passés chez moi, aussitôt. J'avais tiré les photos d'Anna devant son tribunal à la hâte, pendant que Marc se démenait au téléphone pour faire retarder le bouclage du *Soir*. Il aurait la fin d'Anna Fried en couverture, avant même les premières émissions de la télé régionale. Sa vie se résumait désormais à des challenges de cette nature, des scoops pas toujours propres. Une fois de plus, j'étais complice. Marc parti, Adrien et moi avions revisionné *La Marseillaise*, et puis *Il était une fois la Révolution*, des extraits de *Brazil* et *Alice dans les villes*. Comme on se saoule, méthodiquement.

Dehors, maintenant, Adrien marchait, voûté.

– Quand j'ai accepté la commande, j'ai dit que je ne voyais pas très bien comment faire un film historique, que je voulais bien essayer de faire un film d'actualité. Un documentaire. Je crois que j'ai échoué.

Nous passâmes devant l'hôpital Saint-Louis. Adrien n'avait pas besoin de s'expliquer. Moi, sans trop y réfléchir, Anna pour ne pas faillir, nous n'avions cessé de tirer ce film vers nous. Même Stan.

– Tu as tenté de contourner le problème en nous offrant des rôles.

– Une intuition mesquine : car je n'ai pas été assez fort pour aller sur votre terrain.

Mon pied buta contre l'une des grosses pierres pavant le quai. Je trébuchai. Adrien me rattrapa *in extremis* par l'épaule. Plongeon ridicule dans le canal, loupé de peu.

– Ta jambe?

– Et la fatigue.

Adrien proposa que l'on se repose un peu, chacun dans son coin. Il devait aussi prévenir Mona de son nouveau destin.

– Plus j'y pense, dit-il, plus je me sens incapable de filmer une mort en plus.

Nous nous reverrions dans la journée. Il traversa le pont et marcha à grandes enjambées en direction de la place de la République. Je revins vers chez moi en boitillant. Chez moi? Villon attendait devant l'entrée de mon immeuble. Il avait sa gueule des mauvais jours.

Villon, je l'avais bien vu, dans la mêlée, au musée. Livide devant la volonté de tuer de Jérôme, tétanisé par le grouillement ambiant. Après, il avait rejoint la sortie de secours en jouant des coudes, bousculant ceux qui le gênaient alors que d'autres cherchaient à sauver Anna. Un pauvre homme. Quittant les lieux, tout étant fini, nous l'avions négligé, Adrien, Marc et moi, moi le premier, alors qu'il tentait de reprendre son souffle, hagard, assis sur une marche près de l'hôtel Chopin. Mona le regardait, elle devait être habituée à pire. Ils formaient un curieux petit couple. Nous les avions laissés.

Villon but sa tasse de café, refusa la carpe farcie. Bastille me sauta sur les genoux. Son œil ne coulait presque plus.

– J'ai perdu les pédales.

– Hier, vous n'étiez pas le seul.

– Moi, je suis flic.

Il était difficile de lui expliquer crûment que ses petits émois ne faisaient pas un sujet de conversation. Au moins depuis sa réintégration, que faisait ce mec dans ma vie? J'allai chercher du champagne.

– Je propose que l'on fête ça.

– Quoi?

– La fin de notre belle amitié passagère.

Villon me regarda, interloqué.

– Je vous gonfle à ce point-là?

– Jusqu'à ce que vous repreniez votre carte, ça ne prêtait pas trop à conséquence.

– Le vieux réflexe antiflic? Ce n'est plus de votre âge.

– Ce qui l'est, Villon, c'est la lassitude. Ma très grande lassitude. A votre santé!

Les cadeaux empoisonnés étaient à la mode depuis quelques semaines. Je lui en fis un. Un portrait de Mona. Très bon. Avec main tendue, doigts écartés, l'un coupé, en premier plan un peu flou. Une excellente épreuve.

J'avais aussi à lui proposer, s'il voulait, des images de Julie, de Stan, d'Anna à différentes époques. Mes tentatives ridicules pour comprendre les gens. Voire de les aimer un peu.

– O.K., dit Villon. Sincères condoléances et merci pour tout.

Il se leva.

– Un instant, dis-je. Autant terminer dans les règles.

Je le fis monter dans le studio de prise de vues. Il posa, le dos au mur. Comme tous les autres. Barbe naissante, un peu grise, points noirs et ridules compliquées. Le col du trench était sale. Villon grimaça. L'opération ne prit que quelques minutes. Je donnai congé.

J'arrivai en retard au Père-Lachaise, la cérémonie était déjà commencée. Plus exactement: l'incinération était en cours. J'ignorais tout des quelques familiers, ils étaient bien peu, rassemblés au colombarium. De bêtement froid, le temps avait viré à l'humide agressif. Comme beaucoup de confrères, j'avais eu des projets de série photos sur le Père-Lachaise. A cause de menues aventures personnelles, disons sexuelles, dans quelques zones chaotiques, il y a longtemps. Le cimetière n'était plus pour moi qu'un lieu de promenade. Quand je n'allais pas y faire un dernier bout de route avec quelque complice parti sans prévenir. Des employés vinrent, avec une urne, c'était fait. Ils glissèrent l'objet dans la petite cavité. Paul (je découvris qu'il s'appelait Paul) Stevenson, né et mort à Paris. 1909-1986. Point final. Je ne connaissais personne. Personne ne dit le moindre mot, les gens n'avaient pas l'air de se connaître. Un type m'aborda.

Il était petit, rond et pressé. Il se présenta. Maître quelque chose, notaire.

– Monsieur Victor Blainville, je suppose.

Il était en charge des intérêts du défunt. Une succession sans problèmes, mais il fallait que nous prenions rendez-vous. Le vent se levait. Un mauvais vent de décembre, une tempête. A Paris, elles ne sont jamais graves. Paraît-il que Stevenson m'avait laissé des choses.

Je n'arrivais pas à imaginer Anna. Où était-elle? Déjà en prison, ou bien encore au dépôt? S'expliquait-elle déjà devant un juge? Je n'étais pas certain que sa sortie de scène avait été la meilleure possible. Je restais impressionné par ce regard soudain vide qu'elle avait eu en sortant du tableau. Quand, parmi les tout premiers, j'avais aidé à la dégager des mains de Jérôme, elle avait paru ne pas me reconnaître. Une comédienne.

Adrien avait réuni tout son monde, chez lui, passage du Commerce, ou rue des Cordeliers. Joachim au premier rang, l'état-major technique et un inévitable zombie de la production. Moi et Stan. Des membres de la Commune, des Marseillais, le papetier de la rue Antoine, etc. Mona avait tenu à venir accompagnée par son flic, Villon. Le bruit courait qu'ils ne se quittaient plus. Des tas d'autres gens que je n'avais jamais vus ou remarqués s'étaient installés tant bien que mal dans le studio.

Adrien avait retrouvé la forme.

– A la fin, il faut un espoir. C'est Mona. La Parisienne de la rue. Elle ne peut pas mourir. Qu'en penses-tu, Joachim?

– Ce que j'en pense?

Il se gratta le crâne à l'endroit du pansement. Cinq fins possibles écrites par lui étaient épinglées au mur, chacune sauvagement annotée. Il les regarda mélancoliquement, soupira. Mona survivante, c'était possible, pourquoi pas. Ce serait même édifiant. Et puis ça ferait chier les réacs. Sans compter qu'il ferait comme Adrien voudrait puisqu'il était payé pour.

– Mona?

Elle était tassée dans un angle de la pièce, à côté de son homme. Quelque chose avait changé dans son apparence. Moins d'agression, de frime dans la mise. Elle ressemblait à sa sœur comme jamais. Et c'était voulu. J'étais certain qu'Adrien se faisait la même remarque.

– O.K., dit Mona. A vrai dire, je n'avais pas tellement envie de mourir.

– Attendez, attendez, dit l'homme de la production.

C'était un costume trois-pièces, gris anthracite rayé. La cinquantaine avec rosette. Il n'était pas contre l'idée d'Adrien. Il commença d'ailleurs son intervention en évoquant, avec tout le tact possible sans dissimuler sa satisfaction, l'intérêt, la curiosité même, dont *La Princesse* faisait l'objet dans les médias depuis les « incidents ». Ce film serait un événement, à n'en pas douter. Seulement...

– Nous vous écoutons, dit Adrien pincé.

– Le plan de tournage, le budget... le dépassement est désormais tel que... Est-ce bien raisonnable?

– Ce n'est pas raisonnable. C'est nécessaire.

– Ce n'est pas vous qui payez.

– C'est moi qui signe.

Avec morgue et courtoisie, Adrien expliqua qu'on n'en était plus à mégoter. Il aligna des arguments où il était question de millions anciens ou nouveaux, de tarifs syndicaux, de décors encore en place, parfaitement utilisables. Je crus comprendre que le staff technique le soutenait. Mon attention fut distraite. D'où j'étais, je voyais la place de l'Odéon, la statue de Danton. Il n'y avait plus de mômes en manif. Du moins pas dans ce quartier. Restait le bombage sur le socle : « Liberté, égalité », etc.

J'entendis Adrien assurer que chacun recevrait une feuille de service dans les prochaines heures. Je pris une photo de la maison de Simon, le savetier, le « précepteur » du fils du roi au Temple, le fidèle ami d'Hébert.

Dans l'escalier, Mona m'embrassa, me prit par le bras. Des manifestations d'affection plutôt inattendues. Villon nous précédait, nous ne nous étions pas adressé la parole. Stan jonglait avec sa canne.

– L'idée d'Adrien est formidable.

Mona était maquillée de près, s'était acheté des fringues neuves. Rien qui puisse marquer le souci d'un deuil. Ce nouveau look pourquoi?

– Pourquoi?

Elle rit. Pas du tout le rire d'avant, qui était toujours forcé, ou bêtement sarcastique. Un vrai rire de bonne humeur.

– Je me sens mieux. C'est honteux de le dire?

Stan nous rattrapa. Il ne voulait pas nous coller longtemps. Juste pour saluer. Il chuchota des choses à l'oreille de Mona, l'embrassa ensuite sur les joues, avec beaucoup de bruit, plusieurs fois. Il s'éloigna avant que j'aie eu le temps de lui demander des nouvelles d'Anna. Son arrestation ne semblait guère l'affecter. Mona me tenait toujours.

Le flic choisit de bouder, il partit de son côté.

– Où allons-nous? demandai-je.

– Où tu veux, dit Mona. Au moins pour quelques mètres.

Nous rebroussâmes chemin dans le passage du Commerce. Pour cause de talons hauts, elle se tordit instantanément les chevilles sur les gros pavés. Je pris garde aux flanchements possibles de ma patte folle.

– Ce soulagement, demandai-je, c'est depuis la mort de Julie?

– J'ai toujours souhaité sa mort. Il ne faut pas dire ces choses-là? C'est mal? Tant pis.

La façade de l'imprimerie était de plus en plus délabrée : peinture sans âge, affiches déchirées et même traces d'incendie étouffé juste à temps. Une ruine presque totale. Les fenêtres étaient obstruées par des planches. Je cherchai un interstice pour montrer à Mona.

– Me montrer quoi?

– L'imprimerie de Marat.

De la manière la plus inattendue, la porte d'habitude cadenassée était entrouverte. Nous nous glissâmes.

– Je détestais Julie.

Des gravats, des détritus, du bois pourri jonchaient le sol. Je montrai à Mona cette construction circulaire en grosses pierres qui mordait dans la pièce. La base de la tour, un des derniers vestiges de l'enceinte de Philippe Auguste. Elle traversait toute la construction. Une rareté.

– Je la détestais à mort, insista Mona.

Que pouvait-on faire de cet atelier relique? L'éventualité d'une réhabilitation sauvage était encore plus terrifiante que cet abandon désastreux. Au moins, ce dernier me laissait-il la possibilité d'entrer, même un peu en fraude. Je n'avais pas trop de difficulté à imaginer l'emplacement de la presse. La trace était encore visible des étagères où l'on rangeait les casses garnies de plomb, les rames de papier.

– Trop belle, trop parfaite. J'ai voulu...

– Oui?

– La détruire. Sa beauté, son insolence.

A l'étage, rien. Une enfilade de vastes pièces délabrées. En maints endroits, le parquet était défoncé. Une progression dangereuse. J'avais beau regarder, fouiller, rien à récupérer. Cette imprimerie avait été l'un des volcans de la Révolution. Il ne restait plus que des murs humides, des reliquats misérables de festins de clochards. J'avais bien entendu. Mona avait mené la guerre contre Julie. Au point de s'arranger pour lui faire péter une bouteille de gaz au visage. Sans remords, presque gaiement, elle avoua d'autres mauvais tours. J'en écoutais distraitement la liste. Embauchée sur le tournage, Mona s'était calmée. Raconté par elle, tout était simple. Adrien avait raison. Son film avait loupé l'actualité.

– Il est juste que je vive, à la fin. Julie partie, le miroir est brisé.

Le flic était en uniforme, il n'était pas malveillant. Il nous demanda ce que nous faisions là, sans attendre aucune réponse. Un brin surpris, il m'écouta cependant lui expliquer que moi, le Père Duchesne, je n'avais pas été particulièrement content, le jour où la Commune avait avalisé l'expropriation patriotique effectuée par l'Ami du peuple, et au bénéfice de son seul journal, à l'encontre de cette imprimerie. L'agent de la force publique laissa courir, ces choses le dépassaient. Malgré mes propos bizarres, nous avions l'air de braves gens. Nous sortîmes. Mona n'était vraiment plus la même. Avant de tourner les talons, elle me dit que c'était sans rancune.

Radek et Bastille miaulaient derrière la porte mais j'avais beau fouiller dans les poches de mon blouson, je n'avais plus mes clés. C'était stupide et inexplicable. Rien dans les poches, ni dans la doublure.

Aucun trousseau de rechange chez un voisin, ou chez la concierge. Sans doute, il y avait une solution simple: appeler un serrurier. Je n'y pensai pas. Je tentai plutôt de forcer la porte de l'épaule, plusieurs fois et sans aucun succès. Les chats miaulèrent de plus belle.

J'étais comme un idiot absolu, interdit au seuil de chez moi.

Je redescendis dans la rue. Il pleuvait. Le pire était que j'aimais le canal par ce temps-là. De ma fenêtre. Je courus en claudiquant jusqu'au zinc de La Capitale. Blanc sec.

Je fis un flipper. Perdis assez vite.

J'oublie souvent, je ne perds jamais rien. Je n'avais pas perdu mes clés. Un vol? C'était bien possible. Qui? Mona, évidemment. Pourquoi?

Furieux, je filai rue de Saintonge. Personne ne répondit chez Villon. Malgré la pluie battante, je tentai ma chance boulevard des Filles-du-Calvaire. Même échec. Trempé et humilié, je revins à l'appartement. La porte était toujours aussi ridiculement close. Je cognai encore. Les bestioles miaulèrent de plus belle, avec toute l'incompréhension du monde. Puis, je regardai sous le paillasson. Le trousseau de clés était là. Pas mis par moi.

Tout était en ordre. Aucune trace d'effraction. Pas de dégâts. Pourtant, j'étais certain que l'on était entré. Je n'y comprenais rien. L'urgent était de nourrir les chats. Ils commençaient à bien s'entendre. Bastille avait certes tendance à manger dans l'écuelle de Radek. Qui laissait la place, ulcéré mais digne. Qui m'avait piqué mes clés?

J'inspectai le séjour, la chambre, le bureau. Aucun objet n'avait été déplacé. Restait l'étage. Je grimpai au studio.

Anna Fried était là.

Elle, ou plutôt sa statue de cire, admirablement reconstituée. Elle portait le même déshabillé vaporeux que du temps de l'exposition au musée. Les cheveux étaient soigneusement peignés, le maquillage impeccable. Une beauté pure, intacte. La folie continuait. Et il n'y avait pas que la statue. A ses pieds, on avait disposé toute une collection de souvenirs. Les chaussons de danseuse de *Rêvons ce soir*, l'éventail nacré des *Mystères de Shanghai*, une photo signée Harcourt, le clap de *Rue de l'Ouest*, l'affiche des *Exagérés*, le fauteuil de plateau au nom d'Anna, etc. Il y avait même la robe de la Lamballe au Temple. Les objets du culte. J'étais abasourdi.

J'examinai de plus près la cire. Le travail de reconstitution était admirable, les attaches quasi invisibles. Pas un instant il n'était possible d'imaginer que cette statue avait pu être démembrée. Je compris la fierté de Stevenson. Sur aucune autre œuvre aussi hyperréaliste fût-elle je n'avais vu un tel grain de peau, une telle vérité du moindre détail. Le plus étonnant était l'expression du visage. Sa beauté voilée de mélancolie. Il suggérait un renoncement paisible. J'entrouvris le déshabillé.

Je pris le Leica à la hâte et photographiai Anna dénudée. Je mitraillai dans la fièvre comme si, d'une seconde à l'autre, elle risquait de se dérober. Je brûlai ainsi plusieurs rouleaux, incrédule. Puis, je la touchai. Jusque dans l'intime du sexe, Stevenson avait été précis.

Stan avait préféré ne pas venir chez moi. Ni que je le retrouve au Palais-Royal. Une rencontre en terrain neutre lui convenait mieux. Sa conception de la neutralité lui avait fait choisir le Dôme Saint-Paul.

Ses explications tenaient en peu de chose, un simple bristol, au nom d'Anna Fried. Il me le tendit.

– C'est son écriture, dit-il.

« Au moins, veille à ce que je ne tombe pas entre n'importe quelles mains. » Une calligraphie ronde, appliquée, presque enfantine. Anna avait l'habitude de lui laisser des petits mots, en forme de consignes ou de conseils. Il avait trouvé celui-ci entre les doigts de la statue, le jour même de l'assassinat de Julie.

– Chez Curtius?

– C'était son musée secret, son refuge. Surtout après la récupération de la statue.

Stan n'avait apporté chez moi qu'une partie des souvenirs d'Anna. Tout le dernier étage du Palais-Royal en était paraît-il encombré. Elle s'enfermait au milieu des vieilles choses, visionnant ses films, vêtue de ses anciennes toilettes de scène. Rien que de très banal, après tout. Stan avait pensé que je n'étais pas le plus mauvais dépositaire possible. Mona n'avait eu qu'à subtiliser mes clés pour que le déménagement se fasse avec des allures de surprise. Mais pourquoi cette hâte?

Je regrettai aussitôt ma question. Il suffisait de regarder Stan, sa maigreur décomposée. La maladie le marquait de jour en jour un peu plus. Il sourit.

– Tu en prendras soin?

– Anna, comment va-t-elle?

– Elle est à Fleury. D'après l'avocat, le premier examen psychiatrique est alarmant.

Elle n'avait pratiquement pas dit un mot depuis son arrestation. Stan était convaincu que sa mère avait définitivement largué les amarres. Que ce n'était pas plus mal. Il sourit encore, plus forcé que l'instant d'avant. Dans toute la mesure du possible, il souhaitait qu'on ne parle plus de ça. A moins que j'y tienne vraiment. Paraît-il que nous avions tous tellement à faire, peut-être en bien peu de temps. Je détestai le ton de faux adieu qu'il y avait dans sa voix.

Nous nous serrâmes la main.

– On risque de ne plus trop se voir, ces jours-ci. Tout doit être en règle. Pour Anna.

– Je peux t'aider?

– Vraiment pas. Une dernière chose, citoyen...

– Oui?

– Je suis quand même désolé d'être entré chez toi sans te prévenir.

– Tant que tu n'as pas laissé les chats s'enfuir.

– Pas de danger. Et justement, pour m'excuser, voilà.

Stan sortit un paquet de la poche de sa veste. Il était enrobé de papier cadeau avec un gros ruban. Il me le donna avec l'air maladroit que l'on a lorsqu'on offre un bouquet de violettes. Vite, il s'éloigna avec son habituelle démarche brinquebalante, disparut à l'angle de la rue de Sévigné. L'étiquette du paquet était marqué du label « Le Comptoir du saumon, rue François-Miron ». L'immeuble que n'avait pas habité Jacques-René. Dessus, quelques mots étaient griffonnés d'une écriture tremblée. « Pour Radek et la petite nouvelle dont je ne sais pas le nom, sorry pussycat. » A l'intérieur, il y avait une boîte de cinquante grammes de caviar iranien. Je n'étais pas certain de pouvoir financièrement suivre les habitudes alimentaires que Stan entendait inculquer à mes copains.

Adrien était content, tout s'était passé à merveille, des prises sans histoires. Il en venait même à penser que Mona avait l'étoffe d'une véritable actrice. Elle avait été exactement la petite lumière finale qu'il voulait.

– Tu verras ça aux rushes, c'est étonnant.

Je n'avais jamais eu beaucoup le temps ni vraiment l'envie d'assister aux rituelles séances de projection. Cette fois, c'était un peu différent. La dernière fois. Tout était désormais bouclé, pour le meilleur et pour le pire. Adrien tenait beaucoup à certaines traditions.

– La projo et puis en route vers le gueuleton final.

– C'est obligatoire?

– Après un tournage aussi mouvementé, il serait mal vu que tu brilles par ton absence.

Tout fébrile, Adrien arpentait son studio de la rue des Cordeliers. L'ivresse était contrôlée. C'était mon problème si je ne comprenais pas l'état dans lequel il se trouvait. Le vertige du metteur en scène après le cut final. Toutes ces paperasses qui traînaient, ces croquis, ces photos : terminé! La suite appartenait à d'autres. Oh! Il était bien décidé à se battre un peu pour superviser le montage. Il se sentait même en excellente position pour cela. Sa cote remontait. On parlait toujours de film maudit. En précisant toutefois qu'il s'agissait d'un grand film. Les chroniques de Stan faisaient presque défaut dans le concert attentif qui entourait cette fin de parcours.

– Il est aussi malade qu'il en a l'air?

– Plus qu'il consent à le dire.

– Tu es vraiment attaché à lui?

– Je suis en train de découvrir que oui.

– Ça doit te faire un drôle d'effet.

C'était mon affaire. Elle était célibataire comme toutes les autres dans ma vie.

– Faut s'y faire : on ne peut jamais rien pour personne.

– C'est un point de vue, dit Adrien.

En tous les cas, il y avait quelque chose qu'il tenait à me dire, maintenant que c'était joué. Une leçon qu'il avait apprise dès son premier tournage et dont il ne parvenait toujours pas à appliquer toutes les règles vingt-cinq ans plus tard.

– Dans chaque film, il y a un ange noir. Un ennemi intime, irréductible, qui pervertit mine de rien, avec qui il faut bien composer. On ne comprend pas tout de suite de qui il s'agit. Ce peut être un machino ou le scénariste, ou une figurante. Un troisième assistant, pourquoi pas?

– Eh bien?

– Cette fois, c'était toi.

Adrien me proposa d'aller dîner avec lui. Je remerciai et déclinai. J'avais un autre rendez-vous.

Ce n'était pas très conforme aux règles, mais le notaire, petit, gros, rond, avait pensé que je ne m'en formaliserais pas. Plutôt que dans son étude, il était plus commode de se rencontrer chez Stevenson.

Le salon était encore imprégné de l'odeur du tabac du vieux maître céroplaste. Rien n'avait été touché. Chaque objet était encore à la place voulue, celle qui avait été jugée la plus juste après bien des années d'amoureuse fréquentation. Le notaire s'installa dans sa fonction.

– Sans doute monsieur Stevenson ne vous a-t-il pas fait part de ses volontés testamentaires? J'ai cru comprendre que c'était un homme un peu secret.

– En effet, répondis-je. Nous avons d'autant moins évoqué ce sujet que nous n'étions pas parents.

– Énonçant ses dernières volontés, il vous appelle son « cher Victor ». Voulez-vous prendre connaissance de son legs?

Il y avait d'abord un buste de cire, reproduction d'un original attribuable à Marie Grosholtz-Tussaud. Lequel m'appartenait, était-il précisé. Le portrait d'un certain Jacques-René Hébert. Ensuite, me revenaient le masque mortuaire d'un décapité, que l'on trouverait dans la bibliothèque, ainsi que tous les livres ou opuscules concernant l'art de la cire. Enfin, une boîte en carton, posée sur le plateau du secrétaire à tambour, avec une étiquette à mon nom.

Elle y était. C'était la première fois que je voyais la table de travail de Stevenson aussi bien rangée. Le vieux monsieur avait parfaitement organisé son départ.

– En signant quelques papiers, rien ne vous interdit d'entrer dès maintenant en possession de votre héritage.

A part cette boîte, je n'y tenais pas. Ces transmissions qu'on croyait devoir me faire me troublaient, m'indisposaient presque. Je rédigeai plusieurs déclarations, signai plusieurs papiers. J'étais plus que mal à l'aise. Qu'allaient devenir ces patientes collections d'autodidacte? Ces objets rares et bizarres dont la valeur poétique n'était évidente qu'à de seuls amateurs illuminés.

– Est-il indiscret de vous demander qui sont les autres légataires?

– Nullement, dit le notaire. D'autant que le respect des formes eût exigé que je réunisse tous les ayants droit.

Certains livres et archives étaient destinés à la Bibliothèque historique de la ville de Paris. Tous les autres reviendraient à la bibliothèque municipale du 3e arrondissement. A l'exception d'un lot d'ouvrages et de fiches légués à la Société des amis d'Henry Fournaye.

– Savez-vous de qui il s'agit? demanda le notaire.

– Un peu. Ce sont de très fréquentables farfelus. D'ailleurs, je suis des leurs.

– Un buste en cire de monsieur Sherlock Holmes revient également à cette société.

– Vous le trouverez dans l'atelier. Une œuvre remarquable.

– A bien y regarder, vous êtes le seul légataire privé.

Je n'avais pas forcément à confier à ce brave type que j'en étais plus qu'honoré. Même s'il avait été un intime, je n'aurais d'ailleurs pas su trouver les mots pour dire mon émotion. Alors, je lui demandai aussi gentiment que je le pus de sortir quelques minutes et de me laisser me recueillir un peu dans la tanière de Stevenson pendant qu'elle était encore intacte. Seul.

Dans la boîte en carton, il y avait quoi? De vieilles pochettes de cartes postales souvenirs du musée Grévin, des guides, des photos d'atelier. Aussi des liasses de courrier. Je reconnus l'écriture de Judith. Ce n'était pas très bien classé, c'était même entassé en vrac. Stevenson me priait de l'excuser de ce désordre dans une lettre manuscrite que j'avais trouvée en ouvrant le legs.

« Je suppose que je n'ai plus beaucoup de temps. Contrairement à ce que j'ai longtemps cru, tout n'est pas complètement rangeable dans une vie. Il m'est difficile de mettre ce qui concerne Judith, donc vous, dans une petite boîte. L'ordre que vous pourrez mettre vous-même dans ces souvenirs vaudra bien le mien. »

J'eus du mal à me détacher des derniers mots : « Maintenant, si tu permets, je t'embrasse. »

Il n'était pas question de tout lire, j'en étais incapable. Plus salement, j'avais besoin de résister à toute cette émotion, ces amours retorses.

Totalement inconsciente des véritables rapports de force, Bastille ne cessait de défier Radek dans des combats pour jouer. Radek était brave mec. Il fallait l'exaspérer beaucoup pour que, d'un coup de patte, il envoie la bébé valser à bonne distance. Bastille s'ébrouait alors, toute surprise, et repartait derechef à l'attaque. Stevenson m'avait expliqué que, se sachant vieux, il avait renoncé à cohabiter avec des chats depuis quelques années, pour ne pas prendre le risque de les laisser seuls après sa mort.

Un mot était agrafé à la lettre. Une sorte de post-scriptum. Il y avouait une trahison par omission.

« Mais je soupçonne, Victor, que vous-même vous ne m'avez pas tout dit, comme c'est bien votre droit. J'ai quant à moi des aveux à vous faire car je vous ai un peu menti. J'ai déploré comme vous l'imaginez la disparition de Mme Fried de l'exposition du musée. J'en ai même été blessé. Mme Fried a repris contact avec moi, à cette époque. Nous avons conçu de récupérer cette œuvre. Cela m'a été assez facile : je connais parfaitement les lieux, tous leurs accès possibles, à n'importe quelle heure. Je sais qu'Anna Fried s'attribue ce larcin légitime. C'est une élégance de sa part, elle ne me souhaite aucun ennui. J'ai restauré la statue de cette grande dame. J'ignore quel sera son destin. Maintenant tu sais tout. »

Et même entre les lignes je devinais l'amour fou, inavoué. La récupération de la statue, c'était de l'amusette. J'imaginai Stevenson, sac sur l'épaule, empli de membres de cire, rôdant nuitamment sur les toits, près de la verrière du passage Jouffroy. Bien sûr qu'il en était capable!

Stevenson! Voilà que sur le tard je me découvrais un grand-père adoptif trop parfait, passionné. Je montai au studio, négligeai d'allumer les spots. J'ouvris grandes les fenêtres car je voulais l'air de la rue. Puis, je me déshabillai. Manière de sentir mes contours. Je m'installai dans le fauteuil de plateau d'Anna. Nous nous étions parlé des nuits et des nuits durant. J'avais même mis bout à bout nos communications sur une bande magnétique. Je me la repassai. « Une nuit, il n'y aura plus que mon image, et vous, et moi, moi absente. »

Elle était nue, à la pâle lueur du noir. Plus nue que dans l'hôtel de la rue Elzévir. Plus obscène et provocante maintenant. Les cuisses étaient légèrement écartées. Je caressai son con. C'était la même crête dure, dans la fente. « Regardez-moi, arrêtez l'image, regardez-moi bien, est-ce que je vous fais bander? » Les images étaient absolument figées. Elles recouvraient mes murs.

Cut!

Elle sortait heureuse de l'enfer, sans trop comprendre ce qui lui arrivait, pourquoi cette chance. Elle était sauve. On criait « Vive la Nation », Mona cria comme les autres. Elle se laissa embrasser, peloter. Elle était d'accord. Les copines mortes, les trente-cinq cadavres entassés dans la cour, il devait y avoir de bonnes raisons. Des raisons politiques qui lui échappaient. Il y avait tant de traîtres et de conspirateurs dans Paris. Mais son innocence à elle avait été reconnue. Elle se détacha des attouchements patriotes.

Mona était vêtue d'une robe blanche très simple et, à l'écran aussi, sa ressemblance avec la Lamballe était stupéfiante. Elle n'était plus son double un peu sale et vulgaire comme dans les autres scènes, mais une résurrection plébéienne et lumineuse. Elle s'éloignait.

On la vit s'éloigner plusieurs fois, le temps de deux autres prises. La première étant sûrement la bonne. Puis, on la retrouva sur les quais. La caméra la suivait toujours. Mona marchait à pas vifs, comme on découvre, avec rage et urgence. Paris, devant. C'était tout.

C'était fort. Au moins pour ces derniers plans, Adrien touchait juste. La lumière se fit dans la petite salle de projection. L'ambiance était aux congratulations. Un gros type à la mine rubiconde prit Adrien par l'épaule.

– Vous aviez raison, cette fin est beaucoup plus judicieuse. C'est très joli. Et la presse de gauche sera ravie.

A nouveau, on embrassa beaucoup Mona. Villon l'accompagnait.

– Vous n'auriez pas un peu faim? me glissa Joachim.

Le dîner nous attendait. Adrien avait insisté auprès de la production pour que le banquet rituel de fin de tournage se tienne au Procope, rue de l'Ancienne-Comédie. Une pas mauvaise idée.

La salle de projection se vidait. Au rez-de-chaussée, certains s'attardèrent au bar. Je n'étais pas hostile à l'idée d'un bourbon apéritif, Adrien se joignit à nous. Il portait sous le bras deux boîtes rondes de fer-blanc. Les rushes que nous venions de visionner.

– Alors?

– C'est bien, très bien.

Il but son verre, cul sec.

– Tu n'en penses pas un mot. Ce n'est pas grave. Vous m'accompagnez?

– Où?

– A l'étage, déposer tout ça. Et après: à la bouffe! Pour en finir.

Je ne m'en étais jamais soucié, la production avait installé ses locaux dans l'immeuble du boulevard Saint-Germain. Une coquette salle de projection privée en sous-sol, des bureaux, un studio de projection. Adrien était désolé de devoir quitter bientôt son appartement de fonction. Il s'y était habitué. Le passage d'un côté, Danton de l'autre.

– La rue des Cordeliers!

– Si tu y tiens, me dit-il. Mais à ta place, je commencerais à me demander comment sortir du film.

Adrien entra dans un bureau, posa ses bobines sur une pile déjà impressionnante. Toute *La Princesse* était là. Tous les rushes. Au mur était scotchée la une du *Soir* annonçant l'assassinat de Julie. Presque une affiche.

– Ne plaisante pas, dit Adrien. L'idée est dans l'air. Ta photo ferait une excellente annonce.

– Le crime, c'est la seule bobine qui nous manque, expliqua Adrien. La sortie de la Force. Les flics vont nous la rendre. Après les aveux d'Anna Fried, cette pièce à conviction ne leur est plus d'aucune utilité.

Un film, rien qu'un tas de boîtes étiquetées.

Adrien était satisfait. Les autres étaient en train de changer d'avis à propos du montage. Il espérait bien pouvoir le contrôler à cent pour cent. Et même commencer dès demain.

– C'est curieux, dit-il. Depuis quelques heures, je sens à nouveau ce film. Il m'a échappé pendant des jours durant lesquels j'ai tourné comme un idiot. Maintenant, je suis certain que j'ai navigué à vue mais dans la bonne direction.

Il comptait même nous épater. Il n'était pas exclu qu'il y parvienne. Adrien était un grand faiseur malin. Sa jubilation pouvait faire plaisir à voir.

Le boulevard était animé. Bien des vitrines annonçaient Noël. Nous partîmes vers le Procope.

Un repas d'une soixantaine de convives, pas moins. La plupart étaient déjà installés dans la salle du premier étage. Le hasard de la distribution voulut que je me retrouve à côté de Mona, Joachim presque en vis-à-vis. Stan avait trouvé une place n'importe où. On ne tarda pas à nous servir des petites choses, avec du foie gras au milieu et des toasts.

– D'une manière générale, me confia Joachim sans trop baisser la voix, je ne viens jamais à ce genre de raout. C'est dégoûtant.

On célébrait quoi? La grande famille à l'heure des adieux. Les coups de gueule, les histoires de cul, les fièvres inspirées. La chronique du tournage, revue par l'angoisse de séparation et corrigée par quelques bonnes bouteilles.

– La mort de Julie, l'arrestation d'Anna, forcément ça biaise les perspectives. Je me suis dit que pour une fois...

Mona se cabra sensiblement. Choisit de regarder ailleurs.

La famille, on y était. Une franche tablée de ladres. Adrien fit un petit speech en enfilage de perles. Remerciements à chacun, à tous. Il fallait l'excuser, il ne savait pas très bien parler, pas non plus faire très bien des films. Restait le cinéma, terrain difficile. Sans parler (mais il s'y risqua) de l'amour et de la Révolution. Il évoqua Julie. Fut confus en disant l'évidence, que l'image est toujours en même temps et un crime et un deuil. Quelques poncifs encore.

– Enfin, à ceux qui se demanderaient pourquoi nous avons

choisi cet établissement pour fêter notre fin de tournage, je rappelle que nous sommes ici, au Procope, dans le premier café ouvert à Paris, et qu'ici conversèrent bien des révolutionnaires. Pour un plus grand détail, consultez l'ami Victor. Qui se prend pour qui il joue.

Quel jeu?

Adrien leva son verre, porta un toast à l'entreprise soi-disant commune, puis se rassit. Je négligeai de faire la rectification nécessaire. Le Procope n'était pas le premier café de Paris. Le véritable ancêtre avait été ouvert par un certain Pascal, Arménien, en plein cœur du marché Saint-Germain, en 1672, à l'enseigne de la « Maison de Caova ». Au reste, Danton, Camille, Guillotin et quelques autres activistes de la section du Théâtre-Français eurent effectivement leurs habitudes dans ces murs. Les lieux avaient bien changé et j'en avais assez de jouer les bouffons érudits.

– Il n'a dit qu'une seule chose de vraie : le sujet d'un film, c'est ce qui se passe autour, une fois le scénario lancé.

– Des formules, tout ça!

La script avait d'abord fait alliance avec le chef opérateur, maintenant elle baisait avec l'ingénieur du son. Le régisseur avait ses chances avec Mme de Tourzel. L'ensemblier entamait une grande histoire d'amour avec l'une des maquilleuses. Plus tard dans la nuit, Joachim avait rendez-vous avec une mignonne black selon son cœur. Mona aimait bien Villon. Une petite communauté éphémère proche de la perdition. Chacun avait son plan pour les prochains jours, ses projets. Fin de partie.

Stan était morose. Il écoutait, répondait par monosyllabes à l'occasion, ne se mêlait pas vraiment aux conversations. Il avait plusieurs bouteilles d'avance sur l'ensemble des convives. On évita de lui parler d'Anna. L'heure des drames était passée.

On but beaucoup. On esquissa des plans, Adrien, par exemple. Il avait en tête un prochain film. Forcément.

– Une histoire de fatigue et d'impuissance. Bref, un vrai polar.

Il y pensait déjà. Des rires fusaient. Joachim haussa les épaules. Stan m'inquiétait. Je m'ennuyais. J'avais envie de rentrer quai de Jemmapes. Mona rayonnait.

– Que va faire le citoyen Hébert, désormais?
– Il va s'occuper de ses chats, faire des photos, lire et relire *Le Père Duchesne.*
– Adrien prétend que tu t'es complètement identifié à ce type.
– Il fait du cinéma. Il est toujours en dessous de la réalité.
– Au moment de l'exécution, on a bien vu. Tu as eu peur.
– Merde.
Stan se leva. Grand spécialiste de la chronique frivole, il était manifestement indisposé par le babil ambiant. Les ragots et les ambitions débiles. Il serra mollement quelques mains. Adieu!
– Tu t'en vas vraiment?
– Le devoir m'appelle.
– Toi, le sens du devoir? Première nouvelle!
– Une promesse à respecter, grogna-t-il. Peux pas faire autrement. Vous demande de m'excuser.
Il se retira, comme accablé. Des larbins servirent le bœuf à la ficelle. Dans son coin, Adrien continuait son numéro de vieux roué, dissertait sur l'ange noir et autres conneries. Mona me confia qu'elle avait déjà reçu plusieurs propositions de rôles. Aux premiers jours du tournage, Julie n'avait pas moins de voracité. La métamorphose était impressionnante. De vraies jumelles.
– Tu ne crois pas en moi?
– Toi comme actrice? Si, si. Tu seras formidable.
Villon se taisait devant son assiette, pas dans le coup. Pas mal à l'aise non plus. Il était le flic qui accompagnait Mona. Ça avait fait l'objet de quelques plaisanteries, et puis on l'avait trouvé plutôt gentil, voire beau mec. Il ne dérangeait personne. Joachim protesta. Le haut-médoc était bouchonné.
– Et vous, qu'est-ce que vous allez faire?
– Demain, je suis chez moi, à Berlin, répondit-il. A bas l'ordinateur! Je m'enferme avec mon antique Underwood et j'écris l'œuvre du siècle. Ce sera l'histoire d'un...
Sa voix fut couverte par un vacarme de sirènes, de plus en plus fort. Des voitures de pompiers.
– Qu'est-ce que c'est que ce bordel? clama Adrien façon Danton. Quand je mange, je n'aime pas que la rue m'emmerde!

Joachim continua. Ça parlerait d'une petite pute black, à Paris puis... Il sentait très bien ce bouquin. Je n'avais qu'à passer tout à l'heure rue de la Corderie, il me ferait lire les premiers chapitres, toujours la même rengaine. Derrière lui, les fenêtres se mirent à rougeoyer. Une lueur d'incendie.

Surprise, Mona reposa son verre tellement brutalement qu'il se cassa dans sa main. Elle se blessa. C'était dans le passage du Commerce. Nous fûmes plusieurs à nous précipiter. L'incendie ne nous menaçait pas. Ce qui brûlait était beaucoup plus loin. L'immeuble d'Adrien.

Pas son appartement, d'ailleurs. C'était tout l'étage au-dessus qui était embrasé. Les locaux de la production. Les vitres avaient déjà éclaté, de hautes flammes s'échappaient de toutes les fenêtres. En bas, une camionnette rouge pénétra dans le passage, se rangea devant l'imprimerie de Marat, là où la chaleur restait supportable. Les pompiers s'affairèrent aussitôt.

– Nom de dieu!

Nous nous regardions les uns les autres, atterrés. En un instant, la salle du Procope était devenue un lieu de consternation. Des sirènes retentirent encore, sur fond de crépitement de flammes. Mona regardait, fascinée par sa main dégoûtante de sang.

Vu du boulevard, c'était encore plus terrible. La fournaise avait rapidement gagné les étages. Les lances à incendie semblaient impuissantes. Qu'est-ce qui brûlait? Des papiers, des dossiers, des meubles. Un film.

J'avais repéré sans mal le bureau où Adrien avait déposé ses bobines. Au-dessus de toutes les autres, cette fenêtre était parmi les plus incandescentes.

Le sinistre avait attiré la foule. Le boulevard était bloqué. Chaque orifice de l'immeuble donnait comme une bouche à feu. C'était épouvantable et, bien sûr, assez beau. Des responsables de la production s'agitaient autour des pompiers. Un autre étage s'embrasa tout d'un coup. Une déflagration insolente qui laissa quelques instants cloués les spécialistes. Dans le même moment, vers le bas, l'appartement d'Adrien s'éclaira. Jusqu'ici préservé, le feu le gagnait. En quelques minutes, là aussi, ce fut le brasier, la destruction absolue. Une silhouette apparut sous le porche, ombre titubante auréolée par l'enfer.

Littéralement, Stan brûlait. Il avait sa canne au poing, sortit la lame, fonça vers nous. Une charge.

Il se passa plusieurs choses simultanément, comme toujours. Un pompier se précipita, un autre braqua sa lance, Villon sortit son revolver et le pointa sur Stan. Un flash photographique se joignit à tout cet éclairage crépusculaire. Mona hurla.

Une détonation, tout près.

Villon rengaina vite son arme. Le mal était fait. Pas une bavure, un réflexe. Stan encaissa l'impact, fit un pas, un autre, s'écroula. J'étais tout proche de lui à ce moment-là, assez pour lui prendre la main. De courtes flammes dansaient encore sur ses vêtements, ses vieilles fripes. Des cloques le défiguraient, des brûlures infectes. Il mourut. Il puait l'essence, la maladie.

Je l'embrassai.

A deux heures vingt passé minuit, les pompiers estimèrent qu'ils étaient venus à bout du sinistre.

Plusieurs fois, le feu qu'on pouvait croire vaincu avait repris, ravageur. Stan avait bien fait son travail d'incendiaire mais c'était fini. Des fenêtres rongées ne sortaient plus que d'épaisses fumées blanches. Sur le pavé, pataugeant dans les flaques, nombreux restaient les spectateurs, malgré le froid.

Adrien tint à voir les choses. La pile de boîtes rabougries, les films fondus ou directement brûlés. Des petites masses brunes rugueuses et recroquevillées, encore chaudes. Toute cette histoire carbonisée.

Chez moi, j'allai voir Anna. Je la rhabillai. Bastille se frotta à ses mollets. Elle avait prévenu : ce film n'existerait jamais. Je me servis un verre. Ne restait plus, comme trace, que l'assassinat de la Lamballe. Les flics détenaient la bobine. Hébert semblait en sourire. Radek regardait ailleurs. Je sortis. Rien dans *Le Soir*, l'incendie s'était déclenché trop tard pour le bouclage du journal.

Au magasin du passage Jouffroy, j'achetai une assez belle canne, sobre et lourde, à crosse d'argent. Puis, je pris mon billet d'entrée au guichet du musée. Paris n'avait rien perdu de son urbanité.

Table

IMPRIMERIE BUSSIÈRE À SAINT-AMAND (CHER).
DÉPÔT LÉGAL : SEPTEMBRE 1990. N° 12420 (1935).

Collection Points

SÉRIE ROMAN

R1. Le Tambour, *par Günter Grass*
R2. Le Dernier des Justes, *par André Schwarz-Bart*
R3. Le Guépard, *par Giuseppe Tomasi di Lampedusa*
R4. La Côte sauvage, *par Jean-René Huguenin*
R5. Acid Test, *par Tom Wolfe*
R6. Je vivrai l'amour des autres, *par Jean Cayrol*
R7. Les Cahiers de Malte Laurids Brigge
par Rainer Maria Rilke
R8. Moha le fou, Moha le sage, *par Tahar Ben Jelloun*
R9. L'Horloger du Cherche-Midi, *par Luc Estang*
R10. Le Baron perché, *par Italo Calvino*
R11. Les Bienheureux de La Désolation, *par Hervé Bazin*
R12. Salut Galarneau !, *par Jacques Godbout*
R13. Cela s'appelle l'aurore, *par Emmanuel Roblès*
R14. Les Désarrois de l'élève Törless, *par Robert Musil*
R15. Pluie et Vent sur Télumée Miracle, *par Simone Schwarz-Bart*
R16. La Traque, *par Herbert Lieberman*
R17. L'Imprécateur, *par René-Victor Pilhes*
R18. Cent Ans de solitude, *par Gabriel Garcia Marquez*
R19. Moi d'abord, *par Katherine Pancol*
R20. Un jour, *par Maurice Genevoix*
R21. Un pas d'homme, *par Marie Susini*
R22. La Grimace, *par Heinrich Böll*
R23. L'Age du tendre, *par Marie Chaix*
R24. Une tempête, *par Aimé Césaire*
R25. Moustiques, *par William Faulkner*
R26. La Fantaisie du voyageur, *par François-Régis Bastide*
R27. Le Turbot, *par Günter Grass*
R28. Le Parc, *par Philippe Sollers*
R29. Ti Jean L'horizon, *par Simone Schwarz-Bart*
R30. Affaires étrangères, *par Jean-Marc Roberts*
R31. Nedjma, *par Kateb Yacine*
R32. Le Vertige, *par Evguénia Guinzbourg*
R33. La Motte rouge, *par Maurice Genevoix*
R34. Les Buddenbrook, *par Thomas Mann*
R35. Grand Reportage, *par Michèle Manceaux*
R36. Isaac le mystérieux (Le ver et le solitaire)
par Jerome Charyn

R37. Le Passage, *par Jean Reverzy*
R38. Chesapeake, *par James A. Michener*
R39. Le Testament d'un poète juif assassiné
par Elie Wiesel
R40. Candido, *par Leonardo Sciascia*
R41. Le Voyage à Paimpol, *par Dorothée Letessier*
R42. L'Honneur perdu de Katharina Blum
par Heinrich Böll
R43. Le Pays sous l'écorce, *par Jacques Lacarrière*
R44. Le Monde selon Garp, *par John Irving*
R45. Les Trois Jours du cavalier, *par Nicole Ciravégna*
R46. Nécropolis, *par Herbert Lieberman*
R47. Fort Saganne, *par Louis Gardel*
R48. La Ligne 12, *par Raymond Jean*
R49. Les Années de chien, *par Günter Grass*
R50. La Réclusion solitaire, *par Tahar Ben Jelloun*
R51. Senilità, *par Italo Svevo*
R52. Trente Mille Jours, *par Maurice Genevoix*
R53. Cabinet Portrait, *par Jean-Luc Benoziglio*
R54. Saison violente, *par Emmanuel Roblès*
R55. Une comédie française, *par Éric Orsenna*
R56. Le Pain nu, *par Mohamed Choukri*
R57. Sarah et le Lieutenant français, *par John Fowles*
R58. Le Dernier Viking, *par Patrick Grainville*
R59. La Mort de la phalène, *par Virginia Woolf*
R60. L'Homme sans qualités, tome 1, *par Robert Musil*
R61. L'Homme sans qualités, tome 2, *par Robert Musil*
R62. L'Enfant de la mer de Chine, *par Didier Decoin*
R63. Le Professeur et la Sirène
par Giuseppe Tomasi di Lampedusa
R64. Le Grand Hiver, *par Ismaïl Kadaré*
R65. Le Cœur du voyage, *par Pierre Moustiers*
R66. Le Tunnel, *par Ernesto Sabato*
R67. Kamouraska, *par Anne Hébert*
R68. Machenka, *par Vladimir Nabokov*
R69. Le Fils du pauvre, *par Mouloud Feraoun*
R70. Cités à la dérive, *par Stratis Tsirkas*
R71. Place des Angoisses, *par Jean Reverzy*
R72. Le Dernier Chasseur, *par Charles Fox*
R73. Pourquoi pas Venise, *par Michèle Manceaux*
R74. Portrait de groupe avec dame
par Heinrich Böll
R75. Lunes de fiel, *par Pascal Bruckner*

R76. Le Canard de bois (Les Fils de la Liberté, I)
par Louis Caron
R77. Jubilee, *par Margaret Walker*
R78. Le Médecin de Cordoue, *par Herbert Le Porrier*
R79. Givre et Sang, *par John Cowper Powys*
R80. La Barbare, *par Katherine Pancol*
R81. Si par une nuit d'hiver un voyageur, *par Italo Calvino*
R82. Gerardo Laïn, *par Michel del Castillo*
R83. Un amour infini, *par Scott Spencer*
R84. Une enquête au pays, *par Driss Chraïbi*
R85. Le Diable sans porte (tome 1 : Ah, mes aïeux !)
par Claude Duneton
R86. La Prière de l'absent, *par Tahar Ben Jelloun*
R87. Venise en hiver, *par Emmanuel Roblès*
R88. La Nuit du Décret, *par Michel del Castillo*
R89. Alejandra, *par Ernesto Sabato*
R90. Plein Soleil, *par Marie Susini*
R91. Les Enfants de fortune, *par Jean-Marc Roberts*
R92. Protection encombrante, *par Heinrich Böll*
R93. Lettre d'excuse, *par Raphaële Billetdoux*
R94. Le Voyage indiscret, *par Katherine Mansfield*
R95. La Noire, *par Jean Cayrol*
R96. L'Obsédé (L'Amateur), *par John Fowles*
R97. Siloé, *par Paul Gadenne*
R98. Portrait de l'artiste en jeune chien, *par Dylan Thomas*
R99. L'Autre, *par Julien Green*
R100. Histoires pragoises, *par Rainer Maria Rilke*
R101. Bélibaste, *par Henri Gougaud*
R102. Le Ciel de la Kolyma (Le Vertige, II)
par Evguénia Guinzbourg
R103. La Mulâtresse Solitude, *par André Schwarz-Bart*
R104. L'Homme du Nil, *par Stratis Tsirkas*
R105. La Rhubarbe, *par René-Victor Pilhes*
R106. Gibier de potence, *par Kurt Vonnegut*
R107. Memory Lane
par Patrick Modiano, dessins de Pierre Le-Tan
R108. L'Affreux Pastis de la rue des Merles
par Carlo Emilio Gadda
R109. La Fontaine obscure, *par Raymond Jean*
R110. L'Hôtel New Hampshire, *par John Irving*
R111. Les Immémoriaux, *par Victor Segalen*
R112. Cœur de lièvre, *par John Updike*
R113. Le Temps d'un royaume, *par Rose Vincent*

R114. Poisson-chat, *par Jerome Charyn*
R115. Abraham de Brooklyn, *par Didier Decoin*
R116. Trois Femmes, *suivi de* Noces, *par Robert Musil*
R117. Les Enfants du sabbat, *par Anne Hébert*
R118. La Palmeraie, *par François-Régis Bastide*
R119. Maria Republica, *par Agustin Gomez-Arcos*
R120. La Joie, *par Georges Bernanos*
R121. Incognito, *par Petru Dumitriu*
R122. Les Forteresses noires, *par Patrick Grainville*
R123. L'Ange des ténèbres, *par Ernesto Sabato*
R124. La Fiera, *par Marie Susini*
R125. La Marche de Radetzky, *par Joseph Roth*
R126. Le vent souffle où il veut, *par Paul-André Lesort*
R127. Si j'étais vous..., *par Julien Green*
R128. Le Mendiant de Jérusalem, *par Elie Wiesel*
R129. Mortelle, *par Christopher Frank*
R130. La France m'épuise, *par Jean-Louis Curtis*
R131. Le Chevalier inexistant, *par Italo Calvino*
R132. Le Dialogue des Carmélites, *par Georges Bernanos*
R133. L'Étrusque, *par Mika Waltari*
R134. La Rencontre des hommes, *par Benigno Cacérès*
R135. Le Petit Monde de Don Camillo
par Giovanni Guareschi
R136. Le Masque de Dimitrios, *par Eric Ambler*
R137. L'Ami de Vincent, *par Jean-Marc Roberts*
R138. Un homme au singulier, *par Christopher Isherwood*
R139. La Maison du désir, *par France Huser*
R140. Moi et ma cheminée, *par Herman Melville*
R141. Les Fous de Bassan, *par Anne Hébert*
R142. Les Stigmates, *par Luc Estang*
R143. Le Chat et la Souris, *par Günter Grass*
R144. Loïca, *par Dorothée Letessier*
R145. Paradiso, *par José Lezama Lima*
R146. Passage de Milan, *par Michel Butor*
R147. Anonymus, *par Michèle Manceaux*
R148. La Femme du dimanche
par Carlo Fruttero et Franco Lucentini
R149. L'Amour monstre, *par Louis Pauwels*
R150. L'Arbre à soleils, *par Henri Gougaud*
R151. Traité du zen et de l'entretien des motocyclettes
par Robert M. Pirsig
R152. L'Enfant du cinquième Nord, *par Pierre Billon*
R153. N'envoyez plus de roses, *par Eric Ambler*

R154. Les Trois Vies de Babe Ozouf, *par Didier Decoin*
R155. Le Vert Paradis, *par André Brincourt*
R156. Varouna, *par Julien Green*
R157. L'Incendie de Los Angeles, *par Nathanaël West*
R158. Les Belles de Tunis, *par Nine Moati*
R159. Vertes Demeures, *par Henry Hudson*
R160. Les Grandes Vacances, *par Francis Ambrière*
R161. Ceux de 14, *par Maurice Genevoix*
R162. Les Villes invisibles, *par Italo Calvino*
R163. L'Agent secret, *par Graham Greene*
R164. La Lézarde, *par Edouard Glissant*
R165. Le Grand Escroc, *par Herman Melville*
R166. Lettre à un ami perdu, *par Patrick Besson*
R167. Evaristo Carriego, *par Jorge Luis Borges*
R168. La Guitare, *par Michel del Castillo*
R169. Épitaphe pour un espion, *par Eric Ambler*
R170. Fin de saison au Palazzo Pedrotti, *par Frédéric Vitoux*
R171. Jeunes Années. Autobiographie 1, *par Julien Green*
R172. Jeunes Années. Autobiographie 2, *par Julien Green*
R173. Les Égarés, *par Frédérick Tristan*
R174. Une affaire de famille, *par Christian Giudicelli*
R175. Le Testament amoureux, *par Rezvani*
R176. C'était cela notre amour, *par Marie Susini*
R177. Souvenirs du triangle d'or, *par Alain Robbe-Grillet*
R178. Les Lauriers du lac de Constance, *par Marie Chaix*
R179. Plan B, *par Chester Himes*
R180. Le Sommeil agité, *par Jean-Marc Roberts*
R181. Roman Roi, *par Renaud Camus*
R182. Vingt Ans et des poussières
par Didier van Cauwelaert
R183. Le Château des destins croisés, *par Italo Calvino*
R184. Le Vent de la nuit, *par Michel del Castillo*
R185. Une curieuse solitude, *par Philippe Sollers*
R186. Les Trafiquants d'armes, *par Eric Ambler*
R187. Un printemps froid, *par Danièle Sallenave*
R188. Mickey l'Ange, *par Geneviève Dormann*
R189. Histoire de la mer, *par Jean Cayrol*
R190. Senso, *par Camillo Boito*
R191. Sous le soleil de Satan, *par Georges Bernanos*
R192. Niembsch ou l'immobilité, *par Peter Härtling*
R193. Prends garde à la douceur des choses
par Raphaële Billetdoux
R194. L'Agneau carnivore, *par Agustin Gomez-Arcos*

R195. L'Imposture, *par Georges Bernanos*
R196. Ararat, *par D.M. Thomas*
R197. La Croisière de l'angoisse, *par Eric Ambler*
R198. Léviathan, *par Julien Green*
R199. Sarnia, *par Gerald Basil Edwards*
R200. Le Colleur d'affiches, *par Michel del Castillo*
R201. Un mariage poids moyen, *par John Irving*
R202. John l'Enfer, *par Didier Decoin*
R203. Les Chambres de bois, *par Anne Hébert*
R204. Mémoires d'un jeune homme rangé
par Tristan Bernard
R205. Le Sourire du Chat, *par François Maspero*
R206. L'Inquisiteur, *par Henri Gougaud*
R207. La Nuit américaine, *par Christopher Frank*
R208. Jeunesse dans une ville normande
par Jacques-Pierre Amette
R209. Fantôme d'une puce, *par Michel Braudeau*
R210. L'Avenir radieux, *par Alexandre Zinoviev*
R211. Constance D., *par Christian Combaz*
R212. Épaves, *par Julien Green*
R213. La Leçon du maître, *par Henry James*
R214. Récit des temps perdus, *par Aris Fakinos*
R215. La Fosse aux chiens, *par John Cowper Powys*
R216. Les Portes de la forêt, *par Elie Wiesel*
R217. L'Affaire Deltchev, *par Eric Ambler*
R218. Les amandiers sont morts de leurs blessures
par Tahar Ben Jelloun
R219. L'Admiroir, *par Anny Duperey*
R220. Les Grands Cimetières sous la lune
par Georges Bernanos
R221. La Créature, *par Étienne Barilier*
R222. Un Anglais sous les tropiques, *par William Boyd*
R223. La Gloire de Dina, *par Michel del Castillo*
R224. Poisson d'amour, *par Didier van Cauwelaert*
R225. Les Yeux fermés, *par Marie Susini*
R226. Cobra, *par Severo Sarduy*
R227. Cavalerie rouge, *par Isaac Babel*
R228. Tous les soleils, *par Bertrand Visage*
R229. Pétersbourg, *par Andréi Biély*
R230. Récits d'un jeune médecin, *par Mikhaïl Boulgakov*
R231. La Maison des prophètes, *par Nicolas Saudray*
R232. Trois Heures du matin à New York
par Herbert Lieberman

R233. La Mère du printemps, *par Driss Chraïbi*
R234. Adrienne Mesurat, *par Julien Green*
R235. Jusqu'à la mort, *par Amos Oz*
R236. Les Envoûtés, *par Witold Gombrowicz*
R237. Frontière des ténèbres, *par Eric Ambler*
R238. Les Deux Sacrements, *par Heinrich Böll*
R239. Cherchant qui dévorer, *par Luc Estang*
R240. Le Tournant, *par Klaus Mann*
R241. Aurélia, *par France Huser*
R242. Le Sixième Hiver
par Douglas Orgill et John Gribbin
R243. Naissance d'un spectre, *par Frédérick Tristan*
R244. Lorelei, *par Maurice Genevoix*
R245. Le Bois de la nuit, *par Djuna Barnes*
R246. La Caverne céleste, *par Patrick Grainville*
R247. L'Alliance, tome 1, *par James A. Michener*
R248. L'Alliance, tome 2, *par James A. Michener*
R249. Juliette, chemin des Cerisiers, *par Marie Chaix*
R250. Le Baiser de la femme-araignée, *par Manuel Puig*
R251. Le Vésuve, *par Emmanuel Roblès*
R252. Comme neige au soleil, *par William Boyd*
R253. Palomar, *par Italo Calvino*
R254. Le Visionnaire, *par Julien Green*
R255. La Revanche, *par Henry James*
R256. Les Années-lumière, *par Rezvani*
R257. La Crypte des capucins, *par Joseph Roth*
R258. La Femme publique, *par Dominique Garnier*
R259. Maggie Cassidy, *par Jack Kerouac*
R260. Mélancolie Nord, *par Michel Rio*
R261. Énergie du désespoir, *par Eric Ambler*
R262. L'Aube, *par Elie Wiesel*
R263. Le Paradis des orages, *par Patrick Grainville*
R264. L'Ouverture des bras de l'homme
par Raphaële Billetdoux
R265. Méchant, *par Jean-Marc Roberts*
R266. Un policeman, *par Didier Decoin*
R267. Les Corps étrangers, *par Jean Cayrol*
R268. Naissance d'une passion, *par Michel Braudeau*
R269. Dara, *par Patrick Besson*
R270. Parias, *par Pascal Bruckner*
R271. Le Soleil et la Roue, *par Rose Vincent*
R272. Le Malfaiteur, *par Julien Green*
R273. Scarlett si possible, *par Katherine Pancol*

R274. Journal d'une fille de Harlem, *par Julius Horwitz*
R275. Le Nez de Mazarin, *par Anny Duperey*
R276. La Chasse à la licorne, *par Emmanuel Roblès*
R277. Red Fox, *par Anthony Hyde*
R278. Minuit, *par Julien Green*
R279. L'Enfer, *par René Belletto*
R280. Et si on parlait d'amour, *par Claire Gallois*
R281. Pologne, *par James A. Michener*
R282. Notre homme, *par Louis Gardel*
R283. La Nuit du solstice, *par Herbert Lieberman*
R284. Place de Sienne, côté ombre
par Carlo Fruttero et Franco Lucentini
R285. Meurtre au comité central
par Manuel Vásquez Montalbán
R286. L'Isolé soleil, *par Daniel Maximin*
R287. Samedi soir, dimanche matin, *par Alan Sillitoe*
R288. Petit Louis, dit XIV, *par Claude Duneton*
R289. Le Perchoir du perroquet, *par Michel Rio*
R290. L'Enfant pain, *par Agustin Gomez-Arcos*
R291. Les Années Lula, *par Rezvani*
R292. Michael K, sa vie, son temps, *par J. M. Coetzee*
R293. La Connaissance de la douleur
par Carlo Emilio Gadda
R294. Complot à Genève, *par Eric Ambler*
R295. Serena, *par Giovanni Arpino*
R296. L'Enfant de sable, *par Tahar Ben Jelloun*
R297. Le Premier Regard, *par Marie Susini*
R298. Regardez-moi, *par Anita Brookner*
R299. La Vie fantôme, *par Danièle Sallenave*
R300. L'Enchanteur, *par Vladimir Nabokov*
R301. L'Ile atlantique, *par Tony Duvert*
R302. Le Grand Cahier, *par Agota Kristof*
R303. Le Manège espagnol, *par Michel del Castillo*
R304. Le Berceau du chat, *par Kurt Vonnegut*
R305. Une histoire américaine, *par Jacques Godbout*
R306. Les Fontaines du grand abîme, *par Luc Estang*
R307. Le Mauvais Lieu, *par Julien Green*
R308. Aventures dans le commerce des peaux en Alaska
par John Hawkes
R309. La Vie et demie, *par Sony Labou Tansi*
R310. Jeune Fille en silence, *par Raphaële Billetdoux*
R311. La Maison près du marais, *par Herbert Lieberman*
R312. Godelureaux, *par Eric Ollivier*

R313. La Chambre ouverte, *par France Huser*
R314. L'Œuvre de Dieu, la part du Diable, *par John Irving*
R315. Les Silences ou la vie d'une femme, *par Marie Chaix*
R316. Les Vacances du fantôme, *par Didier van Cauwelaert*
R317. Le Levantin, *par Eric Ambler*
R318. Beno s'en va-t-en guerre, *par Jean-Luc Benoziglio*
R319. Miss Lonelyhearts, *par Nathanaël West*
R320. Cosmicomics, *par Italo Calvino*
R321. Un été à Jérusalem, *par Chochana Boukhobza*
R322. Liaisons étrangères, *par Alison Lurie*
R323. L'Amazone, *par Michel Braudeau*
R324. Le Mystère de la crypte ensorcelée
par Eduardo Mendoza
R325. Le Cri, *par Chochana Boukhobza*
R326. Femmes devant un paysage fluvial, *par Heinrich Böll*
R327. La Grotte, *par Georges Buis*
R328. Bar des flots noirs, *par Olivier Rolin*
R329. Le Stade de Wimbledon, *par Daniele Del Giudice*
R330. Le Bruit du temps, *par Ossip E. Mandelstam*
R331. La Diane rousse, *par Patrick Grainville*
R332. Les Éblouissements, *par Pierre Mertens*
R333. Talgo, *par Vassilis Alexakis*
R334. La Vie trop brève d'Edwin Mullhouse
par Steven Millhauser
R335. Les Enfants pillards, *par Jean Cayrol*
R336. Les Mystères de Buenos Aires, *par Manuel Puig*
R337. Le Démon de l'oubli, *par Michel del Castillo*
R338. Christophe Colomb, *par Stephen Marlowe*
R339. Le Chevalier et la Reine, *par Christopher Frank*
R340. Autobiographie de tout le monde, *par Gertrude Stein*
R341. Archipel, *par Michel Rio*
R342. Texas, tome 1, *par James A. Michener*
R343. Texas, tome 2, *par James A. Michener*
R344. Loyola's blues, *par Erik Orsenna*
R345. L'Arbre aux trésors, légendes, *par Henri Gougaud*
R346. Les Enfants des morts, *par Henrich Böll*
R347. Les Cent Premières Années de Niño Cochise
par A. Kinney Griffith et Niño Cochise
R348. Vente à la criée du lot 49, par *Thomas Pynchon*
R349. Confessions d'un enfant gâté
par Jacques-Pierre Amette
R350. Boulevard des trahisons, *par Thomas Sanchez*
R351. L'Incendie, *par Mohammed Dib*

R352. Le Centaure, *par John Updike*
R353. Une fille cousue de fil blanc, *par Claire Gallois*
R354. L'Adieu aux champs, *par Rose Vincent*
R355. La Ratte, *par Günter Grass*
R356. Le Monde hallucinant, *par Reinaldo Arenas*
R357. L'Anniversaire, *par Mouloud Feraoun*
R358. Le Premier Jardin, *par Anne Hébert*
R359. L'Amant sans domicile fixe
par Carlo Fruttero et Franco Lucentini
R360. L'Atelier du peintre, *par Patrick Grainville*
R361. Le Train vert, *par Herbert Lieberman*
R362. Autopsie d'une étoile, *par Didier Decoin*
R363. Un joli coup de lune, *par Chester Himes*
R364. La Nuit sacrée, *par Tahar Ben Jelloun*
R365. Le Chasseur, *par Carlo Cassola*
R366. Mon père américain, *par Jean-Marc Roberts*
R367. Remise de peine, *par Patrick Modiano*
R368. Le Rêve du singe fou, *par Christopher Frank*
R369. Angelica, *par Bertrand Visage*
R370. Le Grand Homme, *par Claude Delarue*
R371. La Vie comme à Lausanne, *par Erik Orsenna*
R372. Une amie d'Angleterre, *par Anita Brookner*
R373. Norma ou l'exil infini, *par Emmanuel Roblès*
R374. Les Jungles pensives, *par Michel Rio*
R375. Les Plumes du pigeon, *par John Updike*
R376. L'Héritage Schirmer, *par Eric Ambler*
R377. Les Flamboyants, *par Patrick Grainville*
R378. L'Objet perdu de l'amour, *par Michel Braudeau*
R379. Le Boucher, *par Alina Reyes*
R380. Le Labyrinthe aux olives, *par Eduardo Mendoza*
R381. Les Pays lointains, *par Julien Green*
R382. L'Épopée du buveur d'eau, *par John Irving*
R383. L'Écrivain public, *par Tahar Ben Jelloun*
R384. Les Nouvelles Confessions, *par William Boyd*
R385. Les Lèvres nues, *par France Huser*
R386. La Famille de Pascal Duarte, *par Camilo José Cela*
R387. Une enfance à l'eau bénite, *par Denise Bombardier*
R388. La Preuve, *par Agota Kristof*
R389. Tarabas, *par Joseph Roth*
R390. Replay, *par Ken Grimwood*
R391. Rabbit Boss, *par Thomas Sanchez*
R392. Aden Arabie, *par Paul Nizan*
R393. La Ferme, *par John Updike*

R394. L'Obscène Oiseau de la nuit, *par José Donoso*
R395. Un printemps d'Italie, *par Emmanuel Roblès*
R396. L'Année des méduses, *par Christopher Frank*
R397. Miss Missouri, *par Michel Boujut*
R398. Le Figuier, *par François Maspero*
R399. La Solitude du coureur de fond, *par Alan Sillitoe*
R400. L'Exposition coloniale, *par Erik Orsenna*
R401. La Ville des prodiges, *par Eduardo Mendoza*
R402. La Croyance des voleurs, *par Michel Chaillou*
R403. Rock Springs, *par Richard Ford*
R404. L'Orange amère, *par Didier van Cauwelaert*
R405. Tara, *par Michel del Castillo*
R406. L'Homme à la vie inexplicable, *par Henri Gougaud*
R407. Le Beau Rôle, *par Louis Gardel*
R408. Le Messie de Stockholm, *par Cynthia Ozick*
R409. Les Exagérés, *par Jean- François Vilar*
R410. L'Objet du scandale, *par Robertson Davies*
R411. Berlin mercredi, *par François Weyergans*
R412. L'Inondation, *par Evguéni Zamiatine*
R413. Rentrez chez vous Bogner !, *par Heinrich Böll*
R414. Les Herbes amères, *par Chochana Boukhobza*
R415. Le Pianiste, *par Manuel Vazquez Montalban*
R416. Une mort secrète, *par Richard Ford*

Collection Points

SÉRIE POLITIQUE

DERNIERS TITRES PARUS

6. Dans trente ans la Chine, *par Robert Guillain* (épuisé)
7. Citations du président Mao Tsé-toung
8. Pour une réforme de l'entreprise
   par François Bloch-Lainé (épuisé)
9. Les Socialistes, *par André Philips* (épuisé)
10. Hô Chi-minh, *par Jean Lacouture* (épuisé)
11. Histoire de la Révolution russe, 1. Février, *par L. Trotski*
12. Histoire de la Révolution russe, 2. Octobre, *par L. Trotski*
13. Réflexions sur l'histoire d'aujourd'hui
    par Tibor Mende (épuisé)
14. Histoire du syndicalisme britannique
    par Henri Pelling (épuisé)
15. Trois encycliques sociales, de Jean XXIII et Paul VI (épuisé)
16. Bilan de l'URSS, 1917-1967, *par J.-P. Nett* (épuisé)
17. Mahomet, *par Maxime Rodinson*
18. Citations du président de Gaulle, *par Jean Lacouture* (épuisé)
20. Les Libertés à l'abandon, *par Roger Errera* (épuisé)
21. Qu'est-ce que la politique ?, *par Julien Freund*
22. Citations de Fidel Castro
    par Henri de La Vega et Raphaël Sorin
23. Les lycéens gardent la parole, *par les CAL* (épuisé)
24. Les Communistes français, *par Annie Kriegel* (épuisé)
25. La CGT, *par André Barjouet* (épuisé)
26. Les 20 Amériques latines, t. 1, Brésil, *par Marcel Niedergang*
27. Les 20 Amériques latines, t. 2, *par Marcel Niedergang*
28. Les 20 Amériques latines, t. 3, *par Marcel Niedergang*
29. Introduction à une politique de l'homme
    par Edgar Morin
30. Le Nouveau Christianisme, *par Henri de Saint-Simon*
31. Le PSU, *par Michel Rocard* (épuisé)
32. La Nouvelle Classe ouvrière, *par Serge Mallet* (épuisé)
33. Réforme et Révolution, *par André Gorz*
34. L'État SS, *par Eugen Kogon*
35. L'État, *par Georges Burdeau*
36. Cuba est-il socialiste ?
    par René Dumont (épuisé)

37. Les Paysans dans la lutte des classes
par Bernard Lambert (épuisé)
38. La Pensée de Karl Marx, *par Jean-Yves Calvez*
39. La Pensée politique arabe contemporaine
par Anouar Abdel-Malek
40. Pour le nouveau parti socialiste, *par Alain Savary*
41. Autogestion, *par Daniel Chauvey*
42. Un socialisme du possible, *par François Mitterrand* (épuisé)
43. La CFDT, *ouvrage collectif* (épuisé)
44. Paris libre 1871, *par Jacques Rougerie*
45. Les Nouveaux Intellectuels, *F. Bon et M.-A. Burnier* (épuisé)
46. Les Origines du gauchisme, *par Richard Gombin*
47. La Société bloquée, *par Michel Crozier*
48. Classe ouvrière et Révolution
par F. Bon et M.-A. Burnier (épuisé)
49. Histoire des démocraties populaires
1. L'ère de Staline, *par François Fejtö*
50. Histoire des démocraties populaires
2. Après Staline, *par François Fejtö*
51. La Faute à Voltaire, *par Nelcya Delanoë*
52. Géographie de la faim, *par Josué de Castro*
53. Le Système totalitaire, *par Hannah Arendt*
54. Le Communisme utopique, *par Alain Touraine*
55. Japon, troisième grand, *par Robert Guillain*
56. Les Partis politiques dans la France d'aujourd'hui
par François Borella
57. Pour un nouveau contrat social, *par Edgar Faure*
58. Le Marché commun contre l'Europe
par Bernard Jaumont, Daniel Lenègre et Michel Rocard (épuisé)
59. Le Métier de militant, *par Daniel Mothé*
60. Chine-URSS, *par François Fejtö*
61. Critique de la division du travail, *par André Gorz*
62. La Civilisation au carrefour, *par Radovan Richta*
63. Les Cinq Communismes, *par Gilles Martinet* (épuisé)
64. Bilan et Perspectives, *par Léon Trotski*
65. Pour une sociologie politique, t. 1
par Jean-Pierre Cot et Jean-Pierre Mounier
66. Pour une sociologie politique, t. 2
par Jean-Pierre Cot et Jean-Pierre Mounier
67. L'Utopie ou la Mort, *par René Dumont*
68. Fascisme et Dictature, *par Nicos Poulantzas*
69. Mao Tsé-toung et la Construction du socialisme
textes inédits traduits et présentés par Hu Chi-hsi

70. Autocritique, *par Edgar Morin*
71. Nouveau Guide du militant, *par Denis Langlois* (épuisé)
72. Les Syndicats en France, t. 1, *par Jean-Daniel Reynaud* (épuisé)
73. Les Syndicats en France, t. 2, textes et documents
par Jean-Daniel Reynaud
74. Force ouvrière, *par Alain Bergounioux*
75. De l'aide à la recolonisation, *par Tibor Mende*
76. Le Patronat, histoire, structure, stratégie du CNPF
par Bernard Brizay
77. Lettre à une étudiante, *par Alain Touraine*
78. Sur la France, *par Stanley Hoffmann*
79. La Cuisinière et le Mangeur d'hommes
par André Glucksmann
80. L'Age de l'autogestion, *par Pierre Rosanvallon*
81. Les Classes sociales dans le capitalisme aujourd'hui
par Nicos Poulantzas
82. Regards froids sur la Chine, *ouvrage collectif*
83. Théorie politique, *par Saint-Just*
84. La Crise des dictatures, *par Nicos Poulantzas* (épuisé)
85. Les Dégâts du progrès, *par la CFDT*
86. Les Sommets de l'État, *par Pierre Birnbaum*
87. Du contrat social, *par Jean-Jacques Rousseau*
88. L'Enfant et la Raison d'État, *par Philippe Meyer*
89. Écologie et Politique, *par A. Gorz et M. Bosquet*
90. Les Racines du libéralisme, *par Pierre-François Moreau*
91. Syndicat libre en URSS
par le Comité international contre la répression
92. L'Informatisation de la société, *par Simon Nora et Alain Minc*
93. Manuel de l'animateur social, *par Saül Alinsky*
94. Mémoires d'un révolutionnaire, *par Victor Serge*
95. Les Partis politiques en Europe, *par François Borella*
96. Le Libéralisme, *par Georges Burdeau*
97. Parler vrai, *par Michel Rocard*
98. Mythes révolutionnaires du tiers monde, *par Gérard Chaliand*
99. Qu'est-ce que la social-démocratie ?, *par la revue « Faire »*
100. La Démocratie et les Partis politiques
par Moisei Ostrogorski
101. Crise et Avenir de la classe ouvrière
par la revue « Faire » (épuisé)
102. Le Socialisme des intellectuels, *par Jan Waclav Makhaïski*
103. Reconstruire l'espoir, *par Edmond Maire*
104. Le Tertiaire éclaté, *par la CFDT*
105. Le Reflux américain, *par la revue « Faire »*

106. Les Pollueurs, *par Anne Guérin-Henni*
107. Qui a peur du tiers monde ?
par Jean-Yves Carfantan et Charles Condamines
108. La Croissance... de la famine, *par René Dumont*
109. Stratégie de l'action non violente, *par Jean-Marie Muller*
110. Retournez les fusils !, *par Jean Ziegler*
111. L'Acteur et le Système
par Michel Crozier et Erhard Friedberg
112. Adieux au prolétariat, *par André Gorz*
113. Nos droits face à l'État, *par Gérard Soulier*
114. Les Partis politiques, *par Maurice Duverger*
115. Les « Disparus », *par Amnesty International*
116. L'Afrique étranglée, *par René Dumont et Marie-France Mottin*
117. La CGT, *par René Mouriaux*
118. Le Mal-développement en Amérique latine
par René Dumont et Marie-France Mottin
119. Les assassinats politiques, *par Amnesty International*
120. Vaincre la faim, c'est possible
par Jean-Yves Carfantan et Charles Condamines
121. La Crise de l'État-providence, *par Pierre Rosanvallon*
122. La Deuxième Gauche, *par Hervé Hamon et Patrick Rotman*
123. Les Origines du totalitarisme. 1. Sur l'antisémitisme
par Hannah Arendt
124. La Torture, *par Amnesty International*
125. Les Origines du totalitarisme. 2. L'Impérialisme
par Hannah Arendt
126. Les Rebelles, *par Jean Ziegler*
127. Le Pari français, *par Michel Albert*
128. La Fin des immigrés
par Françoise Gaspard et Claude Servan-Schreiber
129. Les Régimes politiques occidentaux, *par Jean-Louis Quermonne*
130. A l'épreuve des faits, *par Michel Rocard*
131. Introduction aux relations internationales
par Jacques Huntzinger
132. Individu et Justice sociale. Autour de John Rawls
ouvrage collectif
133. Mai 68. Histoire des événements, *par Laurent Joffrin*
134. Le Libéralisme économique, *par Pierre Rosanvallon*
135. Un pays comme le nôtre, *par Michel Rocard*
136. La Nouvelle France, *par Emmanuel Todd*
137. Les Juges dans la balance, *par Daniel Soulez Larivière*
138. Les Cadets de la droite, *par Jacques Fremontier*

Collection Points

SÉRIE HISTOIRE

H1. Histoire d'une démocratie : Athènes
Des origines à la conquête macédonienne
par Claude Mossé

H2. Histoire de la pensée européenne
1. L'éveil intellectuel de l'Europe du IXe au XIIe siècle
par Philippe Wolff

H3. Histoire des populations françaises et de leurs attitudes devant la vie depuis le XVIIIe siècle
par Philippe Ariès

H4. Venise, portrait historique d'une cité
par Philippe Braunstein et Robert Delort

H5. Les Troubadours, *par Henri-Irénée Marrou*

H6. La Révolution industrielle (1770-1880)
par Jean-Pierre Rioux

H7. Histoire de la pensée européenne
4. Le siècle des Lumières, *par Norman Hampson*

H8. Histoire de la pensée européenne
3. Des humanistes aux hommes de science
par Robert Mandrou

H9. Histoire du Japon et des Japonais
1. Des origines à 1945, *par Edwin O. Reischauer*

H10. Histoire du Japon et des Japonais
2. De 1945 à 1970, *par Edwin O. Reischauer*

H11. Les Causes de la Première Guerre mondiale
par Jacques Droz

H12. Introduction à l'histoire de notre temps
L'Ancien Régime et la Révolution
par René Rémond

H13. Introduction à l'histoire de notre temps
Le XIXe siècle, *par René Rémond*

H14. Introduction à l'histoire de notre temps
Le XXe siècle, *par René Rémond*

H15. Photographie et Société, *par Gisèle Freund*

H16. La France de Vichy (1940-1944)
par Robert O. Paxton

H17. Société et Civilisation russes au XIXe siècle
par Constantin de Grunwald

H18. La Tragédie de Cronstadt (1921), *par Paul Avrich*

H19. La Révolution industrielle du Moyen Age
par Jean Gimpel
H20. L'Enfant et la Vie familiale sous l'Ancien Régime
par Philippe Ariès
H21. De la connaissance historique
par Henri-Irénée Marrou
H22. André Malraux, une vie dans le siècle
par Jean Lacouture
H23. Le Rapport Krouchtchev et son histoire
par Branko Lazitch
H24 Le Mouvement paysan chinois (1840-1949)
par Jean Chesneaux
H25. Les Misérables dans l'Occident médiéval
par Jean-Louis Goglin
H26. La Gauche en France depuis 1900
par Jean Touchard
H27. Histoire de l'Italie du Risorgimento à nos jours
par Sergio Romano
H28. Genèse médiévale de la France moderne, XIVe-XVe siècle
par Michel Mollat
H29. Décadence romaine ou Antiquité tardive, IIIe-VIe siècle
par Henri-Irénée Marrou
H30. Carthage ou l'Empire de la mer, *par François Decret*
H31. Essais sur l'histoire de la mort en Occident
du Moyen Age à nos jours, *par Philippe Ariès*
H32. Le Gaullisme (1940-1969), *par Jean Touchard*
H33. Grenadou, paysan français
par Ephraïm Grenadou et Alain Prévost
H34. Piété baroque et Déchristianisation en Provence
au XVIIIe siècle, *par Michel Vovelle*
H35. Histoire générale de l'Empire romain
1. Le Haut-Empire, *par Paul Petit*
H36. Histoire générale de l'Empire romain
2. La crise de l'Empire, *par Paul Petit*
H37. Histoire générale de l'Empire romain
3. Le Bas-Empire, *par Paul Petit*
H38. Pour en finir avec le Moyen Age
par Régine Pernoud
H39. La Question nazie, *par Pierre Ayçoberry*
H40. Comment on écrit l'histoire, *par Paul Veyne*
H41. Les Sans-culottes, *par Albert Soboul*
H42. Léon Blum, *par Jean Lacouture*
H43. Les Collaborateurs (1940-1945), *par Pascal Ory*

H44. Le Fascisme italien (1919-1945)
par Pierre Milza et Serge Berstein
H45. Comprendre la révolution russe, *par Martin Malia*
H46. Histoire de la pensée européenne
6. L'ère des masses, *par Michaël D. Biddiss*
H47. Naissance de la famille moderne
par Edward Shorter
H48. Mythe de la procréation à l'âge baroque
par Pierre Darmon
H49. Histoire de la bourgeoisie en France
1. Des origines aux temps modernes
par Régine Pernoud
H50. Histoire de la bourgeoisie en France
2. Les temps modernes, *par Régine Pernoud*
H51. Histoire des passions françaises (1848-1945)
1. Ambition et amour, *par Theodore Zeldin*
H52. Histoire des passions françaises (1848-1945)
2. Orgueil et intelligence
par Theodore Zeldin (épuisé)
H53. Histoire des passions françaises (1848-1945)
3. Goût et corruption, *par Theodore Zeldin*
H54 Histoire des passions françaises (1848-1945)
4. Colère et politique, *par Theodore Zeldin*
H55. Histoire des passions françaises (1848-1945)
5. Anxiété et hypocrisie, *par Theodore Zeldin*
H56. Histoire de l'éducation dans l'Antiquité
1. Le monde grec, *par Henri-Irénée Marrou*
H57. Histoire de l'éducation dans l'Antiquité
2. Le monde romain, *par Henri-Irénée Marrou*
H58. La Faillite du Cartel, 1924-1926
(Leçon d'histoire pour une gauche au pouvoir)
par Jean-Noël Jeanneney
H59. Les Porteurs de valises
par Hervé Hamon et Patrick Rotman
H60. Histoire de la guerre d'Algérie, 1954-1962
par Bernard Droz et Évelyne Lever
H61. Les Occidentaux, *par Alfred Grosser*
H62. La Vie au Moyen Age, *par Robert Delort*
H63. Politique étrangère de la France (La Décadence, 1932-1939)
par Jean-Baptiste Duroselle
H64. Histoire de la guerre froide
1. De la révolution d'Octobre à la guerre de Corée, 1917-1950
par André Fontaine

H65. Histoire de la guerre froide
2. De la guerre de Corée à la crise des alliances,1950-1963
par André Fontaine
H66. Les Incas, *par Alfred Métraux*
H67. Les Écoles historiques, *par Guy Bourdé et Hervé Martin*
H68. Le Nationalisme français, 1871-1914, *par Raoul Girardet*
H69. La Droite révolutionnaire, 1885-1914, *par Zeev Sternhell*
H70. L'Argent caché, *par Jean-Noël Jeanneney*
H71. Histoire économique de la France du XVIIIe siècle à nos jours
1. De l'Ancien Régime à la Première Guerre mondiale
par Jean-Charles Asselain
H72. Histoire économique de la France du XVIIIe siècle à nos jours
2. De 1919 à la fin des années 1970
par Jean-Charles Asselain
H73. La Vie politique sous la IIIe République, *par Jean-Marie Maye*
H74. La Grèce archaïque d'Homère à Eschyle, *par Claude Mossé*
H75. Histoire de la « détente », 1962-1981
par André Fontaine
H76. Études sur la France de 1939 à nos jours
par la revue « L'Histoire »
H77. L'Afrique au XXe siècle, *par Elikia M'Bokolo*
H78. Les Intellectuels au Moyen Age, *par Jacques Le Goff*
H79. Fernand Pelloutier, *par Jacques Julliard*
H80. L'Église des premiers temps, *par Jean Daniélou*
H81. L'Église de l'Antiquité tardive
par Henri-Irénée Marrou
H82. L'Homme devant la mort
1. Le temps des gisants, *par Philippe Ariès*
H83. L'Homme devant la mort
2. La mort ensauvagée, *par Philippe Ariès*
H84. Le Tribunal de l'impuissance, *par Pierre Darmon*
H85. Histoire générale du XXe siècle
1. Jusqu'en 1949. Déclins européens
par Bernard Droz et Anthony Rowley
H86. Histoire générale du XXe siècle
2. Jusqu'en 1949. La naissance du monde contemporain
par Bernard Droz et Anthony Rowley
H87. La Grèce ancienne, *par la revue « L'Histoire »*
H88. Les Ouvriers dans la société française
par Gérard Noiriel
H89. Les Américains de 1607 à nos jours
1. Naissance et essor des États-Unis, 1607 à 1945
par André Kaspi

H115. La France de la Quatrième République (1944-1958)
1. L'ardeur et la nécessité (1944-1952), *par Jean-Pierre Rioux*
H116. La France de la Quatrième République (1944-1958)
2. L'expansion et l'impuissance (1952-1958)
par Jean-Pierre Rioux
H117. La France de l'expansion (1958-1974)
1. La République gaullienne (1958-1969), *par Serge Berstein*
H118. La France de l'expansion (1958-1974)
2. Croissance et crise (1969-1974)
par Serge Berstein et Jean-Pierre Rioux (à paraître)
H119. La France de 1974 à nos jours
par Jean-Jacques Becker (à paraître)
H120. Le XXe Siècle français, documents (à paraître)
H121. Les Paysans dans la société française, *par Annie Moulin*
H122. Portrait historique de Christophe Colomb
par Marianne Mahn-Lot
H123. Vie et Mort de l'ordre du Temple, *par Alain Demurger*
H124. La Guerre d'Espagne, *par Guy Hermet*
H125. Histoire de France, *sous la direction de Jean Carpentier et François Lebrun*
H126. Empire colonial et Capitalisme français
par Jacques Marseille
H127. Genèse culturelle de l'Europe (Ve-VIIIe siècle)
par Michel Banniard
H128. Les Années trente, *par la revue « L'Histoire »*
H129. Mythes et Mythologies politiques, *par Raoul Girardet*
H130. La France de l'an Mil, *collectif*
H131. Nationalisme, Antisémitisme et Fascisme en France
par Michel Winock
H132. De Gaulle 1. Le rebelle (1890-1944)
par Jean Lacouture
H133. De Gaulle 2. Le politique (1944-1959)
par Jean Lacouture
H134. De Gaulle 3. Le souverain (1959-1970)
par Jean Lacouture
H135. Le Syndrome de Vichy, *par Henri Rousso*
H136. Chronique des années soixante, *par Michel Winock*
H137. La Société anglaise, *par François Bédarida*
H201. Les Origines franques (Ve-IXe siècle), *par Stéphane Lebecq*
H202. L'Héritage des Charles (de la mort de Charlemagne aux environs de l'an mil), *par Laurent Theis*
H203. L'Ordre seigneurial (XIe-XIIe siècle), *par Dominique Barthélemy*

Collection Points

SÉRIE ACTUELS

DERNIERS TITRES PARUS

A6. Entretiens avec Allende, *par Régis Debray* (épuisé)
A7. De la Chine, *par Maria-Antonietta Macciocchi*
A8. Après la drogue, *par Guy Champagne*
A9. Les Grandes Manœuvres de l'opium
par Catherine Lamour et Michel Lamberti
A10. Les Dossiers noirs de la justice française
par Denis Langlois
A11. Le Dossier confidentiel de l'euthanasie
par Igor Barrère et Étienne Lalou
A12. Discours américains, *par Alexandre Soljénitsyne*
A13. Les Exclus, *par René Lenoir* (épuisé)
A14. Souvenirs obscurs d'un Juif polonais né en France
par Pierre Goldman
A15. Le Mandarin aux pieds nus, *par Alexandre Minkowski*
A16. Une Suisse au-dessus de tout soupçon, *par Jean Ziegler*
A17. La Fabrication des mâles
par Georges Falconnet et Nadine Lefaucheur
A18. Rock babies, *par Raoul Hoffmann et Jean-Marie Leduc*
A19. La nostalgie n'est plus ce qu'elle était
par Simone Signoret
A20. L'Allergie au travail, *par Jean Rousselet*
A21. Deuxième Retour de Chine
par Claudie et Jacques Broyelle et Évelyne Tschirhart
A22. Je suis comme une truie qui doute
par Claude Duneton
A23. Travailler deux heures par jour, *par Adret*
A24. Le rugby, c'est un monde, *par Jean Lacouture*
A25. La Plus Haute des solitudes, *par Tahar Ben Jelloun*
A26. Le Nouveau Désordre amoureux
par Pascal Bruckner et Alain Finkielkraut
A27. Voyage inachevé, *par Yehudi Menuhin*
A28. Le communisme est-il soluble dans l'alcool ?
par Antoine et Philippe Meyer
A29. Sciences de la vie et Société
par François Gros, François Jacob et Pierre Royer

A30. Anti-manuel de français
par Claude Duneton et Jean-Pierre Pagliano
A31. Cet enfant qui se drogue, c'est le mien, *par Jacques Guillon*
A32. Les Femmes, la Pornographie, l'Érotisme
par Marie-Françoise Hans et Gilles Lapouge
A33. Parole d'homme, *par Roger Garaudy*
A34. Nouveau Guide des médicaments, *par le Dr Henri Pradal*
A35. Rue du Prolétaire rouge, *par Nina et Jean Kéhayan*
A36. Main basse sur l'Afrique, *par Jean Ziegler*
A37. Un voyage vers l'Asie, *par Jean-Claude Guillebaud*
A38. Appel aux vivants, *par Roger Garaudy*
A39. Quand vient le souvenir, *par Saul Friedländer*
A40. La Marijuana, *par Solomon H. Snyder*
A41. Un lit à soi, *par Évelyne Le Garrec*
A42. Le lendemain, elle était souriante…, *par Simone Signoret*
A43. La Volonté de guérir, *par Norman Cousins*
A44. Les Nouvelles Sectes, *par Alain Woodrow*
A45. Cent Ans de chanson française, *par Chantal Brunschwig*
Louis-Jean Calvet et Jean-Claude Klein
A46. La Malbouffe, *par Stella et Joël de Rosnay*
A47. Médecin de la liberté, *par Paul Milliez*
A48. Un Juif pas très catholique, *par Alexandre Minkowski*
A49. Un voyage en Océanie, *par Jean-Claude Guillebaud*
A50. Au coin de la rue, l'aventure
par Pascal Bruckner et Alain Finkielkraut
A51. John Reed, *par Robert Rosenstone*
A52. Le Tabouret de Piotr, *par Jean Kéhayan*
A53. Le temps qui tue, le temps qui guérit
par le Dr Fernand Attali
A54. La Lumière médicale, *par Norbert Bensaïd*
A55. Californie (Le Nouvel Age)
par Sylvie Crossman et Édouard Fenwick
A56. La Politique du mâle, *par Kate Millett*
A57. Contraception, Grossesse, IVG
par Pierrette Bello, Catherine Dolto et Aline Schiffmann
A58. Marthe, *anonyme*
A59. Pour un nouveau-né sans risque
par Alexandre Minkowski
A60. La vie tu parles, *par Libération*
A61. Les Bons Vins et les Autres, *par Pierre-Marie Doutrelant*
A62. Comment peut-on être breton ?, *par Morvan Lebesque*
A63. Les Français, *par Theodore Zeldin*
A64. La Naissance d'une famille, *par T. Berry Brazelton*

A65. Hospitalité française, *par Tahar Ben Jelloun*
A66. L'Enfant à tout prix
par Geneviève Delaisi de Parseval et Alain Janaud
A67. La Rouge Différence, *par F. Edmonde Morin*
A68. Regard sur les Françaises, *par Michèle Sarde*
A69. A hurler le soir au fond des collèges, *par Claude Duneton avec la collaboration de Frédéric Pagès*
A70. L'Avenir en face, *par Alain Minc*
A71. Je t'aime d'amitié, *par la revue « Autrement »*
A72. Couples, *par la revue « Autrement »*
A73. Le Sanglot de l'homme blanc, *par Pascal Bruckner*
A74. BCBG, le guide du bon chic bon genre
par Thierry Mantoux
A75. Ils partiront dans l'ivresse, *par Lucie Aubrac*
A76. Tant qu'il y aura des profs
par Hervé Hamon et Patrick Rotman
A77. Femmes à 50 ans, *par Michèle Thiriet et Suzanne Képès*
A78. Sky my Husband ! Ciel mon mari !, *Jean-Loup Chifflet*
A79. Tous ensemble, *par François de Closets*
A80. Les Instits. Enquête sur l'école primaire
par Nicole Gauthier, Catherine Guiguon et Maurice A. Guillot
A81. Objectif bébé. Une nouvelle science, la bébologie
par la revue « Autrement »
A82. Nous l'avons tant aimée, la révolution
par Dany Cohn-Bendit
A83. Enfances, *par Françoise Dolto*
A84. Orient extrême, *par Robert Guillain*
A85. Aventurières en crinoline, *par Christel Mouchard*
A86. A la soupe !, *par Plantu*
A87. Kilos de plume, kilos de plomb
par Jean-Louis Yaïch et Dr Gérard Apfeldorfer
A88. Grands Reportages, *collectif*
A89. François Mitterand ou la tentation de l'histoire
par Franz-Olivier Giesbert
A90. Génération 1. Les Années de rêve
par Hervé Hamon et Patrick Rotman
A91. Génération 2. Les Années de poudre
par Hervé Hamon et Patrick Rotman
A92. Rumeurs, *par Jean-Noël Kapferer*
A93. Éloge des pédagogues, *par Antoine Prost*
A94. Heureux Habitants de l'Aveyron, *par Philippe Meyer*
A95. Milena, *par Margarete Buber-Neumann*
A96. Plutôt russe que mort !, *par Cabu et Claude-Marie Vadrot*

Collection Points

SÉRIE SCIENCES

dirigée par Jean-Marc Lévy-Leblond

DERNIERS TITRES PARUS

S10. Les Origines de la vie, *par Joël de Rosnay*
S11. Échec et Maths, *par Stella Baruk*
S12. L'Oreille et le Langage, *par Alexandre Tomatis*
S13. Les Énergies du Soleil, *par Pierre Audibert en collaboration avec Danielle Rouard*
S14. Cosmic Connection ou l'appel des étoiles, *par Carl Sagan*
S15. Les Ingénieurs de la Renaissance, *par Bertrand Gille*
S16. La Vie de la cellule à l'homme, *par Max de Ceccatty*
S17. La Recherche en éthologie, *ouvrage collectif*
S18. Le Darwinisme aujourd'hui, *ouvrage collectif*
S19. Einstein, créateur et rebelle, *par Banesh Hoffmann*
S20. Les Trois Premières Minutes de l'Univers *par Steven Weinberg*
S21. Les Nombres et leurs mystères *par André Warusfel*
S22. La Recherche sur les énergies nouvelles *ouvrage collectif*
S23. La Nature de la physique, *par Richard Feynman*
S24. La Matière aujourd'hui, *par Émile Noël et alii*
S25. La Recherche sur les grandes maladies *ouvrage collectif*
S26. L'Étrange Histoire des quanta *par Banesh Hoffmann et Michel Paty*
S27. Éloge de la différence, *par Albert Jacquard*
S28. La Lumière, *par Bernard Maitte*
S29. Penser les mathématiques, *ouvrage collectif*
S30. La Recherche sur le cancer, *ouvrage collectif*
S31. L'Énergie verte, *par Laurent Piermont*
S32. Naissance de l'Homme, *par Robert Clarke*
S33. Recherche et Technologie *Actes du Colloque national*
S34. La Recherche en physique nucléaire *ouvrage collectif*

S35. Marie Curie, *par Robert Reid*
S36. L'Espace et le Temps aujourd'hui, *ouvrage collectif*
S37. La Recherche en histoire des sciences
ouvrage collectif
S38. Petite Logique des forces, *par Paul Sandori*
S39. L'Esprit de sel, *par Jean-Marc Lévy-Leblond*
S40. Le Dossier de l'Énergie
par le Groupe confédéral Énergie (CFDT)
S41. Comprendre notre cerveau
par Jacques-Michel Robert
S42. La Radioactivité artificielle
par Monique Bordry et Pierre Radvanyi
S43. Darwin et les Grandes Énigmes de la vie
par Stephen Jay Gould
S44. Au péril de la science ?, *par Albert Jacquard*
S45. La Recherche sur la génétique et l'hérédité
ouvrage collectif
S46. Le Monde quantique, *ouvrage collectif*
S47. Une histoire de la physique et de la chimie
par Jean Rosmorduc
S48. Le Fil du temps, *par André Leroi-Gourhan*
S49. Une histoire des mathématiques
par Amy Dahan-Dalmedico et Jeanne Peiffer
S50. Les Structures du hasard, *par Jean-Louis Boursin*
S51. Entre le cristal et la fumée, *par Henri Atlan*
S52. La Recherche en intelligence artificielle
ouvrage collectif
S53. Le Calcul, l'Imprévu, *par Ivar Ekeland*
S54. Le Sexe et l'Innovation, *par André Langaney*
S55. Patience dans l'azur, *par Hubert Reeves*
S56. Contre la méthode, *par Paul Feyerabend*
S57. La Recherche en neurobiologie, *ouvrage collectif*
S58. La Recherche en paléontologie, *ouvrage collectif*
S59. La Symétrie aujourd'hui, *ouvrage collectif*
S60. Le Paranormal, *par Henri Broch*
S61. Petit Guide du ciel, *par A. Jouin et B. Pellequer*
S62. Une histoire de l'astronomie, *par Jean-Pierre Verdet*
S63. L'Homme re-naturé, *par Jean-Marie Pelt*
S64. Science avec conscience, *par Edgar Morin*
S65. Une histoire de l'informatique, *par Philippe Breton*
S66. Une histoire de la géologie, *par Gabriel Gohau*
S67. Une histoire des techniques, *par Bruno Jacomy*